國家圖書館出版品預行編目資料

韋沃《文學理論》與劉勰《文心雕龍》之比較／陳忠源 著 --

初版 -- 新北市：花木蘭文化事業有限公司，2023〔民112〕

目 6+252 面；19×26 公分

（比較文學與世界文學研究叢書 二編 第 15 冊）

ISBN 978-626-344-326-6（精裝）

1.CST：韋勒克（Wellek, Rene, 1903-1995）2.CST：沃倫（Warren, Austin, 1899- ）3.CST：（南北朝）劉勰 4.CST：文學理論

5.CST：文心雕龍 6.CST：學術思想 7.CST：研究考訂

810.8　　　　　　　　　　　　　　　　　111022119

ISBN-978-626-344-326-6

U0096890

比較文學與世界文學研究叢書

二編　第十五冊　　　ISBN：978-626-344-326-6

韋沃《文學理論》與劉勰《文心雕龍》之比較

作　　者　陳忠源

主　　編　曹順慶

企　　劃　四川大學雙一流學科暨比較文學研究基地

總 編 輯　杜潔祥

副總編輯　楊嘉樂

編輯主任　許郁翎

編　　輯　張雅淋、潘玟靜　美術編輯　陳逸婷

出　　版　花木蘭文化事業有限公司

發 行 人　高小娟

聯絡地址　台灣 235 新北市中和區中安街七二號十三樓

　　　　　電話：02-2923-1455 ／傳真：02-2923-1452

網　　址　http://www.huamulan.tw 信箱 service@huamulans.com

印　　刷　普羅文化出版廣告事業

初　　版　2023 年 3 月

定　　價　二編 28 冊（精裝）新台幣 76,000 元

版權所有 · 請勿翻印

比较文学与世界文学

主编 曹顺庆

二编 第 **15** 册

韋沃《文學理論》與劉勰《文心雕龍》之比較

陳 忠 源 著

花木兰文化事业有限公司

韋沃《文學理論》與劉勰《文心雕龍》之比較

陳忠源　著

作者簡介

陳忠源，1962 年生，台灣高雄人。國立台灣師範大學畢業，執教羅東高級職業中學。其後入佛光大學研究所，碩士論文《兩種自由─論資本主義消費自由與莊子的自由》，後隨黃維樑教授研究東、西方文論，以韋沃《文學理論》與劉勰《文心雕龍》之比較，取得博士學位。研究旨趣除中國及西方文論外，也兼及現當代小說與散文。發表論文：〈圍城內的唇槍舌戰〉、〈聶華苓《桑青與桃紅》的神話寓意〉、〈從社會、心理與角度析評馬森《夜遊》〉、〈天鷹─黃國彬的壯麗風格〉等等。

提　　要

本文針對韋勒克、沃倫《文學理論》中有關文學性質與功用、文學作品的存在方式、和諧音節奏格律、文學風格、意象隱喻象徵神話、文學類型、文學評價與文學史等八個議題，和劉勰《文心雕龍》所論及的相關理論進行比較，得出下面結論：二書均一致強調文學的審美性；文學的形式（「文」或「采」）與內容（「質」或「情」）乃一體之兩面，不容割裂；文學的表達方式不出直接的表述（「賦」）、間接的比喻（「比」）與象徵（「興」與「隱」），這三點有如文學之「金科玉律」，可視為文學根本不易之基。

二書還有其他議題的匯合處：文學確實有傳達真理、撥動人心的功用；文學風格由語言文字所形成；語音與文字是文學審美的關鍵；文學類型（genre）是由歷史演化成型的；文學評論家需有深廣的學識與公正客觀的態度；以及文學史所肩負的最重要使命是解釋文學轉變的內、外因素。這裡的每一個共通點，均是當今文學之共識，幾乎已成為此項文學議題之通則。

二書最鮮明的不同點在：韋沃所稱的文學「真理」與劉勰所說的「道」，內涵不同；韋沃從讀者與作品立論而劉勰則從作者的創作立論；劉勰強調創作的真實、真摯性而韋沃則視作品為虛構之想像；劉勰論「文章之鳴鳳」需「藻耀」、「高翔」而韋沃則謂體制之複雜、宏偉、有氣魄方為「偉大」。

本文擴大傳統《文心雕龍》研究的領域，比較二書理論之異同，以勘驗《文心雕龍》所論，揆之西方、衡諸今日，仍為文學不刊之論，《文心雕龍》在世界文論史自應有其舉足輕重之地位。

比较文学的中国路径

曹顺庆

自德国作家歌德提出"世界文学"观念以来，比较文学已经走过近二百年。比较文学研究也历经欧洲阶段、美洲阶段而至亚洲阶段，并在每一阶段都形成了独具特色学科理论体系、研究方法、研究范围及研究对象。中国比较文学研究面对东西文明之间不断加深的交流和碰撞现况，立足中国之本，辩证吸纳四方之学，而有了如今欣欣向荣之景象，这套丛书可以说是应运而生。本丛书尝试以开放性、包容性分批出版中国比较文学学者研究成果，以观中国比较文学学术脉络、学术理念、学术话语、学术目标之概貌。

一、百年比较文学争讼之端——比较文学的定义

什么是比较文学？常识告诉我们：比较文学就是文学比较。然而当今中国比较文学教学实际情况却并非完全如此。长期以来，中国学术界对"什么是比较文学？"却一直说不清，道不明。这一最基本的问题，几乎成为学术界纠缠不清、莫衷一是的陷阱，存在着各种不同的看法。其中一些看法严重误导了广大学生！如果不辨析这些严重误导了广大学生的观点，是不负责任、问心有愧的。恰如《文心雕龙·序志》说"岂好辩哉，不得已也"，因此我不得不辩。

其中一个极为容易误导学生的说法，就是"比较文学不是文学比较"。目前，一些教科书郑重其事地指出：比较文学不是文学比较。认为把"比较"与"文学"联系在一起，很容易被人们理解为用比较的方法进行文学研究的意思。并进一步强调，比较文学并不等于文学比较，并非任何运用比较方法来进行的比较研究都是比较文学。这种误导学生的说法几乎成为一个定论，

一个基本常识，其实，这个看法是不完全准确的。

让我们来看看一些具体例证，请注意，我列举的例证，对事不对人，因而不提及具体的人名与书名，请大家理解。在 Y 教授主编的教材中，专门设有一节以"比较文学不是文学比较"为题的内容，其中指出"比较文学界面临的最大的困惑就是把'比较文学'误读为'文学比较'"，在高等院校进行比较文学课程教学时需要重点强调"比较文学不是文学比较"。W 教授主编的教材也称"比较文学不是文学的比较"，因为"不是所有用比较的方法来研究文学现象的都是比较文学"。L 教授在其所著教材专门谈到"比较文学不等于文学比较"，因为，"比较"已经远远超出了一般方法论的意义，而具有了跨国家与民族、跨学科的学科性质，认为将比较文学等同于文学比较是以偏概全的。"J 教授在其主编的教材中指出，"比较文学并不等于文学比较"，并以美国学派雷马克的比较文学定义为根据，论证比较文学的"比较"是有前提的，只有在地域观念上跨越打通国家的界限，在学科领域上跨越打通文学与其他学科的界限，进行的比较研究才是比较文学。在 W 教授主编的教材中，作者认为，"若把比较文学精神看作比较精神的话，就是犯了望文生义的错误，一百余年来，比较文学这个名称是名不副实的。"

从列举的以上教材我们可以看出，首先，它们在当下都仍然坚持"比较文学不是文学比较"这一并不完全符合整个比较文学学科发展事实的观点。如果认为一百余年来，比较文学这个名称是名不副实的，所有的比较文学都不是文学比较，那是大错特错！其次，值得注意的是，这些教材在相关叙述中各自的侧重点还并不相同，存在着不同程度、不同方面的分歧。这样一来，错误的观点下多样的谬误解释，加剧了学习者对比较文学学科性质的错误把握，使得学习者对比较文学的理解愈发困惑，十分不利于比较文学方法论的学习、也不利于比较文学学科的传承和发展。当今中国比较文学教材之所以普遍出现以上强作解释，不完全准确的教科书观点，根本原因还是没有仔细研究比较文学学科不同阶段之史实，甚至是根本不清楚比较文学不同阶段的学科史实的体现。

实际上，早期的比较文学"名"与"实"的确不相符合，这主要是指法国学派的学科理论，但是并不包括以后的美国学派及中国学派的学科理论，如果把所有阶段的学科理论一锅煮，是不妥当的。下面，我们就从比较文学学科发展的史实来论证这个问题。"比较文学不是文学比较""comparative literature is not literary comparison"，只是法国学派提出的比较文学口号，只是法国学派一派的主张，而不是整个比较文学学科的基本特征。我们不能够把这个阶段性的比较文学口号扩大化，甚至让其突破时空，用于描述比较文学所有的阶段和学派，更不能够使其"放之四海而皆准"。

法国学派提出"比较文学不是文学比较"，这个"比较"（comparison）是他们坚决反对的！为什么呢，因为他们要的不是文学"比较"（literary comparison），而是文学"关系"（literary relationship），具体而言，他们主张比较文学是实证的国际文学关系，是不同国家文学的影响关系，influences of different literatures，而不是文学比较。

法国学派为什么要反对"比较"（comparison），这与比较文学第一次危机密切相关。比较文学刚刚在欧洲兴起时，难免泥沙俱下，乱比的情形不断出现，暴露了多种隐患和弊端，于是，其合法性遭到了学者们的质疑：究竟比较文学的科学性何在？意大利著名美学大师克罗齐认为，"比较"（comparison）是各个学科都可以应用的方法，所以，"比较"不能成为独立学科的基石。学术界对于比较文学公然的质疑与挑战，引起了欧洲比较文学学者的震撼，到底比较文学如何"比较"才能够避免"乱比"？如何才是科学的比较？

难能可贵的是，法国学者对于比较文学学科的科学性进行了深刻的的反思和探索，并提出了具体的应对的方法：法国学派采取壮士断臂的方式，砍掉"比较"（comparison），提出比较文学不是文学比较（comparative literature is not literary comparison），或者说砍掉了没有影响关系的平行比较，总结出了只注重文学关系（literary relationship）的影响（influences）研究方法论。法国学派的创建者之一基亚指出，比较文学并不是比较。比较不过是一门名字没取好的学科所运用的一种方法……企图对它的性质下一个严格的定义可能是徒劳的。基亚认为：比较文学不是平行比较，而仅仅是文学关系史。以"文学关系"为比较文学研究的正宗。为什么法国学派要反对比较？或者说为什么法国学派要提出"比较文学不是文学比较"，因为法国学派认为"比较"（comparison）实际上是乱比的根源，或者说"比较"是没有可比性的。正如巴登斯佩哲指出："仅仅对两个不同的对象同时看上一眼就作比较，仅仅靠记忆和印象的拼凑，靠一些主观臆想把可能游移不定的东西扯在一起来找点类似点，这样的比较决不可能产生论证的明晰性"。所以必须抛弃"比较"。只承认基于科学的历史实证主义之上的文学影响关系研究（based on scientificity and positivism and literary influences.）。法国学派的代表学者卡雷指出：比较文学是实证性的关系研究：“比较文学是文学史的一个分支：它研究拜伦与普希金、歌德与卡莱尔、瓦尔特·司各特与维尼之间，在属于一种以上文学背景的不同作品、不同构思以及不同作家的生平之间所曾存在过的跨国度的精神交往与实际联系。”正因为法国学者善于独辟蹊径，敢于提出“比较文学不是文学比较”，甚至完全抛弃比较（comparison），以防止“乱比”，才形成了一套建立在“科学”实证性为基础的、以影响关系为特征的“不比较”的比较文学学科理论体系，这终于挡住了克罗齐等人对比较文学“乱比”的批判，形成了以“科学”实证为特征的文学影响关系研究，确立了法国学派的学科理论和一整套方法论体系。当然，法国学派悍然砍掉比较研究，又不放弃“比较文学”这个名称，于是不可避免地出现了比较文学名不副实的尴尬现象，出现了打着比较文学名号，而又不比较的法国学派学科理论，这才是问题的关键。

当然，法国学派提出“比较文学不是文学比较“，只注重实证关系而不注重文学比较和文学审美，必然会引起比较文学的危机。这一危机终于由美国著名比较文学家韦勒克（René Wellek）在 1958 年国际比较文学协会第二次大会上明确揭示出来了。在这届年会上，韦勒克作了题为《比较文学的危机》的挑战性发言，对“不比较”的法国学派进行了猛烈批判，宣告了倡导平行比较和注重文学审美的比较文学美国学派的诞生。韦勒克作了题为《比较文学的危机》的挑战性发言，对当时一统天下的法国学派进行了猛烈批判，宣告了比较文学美国学派的诞生。韦勒克说：“我认为，内容和方法之间的人为界线，渊源和影响的机械主义概念，以及尽管是十分慷慨的但仍属文化民族主义的动机，是比较文学研究中持久危机的症状。”韦勒克指出：“比较也不能仅仅局限在历史上的事实联系中，正如最近语言学家的经验向文学研究者表明的那样，比较的价值既存在于事实联系的影响研究中，也存在于毫无历史关系的语言现象或类型的平等对比中。”很明显，韦勒克提出了比较文学就是要比较（comparison），就是要恢复巴登斯佩哲所讽刺和抛弃的“找点类似点”的平行比较研究。美国著名比较文学家雷马克（Henry Remak）在他的著名论文《比较文学的定义与功用》中深刻地分析了法国学派为什么放弃“比较”（comparison）的原因和本质。他分析说：“法国比较文学否定‘纯粹’的比较（comparison），它忠实于十九世纪实证主义学术研究的传统，即实证主

义所坚持并热切期望的文学研究的'科学性'。按照这种观点，纯粹的类比不会得出任何结论，尤其是不能得出有更大意义的、系统的、概括性的结论。……既然值得尊重的科学必须致力于因果关系的探索，而比较文学必须具有科学性，因此，比较文学应该研究因果关系，即影响、交流、变更等。"雷马克进一步尖锐地指出，"比较文学"不是"影响文学"。只讲影响不要比较的"比较文学"，当然是名不副实的。显然，法国学派抛弃了"比较"（comparison），但是仍然带着一顶"比较文学"的帽子，才造成了比较文学"名"与"实"不相符合，造成比较文学不比较的尴尬，这才是问题的关键。

美国学派最大的贡献，是恢复了被法国学派所抛弃的比较文学应有的本义——"比较"（The American school went back to the original sense of comparative literature ——"comparison"），美国学派提出了标志其学派学科理论体系的平行比较和跨学科比较："比较文学是一国文学与另一国或多国文学的比较，是文学与人类其他表现领域的比较。"显然，自从美国学派倡导比较文学应当比较（comparison）以后，比较文学就不再有名与实不相符合的问题了，我们就不应当再继续笼统地说"比较文学不是文学比较"了，不应当再以"比较文学不是文学比较"来误导学生！更不可以说"一百余年来，比较文学这个名称是名不副实的。"不能够将雷马克的观点也强行解释为"比较文学不是比较"。因为在美国学派看来，比较文学就是要比较（comparison）。比较文学就是要恢复被巴登斯佩哲所讽刺和抛弃的"找点类似点"的平行比较研究。因为平行研究的可比性，正是类同性。正如韦勒克所说，"比较的价值既存在于事实联系的影响研究中，也存在于毫无历史关系的语言现象或类型的平等对比中。"恢复平行比较研究、跨学科研究，形成了以"找点类似点"的平行研究和跨学科研究为特征的比较文学美国学派学科理论和方法论体系。美国学派的学科理论以"类型学"、"比较诗学"、"跨学科比较"为主，并拓展原属于影响研究的"主题学"、"文类学"等领域，大大扩展比较文学研究领域。

二、比较文学的三个阶段

下面，我们从比较文学的三个学科理论阶段，进一步剖析比较文学不同阶段的学科理论特征。现代意义上的比较文学学科发展以"跨越"与"沟通"为目标，形成了类似"层叠"式、"涟漪"式的发展模式，经历了三个重要的学科理论阶段，即：

一、欧洲阶段，比较文学的成形期；二、美洲阶段，比较文学的转型期；三、亚洲阶段，比较文学的拓展期。我们将比较文学三个阶段的发展称之为"涟漪式"结构，实际上是揭示了比较文学学科理论的继承与创新的辩证关系：比较文学学科理论的发展，不是以新的理论否定和取代先前的理论，而是层叠式、累进式地形成"涟漪"式的包容性发展模式，逐步积累推进。比较文学学科理论发展呈现为层叠式、"涟漪"式、包容式的发展模式。我们把这个模式描绘如下：

法国学派主张比较文学是国际文学关系，是不同国家文学的影响关系。形成学科理论第一圈层：比较文学——影响研究；美国学派主张恢复平行比较，形成学科理论第二圈层：比较文学——影响研究＋平行研究＋跨学科研究；中国学派提出跨文明研究和变异研究，形成学科理论第三圈层：比较文学——影响研究＋平行研究＋跨学科研究＋跨文明研究＋变异研究。这三个圈层并不互相排斥和否定，而是继承和包容。我们将比较文学三个阶段的发展称之为层叠式、"涟漪"式、包容式结构，实际上是揭示了比较文学学科理论的继承与创新的辩证关系。

法国学派提出，可比性的第一个立足点是同源性，由关系构成的同源性。同源性主要是针对影响关系研究而言的。法国学派将同源性视作可比性的核心，认为影响研究的可比性是同源性。所谓同源性，指的是通过对不同国家、不同民族和不同语言的文学的文学关系研究，寻求一种有事实联系的同源关系，这种影响的同源关系可以通过直接、具体的材料得以证实。同源性往往建立在一条可追溯关系的三点一线的"影响路线"之上，这条路线由发送者、接受者和传递者三部分构成。如果没有相同的源流，也就不可能有影响关系，也就谈不上可比性，这就是"同源性"。以渊源学、流传学和媒介学作为研究的中心，依靠具体的事实材料在国别文学之间寻求主题、题材、文体、原型、思想渊源等方面的同源影响关系。注重事实性的关联和渊源性的影响，并采用严谨的实证方法，重视对史料的搜集和求证，具有重要的学术价值与学术意义，仍然具有广阔的研究前景。渊源学的例子：杨宪益，《西方十四行诗的渊源》。

比较文学学科理论的第二阶段在美洲，第二阶段是比较文学学科理论的转型期。从20世纪60年代以来，比较文学研究的主要阵地逐渐从法国转向美国，平行研究的可比性是什么？是类同性。类同性是指是没有文学影响关

系的不同国家文学所表现出的相似和契合之处。以类同性为基本立足点的平行研究与影响研究一样都是超出国界的文学研究，但它不涉及影响关系研究的放送、流传、媒介等问题。平行研究强调不同国家的作家、作品、文学现象的类同比较，比较结果是总结出于文学作品的美学价值及文学发展具有规律性的东西。其比较必须具有可比性，这个可比性就是类同性。研究文学中类同的：风格、结构、内容、形式、流派、情节、技巧、手法、情调、形象、主题、文类、文学思潮、文学理论、文学规律。例如钱钟书《通感》认为，中国诗文有一种描写手法，古代批评家和修辞学家似乎都没有拈出。宋祁《玉楼春》词有句名句："红杏枝头春意闹。"这与西方的通感描写手法可以比较。

比较文学的又一次危机：比较文学的死亡

九十年代，欧美学者提出，比较文学作为一门学科已经死亡！最早是英国学者苏珊·巴斯奈特1993年她在《比较文学》一书中提出了比较文学的死亡论，认为比较文学作为一门学科，在某种意义上已经死亡。尔后，美国学者斯皮瓦克写了一部比较文学专著，书名就叫《一个学科的死亡》。为什么比较文学会死亡，斯皮瓦克的书中并没有明确回答！为什么西方学者会提出比较文学死亡论？全世界比较文学界都十分困惑。我们认为，20世纪90年代以来，欧美比较文学继"理论热"之后，又出现了大规模的"文化转向"。脱离了比较文学的基本立场。首先是不比较，即不讲比较文学的可比性问题。西方比较文学研究充斥大量的 Culture Studies（文化研究），已经不考虑比较的合理性，不考虑比较文学的可比性问题。第二是不文学，即不关心文学问题。西方学者热衷于文化研究，关注的已经不是文学性，而是精神分析、政治、性别、阶级、结构等等。最根本的原因，是比较文学学科长期囿于西方中心论，有意无意地回避东西方不同文明文学的比较问题，基本上忽略了学科理论的新生长点，比较文学学科理论缺乏创新，严重忽略了比较文学的差异性和变异性。

要克服比较文学的又一次危机，就必须打破西方中心论，克服比较文学学科理论一味求同的比较文学学科理论模式，提出适应当今全球化比较文学研究的新话语。中国学派，正是在此次危机中，提出了比较文学变异学研究，总结出了新的学科理论话语和一套新的方法论。

中国大陆第一部比较文学概论性著作是卢康华、孙景尧所著《比较文学导论》，该书指出："什么是比较文学？现在我们可以借用我国学者季羡林先

生的解释来回答了：'顾名思义，比较文学就是把不同国家的文学拿出来比较，这可以说是狭义的比较文学。广义的比较文学是把文学同其他学科来比较，包括人文科学和社会科学'。"[1]这个定义可以说是美国雷马克定义的翻版。不过，该书又接着指出："我们认为最精炼易记的还是我国学者钱钟书先生的说法：'比较文学作为一门专门学科，则专指跨越国界和语言界限的文学比较'。更具体地说，就是把不同国家不同语言的文学现象放在一起进行比较，研究他们在文艺理论、文学思潮，具体作家、作品之间的互相影响。"[2]这个定义似乎更接近法国学派的定义，没有强调平行比较与跨学科比较。紧接该书之后的教材是陈挺的《比较文学简编》，该书仍旧以"广义"与"狭义"来解释比较文学的定义，指出："我们认为，通常说的比较文学是狭义的，即指超越国家、民族和语言界限的文学研究……广义的比较文学还可以包括文学与其他艺术（音乐、绘画等）与其他意识形态（历史、哲学、政治、宗教等）之间的相互关系的研究。"[3]中国比较文学早期对于比较文学的定义中凸显了很强的不确定性。

由乐黛云主编，高等教育出版社 1988 年的《中西比较文学教程》，则对比较文学定义有了较为深入的认识，该书在详细考查了中外不同的定义之后，该书指出："比较文学不应受到语言、民族、国家、学科等限制，而要走向一种开放性，力图寻求世界文学发展的共同规律。"[4]"世界文学"概念的纳入极大拓宽了比较文学的内涵，为"跨文化"定义特征的提出做好了铺垫。

随着时间的推移，学界的认识逐步深化。1997 年，陈惇、孙景尧、谢天振主编的《比较文学》提出了自己的定义："把比较文学看作跨民族、跨语言、跨文化、跨学科的文学研究，更符合比较文学的实质，更能反映现阶段人们对于比较文学的认识。"[5]2000 年北京师范大学出版社出版了《比较文学概论》修订本，提出："什么是比较文学呢？比较文学是一种开放式的文学研究，它具有宏观的视野和国际的角度，以跨民族、跨语言、跨文化、跨学科界限的各种文学关系为研究对象，在理论和方法上，具有比较的自觉意识和兼容并包的特色。"[6]这是我们目前所看到的国内较有特色的一个定义。

---

1 卢康华、孙景尧著《比较文学导论》，黑龙江人民出版社 1984，第 15 页。
2 卢康华、孙景尧著《比较文学导论》，黑龙江人民出版社 1984 年版。
3 陈挺《比较文学简编》，华东师范大学出版社 1986 年版。
4 乐黛云主编《中西比较文学教程》，高等教育出版社 1988 年版。
5 陈惇、孙景尧、谢天振主编《比较文学》，高等教育出版社 1997 年版。
6 陈惇、刘象愚《比较文学概论》，北京师范大学出版社 2000 年版。

具有代表性的比较文学定义是 2002 年出版的杨乃乔主编的《比较文学概论》一书，该书的定义如下："比较文学是以跨民族、跨语言、跨文化与跨学科为比较视域而展开的研究，在学科的成立上以研究主体的比较视域为安身立命的本体，因此强调研究主体的定位，同时比较文学把学科的研究客体定位于民族文学之间与文学及其他学科之间的三种关系：材料事实关系、美学价值关系与学科交叉关系，并在开放与多元的文学研究中追寻体系化的汇通。"[7]方汉文则认为："比较文学作为文学研究的一个分支学科，它以理解不同文化体系和不同学科间的同一性和差异性的辩证思维为主导，对那些跨越了民族、语言、文化体系和学科界限的文学现象进行比较研究，以寻求人类文学发生和发展的相似性和规律性。"[8]由此而引申出的"跨文化"成为中国比较文学学者对于比较文学定义所做出的历史性贡献。

我在《比较文学教程》中对比较文学定义表述如下："比较文学是以世界性眼光和胸怀来从事不同国家、不同文明和不同学科之间的跨越式文学比较研究。它主要研究各种跨越中文学的同源性、变异性、类同性、异质性和互补性，以影响研究、变异研究、平行研究、跨学科研究、总体文学研究为基本方法论，其目的在于以世界性眼光来总结文学规律和文学特性，加强世界文学的相互了解与整合，推动世界文学的发展。"[9]在这一定义中，我再次重申"跨国""跨学科""跨文明"三大特征，以"变异性""异质性"突破东西文明之间的"第三堵墙"。

"首在审己，亦必知人"。中国比较文学学者在前人定义的不断论争中反观自身，立足中国经验、学术传统，以中国学者之言为比较文学的危机处境贡献学科转机之道。

三、两岸共建比较文学话语——比较文学中国学派

中国学者对于比较文学定义的不断明确也促成了"比较文学中国学派"的生发。得益于两岸几代学者的垦拓耕耘，这一议题成为近五十年来中国比较文学发展中竖起的最鲜明、最具争议性的一杆大旗，同时也是中国比较文学学科理论研究最有创新性，最亮丽的一道风景线。

---

7 杨乃乔主编《比较文学概论》，北京大学出版社 2002 年版。
8 方汉文《比较文学基本原理》，苏州大学出版社 2002 年版。
9 曹顺庆《比较文学教程》，高等教育出版社 2006 年版。

比较文学"中国学派"这一概念所蕴含的理论的自觉意识最早出现的时间大约是 20 世纪 70 年代。当时的台湾由于派出学生留洋学习，接触到大量的比较文学学术动态，率先掀起了中外文学比较的热潮。1971 年 7 月在台湾淡江大学召开的第一届"国际比较文学会议"上，朱立元、颜元叔、叶维廉、胡辉恒等学者在会议期间提出了比较文学的"中国学派"这一学术构想。同时，李达三、陈鹏翔（陈慧桦）、古添洪等致力于比较文学中国学派早期的理论催生。如 1976 年，古添洪、陈慧桦出版了台湾比较文学论文集《比较文学的垦拓在台湾》。编者在该书的序言中明确提出："我们不妨大胆宣言说，这援用西方文学理论与方法并加以考验、调整以用之于中国文学的研究，是比较文学中的中国派"[10]。这是关于比较文学中国学派较早的说明性文字，尽管其中提到的研究方法过于强调西方理论的普世性，而遭到美国和中国大陆比较文学学者的批评和否定；但这毕竟是第一次从定义和研究方法上对中国学派的本质进行了系统论述，具有开拓和启明的作用。后来，陈鹏翔又在台湾《中外文学》杂志上连续发表相关文章，对自己提出的观点作了进一步的阐释和补充。

在"中国学派"刚刚起步之际，美国学者李达三起到了启蒙、催生的作用。李达三于 60 年代来华在台湾任教，为中国比较文学培养了一批朝气蓬勃的生力军。1977 年 10 月，李达三在《中外文学》6 卷 5 期上发表了一篇宣言式的文章《比较文学中国学派》，宣告了比较文学的中国学派的建立，并认为比较文学中国学派旨在"与比较文学中早已定于一尊的西方思想模式分庭抗礼。由于这些观念是源自对中国文学及比较文学有兴趣的学者，我们就将含有这些观念的学者统称为比较文学的'中国'学派。"并指出中国学派的三个目标：1、在自己本国的文学中，无论是理论方面或实践方面，找出特具"民族性"的东西，加以发扬光大，以充实世界文学；2、推展非西方国家"地区性"的文学运动，同时认为西方文学仅是众多文学表达方式之一而已；3、做一个非西方国家的发言人，同时并不自诩能代表所有其他非西方的国家。李达三后来又撰文对比较文学研究状况进行了分析研究，积极推动中国学派的理论建设。[11]

继中国台湾学者垦拓之功，在 20 世纪 70 年代末复苏的大陆比较文学研

---

10 古添洪、陈慧桦《比较文学的垦拓在台湾》，台湾东大图书公司 1976 年版。
11 李达三《比较文学研究之新方向》，台湾联经事业出版公司 1978 年版。

究亦积极参与了"比较文学中国学派"的理论建设和学科建设。

季羡林先生 1982 年在《比较文学译文集》的序言中指出:"以我们东方文学基础之雄厚,历史之悠久,我们中国文学在其中更占有独特的地位,只要我们肯努力学习,认真钻研,比较文学中国学派必然能建立起来,而且日益发扬光大"[12]。1983 年 6 月,在天津召开的新中国第一次比较文学学术会议上,朱维之先生作了题为《比较文学中国学派的回顾与展望》的报告,在报告中他旗帜鲜明地说:"比较文学中国学派的形成(不是建立)已经有了长远的源流,前人已经做出了很多成绩,颇具特色,而且兼有法、美、苏学派的特点。因此,中国学派绝不是欧美学派的尾巴或补充"[13]。1984 年,卢康华、孙景尧在《比较文学导论》中对如何建立比较文学中国学派提出了自己的看法,认为应当以马克思主义作为自己的理论基础,以我国的优秀传统与民族特色为立足点与出发点,汲取古今中外一切有用的营养,去努力发展中国的比较文学研究。同年在《中国比较文学》创刊号上,朱维之、方重、唐弢、杨周翰等人认为中国的比较文学研究应该保持不同于西方的民族特点和独立风貌。1985 年,黄宝生发表《建立比较文学的中国学派:读〈中国比较文学〉创刊号》,认为《中国比较文学》创刊号上多篇讨论比较文学中国学派的论文标志着大陆对比较文学中国学派的探讨进入了实际操作阶段。[14]1988 年,远浩一提出"比较文学是跨文化的文学研究"(载《中国比较文学》1988 年第 3 期)。这是对比较文学中国学派在理论特征和方法论体系上的一次前瞻。同年,杨周翰先生发表题为"比较文学:界定'中国学派',危机与前提"(载《中国比较文学通讯》1988 年第 2 期),认为东方文学之间的比较研究应当成为"中国学派"的特色。这不仅打破比较文学中的欧洲中心论,而且也是东方比较学者责无旁贷的任务。此外,国内少数民族文学的比较研究,也应该成为"中国学派"的一个组成部分。所以,杨先生认为比较文学中的大量问题和学派问题并不矛盾,相反有助于理论的讨论。1990 年,远浩一发表"关于'中国学派'"(载《中国比较文学》1990 年第 1 期),进一步推进了"中国学派"的研究。此后直到 20 世纪 90 年代末,中国学者就比较文学中国学派的建立、理论与方法以及相应的学科理论等诸多问题进行了积极而富有成效的探讨。

---

12 张隆溪《比较文学译文集》,北京大学出版社 1984 年版。
13 朱维之《比较文学论文集》,南开大学出版社 1984 年版。
14 参见《世界文学》1985 年第 5 期。

刘介民、远浩一、孙景尧、谢天振、陈淳、刘象愚、杜卫等人都对这些问题付出过不少努力。《暨南学报》1991 年第 3 期发表了一组笔谈，大家就这个问题提出了意见，认为必须打破比较文学研究中长期存在的法美研究模式，建立比较文学中国学派的任务已经迫在眉睫。王富仁在《学术月刊》1991 年第 4 期上发表"论比较文学的中国学派问题"，论述中国学派兴起的必然性。而后，以谢天振等学者为代表的比较文学研究界展开了对"X+Y"模式的批判。比较文学在大陆复兴之后，一些研究者采取了"X+Y"式的比附研究的模式，在发现了"惊人的相似"之后便万事大吉，而不注意中西巨大的文化差异性，成为了浅度的比附性研究。这种情况的出现，不仅是中国学者对比较文学的理解上出了问题，也是由于法美学派研究理论中长期存在的研究模式的影响，一些学者并没有深思中国与西方文学背后巨大的文明差异性，因而形成"X+Y"的研究模式，这更促使一些学者思考比较文学中国学派的问题。

经过学者们的共同努力，比较文学中国学派一些初步的特征和方法论体系逐渐凸显出来。1995 年，我在《中国比较文学》第 1 期上发表《比较文学中国学派基本理论特征及其方法论体系初探》一文，对比较文学在中国复兴十余年来的发展成果作了总结，并在此基础上总结出中国学派的理论特征和方法论体系，对比较文学中国学派作了全方位的阐述。继该文之后，我又发表了《跨越第三堵'墙'创建比较文学中国学派理论体系》等系列论文，论述了以跨文化研究为核心的"中国学派"的基本理论特征及其方法论体系。这些学术论文发表之后在国内外比较文学界引起了较大的反响。台湾著名比较文学学者古添洪认为该文"体大思精，可谓已综合了台湾与大陆两地比较文学中国学派的策略与指归，实可作为'中国学派'在大陆再出发与实践的蓝图"[15]。

在我撰文提出比较文学中国学派的基本特征及方法论体系之后，关于中国学派的论争热潮日益高涨。反对者如前国际比较文学学会会长佛克马（Douwe Fokkema）1987 年在中国比较文学学会第二届学术讨论会上就从所谓的国际观点出发对比较文学中国学派的合法性提出了质疑，并坚定地反对建立比较文学中国学派。来自国际的观点并没有让中国学者失去建立比较文学中国学派的热忱。很快中国学者智量先生就在《文艺理论研究》1988 年第

---

15 古添洪《中国学派与台湾比较文学界的当前走向》，参见黄维梁编《中国比较文学理论的垦拓》167 页，北京大学出版社 1998 年版。

1 期上发表题为《比较文学在中国》一文，文中援引中国比较文学研究取得的成就，为中国学派辩护，认为中国比较文学研究成绩和特色显著，尤其在研究方法上足以与比较文学研究历史上的其他学派相提并论，建立中国学派只会是一个有益的举动。1991 年，孙景尧先生在《文学评论》第 2 期上发表《为"中国学派"一辩》，孙先生认为佛克马所谓的国际主义观点实质上是"欧洲中心主义"的观点，而"中国学派"的提出，正是为了清除东西方文学与比较文学学科史中形成的"欧洲中心主义"。在 1993 年美国印第安纳大学举行的全美比较文学会议上，李达三仍然坚定地认为建立中国学派是有益的。二十年之后，佛克马教授修正了自己的看法，在 2007 年 4 月的"跨文明对话——国际学术研讨会（成都）"上，佛克马教授公开表示欣赏建立比较文学中国学派的想法[16]。即使学派争议一派繁荣景象，但最终仍旧需要落点于学术创见与成果之上。

比较文学变异学便是中国学派的一个重要理论创获。2005 年，我正式在《比较文学学》[17]中提出比较文学变异学，提出比较文学研究应该从"求同"思维中走出来，从"变异"的角度出发，拓宽比较文学的研究。通过前述的法、美学派学科理论的梳理，我们也可以发现前期比较文学学科是缺乏"变异性"研究的。我便从建构中国比较文学学科理论话语体系入手，立足《周易》的"变异"思想，建构起"比较文学变异学"新话语，力图以中国学者的视角为全世界比较文学学科理论提供一个新视角、新方法和新理论。

比较文学变异学的提出根植于中国哲学的深层内涵，如《周易》之"易之三名"所构建的"变易、简易、不易"三位一体的思辨意蕴与意义生成系统。具体而言，"变易"乃四时更替、五行运转、气象畅通、生生不息；"不易"乃天上地下、君南臣北、纲举目张、尊卑有位；"简易"则是乾以易知、坤以简能、易则易知、简则易从。显然，在这个意义结构系统中，变易强调"变"，不易强调"不变"，简易强调变与不变之间的基本关联。万物有所变，有所不变，且变与不变之间存在简单易从之规律，这是一种思辨式的变异模式，这种变异思维的理论特征就是：天人合一、物我不分、对立转化、整体关联。这是中国古代哲学最重要的认识论，也是与西方哲学所不同的"变异"思想。

---

16 见《比较文学报》2007 年 5 月 30 日，总第 43 期。

17 曹顺庆《比较文学学》，四川大学出版社 2005 年版。

由哲学思想衍生于学科理论，比较文学变异学是"指对不同国家、不同文明的文学现象在影响交流中呈现出的变异状态的研究，以及对不同国家、不同文明的文学相互阐发中出现的变异状态的研究。通过研究文学现象在影响交流以及相互阐发中呈现的变异，探究比较文学变异的规律。"[18]变异学理论的重点在求"异"的可比性，研究范围包含跨国变异研究、跨语际变异研究、跨文化变异研究、跨文明变异研究、文学的他国化研究等方面。比较文学变异学所发现的文化创新规律、文学创新路径是基于中国所特有的术语、概念和言说体系之上探索出的"中国话语"，作为比较文学第三阶段中国学派的代表性理论已经受到了国际学界的广泛关注与高度评价，中国学术话语产生了世界性影响。

四、国际视野中的中国比较文学

文明之墙让中国比较文学学者所提出的标识性概念获得国际视野的接纳、理解、认同以及运用，经历了跨语言、跨文化、跨文明的多重关卡，国际视野下的中国比较文学书写亦经历了一个从"遍寻无迹""只言片语"而"专篇专论"，从最初的"话语乌托邦"至"阶段性贡献"的过程。

二十世纪六十年代以来港台学者致力于从课程教学、学术平台、人才培养，国内外学术合作等方面巩固比较文学这一新兴学科的建立基石，如淡江文理学院英文系开设的"比较文学"（1966），香港大学开设的"中西文学关系"（1966）等课程；台湾大学外文系主编出版之《中外文学》月刊、淡江大学出版之《淡江评论》季刊等比较文学研究专刊；后又有台湾比较文学学会（1973 年）、香港比较文学学会（1978）的成立。在这一系列的学术环境构建下，学者前贤以"中国学派"为中国比较文学话语核心在国际比较文学学科理论、方法论中持续探讨，率先启声。例如李达三在 1980 年香港举办的东西方比较文学学术研讨会成果中选取了七篇代表性文章，以 *Chinese-Western Comparative Literature: Theory and Strategy* 为题集结出版，[19]并在其结语中附上那篇"中国学派"宣言文章以申明中国比较文学建立之必要。

学科开山之际，艰难险阻之巨难以想象，但从国际学者相关言论中可见西方对于中国比较文学学科的发展抱有的希望渺小。厄尔·迈纳（Earl Miner）

---

18 曹顺庆主编《比较文学概论》，高等教育出版社 2015 年版。
19 *Chinese-Western Comparative Literature：Theory & Strategy*, Chinese Univ Pr.1980-6

在 1987 年发表的 *Some Theoretical and Methodological Topics for Comparative Literature* 一文中谈到当时西方的比较文学鲜有学者试图将非西方材料纳入西方的比较文学研究中。(until recently there has been little effort to incorporate non-Western evidence into Western com- parative study.) 1992 年，斯坦福大学教授 David Palumbo-Liu 直接以《话语的乌托邦：论中国比较文学的不可能性》为题（*The Utopias of Discourse: On the Impossibility of Chinese Comparative Literature*）直言中国比较文学本质上是一项"乌托邦"工程。(My main goal will be to show how and why the task of Chinese comparative literature, particularly of pre-modern literature, is essentially a *utopian* project.) 这些对于中国比较文学的诘难与质疑，今美国加州大学圣地亚哥分校文学系主任张英进教授在其 1998 编著的 *China in a polycentric world: essays in Chinese comparative literature* 前言中也不得不承认中国比较文学研究在国际学术界中仍然处于边缘地位（The fact is, however, that Chinese comparative literature remained marginal in academia, even though it has developed closely with the rest of literary studies in the United Stated and even though China has gained increasing importance in the geopolitical world order over the past decades.)。[20]但张英进教授也展望了下一个千年中国比较文学研究的蓝景。

新的千年新的气象，"世界文学""全球化"等概念的冲击下，让西方学者开始注意到东方，注意到中国。如普渡大学教授斯蒂文·托托西（Tötösy de Zepetnek, Steven）1999 年发长文 *From Comparative Literature Today Toward Comparative Cultural Studies* 阐明比较文学研究更应该注重文化的全球性、多元性、平等性而杜绝等级划分的参与。托托西教授注意到了在法德美所谓传统的比较文学研究重镇之外，例如中国、日本、巴西、阿根廷、墨西哥、西班牙、葡萄牙、意大利、希腊等地区，比较文学学科得到了出乎意料的发展（emerging and developing strongly）。在这篇文章中，托托西教授列举了世界各地比较文学研究成果的著作，其中中国地区便是北京大学乐黛云先生出版的代表作品。托托西教授精通多国语言，研究视野也常具跨越性，新世纪以来也致力于以跨越性的视野关注世界各地比较文学研究的动向。[21]

---

20 Moran T . Yingjin Zhang, Ed. China in a Polycentric World: Essays in Chinese Comparative Literature[J].现代中文文学学报,2000,4(1):161-165.

21 Tötösy de Zepetnek, Steven. "From Comparative Literature Today Toward Comparative Cultural Studies." CLCWeb: Comparative Literature and Culture 1.3 (1999):

以上这些国际上不同学者的声音一则质疑中国比较文学建设的可能性，一则观望着这一学科在非西方国家的复兴样态。争议的声音不仅在国际学界，国内学界对于这一新兴学科的全局框架中涉及的理论、方法以及学科本身的立足点，例如前文所说的比较文学的定义，中国学派等等都处于持久论辩的漩涡。我们也通晓如果一直处于争议的漩涡中，便会被漩涡所吞噬，只有将论辩化为成果，才能转漩涡为涟漪，一圈一圈向外辐射，国际学人也在等待中国学者自己的声音。

上海交通大学王宁教授作为中国比较文学学者的国际发声者自 20 世纪末至今已撰文百余篇，他直言，全球化给西方学者带来了学科死亡论，但是中国比较文学必将在这全球化语境中更为兴盛，中国的比较文学学者一定会对国际文学研究做出更大的贡献。新世纪以来中国学者也不断地将自身的学科思考成果呈现在世界之前。2000 年，北京大学周小仪教授发文（*Comparative Literature in China*）[22]率先从学科史角度构建了中国比较文学在两个时期（20世纪 20 年代至 50 年代，70 年代至 90 年代）的发展概貌，此文关于中国比较文学的复兴崛起是源自中国文学现代性的产生这一观点对美国芝加哥大学教授苏源熙（Haun Saussy）影响较深。苏源熙在 2006 年的专著 *Comparative Literature in an Age of Globalization* 中对于中国比较文学的讨论篇幅极少，其中心便是重申比较文学与中国文学现代性的联系。这篇文章也被哈佛大学教授大卫·达姆罗什（David Damrosch）收录于《普林斯顿比较文学资料手册》（*The Princeton Sourcebook in Comparative Literature*，2009[23]）。类似的学科史介绍在英语世界与法语世界都接续出现，以上大致反映了中国学者对于中国比较文学研究的大概描述在西学界的接受情况。学科史的构架对于国际学术对中国比较文学发展脉络的把握很有必要，但是在此基础上的学科理论实践才是关系于中国比较文学学科国际性发展的根本方向。

我在 20 世纪 80 年代以来 40 余年间便一直思考比较文学研究的理论构建问题，从以西方理论阐释中国文学而造成的中国文艺理论"失语症"思考

---

22 Zhou, Xiaoyi and Q.S. Tong, "Comparative Literature in China", Comparative Literature and Comparative Cultural Studies, ed., Totosy de Zepetnek, West Lafayette, Indiana: Purdue University Press, 2003, 268-283.

23 Damrosch, David (EDT)*The Princeton Sourcebook in Comparative Literature*: Princeton University Press

属于中国比较文学自身的学科方法论，从跨异质文化中产生的"文学误读""文化过滤""文学他国化"提出"比较文学变异学"理论。历经 10 年的不断思考，2013 年，我的英文著作：*The Variation Theory of Comparative Literature*（《比较文学变异学》），由全球著名的出版社之一斯普林格（Springer）出版社出版，并在美国纽约、英国伦敦、德国海德堡出版同时发行。*The Variation Theory of Comparative Literature*（《比较文学变异学》）系统地梳理了比较文学法国学派与美国学派研究范式的特点及局限，首次以全球通用的英语语言提出了中国比较文学学科理论新话语："比较文学变异学"。这一新概念、新范畴和新表述，引导国际学术界展开了对变异学的专刊研究（如普渡大学创办刊物《比较文学与文化》2017 年 19 期）和讨论。

　　欧洲科学院院士、西班牙圣地亚哥联合大学让·莫内讲席教授、比较文学系教授塞萨尔·多明戈斯教授（Cesar Dominguez），及美国科学院院士、芝加哥大学比较文学教授苏源熙（Haun Saussy）等学者合著的比较文学专著（Introducing Comparative literature: New Trends and Applications[24]）高度评价了比较文学变异学。苏源熙引用了《比较文学变异学》（英文版）中的部分内容，阐明比较文学变异学是十分重要的成果。与比较文学法国学派和美国学派形成对比，曹顺庆教授倡导第三阶段理论，即，新奇的、科学的中国学派的模式，以及具有中国学派本身的研究方法的理论创新与中国学派"（《比较文学变异学》（英文版）第 43 页）。通过对"中西文化异质性的"跨文明研究"，曹顺庆教授的看法会更进一步的发展与进步（《比较文学变异学》（英文版）第 43 页），这对于中国文学理论的转化和西方文学理论的意义具有十分重要的价值。（"Another important contribution in the direction of an imparative comparative literature-at least as procedure-is Cao Shunqing's 2013 *The Variation Theory of Comparative Literature*. In contrast to the "French School"and"American School"of comparative Literature, Cao advocates a "third-phrase theory", namely, "a novel and scientific mode of the Chinese school," a "theoretical innovation and systematization of the Chinese school by relying on our *own* methods" (*Variation Theory* 43; emphasis added). From this etic beginning, his proposal moves forward emically by developing a "cross-civilizaional study on the heterogeneity between

---

24　Cesar Dominguez,Haun Saussy,Dario Villanueva Introducing Comparative literature: New Trends and Applications，Routledge,2015

Chinese and Western culture" (43), which results in both the foreignization of Chinese literary theories and the Signification of Western literary theories.）

　　法国索邦大学（Sorbonne University）比较文学系主任伯纳德·弗朗科（Bernard Franco）教授在他出版的专著（《比较文学：历史、范畴与方法》）*La littératurecomparée: Histoire, domaines, méthodes* 中以专节引述变异学理论，他认为曹顺庆教授提出了区别于影响研究与平行研究的"第三条路"，即"变异理论"，这对应于观点的转变，从"跨文化研究"到"跨文明研究"。变异理论基于不同文明的文学体系相互碰撞为形式的交流过程中以产生新的文学元素，曹顺庆将其定义为"研究不同国家的文学现象所经历的变化"。因此曹顺庆教授提出的变异学理论概述了一个新的方向，并展示了比较文学在不同语言和文化领域之间建立多种可能的桥梁。（Il évoque l'hypothèse d'une troisième voie, la « théorie de la variation », qui correspond à un déplacement du point de vue, de celui des « études interculturelles » vers celui des « études transcivilisationnelles . » Cao Shunqing la définit comme « l'étude des variations subies par des phénomènes littéraires issus de différents pays, avec ou sans contact factuel, en même temps que l'étude comparative de l'hétérogénéité et de la variabilité de différentes expressions littéraires dans le même domaine ».Cette hypothèse esquisse une nouvelle orientation et montre la multiplicité des passerelles possibles que la littérature comparée établit entre domaines linguistiques et culturels différents.） [25]。

　　美国哈佛大学（Harvard University）厄内斯特·伯恩鲍姆讲席教授、比较文学教授大卫·达姆罗什（David Damrosch）对该专著尤为关注。他认为《比较文学变异学》（英文版）以中国视角呈现了比较文学学科话语的全球传播的有益尝试。曹顺庆教授对变异的关注提供了较为适用的视角，一方面超越了亨廷顿式简单的文化冲突模式，另一方面也跨越了同质性的普遍化。[26]国际学界对于变异学理论的关注已经逐渐从其创新性价值探讨延伸至文学研究，例如斯蒂文·托托西近日在 *Cultura* 发表的（Peripheralities: "Minor" Literatures, Women's Literature, and Adrienne Orosz de Csicser's Novels）一文中便成功地将变异学理论运用于阿德里安·奥罗兹的小说研究中。

25　Bernard Franco La littératurecomparée: Histoire, domaines, méthodes，Armand Colin 2016.

26　David Damrosch Comparing the Literatures,Literary Studies in a Global Age,Princeton University Press,2020.

国际学界对于比较文学变异学的认可也证实了变异学作为一种普遍性理论提出的初衷，其合法性与适用性将在不同文化的学者实践中巩固、拓展与深化。它不仅仅是跨文明研究的方法，而是一种具有超越影响研究和平行研究，超越西方视角或东方视角的宏大视野、一种建立在文化异质性和变异性基础之上的融汇创生、一种追求世界文学和总体问题最终理想的哲学关怀。

以如此篇幅展现中国比较文学之况，是因为中国比较文学研究本就是在各种危机论、唱衰论的压力下，各种质疑论、概念论中艰难前行，不探源溯流难以体察今日中国比较文学研究成果之不易。文明的多样性发展离不开文明之间的交流互鉴。最具"跨文明"特征的比较文学学科更需要文明之间成果的共享、共识、共析与共赏，这是我们致力于比较文学研究领域的学术理想。

千里之行，不积跬步无以至，江海之阔，不积细流无以成！如此宏大的一套比较文学研究丛书得承花木兰总编辑杜洁祥先生之宏志，以及该公司同仁之辛劳，中国比较文学学者之鼎力相助，才可顺利集结出版，在此我要衷心向诸君表达感谢！中国比较文学研究仍有一条长远之途需跋涉，期以系列丛书一展全貌，愿读者诸君敬赐高见！

曹顺庆

二零二一年十月二十三日于成都锦丽园

目

次

第一章　導　論

一、章節安排與方法說明

　　本論文既以韋沃《文學理論》一書之「文學的內部研究」為主，因此，除了第一章導論、第二章文學功用之比較與第十章結論外，其餘章節的安排就根據該書第四部分的次序，依：文學作品的存在方式（The Mode of Existence of a Literary Work of Art）、和諧音（Euphony）節奏（Rhythm）、格律（Metre）、風格論（Stylistics）、意象（Image）隱喻（Metaphor）象徵（Symbol）神話（Myth）、文學類型（Literary Genres）、文學評價（Evaluation）與文學史（Literary History）為序，分列在第三章至第九章。

　　另外，第十六章〈敘述性小說的性質和模式〉雖屬內部研究部分，但劉勰《文心雕龍》幾乎沒有論述，不具可比性，故闕置不論。至於「文學的性質與功用」本列於韋沃《文學理論》第一部〈定義和區分〉中，非文學內部研究之範圍。但文學性質、文學功用與文學作品的存在方式，密切相關，韋沃也強調論文學之性質，須佐以文學的功用來說明。因此，在第三章〈文學作品的存在方式〉之前，對文學性質與功用，有加以釐清之必要，故而在第三章〈文學作品的存在方式〉前，插入〈文學的性質與功用〉為第二章，使之上下連繫，有助於這三個概念的釐清，而使論文成一有機結構的組合。然如何平行比較二書，首先，第一節按韋勒克、沃倫《文學理論》[1]的編次與各章所論述的內容，

---

[1]　本論文所使用的《文學理論》之版本，是以韋沃英文第三版為主要資料來源。參見 René Wellek & Austin Warren, *Theory of Literary* (third edition) (Harcourt, Brace & World, Inc. New York, 1956)。

熟讀、沉浸、消化後加以梳理，建立各章的比較項目。第二節根據這些項目，
檢視《文心雕龍》五十篇中，與之相應的論點，最後在第三節仔細比較，指出
其論點的差異與共通的地方。

二、凡例

韋勒克與沃倫的《文學理論》，英文版一版序言：第一、二、四、七、九、
十四、十九章為韋勒克所撰，第三、八、十五、十六、十七、十八等六章則為
沃倫所寫。為省簡計，本書文中若提及此書作者，不論它來自哪一章，皆以
「韋沃」稱之，不做區別，必要時不再重述其名，以免成為贅疣。

二書版本，《文心雕龍》取范文瀾《文心雕龍注》（臺北：學海出版社，1992
年）為版本；韋沃《文學理論》則以 René Wellek & Austin Warren, *Theory of
Literature* (third edition)（Harcourt, Brace & World, Inc. New York, 1956，第三
版）為主，中譯本以劉象愚、邢培明、陳聖生、李哲明等所譯之本，以其版本
授權完整、譯文嚴謹、清通，並參酌梁伯傑與王夢鷗、許國衡之譯本。三種中
譯本如下：

（1）René & Wellek 著，劉象愚、邢培明、陳聖生、李哲明等譯，《文學
理論》（南京：江蘇出版，2005 年）。

（2）René & Wellek 著，梁伯傑譯，《文學理論》（台北：水牛出版，第 3
版，1999 年）。

（3）René & Wellek 著，王夢鷗、許國衡譯，《文學論》（台北：志文出版
社，1976 年）。

另外，兩書之比較，文中常會徵引原文或譯文，為求簡明，在引文注釋
體例，凡徵引則注明著者、書名、出版處、年份與引用頁碼，若同一書於同頁
中出現，英文部分亦不採用縮寫 *Ibid.*, p，而中文譯本也不用「同前註，頁碼」
標示。

三、概述比較二書之緣由

《文心雕龍》是文學理論、文學批評與文學史的一本鉅著，它問世一千
五百多年，學者對它的研究容或有間斷過，但自清朝以來卻頗為興盛。戚良德
《文心雕龍分類索引》收錄了近百年來（1907～2005），兩岸三地與國外之專
著、單篇論文的題目，計有 6517 條，其中單篇論文 6143 條，專著 348 條，西
文論著 26 條。此書根據研究內涵與屬性分類，包含劉勰的生平和著作、《文

心雕龍》綜論、文學樞紐論、文體論、創作論、批評論、理論專題與學科綜述等領域，研究之廣之深，可謂包舉洪纖、鉅細靡遺。[2]就其研究數量之眾、範疇之廣與影響之深遠，《文心雕龍》受到的關注已超越中國任何一部古典文論著作。

清人黃叔琳在《文心雕龍·序》中評述此書說：

> 劉舍人《文心雕龍》一書，蓋文苑之祕寶也。觀其包羅群籍，多所折衷，于凡文章利病，抉摘靡遺。綴文之士，苟欲希風前秀，未有可舍此而求津逮者。[3]

黃叔琳認為《文心雕龍》「折衷」群言，「抉摘」文章利病，是學文者之津梁。章學誠《文史通義·詩話》亦評曰：

> 《詩品》之於論詩，視《文心雕龍》之於論文，皆專門多家勒為成書之初祖也。《文心》體大而慮周，《詩品》思深而意遠，蓋《文心》籠罩群言，而《詩品》深從《六藝》溯流別也。[4]

兩本中國文論之初祖，章學誠各以思深意遠、體大慮周評之，可謂洞中肯綮。近人魯迅更推崇曰：「東則有劉彥和《文心》，西則有亞理士多德之《詩學》。」[5]

《文心雕龍》的價值，在於它是歷代文論的集大成者，其對文學本源、體裁、創作、批評與文學的外緣關係，都有深入的探討，在「彌綸群言」與「體大慮周」這部分，它是史無前例的。

然《文心雕龍》既是經典的文論，其理論也應適用於現代。唯有如此，方能證明劉勰把握到的文學原理與批評的原則，是根本而具普遍性的原理、原則。因此當務之急，乃在於如何切當地提出新的論題、研究方向，庶不辜負這部文典的價值。因此筆者擬從比較中、西文論的角度，去比較、開展它的豐富內涵。首先，必須說明的是：《文心雕龍》之中西比較，已有學者如：施友忠、陳慧樺、紀秋郎、沈謙、梅家玲、黃維樑、王毓紅、汪洪章等前輩「開荒」在前，筆者只是在他們的研究基礎上，進一步「開墾」而已。在這樣的動機下，筆者根據黃維樑《文心雕龍》與西方文學理論〉一文中的子題，選擇韋勒克（R. Wellek）與沃倫（A. Warren）合著的《文學理論》（*Theory of Literature*），

2　戚良德，《文心雕龍分類索引》（上海：古籍出版社，2005 年），參見前言、編例、目錄。

3　〔清〕黃叔琳，《文心雕龍輯注》（北京：中華書局，1957 年），頁 1。

4　〔清〕章學誠，《文史通義》（台北：華世出版社，1980 年），頁 160。

5　魯迅，〈詩論題記〉，見《魯迅研究年刊》（1979 年創刊號）。

與《文心雕龍》做比較研究，有人或許會質疑，西方文學理論極多，為什麼選《文學理論》？這是因為韋勒克與沃倫的《文學理論》不管在西方或在華人的文學理論界，都是部重要著作。韋勒克（1903～1995）是二十世紀西方十分有影響力的文學理論家和批評家之一。他與沃倫合著的《文學理論》出版半個多世紀以來，一直盛行不衰，先後被譯成二十幾種文字，不僅被世界許多國家的大學用作文學專業的教材，還被納入世界經典作品之林。[6]

錢鍾書在《管錐編》也多次引用《文學理論》的說法，與中國典籍中的論述相互印證。[7]而許多高等學校的中文系也用其做為教科書，它還被中國教育部列入中文系學生必須閱讀的 100 本推薦書目中。由於其博大精深的學識與在學術上的傑出表現，韋勒克一生獲得極高的榮譽，他被哈佛大學、牛津大學、哥倫比亞大學、羅馬大學、慕尼黑大學授予榮譽博士學位，且還擔任耶魯大學比較文學系主任，哈佛、普林斯頓、柏克萊、印第安那大學的客座教授，也獲得三次的古根漢獎學金、與多次洛克菲勒獎學金的資助。正因為如此卓越，他不僅被稱為著名的理論家和批評家，而且還被稱為「批評家的批評家。」[8]

其次，黃維樑指出韋勒克（R. Wellek）與沃倫（A. Warren）的《文學理論》非常有體系，它分為四部分，第一部、探討文學的性質與功能，也探討了總體文學、比較文學與民族文學。第二部分、則著重在文學的研究方法、步驟。第三部分、論述了文學與傳記、文學與心理、文學與社會、文學與思想、文學與其他藝術的關係。第四部分、則涉及了文學作品的存在方式、和諧音、節奏與格律，文學風格，意象、隱喻、象徵與神話，小說的性質與模式，文學的類型，文學的評價與文學史。因此，《文學理論》的內容與涉及的文論範疇與《文心雕龍》相當接近，它包括了文學的原理、文學的批評與文學史，也是「體系龐大」的著作。[9]王夢鷗在《文學論》（*Theory of Literature*）的譯序中就盛讚《文心雕龍》與《文學理論》皆是組織綿密、內容豐贍、賅博精深的力作。[10]以這

6 劉象愚，〈韋勒克與他的文學理論〉（代譯序），載於韋勒克、沃倫著，劉象愚、邢培明、陳聖生、李哲明譯，《文學理論》（南京：江蘇教育出版社，2005 年），頁 1。
7 錢鍾書，《管錐編》（北京：中華書局，1979 年），第二冊，頁 748；第四冊，頁 1421。
8 劉象愚，〈韋勒克與他的文學理論〉（代譯序），載於韋勒克、沃倫著，劉象愚、邢培明、陳聖生、李哲明等譯，《文學理論》，頁 7。
9 黃維樑，《文心雕龍：體系與應用》（香港：文思出版社，2006 年），頁 24～27。
10 韋勒克、沃倫著、王夢鷗、許國衡譯，《文學論》（台北：志文出版社，1976 年），頁 6～7。

樣一本二十世紀、有體系且重要的文論巨著與《文心雕龍》做比較研究，理由自然是充分且可行的。此外，黃維樑在《文心雕龍：體系與運用》中也很感慨地說：

> 20世紀西方文論在中華學術界獲得禮遇、厚待，構成這樣一章熱烈而有時荒謬的接受史。中國古今文論在西方呢？我們只看到冷遇和忽視。20世紀西方的重要批評家或文論家，如艾略特（T. S. Eliot）佛萊（Northrop Frye）韋勒克（René Wellek）艾伯拉穆斯（M. H. Abrams）布扶（Wayne Booth）伊高頓（Terry Eagleton）等等，其著作中全不見中國古今文論的片言隻字：古代的劉勰或金聖嘆，20世紀的朱光潛或錢鍾書，完全無蹤無跡；沒有「賦比興」、「興觀群怨」更無「神思」「知音」「情采」「通變」隨便舉例，如在 T. S. Eliot, *The Use of Poetry and the Use of Criticism* (London, Faber and Faber, 1933)； *What is Criticism*? (Bloomington, Indiana University Press, 1981)諸書裡，中國古今文論全部缺席、啞然「失語」，因為他們完全沒有徵引。個別西方文論家不識或忽視中國古今文論，西方學者集體編寫的文論辭典一類書籍，若非同樣忽視，就是予以冷處理，或不當處理。[11]

黃氏對西風壓倒東風，中國古今文論在國際間遭受冷落感到錐心之痛，亦憤憤不平于國人昧於西方文論的「艱」「難」、「詭」、「雜」而追其新穎多元，忽視了自有的瑰寶，然客觀現實卻是如此冰涼，因此他一直努力運用《文心雕龍》的理論來分析東、西方的文學作品[12]，期能用實踐之力來呼籲國人們要正確地評價自己的文化遺產。他認為要發揚古典文論的價值，必須中國的文學研究者，先重視、詮釋並應用中國的文論，證明它饒有價值和成效，而且加強中西文論的比較，使其成為一種風氣，然後向外國輸出，才可能有預期的效果。[13]

　　中西文學理論的比較本是一條可以開拓的學術路徑，先賢們早已開拓指出方向，惟沒有激起太大的漣漪，吸引足夠的後繼者投資心力，以致於仍是較少被耕耘的一塊園地。比較文學耆宿亨利·雷馬克（Henry H. H. Remak）曾在

---

11 黃維樑，《文心雕龍：體系與應用》（香港：文思出版社，2006年），頁 15～19。
12 黃維樑，《文心雕龍：體系與應用》，頁 162～260。
13 黃維樑，《文心雕龍：體系與應用》，頁 20。

〈比較文學的定義與功用〉一文中定義比較文學，他說：

> 比較文學是超出一國範圍之外的文學研究，並且研究文學與其它知
> 識及信仰領域之間的關係，包括藝術（如繪畫、雕刻、建築、音樂）
> 哲學、歷史、社會科學（如政治、經濟、社會學）、自然科學、宗教
> 等等。簡言之，比較文學是一國文學與另一國或多國文學的比較，
> 是文學與人類其它表現領域的比較。[14]

細究雷馬克對比較文學的定義，可以發現他寄寓於比較文學的深刻意旨，並不
限定於方法論上的意義，而是建立在雙重意義之上的觀念，其一，是指出不同
國界文學不論是兩國甚至是多國文學之間的比較是可行的。其二，更指出文學
與人類其它表現領域之間是可以比較的。因此雷馬克的比較，不論是同性質的
文學或是跨學科之間的比較，都意味著比較是一種地域上的跨越，或是文化上
的打通，其主旨乃在於建立人類寬廣的視野與胸懷，使人類在比較的基礎上獲
得心靈上的匯通而不失於偏狹認知上的為害，此見解之於今日全球化社會的
趨同時勢實乃卓越精當。社會學者杭亭頓（Samuel P. Huntington）也在《文明
的衝突與世界秩序的重建》一書中闡述人類文明的衝突皆來自於文化、宗教信
仰、認知、語言、種族、與心靈上欠缺包容力，故開拓比較文學的研究風氣毋
乃是一條融合、消弭衝突、誤解、建立溝通且深具文化意義的研究取徑。

---

14 參見陳惇、孫景堯、謝天振主編《比較文學》，（北京：高等教育出版社，1997 年），
頁 5～6。

第二章　文學性質[1]與功用之比較

前　言

　　本章第一節，概述韋沃《文學理論》第一部分（定義與區分）的第二章〈文學的性質〉與第三章〈文學的功用〉。第二節，談劉勰《文心雕龍》與之相應的論述，見〈原道〉、〈徵聖〉、〈宗經〉、〈程器〉、〈序志〉及〈明詩〉至〈書記〉等二十篇文體論中有關文學功用的論述。第三節，則就二書有關此議題之論述，分別從：（一）文學是否甜美而有用（二）文學與真理（三）文學的性質與功用等三方面做比較。

第一節　韋沃《文學理論》論文學性質與功用

一、文學的性質

　　韋沃認為文學是審美的，其特質有三：虛構性（fictionality）、創造性

1　韋沃《文學理論》第二部分第二章為"The Nature of Literature"。"nature"一詞，梁伯傑與劉象愚等均譯為「本質」，而王夢鷗、許國衡則譯為「性質」。筆者認為王、許之譯文較貼近韋沃的原意。因為英文「本質」一詞，是"essence"，此詞除譯為「本質」外，也含有「實質」、「本體」之意。而"nature"一詞，雖也含本質之意，但較接近中文的「性質」，與哲學習稱的「本質」不同。故此處譯為「性質」，較為妥當，庶免與哲學上的「本質」相混淆。參見韋勒克、沃倫著，王夢鷗、許國衡譯，《文學論》（台北：志文出版社，1976 年），頁 29；韋勒克、沃倫著，劉象愚、邢培明、陳聖生、李哲明等譯，《文學理論》（南京：江蘇教育出版社，2005 年），頁 9；韋勒克、沃倫著，梁伯傑譯，《文學理論》（台北：水牛出版社，1991 年），頁 11。

（invention）與想像性（imagination）。[2]這三個特質，清楚地顯現在抒情詩、史詩和戲劇等傳統文類上，這三個文類所構築的世界都是虛構的、想像的。韋沃認為：小說、抒情詩、戲劇所陳述的世界，基本上都不是真實的，它們都有一定的程式或藝術成規去選定主題、人物、情節、場景，甚至對白、空間與時間的設計，所以這些文類所呈現的內容，都是創造、想像與虛構的。以小說與抒情詩為例，一本巴爾扎克（H. Balzac）的小說，似乎記錄真人實事，但若證之社會學或歷史，就可判別它們與真實世界的差異。小說的人物，絕不同於歷史人物或現實生活中的人物；小說人物充其量只是由作者透過語句所塑造出來的，因此他沒有過去、將來，沒有生命的連續性。至於抒情詩，大都是主觀性的，詩中的「我」可能是虛構的「我」或戲劇性的「我」，不一定是真實世界的某一人物。

　　韋沃也強調文學具有這三項特質，但這三項文學性質並不適用於評價文學之優劣：

> 這些文學概念是用來說明文學的性質，而不是用來評價文學的優劣的。將一部偉大的、有影響力的著作歸屬於修辭學、哲學或政治論說文中，並不損失這部作品的價值，因為所有這些門類的著作也都可能引起美感分析，也都具有近似或等同于文學作品的風格和章法等問題，只是其中沒有文學的核心性質——虛構性。[3]

這見解是正確的，文學的性質屬於文學理論之範疇，而文學的評價，則屬於文學批評的範圍，兩者雖有高度的相關性，卻分屬於不同的範疇，不容混淆。韋沃也提醒我們，文學性質不管是虛構、想像、創造，都只是區別文學與非文學的觀念，而與文學評價無關。但韋沃認為虛構、想像、創造雖能標示出文學與非文學的特徵，但它們也如一些古老的美學術語如「多樣的統一」（unity in variety）、「無為的觀照」（disinterested contemplation）、「美感距離」（aesthetic distance）一樣，只能片面地描述文學作品的某個方面，或表示文學作品在語義上的某種特徵。事實上，沒有一個術語本身能令人滿意，由此他們得出一個結論：一部文學作品不是一件簡單的東西，而是交織著多層意義和關係的複

---

2 René Wellek & Austin Warren, *Theory of Literature* (third edition) (Harcourt, Brace & World, Inc. New York,1956), p.26。譯文參見韋勒克、沃倫著，劉象愚、邢培明、陳聖生、李哲明等譯，《文學理論》（南京：江蘇教育出版社，2005 年），頁 16。

3 René Wellek & Austin Warren, *Theory of Literature*, p.26。譯文參見韋勒克、沃倫著，劉象愚、邢培明、陳聖生、李哲明等譯，《文學理論》，頁 16。

雜組合體，且這一組合體能充分體現審美的價值。

二、「詩辯」的問題

　　韋沃認為文學有沒有功用的問題，自柏拉圖時就被提出，但並非由詩人或詩歌愛好者所提出。寧可說，是由功用主義者、道德家或政治家、哲學家等，代表文學之外的各種價值所提出來的。換言之，這個問題的提出，是從整個社會或者全人類的角度來質問「文學有何作用」，因此，詩人或詩歌的愛好者，就必須像一個有責任感的公民一樣，接受各方的挑戰。韋沃認為以往「詩辯」（defence or apology for poetry）為了回應這些質疑，自然得特意強調文學有功用，而不強調文學的快感。但自浪漫主義運動以來，詩人面對這些挑戰，給了個巧妙的答案，那就是布雷德利（A. C. Bradley）所說的「為詩而詩」，這與愛默生所說「美有它自身存在的理由」有異曲同工之妙。韋沃指出，當我們用「功用」這個詞時，我們是指詩歌有多種作用，而它主要的功用，是不違背它自己的性質。[4]韋沃認為文學之性質與功用是相關聯的，只有知道文學是什麼，或文學的主要功用是什麼（主要功用消失了，次要功用就會替代它），才能有效而合理地應用文學。換句話說，文學的性質是由它的功用所決定──它能做什麼用，它就是什麼。[5]

　　博厄斯（G. Boas）在《批評初階》（*Primer for Critics*）中，認為文學具有多元的趣味，而因應於這些趣味的多元性，批評也有多種類型。[6]艾略特（T. S. Eliot）在《詩歌功用和批評功用》（*The Use of Poetry and the Use of Criticism*）中，也肯定各式各樣的詩，在不同時候產生各式各樣的效果。[7]韋沃認為嚴肅對待藝術的人，起碼會將某種適合其本身性質的功用，歸屬於它們。阿諾德（M. Arnold）認為詩可以取代宗教和哲學，韋沃不同意這種說法，也不同意艾略特的「世上沒有真正替代品」之觀點。[8]韋沃認為文學可以取代許多東西，

4　René Wellek & Austin Warren, *Theory of Literature*, p.37。譯文參見韋勒克、沃倫著，劉象愚、邢培明、陳聖生、李哲明等譯，《文學理論》，頁 29～30。

5　René Wellek & Austin Warren, *Theory of Literature*, p.29。譯文參見韋勒克、沃倫著，劉象愚、邢培明、陳聖生、李哲明等譯，《文學理論》，頁 19。

6　René Wellek & Austin Warren, *Theory of Literature*, p.31。譯文參見韋勒克、沃倫著，劉象愚、邢培明、陳聖生、李哲明等譯，《文學理論》，頁 22。

7　René Wellek & Austin Warren, *Theory of Literature*, p.31。譯文參見韋勒克、沃倫著，劉象愚、邢培明、陳聖生、李哲明等譯，《文學理論》，頁 22。

8　René Wellek & Austin Warren, *Theory of Literature*, p.31。譯文參見韋勒克、沃倫著，劉象愚、邢培明、陳聖生、李哲明等譯，《文學理論》，頁 22。

例如：代替國外旅行或旅居；代替直接經驗和想像的生活；還可以被歷史家當做社會文獻來使用等等。但是文學還是有本身的獨特價值與功用，這種價值與功用是獨立的，它與哲學、歷史、音樂都不同。

三、文學功用的特徵

（一）「甜美」而「有用」

韋沃指出：賀拉斯（Horace）對文學「甜美」而「有用」的說法，是美學史上兩個針鋒相對的議題。「甜美」與「有用」，是從讀者的角度說的，它不是衡量文學作品的標準。就詩的功用而言，韋沃認為若將兩者分開，單用其中一個，就會走向極端：

> 如果說詩是遊戲、是直覺的樂趣，我們覺得抹殺了藝術家運思和錘煉的苦心，也無視詩歌的嚴肅性和重要性；可是，如果說詩是勞動或技藝，又有侵犯詩的愉悅功能及康德所謂的「無目的性」（purposelessness）之嫌。[9]

因此我們在談論文學的藝術作用時，必須同時尊重「甜美」和「有用」的要求。藝術的有用性，不在強制給人道德教訓，藝術也不是消磨時間的方式，藝術是值得重視的事物，「甜美」不是一種義務，是一種令人不討厭，而且能給人報酬的東西。有人懷疑次級文學（sub-literary）的教育功能，認為它們是人們尋求娛樂、逃避現實的工具，韋沃引用阿德勒（M. Adler）的話說：

> 至少，阿德勒在知識水平最低的小說讀者之中，發現到他們對小說的興趣當中，也含有一些基本的求知慾在內。[10]

也就是說，即使是次級的文學也都含有某種知識，而這些知識能夠滿足合宜的讀者的求知慾。次級文學不僅能滿足讀者基本的求知慾，也可以改變讀者對其所處環境的認知，柏克（K. Burke）就認為這樣的指責太輕率了，他認為逃避現實的夢想：

> 可以幫助讀者，澄清他對他所處環境的厭惡；藝術家〔……〕在密西西比河畔憩息，只是天真的歌唱著也會對現狀有所顛覆（改變）。[11]

9　René Wellek & Austin Warren, *Theory of Literature*, pp.29～30。譯文參見韋勒克、沃倫著，劉象愚、邢培明、陳聖生、李哲明等譯，《文學理論》，頁20。

10　René Wellek & Austin Warren, *Theory of Literature*, p.30。譯文參見韋勒克、沃倫著，劉象愚、邢培明、陳聖生、李哲明等譯，《文學理論》，頁21。

11　René Wellek & Austin Warren, *Theory of Literature*, p.30～31。譯文參見韋勒克、沃

也就說次級文學可以協助某些讀者重新認知環境，或促使他們去批評、改變現狀。因此，從文學的教育功能來說，文學的甜美、有用，是不分優劣的，只要適用者能從中獲得實質益處，無論何種文學，都具有價值，柏克有力地反駁次級文學只能用來娛樂或逃避現實的指控。對使用者來說，藝術是「甜美」而「有用」的。也就是說，藝術的表現優於使用者自己的幻想或思考——藝術技巧地表現，類似讀者的幻想或思考對象，使他們在欣賞作品時，重現他們的幻想或思考，因而得到快感。所以當某一作品成功地發揮作用時，快感和有用性不只是單純地共存，而是融合在一起。文學給人快感，不是從一些快人心意的事物中，隨意揀擇幾樣而來的，它是一種「高級快感」，是從「無所希求的冥思默想」[12]這種高級的活動獲得的。總之，文學的有用性——嚴肅性和教育性，是令人愉悅的嚴肅性，而不是必須履行職責或汲取教訓的嚴肅性。我們把這種給人快感的嚴肅性，稱之為審美的嚴肅性（aesthetic seriousness）或知覺的嚴肅性（seriousness of perception）。[13]

（二）文學是另一種真理

韋沃說：

> 伊斯曼（M. Eastman）相信有想像力的作家（尤其是詩人）如果將發現和傳播知識作為自己的主要職責，便誤解了自己；作家和詩人的真正功能，在於使我們理解我們所看到的東西，想像我們在概念上或實際上已經知道的東西。[14]

伊斯曼否認「文學心智」（literary mind）能發現「真理」的主張，他認為「文學心智」是科學時代之前，未專門化的業餘頭腦，它試圖利用語言之便利，使人以為它發表的是「真理」，此點與韋沃的見解不同。韋沃認為文學的真理，與文學外的真理——也就是有系統、能夠公開證實的知識——一樣是「真理」。王爾德（O. Wilde）在《意向》（Intentions）一書中指出，惠斯勒（J. A. M. Whistler）發現霧的美學價值，而拉斐爾前派（Pre-Raphaelite）在從未被認

倫著，劉象愚、邢培明、陳聖生、李哲明等譯，《文學理論》，頁 21。

12 René Wellek & Austin Warren, *Theory of Literature*, p.31。譯文參見韋勒克、沃倫著，劉象愚、邢培明、陳聖生、李哲明等譯，《文學理論》，頁 21。

13 René Wellek & Austin Warren, *Theory of Literature*, p.31。譯文參見韋勒克、沃倫著，劉象愚、邢培明、陳聖生、李哲明等譯，《文學理論》，頁 21～22。

14 René Wellek & Austin Warren, *Theory of Literature*, p.33。譯文參見韋勒克、沃倫著，劉象愚、邢培明、陳聖生、李哲明等譯，《文學理論》，頁 25。

為美的各種類型婦女中找到了美。[15]這樣的例子，算不算是一種知識或真理呢？韋沃認為很難斷定，只能說它們屬於「知覺價值」與「美學性質」的發現。這種喚醒藝術知覺力或洞察力是「知識」或是「真理」？一般美學家不會否定「真理」是藝術的一種性質和判斷標準，原因是尊重「真理」。但是他們又怕，如果「真理」是藝術的標準，而藝術又不是「真理」時，則藝術將淪為柏拉圖怒斥的「謊言」。而且想像性文學只是通過文字藝術「模仿生活」而已，本就是「虛構」的。韋沃認為：凡對藝術持嚴肅態度的美學家，會把「真理」當做藝術的一種屬性，是理解藝術的無上價值之一。[16]

韋沃認為文學藉著一系列完整作品所蘊有的人生觀，來宣示它們的真理。在文學所宣告的真理中，有些哲學家或評論家認為，某一文學家會比另一文學家的看法更富真理性，例如：艾略特就認為但丁的見解比雪萊、甚至莎士比亞更具真理性。[17]至於藝術的洞察力或知覺力是不是「真理」的論證，韋沃主張我們應該辨明，「知識」、「真理」、「認識」、「智慧」等術語究竟意味著什麼？韋沃在〈文學的性質〉一章中強調：藝術是不可能以實證主義的方式，去證明它們的真理，但藝術確實存在世上，所以世上應該有兩種或多種的「致知方法」或知識類型，且各自擁有自己的語言系統。科學採用「推論式的」語言，藝術則採用「表現式」的語言，「真理」雖屬於哲學，但對有宗教意味的神話與詩歌，韋沃則寧稱之為「真的」（true）而不稱為「真理」（truth），其差別是，藝術的性質是美的，屬性是真的，所以它與真理並不衝突。[18]

四、文學的功用

（一）文學是一種宣傳：藝術家是有責任的宣傳家

藝術可以發現或洞悉真理，韋沃指出在通俗的語言中，「宣傳」（propaganda）

---

15 René Wellek & Austin Warren, *Theory of Literature*., p.34 譯文參見韋勒克、沃倫著，劉象愚、邢培明、陳聖生、李哲明等譯，《文學理論》，頁 25。

16 René Wellek & Austin Warren, *Theory of Literature*, p.34。譯文參見韋勒克、沃倫著，劉象愚、邢培明、陳聖生、李哲明等譯，《文學理論》，頁 25～26。

17 René Wellek & Austin Warren, *Theory of Literature*, p.34。譯文參見韋勒克、沃倫著，劉象愚、邢培明、陳聖生、李哲明等譯，《文學理論》，頁 26～27。

18 René Wellek & Austin Warren, *Theory of Literature*, p.34～35。譯文參見韋勒克、沃倫著，劉象愚、邢培明、陳聖生、李哲明等譯，《文學理論》，頁 26～27。

這語詞是含有負面性質的，它有算計、圖謀不軌等意味，但也可引申為：「有意或無意中，努力影響讀者，使之接受作家個人的人生態度」，[19]如此就可撇開「宣傳」的負面印象，使藝術家負宣傳家的道德義務。韋沃在〈文學的性質〉中，舉貝爾金（M. Belgion）與艾略特的看法，說明藝術該不該「宣傳」。貝爾金認為文藝作家是一個沒有責任的宣傳者：

> 換言之，每一個作家都採取一種人生觀或處世理論〔……〕而其作品的作用，總是勸讀者接納這種看法或理論，而這種勸說又總是不夠光明正大的。也就是說，讀者總是被牽著鼻子去相信某些東西；而這種同意，是催眠性的——歸根究底，表現性的藝術引誘了讀者……[20]

而艾略特則認為作家可分為三類，有進一步區別的必要：

> 要進一步區別那些「根本難以認為是宣傳家的詩人」與「不負責任的宣傳家」，以及第三種像留克利希阿斯（Lurcetius）和但丁，那種有特別自覺與有責任感宣傳家。[21]

艾略特區別三者的方法，是從作家的意圖與對歷史的影響，這兩方面來判斷作家的責任感。嚴肅的藝術暗示一種人生觀，這種人生觀可以用哲學術語甚至各種哲學體系來表達。在藝術和哲學之間是存有某種連帶關係，但有責任感的藝術家，不會把情感和思維，感性和知性，感覺的真摯性，與經驗和思考混淆在一起。有責任的藝術家，用感覺形式表現他們的人生觀。藝術家用表現形式所展現的人生觀，並不像多數宣傳普遍被接納的觀點那樣簡單；它是十分複雜的人生觀，不能借催眠性的暗示力量，移植到不成熟的或天真的讀者的行為中。[22]由上述對藝術家該不該負有宣傳意圖的分析與韋沃對「宣傳」這字眼的引申，可以推知，韋沃同意艾略特將藝術家視為有責任感宣傳家的觀點。

---

19 René Wellek & Austin Warren, *Theory of Literature*, p.35。譯文參見韋勒克、沃倫著，劉象愚、邢培明、陳聖生、李哲明等譯，《文學理論》，頁 28。

20 René Wellek & Austin Warren, *Theory of Literature*, p.35。譯文參見韋勒克、沃倫著，劉象愚、邢培明、陳聖生、李哲明等譯，《文學理論》，頁 28。

21 René Wellek & Austin Warren, *Theory of Literature*, p.36。譯文參見韋勒克、沃倫著，劉象愚、邢培明、陳聖生、李哲明等譯，《文學理論》，頁 28。

22 René Wellek & Austin Warren, *Theory of Literature*, p.36。譯文參見韋勒克、沃倫著，劉象愚、邢培明、陳聖生、李哲明等譯，《文學理論》，頁 28。

（二）文學能淨化感情與激發感情

1. 文學有淨化的功用

感情「淨化作用」（catharsis）是亞理斯多德《詩學》的概念，韋沃主張把這個字從「訓詁學」與如何「應用」，分開考量，以辨明文學是把作者或讀者，從感情的壓力下釋放出來呢？還是如柏拉圖所說，悲劇或喜劇就在我們情感枯乾的時候，滋養和灌溉它？或者兩者皆有。韋沃舉歌德（J. W. Goethe）為例，據說歌德寫《少年維特的煩惱》，是為了要把自己從悲觀的心境中解脫出來；又舉讀者看完某些小說或悲劇後，情緒也得到了紓解，心靈恢復寧靜，說明文學的確有淨化的功用。[23]

2. 文學有激發情感的作用

韋沃舉聖奧古斯丁（St. Augustine）為例，奧古斯丁年輕時生活放蕩，他不為自己的這些行為哭泣，卻在他觀賞古羅馬詩人維吉爾（Virgil）的名作《埃涅阿斯記》（Aeneid），當主人公埃涅阿斯的情人狄多，在埃涅阿斯離開她後，憂傷得自殺而哭泣。這又說明文學有激發感情的作用。[24]從上面二個例子，可知文學在淨化情感、激發情感方面，是因人而異的。

第二節　劉勰《文心雕龍》論文學性質與功用

劉勰對於文學功用之敘述，散見在《文心雕龍》〈原道〉、〈徵聖〉、〈宗經〉、〈程器〉、〈序志〉與及從〈明詩〉至〈書記〉等二十篇文體論中。在這些篇中，劉勰論述文學功用的方式，基本上是先從「道」的概念去論述文學的偉大，繼而再從現實面去論說文學的功用。〈原道〉說：「文之為德也大矣，與天地並生者何哉……此蓋道之文也。」此句話將文學的本源歸於道，說它與天、地並生，是「道之文」，可見文學有彰顯「道」的功用。這裡暫時撇開劉勰將文歸於道，而這「道」是否與科學原理等同不談，他的確在概念上將文學提升至與真理同等崇高的地位。有了這個基礎後，劉勰就名正言順的闡述文學的各種功用。底下先論述劉勰文源於道的論點，再分述劉勰於《文心雕龍》中所表述的文學功用。

---

23 René Wellek & Austin Warren, *Theory of Literature*, p.36。譯文參見韋勒克、沃倫著，劉象愚、邢培明、陳聖生、李哲明等譯，《文學理論》，頁 29。

24 René Wellek & Austin Warren, *Theory of Literature*, p.36。譯文參見韋勒克、沃倫著，劉象愚、邢培明、陳聖生、李哲明等譯，《文學理論》，頁 29。

一、文源於道──聖人「經典」是文學的總把舵，是真理的一種呈現

劉勰視文學為「道」之文，它與天地並生。但「道」廣漠無涯，極難把捉，所以要闡明這種「道」的「文」，只有聖人的著述才能將「道」理闡述得清楚明朗，所謂「道沿聖以垂文，聖因文以明道」，因此聖賢經典具有文學真理的性質。〈原道〉篇說：

> 夫子繼聖，獨秀前哲，鎔鈞六經，必金聲而玉振；雕琢情性，組織辭令，木鐸起而千里應，席珍流而萬世響，寫天地之輝光，曉生民之耳目矣。

又說：

> 玄聖創典，素王述訓：莫不原道心以敷章，研神理而設教，取象乎河洛，問數乎蓍龜，觀天文以極變，察人文以成化；然後能經緯區宇，彌綸彝憲，發揮事業，彪炳辭義。故知道沿聖以垂文，聖因文而明道，旁通而無滯，日用而不匱。易曰：「鼓天下之動者存乎辭。」辭之所以能鼓天下者，乃道之文也。

這兩段，前段闡明孔子集往聖之大成，審定六經，不但提煉出人類至情至性的本性，也將美好的辭令、語言組織起來，所以孔子與六經所提供的教化，流傳萬世，影響深遠。它不僅闡述了天地的光輝，也表述了自然的文采；能曉喻生民的耳目，啟迪百姓的智慧，使生民耳聰目明，洞悉事理。後段則說明，「文之為德也大」，乃因它可以發揮鼓動天下人心的效用。因為聖人創下的經文典範，既是窮究神明之理，它們上有天地自然之文，下有詩書禮樂之說，如此，劉勰將自然之文迴向人文，只要明其所以，察其所由，就可以統治天下，制定宇宙恆久不刊的大法，經世濟民，並發揮文辭教義的功能，所以聖人的經典有充分的教化功用。由此可知，自然之道，必須依賴聖人的文章，才能垂示它的真理，而聖人也必須藉文章，才能闡明自然之道。

二、文學的功用

劉勰《文心雕龍》敘述文學的功用，可細分為對國家、社會、個人等功用來申論：

（一）文學對國家的功用

文學既然裨益於天下蒼生，那麼它有那些事實可用來說明它的具體成效

呢？〈徵聖〉篇說：

> 是以遠稱唐世，則煥乎為盛；近褒周代，則郁哉可從。此政化貴文
> 之徵也。鄭伯入陳，以文辭為功；宋置折俎，以多文舉禮。此事蹟
> 貴文之徵也。

劉勰先舉孔子讚美上古的唐堯治世，說它們建立了光輝燦爛的文學典範，而盛極一時；褒揚近代的周朝，說它們文采章明，兼備夏、商的禮法，令人欣然景從，這是政治教化貴乎文采的徵驗。其次，又舉鄭簡公入陳，援助惠公復國，全是靠子產的謹慎言辭所立下的功勞；接著孔子又贊許宋國大夫向戌，在弭兵會議之後，以折俎的禮節宴享趙文子，言辭往來，賓主盡歡為例，來說明文學在政治、外交的功用。〈程器〉說：

> 是以君子藏器，待時而動，發揮事業，固宜蓄素以弸中，散采以彪
> 外，梗梗其質，豫章其幹，摛文必在緯軍國，負重必在任棟樑。

在此劉勰表達出文學要對國家有所貢獻的概念，所以他認為君子之懷藏器識，是為了等待時機，而要有所作為，所以主張平時要蓄積素養，充實內在；煥發文采，修飾外貌，使內心有梗梗的美質，外表有豫章般的幹材；著述文章，必屬經綸軍國的傑作；負重致遠，必能擔當棟樑之大任。〈序志〉說「唯文章之用，實經典枝條，五禮資之以成，六典因之致用，君臣所以炳煥，軍國所以昭明，詳其本源，莫非經典。」文學是經典的枝條，五禮（吉、凶、賓、軍、嘉）、六典（禮、治、政、教、刑、事）都要依賴它才能發揮功用；君臣間禮儀才能相得益彰，而軍國大事，也唯有藉著文章，才能表達明白。除了上面之敘述，劉勰於文體論各篇中有很多地方也述及了文學對國家的具體功用，如〈頌贊〉、〈奏啟〉、〈章表〉、〈封禪〉、〈祝盟〉等等。

（二）文學的社會功用

《文心雕龍》最能表達文學對社會之功用的篇目是〈書記〉篇，此篇說：

> 夫書記廣大，衣被事體，筆箚雜名，古今多品。是以總領黎庶，則
> 有譜籍簿錄；醫歷星筮，則有方術占式；申憲述兵，則有律令法制；
> 朝市徵信，則有符契券疏；百官詢事，則有關刺解牒；萬民達志，
> 則有狀列辭諺：並述理於心，著言於翰，雖藝文之末品，而政事之
> 先務也。

劉勰把這六類二十四種文體，視為文學的末品，但並未忽略它們的重要性，此二十四種文體，雖有些用於政治事務上，如：關、刺、解、牒，但其餘的文體

皆與百姓的日常生活相關，如朝市徵信、符契券疏、狀列辭諺、譜籍簿錄與方術占式等等。另外，〈論說〉篇中的「議」、「說」、「評」、「贊」、「引」；〈諧讔〉篇中「諧」辭淺會俗，「讔」的遯辭隱意，譎譬指事，也都應用於社會生活當中。因此可見，劉勰也關注了文學對社會的功用。

（三）文學對個人的功用

以上所述文學對國家與社會的功用，其實都不離文學的教育功用，〈明詩〉篇云：

> 至堯有大唐之歌，舜造南風之詩，觀其二文，辭達而已。及大禹成
> 功，九序惟歌；太康敗德，五子咸怨：順美匡惡，其來久矣。

劉勰認為詩可以端正人的情性，它美刺時政，有矯正時弊的功能，他舉唐堯時有頌揚德化，恩澤廣被的〈大章〉之歌；虞舜時，有〈南風〉歌來反映天時順正，民生樂利；夏禹時，百姓有感於禹的德澤，作〈九序〉歌讚美他；到了太康時，由於敗壞祖德，不務政事，所以他的五個弟弟作了〈五子之歌〉來譏諷時政，因此用詩來頌揚功德，匡正醜惡由來已久。另外〈明詩〉篇也提到：

> 春秋觀志，諷誦舊章，酬酢以為賓榮，吐納而成身文。逮楚國諷怨，
> 則離騷為刺。〔……〕漢初四言，韋孟首唱，匡諫之義，繼軌周人。

而〈史傳〉篇也說：

> 原夫載籍之作也，必貫乎百氏，被之千載，表徵盛衰，殷鑒興廢；
> 使一代之制，共日月而長存，王霸之跡，並天地而久大。〔……〕奸
> 慝懲戒，實良史之直筆，農夫見莠，其必鋤也。

可見文學不但可以諷刺、讚美、觀看情志，也可以作為他人之借鏡。總此都可說明劉勰極重視文學的教育功用。文學的教育功能對個人尤其重要：

1. 修身

〈明詩〉篇說：

> 詩者，持也，持人情性；三百之蔽，義歸無邪，持之為訓，有符焉
> 爾。

詩可以掌握人情性之正，而不使其流蕩放佚。所以孔子認為《詩經》三百篇可以「思無邪」一句話來概括。〈徵聖〉篇說：

> 褒美子產，則云「言以足志，文以足言」；泛論君子，則云「情欲信，
> 辭欲巧」。此修身貴文之徵也。

劉勰舉孔子誇獎子產為例，子產的言辭能充分說明情志，文采也能充分表達言辭；又舉其泛論君子，言其情志真摯，言辭美好，這又是修養德行，貴乎文辭的徵驗。因此，文學是可用來修練自己心性的。

2. 文學能抒發感情

就作者來說，文學之創作可以做為抒發心中鬱積與怨恨的載具，一如〈情采〉所說：「志思蓄憤，而吟詠情性，以諷其上，此為情而造文也。」詩人的內心蓄積了憤懣的情緒，要有所發洩，故吟詠情性，藉此來諷諫在位者的得失，這是為了發洩情感而創作篇什的證明。〈書記〉又說：

> 詳總書體，本在盡言，言以散鬱陶，託風采，故宜條暢以任氣，優
> 柔以懌懷；文明從容，亦心生之獻酬也。

劉勰認為可藉由書信這種體裁來表達內心的情意，抒散作者胸中的苦悶，寄託個人的風采，但要達到這種目的，必須要使書信的條理通暢，可以縱任意氣，優游寬柔，可以懌悅情懷；也務必要文采鮮明，語氣溫和，因為這是彼此心聲的交流。由此可見，文學有使人從激憤、苦悶的情境中平靜下來的功能，也有藉著相互傾訴而疏通鬱悶的作用，換句話說，它可使人的心靈歸於穩定。

3. 文學可以激發情感

就讀者來說，文學可以激發情感，方其受文學作品之影響，感情隨之發酵、澎湃，如〈風骨〉篇說：「相如賦仙，氣號凌雲，蔚為辭宗，迺其風力遒也。」此是指司馬相如向漢武帝奏進〈大人賦〉，志氣凌駕霄漢，辭采華茂，而使漢武帝飄飄欲仙而心生追求之感；〈哀弔〉說：「必使情往會悲，文來引泣。」劉勰認為哀辭的寫作一定要使感情的流露，能合於悲悼之情境。如此，文章讀起來，才能引人垂泣，如潘岳的〈金鹿〉、〈澤蘭〉。又說：「及相如之弔二世，全為賦體，桓譚以為其言惻愴，讀者嘆息。」此指司馬相如所作的〈弔秦二世〉全用辭賦鋪張揚厲的筆法寫的。桓譚認為此文悲惻悽愴，足令讀者感慨不已。但最足以說明文學激發情感的是〈檄移〉篇所說的：

> 故分閫推轂，奉辭伐罪，非唯致果為毅，亦且屬辭為武。使聲如衝
> 風所擊，氣似欃槍所掃，奮其武怒，總其罪人，微其惡稔之時，顯
> 其貫盈之數，搖奸宄之膽，訂信慎之心；使百尺之衝，摧折於呰書，
> 萬雉之城，顛墜於一檄者也。觀隗囂之檄亡新，布其三逆，文不雕
> 飾，而辭切事明，隴右文士，得檄之體矣。

這是指討代有罪的國家時所寫的檄文，它的目的在於激發將士殺敵的決心，

並達到壯大軍威的效果，所以檄文的聲勢要像疾風衝擊萬物，氣勢如慧星橫掃天際，激發武士們的憤怒，突顯敵人的惡貫滿盈，震駭內奸外盜的膽子，使那陣容壯大的戰車摧折於尺把長的文告之前，也讓萬丈的城牆毀墜在一篇檄文之下。由上所述，可知文學的確可以激發情感。

4. 永垂不朽

〈序志〉篇說：

> 夫宇宙綿邈，黎獻紛雜，拔萃出類，智術而已。歲月飄忽，性靈不居，騰聲飛實，制作而已。夫人肖貌天地，稟性五才，擬耳目於日月，方聲氣乎風雷，其超出萬物，亦已靈矣。形同草木之脆，名踰金石之堅，是以君子處世，樹德建言，豈好辯哉，不得已也！

這段話感嘆人的生命會隨著歲月的消逝而殞落，縱使在性靈上超越萬物，但仍難逃一死，因此，只有努力著作，才能使自己的名聲留傳下來。〈諸子〉說：

> 諸子者，入道見志之書。太上立德，其次立言。百姓之群居，苦紛雜而莫顯；君子之處世，疾名德之不章。唯英才特達，則炳曜垂文，騰其姓氏，懸諸日月焉。〔……〕標心於萬古之上，而送懷於千載之下，金石靡矣，聲其銷乎！

這兩句話，同樣表達劉勰想藉著文學騰聲飛實的願望。簡言之，文學有令聲名不朽之功用。

第三節　文學性質與功用之比較

韋沃論文學的性質是從語言學的角度去看，分析文學語言與科學語言、日常生活語言之間的不同，從而歸結出文學有三個特質——虛構性（fictionality）、創造性（invention）與想像性（imagination）；[25]而劉勰從未明言「文學之性質」是什麼，《文心雕龍・原道》只將「文」歸源於「自然之道」，兩者有極大的差異：前者是論文學之性質，針對什麼是文學性質來說；後者則是談文學之本源，「本原」不等同於「性質」，就如同「詩言志」，而「志」豈「詩」乎？二者所論不能混同，也無法相提並論，此至關重要。如前二節所述，韋沃與劉勰已從很多觀點闡述文學功用，他們的觀點是否有異曲同工之妙或是根本的差

---

25 René Wellek & Austin Warren, *Theory of Literature*, p.26。譯文參見韋勒克、沃倫著，劉象愚、邢培明、陳聖生、李哲明等譯，《文學理論》，頁 16。

異，本節分項詳加比較如下：

一、文學是「甜美」而「有用」

> 詩人的願望應該給人益處和樂趣，他所寫的東西應該給人以快感，
> 同時對生活有幫助。[26]

韋沃同意賀拉斯的這個觀點，詩不外是情志的抒發與生活的體悟，讀者讀詩，或情志得到共鳴；或心靈得到啟發，這都是快感的來源，也是讀詩樂趣之所在，所以韋沃認為論文學的功用，應該「甜美」與「有用」並重。藝術的「甜美而有用」韋沃定義為：「有用」不是強制給人道德教訓，也不是消磨時間的方式，「有用」是因為它是值得重視的事物。「甜美」不是一種義務，而是一種不令人討厭，又能獲得報酬的東西。他們認為文學作品能給人一種「高級快感」，這種「高級快感」是從「沒有目的之冥思默想」獲得的。

而文學的有用性——嚴肅性和教育性——是令人愉悅的嚴肅性，而不是必須履行職責或吸收教訓的嚴肅性。這種給人快感的嚴肅性，稱為審美的嚴肅性（aesthetic seriousness）或知覺的嚴肅性（seriousness of perception）。韋沃就是從讀者的角度，要求文學作品提供給讀者的，是「甜美」與「有用」的東西，不能只偏重其中一個，而且讀者也不是在履行義務或被強制的狀態下去獲得它的。至於能否根據這定義去衡量文學作品的高不高級或偉不偉大，韋沃的答案是：一切藝術對合適的使用者而言，都是「甜美」而「有用」的，這與高級、偉大無關。因為即使是通俗的刊物，也有它們的用處，很多人從閱讀通俗刊物的過程中得到快感。

劉勰《文心雕龍》中雖並沒有出現「甜美」一詞，但他是有這樣概念的。〈總術〉談到好的文學作品要令讀者「視之則錦繪，聽之則絲簧，味之則甘腴，佩之則芬芳」，可見他心目中理想的文學作品，視覺上要有如彩繪錦繡般的文采；聽覺上要有如管弦般地悅耳；味覺上要有如肥肉般的甘美，令人回味無窮；嗅覺上則要有如佩戴在身上的香囊，那般地芬芳。我認為劉勰這句話，無形中對賀拉斯的「甜美」做了最好的注解。賀拉斯的「甜美」是個總稱，劉勰則分從視覺、聽覺、味覺、嗅覺等感官的感覺去細說，更為清楚、具體。可見文學作品的「甜美」，能使讀者「味之者無極，聞之者動心」的體會，中、

---

26 朱光潛，《論美與美感》（台北：藝軒出版社，1983 年），頁 49～50。馬新國主編，《西方文論史》（北京：高等教育出版社，2002 年），頁 50。

西是一致的。

其次，文學作品該不該對讀者有用、有強制或義務的要求，劉勰的看法如何？〈風骨〉說：

> 詩總六義，風冠其首，斯乃**化感**之本源，志氣之符契也。是以怊悵
> 述情，必始乎風。

劉勰用詩六義而「風冠其首」，說明詩要有教化的重要性。他說「風」是「化感之本源」，已把詩要有教化、諷諭的作用表達得很清楚。他一再強調「風、雅之興，志思蓄憤，而吟詠情性，以諷其上」，[27]是詩文所以產生的主要目的。劉勰的這種教化思想，歷來就是儒家對詩的主調，《毛詩·大序》云：

> 故正得失，動天地，感鬼神，莫近於詩。先王以是經夫婦，成孝敬，
> 厚人倫，美教化，移風俗。〔……〕上以風化下，下以風刺上。主文
> 而譎諫，[28]言之者無罪，聞之者足以戒，故曰風。至于王道衰，禮義
> 廢，政教失，國異政，家殊俗，而變風變雅作矣。[29]

儒家素來就主張以詩移易風俗，端正人倫，教化天下。孔子明確地說：

> 詩可以興，可以觀，可以羣，可以怨；邇之事父，遠之事君，多識
> 於鳥獸草木之名。[30]

誦讀詩經不只對個人有興、觀、群、怨的功效，對社會、國家也有大用：

> 孔子曰：入其國，其教可知也。其為人也溫柔敦厚，詩教也。[31]

這些都是儒家奉之不渝的教義，劉勰承繼這種論調，認定文學一定得「有用」——有諷諫、教化的作用。

這種視文學要有實用性的「有用」，是以感化、耳濡目染，以達到教育的作用為手段，同樣是具嚴肅性和教育性的有用性，是令人愉悅的嚴肅性，它一樣不須履行職責或吸收教訓的嚴肅性——儘管為政者是有心要人民履行職責或吸收教訓，但並沒有附加的實際行動——與韋沃所說「給人快感的嚴肅性」、「審美的嚴肅性」（aesthetic seriousness）、「知覺的嚴肅性」（seriousness of perception），相去不遠。

劉勰雖讚賞司馬相如的〈大人賦〉「氣號凌雲，蔚為辭宗，迺其風力遒

---

27 此句見《文心雕龍》〈情采〉篇。
28 「譎」，（adv.）隱諱而不直言。
29 〔清〕陳奐，《詩毛詩傳疏》（台北：學生書局，1972 年），頁 11～13。
30 錢穆，《論語新解下冊》（台北：三民書局，1978 年），頁 599～601。
31 〔清〕孫希旦撰，《禮記集解》（台北：文史哲出版社，1975 年），頁 1149。

也」，[32]但也認為它「無貴風軌，莫益勸戒」，可見文學要有「諷上」之作用，劉勰的態度始終是一貫的。綜合上論，可知劉勰對文學作品要在不強制與義務之原則下，提供讀者欣賞，進而使讀者能從中得到益處之概念，與韋沃之論點相去不遠。

二、文學與真理

　　文學是不是「真理」，韋沃與劉勰的看法不同。西方社會自柏拉圖以降，就有詩辯的問題存在。有人說西方的哲學都是為柏拉圖作註解，因為柏拉圖提出「理式」（Idea, Eidos 希臘文）的概念，這概念不依存物質而存在，它也不是人的意識，而是一種超時空、非物質、永恆不滅的「本體」，這種「本體」就是最完美的「理式」。最底層的理式是具體的事物，如：床、桌子……等等。往上則是數學、幾何學，如：三角形、正方形、圓形……等等。再往上則是藝術與道德的美與公正。理式愈往上就愈完美，所以最終的理式就是神的化身，它是「真」、「善」、「美」的統一。[33]

　　柏拉圖對藝術的觀點是什麼呢？柏拉圖認為文藝是「自然」的模仿。這個「自然」是以「理式」為藍本的「自然」，「理式」是第一性，「自然」是第二性，而文藝模仿「自然」的事物形象，所以是第三性；因此，文藝不是表現「自然」事物的「本質」，它只是一種模仿再模仿的東西而已。[34]《理想國》第十卷，柏拉圖以「床」為例：「床」這個概念有三種，第一種是「床」之所以為「床」的「理式」，第二種是木匠依「床」的「理式」所造出來個別的「床」，第三種是畫家依木匠所造「床」的樣式而畫出來的「床」。畫家畫出來的「床」，對「理式」的「床」而言，是「摹本中的摹本」，「影子中的影子」，它和真理至少隔了兩層，它根本不是真理——科學的真理。[35]

　　對於這樣的說法，韋沃首先釐清文學語言與科學語言的不同。韋沃認為區別科學與文學語言的不同，得從語言符號所指稱的對象下手。理想的科學語言是「直指式的」，它要求語言符號與指稱對象完全吻合，語言符號可以直接告訴我們它所指稱的對象，因此科學語言是近似數學或符號邏輯學所標識的系統，其指稱物要簡潔明瞭，就像萊布尼茲（G. W. Leibniz）所欲設計的那

---

32 此句見《文心雕龍》〈風骨〉篇。
33 馬新國主編，《西方文論史》（北京：高等教育出版社，2006 年），頁 17～18。
34 馬新國主編，《西方文論史》（北京：高等教育出版社，2006 年），頁 18～19。
35 馬新國主編，《西方文論史》（北京：高等教育出版社，2006 年），頁 18～19。

種「世界性文字」[36]而文學語言則充滿歧義性（ambiguity），每一個語詞在歷史中，不斷地累積歷史記憶與聯想，同時它還擁有大量的同音異義字（詞），以及諸如語法上的「性」等武斷不合理的分類；因此，文學語言是許多形式的混合體，它充滿微妙的轉折變化，比科學語言豐富許多。其豐富處在於它不僅是用來指稱對象或說明事物，也用來表「情」達「意」；它不僅傳達說話者（或作者）的語調，也試圖影響讀者、說服讀者，以改變他們的想法與態度。這些都是科學語言所沒有的。

此外，文學語言和科學語言還有一項重要的差別，那就是文學語言強調文字符號或語音的意義與象徵，如：格律（meter）、頭韻（alliteration）、和聲音模式（patterns of sound）等等，都有其特別的意義或象徵。[37]這些不同的特徵表現在不同的文類上，例如：格律與聲音模式對抒情詩特別重要，小說或散文就可有可無。而語言的實用成分在有目的之小說或諷刺詩、教諭詩，又佔有很大的比重。不同的領域各有不同的語言用法，藉著語言的分析可區別出文學語言與科學語言有本質上的差異：

> 文學語言是植根於語言的歷史結構中，強調對符號本身的注意，並且具有表現情意和實用的一面，而科學語言總是盡可能消除這兩方面的因素。[38]

這就是科學語言與文學語言的差異性。文學語言除了實用與表情達意的用途外，它也要求符號自身要受到重視。因此，當符號的指涉行為，側重於「能指」時，符號就表現為「詩歌性」，即「藝術性」。在這種情況下，符號一方面指向「所指」，表達所要表達的內容（現實世界、事物、或內心情感、思想等），另一方面，則強烈地指向它本身。這種「符號之自指性」（self-reflexity）就是文學語言的詩性用法，也正是文學不同於其他語言文本的特徵。[39]

文學語言與科學語言的表述的確不同，想像性的文學本來就是一種「虛

---

36 René Wellek & Austin Warren, *Theory of Literature*, p.23。譯文參見韋勒克、沃倫著，劉象愚、邢培明、陳聖生、李哲明等譯，《文學理論》，頁 12。

37 René Wellek & Austin Warren, *Theory of Literature*, p.23。譯文參見韋勒克、沃倫著，劉象愚、邢培明、陳聖生、李哲明等譯，《文學理論》，頁 12～13。

38 René Wellek & Austin Warren, *Theory of Literature*, p.23。譯文參見韋勒克、沃倫著，劉象愚、邢培明、陳聖生、李哲明等譯，《文學理論》，頁 13。

39 支宇著，《文學批評的批評：韋勒克文學研究》（北京：中國社會科學出版社，2004 年），頁 138。

構」，它通過文字藝術模仿生活，除了「虛構」外，也有「想像」、「創造」與「審美」的特徵。這些特徵都不可能以科學實證的方法去證明其「真理」。但藝術確實存在，所以韋沃說世界上至少有兩種知識類型，它們各自擁有自己的語言系統：科學採用「推論式的」（discursive）語言，藝術則採用「表現式的」（presentational）語言。科學的「真理」是邏輯性的，但對具有宗教意味的神話、詩歌等藝術，韋沃寧稱之為「真的」（true）而不稱為「真理」（the truth）。其差別是：藝術的性質是美的，在屬性上是真的，它與真理並不衝突。總之，韋沃認為文學的「真的」，是不屬科學可以印證的「真理」，文學可以喚起人們知覺與藝術的洞察力，是另一類的知識類型。

　　而劉勰《文心雕龍》則認為文學就是真理的顯現。本章第二節已簡述過劉勰認為文學是真理的體現，茲再以另一段文字加以補充：

> 經也者，恒久之至道，不刊之鴻教也。故象天地，效鬼神，參物序，
> 制人紀，洞性靈之奧區，極文章之骨髓者也。（〈宗經〉篇）

劉勰在這裡明確地說經典所說的就是「道」，就是天地恒久不變的真理，是永不磨滅的偉大教誨，它們是天地的表象，師法靈明的鬼神，參究天地萬物的次序，制定人倫綱紀，洞察人性堂奧，創作文章的精髓盡在其中。這可稱得上是對經典最大的頌歌了。經典既顯現真理，經典所說俱是真理，它與文學又有什麼關係？〈徵聖〉云：

> 夫鑒周日月，妙極幾神，文成規矩，思合符契；或簡言以達旨，或
> 博文以該情，或明理以立體，或隱義以藏用。故春秋一字以褒貶，
> 喪服舉輕以包重，此**簡言**以達旨也。邠詩聯章以積句，儒行縟說以
> 繁辭，此**博文**以該情也。書契斷決以象夬，文章昭晰以象離，此**明
> 理**以立體也。四象精義以曲隱，五例微辭以婉晦，此**隱義**以藏用也。
> 故知**繁略**殊形，**隱顯**異術，抑引隨時，變通會適，徵之周孔，則**文
> 有師**矣。

劉勰認為聖人對萬物之觀察，就像日月遍照萬物一般，因此對事物的原理能洞燭幾微，所以經典的文章，其規矩法度與思想也都能與真理相合。「簡」言、「博」文、「明」理、「隱」義，文章內容的繁、略，義理的明、隱，這些表現的手法都可在經典裡找到，可做為遵循的法則。〈宗經〉又說：

> 故論說辭序，則《易》統其首；詔策章奏，則《書》發其源；賦頌歌
> 讚，則《詩》立本；銘誄箴祝，則《禮》總其端；紀傳盟檄，則

《春秋》為根：並窮高以樹表，極遠以啟疆，所以百家騰躍，終入

環內者也。若稟經以製式，酌雅以富言，是即山而鑄銅，煮海而為

鹽也。

《易經》是論說辭序等文類之祖，《書經》是詔策章奏等文類之祖，《詩經》是賦頌歌讚等文類之祖，《禮經》是銘誄箴祝等文類之祖，《春秋》是紀傳盟檄等文類之祖。也就是說五經是各類文體的始祖，循經以學文，就如即山煉礦，熬海製鹽，絕不會失其性質本色。劉勰進一步強調文章以經典為祖的重要：

文能宗經，體有六義：一則情深而不詭，二則風清而不雜，三則事

信而不誕，四則義直而不回，五則體約而不蕪，六則文麗而不淫。

這六義是劉勰文章的創作法則，只要能以經為祖師，就能達到這六項要求，劉勰之文學向經典取經的意向，是非常明顯的了。黃侃《文心雕龍札記》說：

〈序志〉篇云：《文心》之作也，本乎道。案彥和之意，以為文章本

由自然生，故篇中數言自然，一則曰心生而言立，言立而文明，自

然之道也。再則曰夫豈外飾，蓋自然耳。三則曰誰其尸之，亦神理

而已。尋繹其旨，甚為平易。蓋人有思心，即有言語，即有文章，

言語以表思心，文章以代言語，**惟聖人為能盡文之妙，所謂道者，**

如此而已。此與後世言文以載道者截然不同。[40]

「惟聖人為能盡文之妙，所謂道者，如此而已」，這就是劉勰「論文必徵於聖，窺聖必宗於經」之根源，經典之文即聖人之文，而聖人之文迺「道」之文。在劉勰眼中「經」是文體、文術，乃至修辭技巧的根源，其真理性不辨自明。

從上面的分析，韋沃認為文學語言之性質與科學語言不同，文學與科學的實證性也不同，它是另一種的「致知」方式，它確實存在著，它是另一種「真理」。對西方社會而言，科學被奉為真理的思維，自柏拉圖以後很少人懷疑它的正統性。因為科學的概念、功用，可以「放之四海而皆準」，確實是很客觀的「真理」，它們極早就居於主流的地位。但文學就如柏拉圖所稱，只是神靈附身所發出的囈語，充滿著狂迷、主觀，所以它的地位始終在科學之下，它與「真理」無關。所以長期以來西方都要為詩做辯護，韋沃說文學是另一種「致知」方式，傳達的是另一種「真的」，就是「詩辯」。只不過他們沒有為這「真的」再做深入的解釋，使這「真的」更清晰明朗些。相反地，在中國的傳統中，

---

40 黃侃，《文心雕龍札記》（台北：文史哲出版社，1973年），頁12。

文學自孔子以降都居正統的地位，質疑的聲浪極小。劉勰承此傳統，認為文能顯「道」，文學所傳的就是真理，則文學之重要性可知，壓根兒就不需有「詩辯」，文學就是傳達真理的，真理就在文字中。至於劉勰與韋沃的「真理」概念是否相同，得檢視《文心雕龍》中「道」字含義，方可辨識他的「真理」是否也包含「科學真理」。

《文心雕龍》含「道」的句子共有四十餘個，其含意隨上下文意的不同而有不同，可用指道家學說、聖人經典、方法、道路、自然秩序、宇宙本身或宇宙本身的規律……等等。[41]其中與真理相關的「道」有六處，摘引如下：

> 文之為德也大矣，與天地並生者何哉？夫玄黃色雜，方圓體分：日月疊璧，以垂麗天之象；山川煥綺，以鋪地理之形。此蓋**道之文**也。（〈原道〉）

> 仰觀吐曜，俯察含章，高卑定位，故兩儀既生矣。惟人參之，性靈所鍾，是謂三才，為五行之秀，實天地之心。心生而言立，言立而文明，**自然之道**也。（〈原道〉）

> 莫不原**道心**以敷章，研神理而設教，取象乎河洛，問數乎蓍龜，觀天文以極變，察人文以成化。（〈原道〉）

> 故知**道**沿聖以垂文，聖因文而明**道**，旁通而無滯，日用而不匱。易曰：「鼓天下之動者存乎辭。」辭之所以能鼓天下者，乃**道之文**也。（〈原道〉）

> **道心**惟微，神理設教。光采玄聖，炳耀仁孝。龍圖獻體，龜書呈貌。天文斯觀，民胥以傚。（〈原道〉）

> 三極彝訓，其書言經。經也者，**恒久之道**，不刊之鴻教也。故象天地，效鬼神，參物序，制人紀，洞性靈之奧區，極文章之骨髓者也。（〈宗經〉）

上述六處含「道」的句子，大多出現在〈原道〉：第一句的「道」是指天、地、日、月、山、川，也就是指「宇宙本身」。第二句的「道」指自然的道理。因為人是天地之心，為三才之一，故「心」生「言」，「言」立「文」是極為自然的道理。第三句的「道」是指「宇宙本身」有某種規律，人類可依此規律來設教而達成人文教化之目的。第四句則揭示聖人與「道」的互動關係，「道」假

---

41 沈謙，《文心雕龍批評發微》（台北：聯經出版社，1977年），頁29～32。

聖人之著作而顯，聖人也藉著作來闡明「道」。第五句之「道心」與第三句同義，但著重於說明「宇宙本身」所含之神理，幽微難知。第六句敘述聖人的著作，是恆久之真理，故可作為文章的根本，因為它涵蓋與「宇宙本身」相關的所有學問。

　　由上面之解析，可知劉勰的「道」是指最高抽象層次的存在事物，它是萬物存在的根本，因此它的範疇應是含蓋了人文與自然科學的「真理」。周振甫說劉勰的「道」是心、物二元論，它既含事物的客觀規律，也帶有神理的先驗性。[42]沈謙說它是客觀事物的原則、規律，是宇宙真理的代表。[43]黃侃《札記》引述《韓非子·解老》與《莊子·天下》的觀點，說劉勰之「道」為萬物的理則。[44]張少康認為「道」是天地萬物之本，亦是「文」之本，它包括了人在內的宇宙萬物所客觀存在的自然規律。[45]牟世金、陸侃如也認為劉勰的「自然之道」是指宇宙間萬事萬物的自然規律。[46]郭晉稀則認為劉勰的「道」並非無知、無識的器，它是有「心」之物，所謂「道之文」就是有心之物的外在表現形式，合於自然之美的人文。[47]

　　綜合上面諸家對劉勰「道」的詮釋，可理解「道」之內涵極為紛歧，可謂人言言殊。筆者認為上述之說法中，張少康之見解較為得當，也就是劉勰《文心雕龍》中之「道」既含蓋人文之理也包括了客觀的自然規律。因為〈原道〉篇就是由天地萬物自然之文的生成後，再進入人文生成的追溯，它的內在邏輯次序是「天地萬物有文」→「人是天地萬物的中心」→「人亦有文」。但劉勰在論證人文生成時，並不是採用因果推理的論證方法，而是用類比的方式証成的。由此可見，劉勰在〈原道〉篇中之所以把天文、地文、人文都稱為「道之文」是因為他認為「道」是宇宙的最高主宰，它創生了天、地、人，並使天、地、人自然有「文」。但天文、地文、人文又是「道」周行不殆所衍化的結果。由上面之闡釋，筆者可確認劉勰藉文學傳達之真理概念，包括了人文與科學，因此在範疇上遠較韋沃將科學摒除於文學真理之外的概念來得寬泛。但這樣的差異與其說是文學上的，不如說是文化上較為妥貼。韋沃判剖文學不

---

42 周振甫，《文心雕龍注釋》（台北：里仁出版社，1994 年），頁 31～32。

43 沈謙，《文心雕龍批評發微》（台北：聯經出版社，1977 年），頁 33。

44 黃侃，《文心雕龍札記》（台北：典文出版社，1959 年），頁 3～4。

45 張少康，《文心雕龍新論》（台北：文史哲出版社，1997 年），頁 23～25。

46 牟世金、陸侃如，《文心雕龍譯注》（濟南：齊魯書社，1981 年），頁 115。

47 郭晉稀，《文心雕龍譯注十八篇》（香港：中流出版社，1982 年），頁 4～5。

是「真理」而是「真的」是另一種致知方式是相當謹嚴且小心，因為他們深知「真理」這兩個字在西方社會的嚴肅性，真理在西方社會中一定得通過科學研究實證，且要具備信度與效度，這意味著「真理」是一放諸四海而皆準的普遍法則，它必須經得起經驗上的重複印證，更必須謹守價值中立的客觀性，不允許個人的詮釋在其中，所以韋沃寧可把文學的詮釋解為「真的」而不願說是「真理」，這是科學上的嚴謹，此點不可不辨

三、文學的功用

（一）實用性

韋沃認為文學可以取代許多東西，例如：取代國外的旅行、直接的經驗和想像的生活，還可以被歷史學家拿做社會文獻使用……等等。他們也同意艾略特在《詩歌功用和批評功用》中說的，不同的詩在不同時候有多種不同的效果。至於博厄斯《批評初階》中說，文學具有多元的趣味、低級文學也有它們適用的對象等，韋沃都也同意，可見韋沃對文學的實用性是持正面的看法。

但是他們認為文學除了這些實用的功用外，最重要的還是文學本身要有異於哲學、歷史、音樂等其他學科的價值與功用。它提供給人一種無目的性的冥想快感，而且可以從這種高級活動中領略了某種具嚴肅意義的教育功能，因此它有別於那種必須履行職責或必須汲取教訓的實用活動。

而《文心雕龍》對文學功用之觀點，如本章第二節所述，文學可發揮很大的功用。歷史上也有些不得志的文人質疑過文學的功用，大多只是感慨與牢騷語，無礙文學的「正統」地位，所以在「正統」與「附庸」的不同基礎上，文學所能發揮的作用，自有其差別性。事實上，韋沃對文學實用性的論述，始終是架構在其他學科的附庸，而不是以文學本身為基礎來宣示與其他學科媲美的功能，因為他們還未能為文學取得獨立的地位，只能勉強地如布雷德利（A. C. Bradley）所說「為詩而詩」，或愛默生的「美自有它存在的理由」為自己辯護。而這些說法，始終停留在抽象的解說而已。

相反地，劉勰對文學的實用性論述，就顯得冠冕堂皇得多，誠如本章第二節所論，文學不僅對國家的教化、國君的諷諫有很大的作用，對社會的移風易俗、個人的涵養都有幫助，極具教育的功能。韋沃認為文學的性質，得依它們的功能加以證實，如此則文學的功用愈多，其「性質」就愈穩固，反之則愈薄

弱。文學的性質是「體」，功能則是「用」。「體」廣實，則「用」大；「體」弱虛，則「用」微。由此而觀，劉勰從四面八方廣釋文學的功用，並將之闡明得淋漓盡致，就如《文心雕龍‧原道》篇的首句「文之為德也大矣」一樣，文學的實用性功能對劉勰來說大矣、偉矣！

　　誠然，在西方也有很多我們耳熟能詳的文學經典名著，有無數偉大的文學家，他們的作品與名聲，已臻不朽之地位，然韋沃並沒有從這方面去闡述文學的功用，劉勰則全面闡述文學之功用，除前面所述外，文學的另一功能「立言」而不朽，更是劉勰所極力推崇的。總之，從文學的實用性功能而論，韋沃與劉勰都表示正面、肯定的看法，但因國情與文化背景的不同而有「大用」與「小用」之分，此不可不辨。

（二）淨化感情與激發感情

　　「淨化」（catharsis）一詞是亞理斯多德《詩學》中所用的詞彙，它在《詩學》中只出現兩次，第一次是 Orestes 從瘋狂之劫中恢復常智，第二次是《詩學》第六章對「悲劇」的定義：

> 悲劇是對一個嚴肅、完整、有一定長度的行動的摹仿，它的媒介是
> 經過裝飾的語言，以不同的形式分別被用於悲劇的不同部分，它的
> 摹仿方式是借助人物的行動，而不是敘述，通過引發憐憫和恐懼，
> 使這些情感得到淨化（catharsis）。[48]

亞里斯多德「淨化」一詞的真正含意，學術界尚有爭論，大多是從治療、道德、結構和知性等四方面去解釋。從治療的角度說，「淨化」是情緒的宣洩與緩和，所以悲劇有治療的功能。我們看悲劇，看見和自己一樣不幸的人，就會深深地憐憫他們，或者會因自己可能遭到同樣的不幸而感到恐懼，這種憐憫與恐懼驅使我們逃避不幸。[49]這是從醫學治療的角度解釋「淨化」的作用。

　　韋沃認為探討文學的功用，應將「淨化」一詞的訓詁層面與應用層面分開。從應用層面論文學的淨化功用，將面對一個問題：文學究竟是宣洩我們的情感，還是激發我們的情感？如果是前者，那麼文學應有放鬆心情的功能，也就是它能協助我們從被壓抑的情感中紓解出來，使我們的心靈恢復平靜，譬如：閱讀文學作品後，心情會平緩許多。如果是後者，則文學會激起原本

---

48 亞里斯多德著、陳中梅譯，《詩學》（台北：商務印書館，2005 年），頁 63

49 朱光潛，《悲劇心理學：各種悲劇快感理論的批判研究》（台北：蒲公英出版社，1984 年），頁 176。

平靜的心，使平靜的情感掀起波瀾。韋沃舉奧古斯丁為例：奧古斯丁從不為自己年輕的荒唐歲月哭泣，但是當他看《埃涅阿斯記》時，卻為狄多的自殺泫然淚下。

韋沃的「淨化」與亞里斯多德的「淨化」有些不同。韋沃從文學的應用層面看「淨化」，偏重在文學對讀者情緒的緩和。這種情緒的緩和作用，雖與亞里斯多德從治療的角度，說明悲劇對觀眾和緩情緒的效果相同；但不同的是，亞里斯多德看「悲劇」所引起的情緒只提到憐憫與恐懼，而韋沃對文學所能紓緩的情緒或情感，沒有明確的範圍。他們所指的情緒不只是恐懼與憐憫而已，而是泛指喜、怒、哀、懼、愛、惡、欲……等等人類所有的情緒。因此，韋沃的「淨化」情感面較亞里斯多德寬廣。但不管是韋沃還是亞里斯多德，他們所談的情緒、情感，都是指讀者與觀眾的，也就是說他們是從讀者與觀眾的角度說「淨化」的。

劉勰的文學觀裡是否也有這種思維？如本章第二節所述，劉勰對文學具有宣洩內在鬱結情感的功能，也持肯定的看法。除〈情采〉之「志思蓄憤，而吟詠情性，以諷其上」，說文學是發「蓄憤」、「詠情性」的概略總說外，〈書記〉篇則將情感說得更具體些：

> 詳總書體，本在盡言，言以散鬱陶，託風采，故宜條暢以任氣，優
>
> 柔以懌懷；文明從容，亦心生之獻酬也。

「言以散鬱陶」、「條暢以任氣，優柔以懌懷」，劉勰說書記這種文體的文字，是要使憂思煙消雲散，使情緒喜悅的。劉勰在這裡提到的情緒有「鬱陶」、「懌懷」兩種。〈才略〉更說：「敬通雅好辭說，而坎壈盛世，顯志自序，亦蚌病成珠矣。」這句話是說馮衍的〈顯志〉與〈自序〉是抒「坎壈」不得志之情，就像「病蚌成珠」一樣，和《楚辭·九辯》的「坎壈兮貧士失職而志不平」是一樣的作用，都是用創作減輕精神的痛苦，使情緒得到宣洩。這種宣洩精神痛苦的情形，從〈毛詩序〉一路而來：

> 情動於中而形於言，言之不足，故嗟嘆之，嗟嘆之不足，故詠歌之，
>
> 詠歌之不足，不知手之舞之足之蹈之也。[50]

序中雖未明言「情」包括了那些，但應是人類普遍都有的感情。司馬遷在〈報任少卿書〉中提到的情緒種類又多了些：

> 古者富貴而名磨滅，不可勝記，唯倜儻非常之人稱焉。蓋文王拘而

---

50 〔清〕陳奐，《詩毛詩傳疏》（台北：學生書局，1972 年），頁 11～13。

演《周易》，仲尼阨而作《春秋》；屈原放逐，乃賦《離騷》；左丘失
明，厥有《國語》；孫子臏腳，兵法修列；不韋遷蜀，世傳《呂覽》；
韓非囚秦，《說難》、《孤憤》；《詩》三百篇，大抵賢聖發憤之所為作
也。此人皆意有所鬱結，不得通其道，故述往事，思來者。乃如左
丘明無目，孫子斷足，終不可用，退而論書策，以舒其憤，思垂空
文以自見。[51]

除文王、仲尼、屈原的不得志外，又有孫臏、韓非、呂不韋的遭誣陷的悲憤之
情，這些與劉勰所說「志思蓄憤」、「坎壈盛世」、「散鬱陶，託風采」，都同樣
是用文學創作去抒發心中的鬱結怨恨之情，以撫慰心中不得志所受的深刻創
傷。司馬遷外，鍾嶸的《詩品・序》也說：

嘉會寄詩以親，離群託詩以怨。至於楚臣去境，漢妾辭宮。或骨橫
朔野，或魂逐飛蓬。或負戈外戍，殺氣雄邊。塞客衣單，孀閨淚盡。
或士有解佩出朝，一去忘返。女有揚蛾入寵，再盼傾國。凡斯種種，
感蕩心靈，非陳詩何以展其義？非長歌何以騁其情？故曰：「詩可以
群，可以怨。」使窮賤易安，幽居靡悶，莫尚於詩矣。[52]

這段話說「詩可以群」之處，只有「嘉會寄詩以親」、「揚蛾入寵，再盼傾國」，
其餘都在說「怨」，孤臣、孀婦、野鬼莫不有滿腔的怨懟。這些情緒感發、震
盪心靈，故而發而為詩以「展義」「騁情」。鍾嶸指明創作可發洩內心的苦悶、
怨恨，做詩可使他與痛苦際遇之衝突緩和下來，使他的心靈獲得撫慰與平靜。
錢鍾書譬喻兩人的說法為：

同一件東西，司馬遷當作死人的防腐溶液，鍾嶸卻認為是活人的止
痛藥和安神劑。[53]

詩可以興、觀、羣、怨，「怨」正是傷心人作詩的動力，創作是舒緩精神痛苦
的一劑良方，這種從治療的角度說文學作用，與前面韋沃對文學可以紓解情
緒，使心靈恢復寧靜的淨化概念相當接近，其根本的不同處在：韋沃是從讀者
的角度說不談作者，而劉勰則純粹從作者創作的角度立論，對讀者情緒的反應
鮮少論到，只偶而附帶一提而已。

再說，文學有激發情感的作用嗎？本章第一、二節已分別說明韋沃與劉

---

51 〔清〕姚鼐輯、王文濡評校，《古文辭類纂評註二》（台北：中華書局，1972 年），
　　卷 27，頁 7～12。

52 汪中，《詩品注》（台北：正中書局，1982 年），頁 17～18。

53 錢鍾書，《七綴集》（台北：書林出版社，1990 年），頁 128。

勰對文學能否激發情感的論點與實例。如：奧古斯丁為戲劇人物狄多之死哭
泣、漢武帝讀司馬相如的〈大人賦〉飄飄欲仙、潘岳藉寫哀文，宣洩沉痛之
情，也令人為之悲惻不已。此外，劉勰對「檄」文之「奉辭伐罪」，也以激發
將士憤怒，使敵人心顫膽寒為主旨。這些都是韋沃與劉勰對文學可以激發情感
的實證。這些例子說明，文學所激發的情感並不限於哀傷之情。因此，就文學
能激發情感之觀點，韋沃與劉勰也並沒有不同。

在比較韋沃與劉勰對文學可以淨化或激發情感之後，有些觀點仍須釐
清。亞里斯多德提出悲劇有「淨化」觀眾恐懼與憐憫的情緒，但他沒定義「淨
化」是什麼。孔子說「詩可以怨」，認為詩可以撫平詩人的憂傷、怨懟，但他
也沒有說明「怨」什麼以及詩所撫平的是那一種「怨」，也就是沒有為「詩可
以怨」的「怨」下定義。所以亞、孔二人對概念的界定都不甚清楚，可謂同樣
的模糊。然而相對於亞式「淨化」說紛繁的歧義，孔子的「詩可以怨」則爭議
較少。韋沃沿用亞式的「淨化」說以論文學之功用，劉勰則承繼「詩可以怨」
的說法論文學功用，二人各承傳統地肯定文學滌除精神痛苦、撫慰心靈的作
用，只不過各有側重，一則重在讀者與觀眾，一則重在作者的創作動力。

時至今日，詩仍然有調節社會憂傷氛圍的作用。黃維樑在美國 2001 年 9
月 11 日遭受恐怖攻擊後五年，寫了一篇文章，題為〈911：美國人以詩療傷〉，
正說明文學不分古今，都有弭平傷痛的功用。黃維樑說：

> 從紐約開始，向西到加州，向南到德州，向北到明州，九一一的詩，
> 如海嘯如地震如火山爆發，是英國詩人華滋華斯說的「強烈感情的
> 自然流露」。美國一時成為詩的滔滔大國。報刊有九一一的詩，網路
> 更多，一點擊「九一一詩」，相關的網頁數以千計。詩人或非詩人，
> 都寫詩，以詩治療巨大的創傷，以詩宣示團結之心、愛國之情。[54]

又說：

> 美國人就這樣大量寫詩，來驅趕、清滌他們的恐怖情緒，來互相安
> 慰。艾固女士說：這些詩「為迷亂、悲傷的人民建立秩序、提供資
> 訊，並團結他們、安慰他們」（to order, inform, unite, and console a
> confused and grieving people）。《論語》記錄孔子的話說，詩可以興、
> 觀、群、怨。「提供資訊」相當於「觀」，「建立秩序」和「團結」近
> 於「群」，「安慰」與「怨」相通。九一一的詩，發揮了詩歌自古以來

---

54 黃維樑，〈911：美國人以詩療傷〉，刊登於台北《聯合報》，2006 年 9 月 6 日。

受重視的效能。詩成了安民之大業。[55]

以上的兩段話，上一段闡述美國人用寫詩來安慰、治療心靈的事實，下一段則在闡明中、西雖處在不同環境中，但它們對詩之「淨化」作用，或「詩可以怨」是有其相通之處。黃氏此文正是韋沃與劉勰文學可以治療、疏緩創傷的共同註解。另張雙英在其《文學概論》中歸納、綜合裴裴與馬宗霍二人《文學概論》中關於文學在現代與古代功用的說法，並系統地提出探討文學功用時要著眼於文學作品之生產者或接受者。該書第五章分成四節，第一節闡述文學作品對作者的功用；第二節闡述文學作品對讀者的功用；第三節闡述文學作品對社會的功用；第四節闡述文學作品對歷史的功用。[56]是書簡明扼要，以古今作品為例子，說明文學作品之於作者、讀者、社會與歷史的功用，其清楚分類、舉例詳實，相當值得參考。

（三）宣傳性：藝術家是有責任的宣傳家

韋沃引用艾略特之觀點，從作家的意圖與其對歷史的影響，論斷作家的責任感。他們認為藝術家可以是有責任的宣傳家，暗示文學蘊含作者的人生觀，而且認為這種人生觀的傳遞是嚴肅而複雜的。它必須在「甜美而有用」的原則下，使讀者欣然接受或被啟發，這不像貝爾金所稱讀者被作家隨意地牽著鼻子走，或竟似催眠般地被動接受作者的人生觀。從作者的「意圖」來看，作者應擔負宣傳正面的或有價值人生觀的職責。劉勰認為：

> 去聖久遠，文體解散，辭人愛奇，言貴浮詭，飾羽尚畫，文繡鞶悅，
> 離本彌甚，將遂訛濫。蓋周書論辭，貴乎體要；尼父陳訓，惡乎異
> 端；辭訓之異，宜體於要。於是搦筆和墨，乃始論文。（〈序志〉篇）

此處之《周書》是指周代文誥之《畢命》。尼父兩句則出自《論語·為政》：「子曰：攻乎異端，斯害也已。」異端背離正道，所以劉勰要正言、體要。

至於「言貴浮詭，飾羽尚畫，文繡鞶悅」，則是指宋、齊時代的文章，過

---

55 黃維樑，〈911：美國人以詩療傷〉，刊登於台北《聯合報》，2006 年 9 月 6 日。

56 張雙英將文學作品對作者的功用分為五點：第一、文學作品可以讓作者達到抒發情感的目的。第二、完成作者表達其思想的目的。三、滿足作者馳騁其想像的目的。四、帶給作者名與利的具體收穫。第五、供作者與他人互動、往返。而其也將文學作品對讀者的功用分為二點。一、文學作品可以感動讀者、陶冶其性情，並深化其體會、引動其想像力。二、文學作品可以深化讀者的見聞與開拓其知識領域。參見張雙英，《文學概論》（臺北：文史哲出版社，2002 年初版，2004 年 2 刷），頁 193～216。

分追求華麗，而且言辭虛浮不正、尚詭好奇：

> 近代辭人，率好詭巧，原其為體，訛勢所變，厭黷舊式，故穿鑿取
> 新；察其訛意似難，〔……〕舊練之才，則執正以馭奇；新學之銳，
> 則逐奇而失正：勢流不反，則文體遂弊。秉茲情術，可無思耶！（〈定
> 勢〉篇）

新奇詭異，正是劉宋文風的大病，〈序志〉說當時的山水詩「辭必窮力以追新」，作者喜用訛字、顛倒文句、變更文體，如：江淹〈恨賦〉的「孤臣危涕，孽子墜心」即為「孤臣墜涕，孽子危心」的倒裝。因此劉勰要「矯訛翻淺，還宗經誥」（〈通變〉）。〈序志〉又說：

> 或臧否當時之才，或銓品前修之文，或泛舉雅俗之旨，或撮題篇章
> 之意。〔……〕並未能振葉以尋根，觀瀾而索源。不述先哲之誥，無
> 益後生之慮。

可見劉勰著述《文心雕龍》，不但要「振葉尋根，觀瀾索源」；更要「述先哲之誥，益後生之慮」，劉勰明確地說出他的意圖。劉勰是具有強烈的歷史責任感的，他要藉《文心雕龍》來傳播他的文學觀，則對其他作者的要求也應是一致的。

或許有人會說用《文心雕龍》為例並不妥當，因為它不是作品。《文心雕龍》五十篇是不是作品，端賴讀者以何種視角去看，它是論述文學原理、創作、批評的著作，但它也是「美文」，而用此「美文」來寄寓劉勰的文學觀，使它能夠傳播、推展，正暗合韋沃寓「功用」於「甜美」的原則。是故，文學家是有責任的宣傳家，韋沃與劉勰的看法應是相同的。

第三章　文學作品[1]存在方式之比較

前　言

　　本章第一節介紹韋沃《文學理論》第四部（文學的內部研究）第十二章的內容：論述文學作品是什麼？文學以什麼方式存在？第二節，介紹劉勰《文心雕龍》與之相應的論述，則分別見於〈情采〉、〈章句〉、〈附會〉、〈指瑕〉、〈神思〉、〈知音〉等諸篇。第三節，為雙方論點（一）文學作品以何種方式存在（二）文學作品存在哪裏（三）韋沃的「材料結構」說與劉勰之「情采兼備」論之比較。

第一節　韋沃《文學理論》論文學作品的存在方式

　　關於文學作品是以什麼方式存在的論題，韋沃先駁斥傳統的論點，再闡述其意見。底下依序說明之。

一、駁斥傳統對文學作品的觀點

（一）文學作品不是人工製品（artefact）

　　雕刻或繪畫是以物質形式而存在，文學則不然；文學也包含大量的口述文學。即使把文學作品視為以印刷方式存在的人為加工品，也不恰當，因為

1　在本章中，韋沃為了簡便起見，用「詩」來代替「文學作品」。參見 René Wellek & Austin Warren, *Theory of Literature*, p.142。

印刷好的人工製品有許多不屬於文學作品的因素，如鉛字大小、類型、開本等。[2]

（二）文學作品不是講述者或讀者的聲音

誦讀詩歌是一種表演。在表演中，誦讀者經常添加許多個人因素，如音高、速度、輕重音等等。誦讀並不是詩本身，如果我們假定詩存在於朗讀或背誦之中，那麼不誦讀或背誦，詩就不存在了。韋沃強調聲音對詩固然重要，但誦讀者的聲音因素，畢竟不是詩的本身。[3]

（三）文學作品不等同於讀者個人的體驗

韋沃認為將詩的存在，歸之於人們的體驗，是一種荒謬的說法，因為每個讀者的教育程度、個性、背景都不一樣；讀者讀詩，每一次也都在不同的情緒狀態，如果把詩的存在，歸本於讀者的心理體驗，那麼就不只有一種《神曲》，而應有許多種的《神曲》才是。此外，如果把文學作品等同於讀者個人的體驗，那麼每個人的感受不同，也會得出「趣味是無可爭辯」的結論來。韋沃認為如果我們採納這種觀點，我們就無法說明這個讀者對詩的體驗，比另一個讀者來得好的事實。如果我們同意這種論點，也無異承認，不體驗，詩就不存在。詩固然需要通過個人的體驗去認識，但它並不等同於個人的體驗。[4]

（四）文學作品不等同於作者的經驗

詩是作者經驗的說法有兩個不同的含義。第一種含義：有自覺意識的經驗、意圖，是作者要在作品中體現的。韋沃認為對大多數作品而言，除了已完成的作品外，我們沒有證據證明作者的意圖是什麼？即使作家說出自己的創作意圖，讀者也不應被它所限制，因為作家的意圖與實踐，最後常常是分道揚鑣，在文學史上這是常有的現象。[5]

第二種含義：是作者漫長創作過程中，有意識與無意識的整個經驗。韋沃指出這種論點，有嚴重的缺陷，因為它是一個無法得到答案的假設。這種假

2 René Wellek & Austin Warren, *Theory of Literature*, pp.142～144。譯文參見韋勒克、沃倫著，劉象愚、邢培明、陳聖生、李哲明等譯，《文學理論》，頁 158～160。

3 René Wellek & Austin Warren, *Theory of Literature*, pp.144～145。譯文參見韋勒克、沃倫著，劉象愚、邢培明、陳聖生、李哲明等譯，《文學理論》，頁 161～162。

4 René Wellek & Austin Warren, *Theory of Literature*, pp.146～147。譯文參見韋勒克、沃倫著，劉象愚、邢培明、陳聖生、李哲明等譯，《文學理論》，頁 162～163。

5 René Wellek & Austin Warren, *Theory of Literature*, pp.147～149。譯文參見韋勒克、沃倫著，劉象愚、邢培明、陳聖生、李哲明等譯，《文學理論》，頁 164～165。

設將詩的存在，置於作者過去的主觀經驗中，假如作者的經驗，在作品剛完成──開始存在的剎那──就停止了，那麼我們永遠無法直接接觸作品本身，卻需要不斷地假定我們讀詩的體驗，怎樣才能與作者很久以前的經驗相吻合，這種困難是永遠無法克服的障礙。[6]

（五）文學作品不是社會集體的經驗

韋沃認為此種論點，雖然較好，但仍然無法解決詩是以何種方式存在的問題。如果我們將文學作品看做是過去及可能存在的一切經驗的總和，那麼就等於宣告，詩是讀者的心理乘以無窮數。若以集體經驗的觀點，則會將詩，降為一切經驗的公分母，而且是最小的公分母，也就是最淺薄、表面、微末的經驗，而此結論將會極大地減弱文學作品的全部含義。因此，從個人或社會心理學的觀點，都無法解決我們的問題。充其量，我們只能說：詩不是個人的經驗，也不是一切經驗的總和，而只能是造成各種經驗的一個潛在的原因。從心理狀態來解釋詩，其不能成立的理由是它無法將詩的標準特性闡明清楚，也不能把對詩的經驗，為什麼有的正確、有的錯誤的道理闡釋明白。[7]

二、文學作品的結構

韋沃所論文學作品的存在方式，與他們對文學作品之概念，有很密切的關係。在分析韋沃文學作品之存在方式之前，得先探討他們對文學作品存在之「本體」概念。以下分二部分加以敘述：

（一）韋沃文學作品存在的「本體」概念

1. 詩（文學作品）的結構

韋沃認為：

> 真正的詩必然是〔被設想為〕由一些成規組成的一種結構（a structure of norms），它只能在其許多讀者的實際經驗中部分地獲得實現。每一個單獨的經驗（閱讀、背誦等）僅僅是一種嘗試──一種或多或少是成功和完整的嘗試──為了抓住這套成規的嘗試。[8]

6　René Wellek & Austin Warren, *Theory of Literature*, pp.148～149。譯文參見韋勒克、沃倫著，劉象愚、邢培明、陳聖生、李哲明等譯，《文學理論》，頁166。

7　René Wellek & Austin Warren, *Theory of Literature*, p.150。譯文參見韋勒克、沃倫著，劉象愚、邢培明、陳聖生、李哲明等譯，《文學理論》，頁167。

8　René Wellek & Austin Warren, *Theory of Literature*, p.150。譯文參見韋勒克、沃倫著，劉象愚、邢培明、陳聖生、李哲明等譯，《文學理論》，頁167。

這段話指出文學作品是由一些成規所組成的結構，但這些成規從何而來呢？韋沃認為這些成規，是從讀者對文學作品的經驗而來。他們說，當讀者在經驗文學作品時，他們的經驗都不同，而且也只能片面地體現文學作品，沒有一個人可以充分地體現它，因此這些成規必須從每一個對作品的經驗中去抽取，然後再把這些抽取出來的成規合併起來，就能體現文學作品的整體。事實上，韋沃對文學作品之「成規所組成的結構」的說法，與瞎子摸象沒兩樣，每一個瞎子都只捕捉到象的一部分，只有將每一個瞎子所體現的部分，綜合比較之後，才能認識「象」的全貌，但由瞎子所歸納出來的全貌，仍然不是真的「象」之全貌，此即韋沃對文學作品有一種特殊之「結構」懸在那兒，作為被經驗的客體，但不管如何沒有人能夠充分地體現它，充其量只能不斷詮釋它、接近它。

　　韋沃提示我們，這些從經驗中抽取而來的標準，與古典、浪漫或倫理與政治上之標準，完全不一樣，因為它們從每一讀者對文學作品的經驗中，所抽取出來的，所以總有一點含蓄（implicit）。韋沃進一步指出，如果我們以文學作品本身，作為比較對象，就一定能夠察覺這些被體現出來的標準之相似或差異，進而對文學作品分類且概括出某種文學類型的理論，甚至也可獲得文學的一般理論。因此，藝術品似乎是一種獨特且可以認識的對象，它有特別的本體論地位（special ontological status）。它既不是實在的（物理的，像一尊雕像那樣），也不是精神的（心理上的，像愉快或痛苦的經驗那樣），也不是理想的（像三角形那樣）。它是一套存在於各種主觀之間的理想觀念的標準的體系，它必須假設：這套標準體系是存在集體的意識中，並隨著它而變化，只有通過個人的心理經驗方能理解。[9]韋沃為了更清晰的闡明文學作品「結構」的特殊性，他們又援引語言學的觀念來闡述這一問題。

2. 從語言學的觀念來闡釋詩的「結構」

　　韋沃認為語言學的平行觀念，對闡釋詩之結構十分有用。語言學家，如索緒爾（Ferdinand de Saussure）、布拉格語言學派（Prague Linguistic Circle）等都把語言（language）和說話（parole）細緻地區分。他們把語言系統和個人說話區別開來；而這個區別，恰好與詩之為詩，及詩給予個人的經驗相互對應。語言系統是一系列慣例和標準的集合體，我們可以看出這些慣例和標準的作

9　René Wellek & Austin Warren, *Theory of Literature*, p.56。譯文參見韋勒克、沃倫著，劉象愚、邢培明、陳聖生、李哲明等譯，《文學理論》，頁 173。

用及關係，具有基礎的連貫性和同一性。但個別的說話者，運用語言系統來說話時，由於他們不能完美體現語言系統的全部，故他們所說的話是存在著差異，不完善，且不完整。就此一方面言，文學作品與語言系統，是具有完全相同的地位的。我們既作為個人，永遠不能完全地理解它，就好像我們永遠不會完全地或完美地使用我們自己的語言一般。

　　韋沃認為「語言」與「說話」之不同，也顯現於每一種認知上。我們將永遠不能認識一件客體的所有性質，但是我們卻不能否認，有一個客體就是這個客體，儘管我們可以從不同的角度來透視它，我們總是會嚐試抓住客體中的某些「決定性結構」（structure of determination），而就是這些客體的「結構」使我們的認知，不落入隨心所欲的創造。同樣地，一件藝術作品的結構，也提供某種我必須去認知的特性。但我對它的認識總是不完全的，儘管有些不完全，不過作品仍然存有它的「結構」。[10]

　　經由上述的剖析，應可理解韋沃將文學作品視為一種特殊「本體論」之見解。

三、文學作品的存在方式

　　文學作品的內部構成，向來是文學理論研究的重要組成部分。傳統的研究方法，通常把作品分為「內容」與「形式」。韋沃不同意這種分法，他們在《文學理論》中提出文學作品是以「材料與結構」之方式存在的，而此提法正是針對「形式與內容」說之修訂。此外，韋沃為使文學作品之「結構」能夠妥適地彰顯出來，他們借用英伽登（R. Ingarden）現象學文論之創見，將作品「結構」之構成順序，用縱向的層次，依序地疊築起來。底下依序申論之：

（一）文學作品的存在方式──材料與結構

　　韋沃明確地反對「形式與內容」的二分法。他們贊同俄國形式主義對這種二分法的批評，這種分法把一件藝術品分割成兩半：「粗糙的內容和附加於其上的、純粹的外在形式。」[11]這種二分法的錯誤在於忽略了作品的審美屬性，當作品一分為二後，批評家們的注意力都被引到進一步分析「內容與形式」中的更細小的組成因素。韋沃認為文學作品的美學效果既不是單單由內容造成

10　René Wellek & Austin Warren, *Theory of Literature*, p.152。譯文參見韋勒克、沃倫著，劉象愚、邢培明、陳聖生、李哲明等譯，《文學理論》，頁 169。

11　René Wellek & Austin Warren, *Theory of Literature*, p.140。譯文參見韋勒克、沃倫著，劉象愚、邢培明、陳聖生、李哲明等譯，《文學理論》，頁 156～157。

的，也不是由形式造成的，而是兩者相互滲透、相互包容的作品整體形成的。
韋沃說：

> 如果把所有一切與美學沒有什麼關係的因素稱為材料（material），
> 而把一切需要美學效果的因素稱為「結構」（structure）可能會好
> 些。這決不是給舊的一對概念即內容與形式重新命名，而是恰當地
> 溝通了它們之間的邊界線。「材料」包括了原先認為是「內容」的部
> 分，也包括了原先認為是形式的一部分。「結構」這一概念則兼指內
> 容和形式，至今而言，此二者乃依審美目的而被組織起來。這樣，
> 藝術品就被看成是一完整的符號體系或符號結構，而服務於一特殊
> 的審美目的。[12]

在這段話中，韋沃非常強調文藝作品的顯著特徵，就是它擁有一種美學性質而
能引發欣賞著的審美情感。因此「審美效果」是韋沃劃分「材料」與「結構」
的依據。對他們而言，作品中與審美效果有關的因素是「結構」，與審美效果
無關的因素是「材料」。那麼這種分法與「形式、內容」的分法差別在那裏
呢？依他們的理論，「結構」包含既包括內容也包括形式，材料也是如此。所
以韋沃的「材料結構」說，只排斥了「形式與內容」的區分標準，並未排斥
「形式與內容」本身。故總的來說，韋沃的「材料結構」說突顯了文學作品的
審美特性。

（二）文學作品「結構」的縱向剖析

韋沃接受波蘭哲學家英伽登（R. Ingarden）運用胡塞爾（E. Husserl）的現
象學方法來剖析文學作品之內在結構方法，並認為他對文學作品的分析是穩
當且有用的作法。英伽登將文學作品的內在結構，分成縱向的四個層面：第一
層面是聲音層面（sound-stratum），第二層是意義單元的組合（the units of
meaning）層面，第三層面是世界（world）層面，第四層是形而上性質的層面
（a stratum of metaphysical qualities）。雖然英伽登對作品的四層分析很精細，
但韋沃認為在某些文學作品中，並不一定有形而上性質的層面，即使有，他們
認為也可包括在「世界」的層面上來討論，所以韋沃之文學作品的存在層面，
只有前面三層。底下分述之：

（1）聲音層面：這個層面是最基礎的層面，它包括和諧音、節奏和格律。

---

12 René Wellek & Austin Warren, *Theory of Literature*, pp.140～141。譯文參見韋勒克、
沃倫著，劉象愚、邢培明、陳聖生、李哲明等譯，《文學理論》，頁 157。

只有在聲音層面才能建立第二層面，即意義單元的組合層面。

（2）意義單元的組合層面：它決定文學作品形式上的語言結構、風格。在此層面上，每一個單獨的字都有它的意義，都能在上下文中組成單元，即組成句素和句型。

（3）世界：即運用第二層面之意義單元與句法結構所表現出來的事物，也就是小說家的世界、人物、背景。

第二節　劉勰《文心雕龍》論文學的存在方式

《文心雕龍》論及文學作品存在方式的篇章是〈情采〉、〈章句〉、〈附會〉、〈指瑕〉等篇。〈情采〉是探討劉勰文學理論極重要的一篇，主要在闡明構成文學的兩個主要元素：「情」與「采」。它詳細闡述「情」與「采」的關係，反覆辨證二者孰輕、孰重的問題。

一、「情」與「采」：文學存在的兩項要素

> 情者，文之經；辭者，理之緯。經正而後緯成，理定而後辭暢，此
> 立文之本源也。（〈情采〉篇）

「情理」是經，「文辭」是緯，情理先確定，然後才能決定文辭，使它流利暢達，劉勰在此明確地說這就是文學的根本源頭，也就是文學作品得以確立的兩項因素：「情理」（「情性」、「情志」）與「文辭」，簡稱「情」與「采」或「質」與「文」。

這裡他把「情理」比做經，「文辭」比做緯，並無主從的意思，只是創作程序的先後關係而已，正如後來他又說：

> 夫能設模以位理，擬地以置心，心定而後結音，理正而後摛藻。
> 〔……〕心術既形，英華乃贍。（〈情采〉篇）

先找到「模」、「地」去安置「理」與「心」，就是後文的「心術既形」，也就是找到最適合的文類（文體）去表達「理」與「心」，使它成「形」──以一個文類的方式去呈現。接著才能「結音」、「摛藻」，展現豐贍的英華文采。「理」與「心」是「情」，「結音」、「摛藻」、「英華」都是「采」，劉勰都是從創作的先後程序去說的。創作的順序先「經」後「緯」，所以說「情者，文之經；辭者，理之緯」。但是若從讀者閱讀的角度來看，則是先「文」「采」而後「質」「情」。讀者須先閱讀文辭，才能知其中情理。若無文辭，何情理之有？則文

辭是「經」，情理是「緯」。「經」「緯」是織布的順序，先織的直紋絲線就稱「經」，後織的橫絲就稱「緯」，有「經」無「緯」，無以成布匹，缺一不可，豈有先者重、後者輕之分？所以劉勰從作者創作的先後順序，將「情」比之「經」，將「采」比之「緯」，是從創作角度做正確的譬喻，若因此就論定劉勰是以「情」為主、以「采」為從，或是認為「情」比「采」更重要，非但證據不足，立論亦未稱允當。

劉勰所稱的「情」又名「質」，也就是情思、情理等等的「內容」；而「采」即「文」，也就是文辭的「形式」。文章既由「情」、「采」兩項要素所構成，所以劉勰說構成文章有三種要素：

> 立文之道，其理有三：一曰形文，五色是也；二曰聲文，五音是也；三曰情文，五性是也。五色雜而成黼黻，五音比而成韶夏，五情發而為辭章，神理之數也。（〈情采〉篇）

形文、聲文、情文就是文章的三要素。形文是指文辭富形象、色彩之美，聲文是指文辭富音韻之美，情文是指人類的五情、五性等情性、情思。情文就是「情」，形文、聲文就是「采」，這就是文學（或文章）的三要素，劉勰認為能將這三要素「神而明之」，才是最高超的文學技術。

劉勰在此清楚地指出文學具形、聲、情（指情性、情志、情思、情理）三種元素，「文學」因為這些因素而「存在」的。

二、「情」與「采」的存在關係

「情」與「采」這兩種文學要素，究是以什麼關係存在的？〈情采〉一開章劈頭就問：

> 聖賢書辭，總稱文章，非采而何？

聖賢書中的文辭，我們都稱是「文章」，這不是在強調著書立文就是要有優美的文采，要不然是什麼？這句話是反問句，很明顯地是要讀者深思，用意在凸顯「文采」，這是無庸置疑的。

但是凸顯某一方，並非在貶抑另一方，也就是說他並沒有否定「情」，或是「采」比「情」重要的意思，這一點必須釐清。劉勰只是在強調，當我們在「綜述性靈，敷寫器象」的時候，一字一句都是把心跡刻鏤在文字當中，就像是在紙上編織錦繡般的文辭一樣。他認為這種鏤彩摛文，鋪錦列繡，若是文采炳煥，將會博得文彩輝煌的美名，所以文采很重要。〈情采〉篇說：

《孝經》垂典，喪言不文，故知君子常言未嘗質也。《老子》疾偽，

故稱「美言不信」，而五千精妙，則非棄美矣。

劉勰這裡所稱的「質」等同於前文的「情」，而「文」即前文的「采」，他進一步釐清：文學作品一定是有「質」有「文」的，不可能只有其中一種。他舉《孝經》與《道德經》為例。《孝經》為十三經之一，〈喪親〉章特別強調在有喪親之時要「言不文」，可見即使是君子，平常說話也不曾是質樸無文的；君子在有意無意間還是都有文采潤飾，所以在一定不能「文」的時候，還得刻意提醒呢！劉勰似乎在提醒我們正視一個現象：平常說話「不文」比「文」還難呢！為什麼？因為「文采所以飾言」，[13]修辭、文飾已融入日常口語中，我們習用的口語已存有文采，我們早已習以為常，無須刻意文飾語句，我們順口溜出的句子，就已包含文采了。

再說《道德經》。老子是最恨虛偽的，所以他認為美麗的言辭最不真實、最不可信。但是劉勰認為《道德經》五千多字，字字精妙，顯然還是很有文采的，也就是說文采根本棄絕不了，而且文采絕不是「造偽」。

這兩本書是最沒有文采，甚至是刻意杜絕文采的，但是劉勰證明它們都還是有文采，更遑論其他作品！「文」必附「質」、「質」亦待「文」，而「文質」又「附乎性情」，[14]所以問題不在乎有沒有文采，而在於文采之多寡、淫侈和適度與否而已，其中的拿捏掌握，端視乎先天的「性情」以及後天的訓練、駕馭之功。劉勰由此更證明，「情」、「采」根本分不開，有「情」就一定有「采」。劉勰譬喻二者的關係為：

夫水性虛而淪漪結，木體實而花萼振：文附質也。虎豹無文，則鞟

同犬羊；犀兕有皮，而色資丹漆：質待文也。（〈情采〉篇）

「情」若像水般的具有虛柔性，就要有如淪漪般能輕輕蕩開的文采。「情」若像樹木般有堅硬的實體，就要有綻放的花朵做搭配。文采是依附在本質上的，它們是共生的關係。

這樣說來，好像「情」是主體，「采」是副體，這又未必然。文章沒有文「采」，就像虎、豹剝掉斑斕的細茸毛皮，那麼剩下的皮革就跟犬、羊沒什麼兩樣，虎、豹的經濟價值就在牠細頓的毛皮上。又像犀、兕雖有質地堅實的皮革，但是沒有美麗的毛色，所以要靠丹漆塗色，製成飾品才有價值。由此看來，本

---

13 見《文心雕龍·情采》篇。
14 見《文心雕龍·情采》篇。

質是要依靠文彩潤飾才有價值,「情」、「采」確實是相互依存,一體存在的。

　　「文附質」、「質待文」,劉勰清楚地表明,「文」與「質」、「情」與「采」是共生共存的關係,它們相依互存,相互含攝;這不是兩種物質的組合,無法切割為二,而是「質」中有「文」,「采」中含「情」,也就是說文辭依附情思表現,情思賴文辭反映、傳達,兩者是互相依恃的。若強為切割,則「質」不能單存,「文」將焉附?既無「文」可待,則「質」亦無法倖存。這就是「情」與「采」、「質」與「文」的關係。

三、「情」與「采」的配搭

　　劉勰認為「情」、「采」要配當得宜,他提出「采濫」與「辭詭」兩點警告,說明「情」、「采」配當失衡的情況:

(一)「采濫」的問題:文采要適當,不可過度

> 夫鉛黛所以飾容,而盼倩生於淑姿;文采所以飾言,而辯麗本於情性。(〈情采〉篇)

文辭得要有文采裝飾,正如女子以「鉛黛」化妝,使面容、氣色好看一樣。但是即使如此,若要能「巧笑倩兮,美目盼兮」,還是根源於天生有美好的姿色,單靠「鉛黛」是做不來的。這就是說,文辭縱然要有文采,但也要在適合自己的「情性」下,掌握分寸,駕馭文采,絕不能過度淫侈,否則就是劉勰所說的「采濫」了:

> 吳錦好渝,舜英徒豔。繁采寡情,味之必厭。(〈情采〉篇)

劉勰譬喻過度的辭采,正如吳錦會褪色不再光豔、木槿花會凋敗不再豔紅一樣,索然無味。缺乏情性、情理,徒有繁縟的辭藻裝扮,再漂亮的文采也將消失,劉勰就認為《莊子》的藻飾,《韓非子》的綺麗,都是「華實過乎淫侈」了。

　　這就是「文采所以飾言,而辯麗本於情性」的道理——是否能言善道、文采華麗,雖視「性情」(或「情性」)而定,但仍要適度地拿捏,不可逾越自己的情性。否則就像男人配戴蘭花,也感覺不出美麗、芬芳一樣,這是因為男人沒有與蘭花相搭配的本質情性。

　　又像用「翠綸桂餌」——翡翠的羽毛做釣絲,肉桂做魚餌——去釣魚,漂亮的確是很漂亮,但是它們根本不適合用來釣魚,這是違反實際的用途。不像桃樹李樹不用說一句話,樹下自然被走出一條路來,因為有實用的果實在那

裡。所以文采不一定要很漂亮，只要與情理搭配合適就對了。文采過度，既不合情理，又超過自己的本質情性，效果只會適得其反，「衣錦褧衣」、「賁象窮白」都是說得這個道理。

（二）「辭詭」的問題：論「為情而造文」與「為文而造情」

劉勰認為「聯辭結采」是為了表明情、理，所以文采須與情理相合：

> 夫以草木之微，依情待實；況乎文章，述志為本，言與志反，文豈足徵？（〈情采〉篇）

激發創作的最根本動力，是為了表述情志、說明事理，所以文辭是要「依情待實」的。若是文辭所說的與真情實志相反——這有兩種情況：一種是辭不達意，一種是蓄意造假、說謊——這就是「辭詭」。「辭詭」是為文而造情，與為情而造文剛好相反：

> 昔詩人什篇，為情而造文；辭人賦頌，為文而造情。何以明其然？蓋風雅之興，志思蓄憤，而吟詠情性，以諷其上，此為情而造文也。諸子之徒，心非鬱陶，苟馳夸飾，鬻聲釣世，此為文而造情也；故為情者要約而寫真，為文者淫麗而煩濫。而後之作者，採濫忽真，遠棄風雅，近師辭賦；故體情之制日疏，逐文之篇愈盛。故有志深軒冕，而泛詠皋壤；心纏幾務，而虛述人外：真宰弗存，翩其反矣。（〈情采〉篇）

《詩經》三百篇的作者，是內心先有了情志，發憤吟詠情性，而後才有詩的創作，這是「為情而造文」，作品的特色是「要約而寫真」。諸子與兩漢的辭賦家，是為寫作而寫作，內心本來就沒有想要表達的情志，只是賣弄、誇飾辭藻，以沽名釣譽，這是「為文而造情」，所以作品就顯得「淫麗而煩濫」。影響所及，後代的許多作家也都跟他們學，沒有真實的情性，只會濫用辭藻：明明志在做官，卻歌詠隱居在水澤邊濕地的好；明明心中被世俗的機要事物糾纏著，嘴巴卻空說些世外桃源、不切實際的事情，「真宰弗存」，一點也沒有真心實情，這就是「辭詭」，劉勰對這種文辭與情志相違的作品，表示極度地不滿，說它「採濫忽真，遠棄風、雅」，根本與創作的本意，背道而馳。

（三）文質彬彬：文不滅質，博不溺心

> 使文不滅質，博不溺心，正采耀乎朱藍，間色屏於紅紫，乃可謂雕琢其章，彬彬君子矣。

　　「情」「采」既是構成文學的兩項要素，二者不分輕重，彼此相依相存，所以劉勰認為「情」「采」並重。文采不能失去本質情性，即使文采繽紛，也不能掩蓋掉心志、情理。符合本質情性、心志、情理的文采，就像色彩的三原色，反之，則是紅紫等混雜的間色。劉勰認為文采就要像朱、藍等正色，那些紅紫等間色都要摒棄刪除，如此文質相符，情采並重，才是文質彬彬的君子之文。

第三節　文學存在方式之比較

　　如本章第一節所述，韋沃運用排除法，對文學作品是人工製品式的物質存在形式、是一組聲音序列或一系列音響、等同於讀者個人的體驗、作者的經驗、是社會的集體經驗等說法一一加以駁斥。韋沃認為文學作品是一種藝術品，所以它是一個為某種特別審美目的服務的完整符號體系或符號結構。這種結構類似索緒爾所稱的「語言系統」。

　　韋沃用結構語言學的概念，把文學作品的「本體」（或文學作品「本身」）有時簡稱之為「結構」，有時則稱之為「符號體系」、「符號結構」、「一些標準所組成的結構」、「含有不同標準的若干層面的體系」、「某種基本的本質結構」、「一套存在於主觀之間的理想觀念的標準體系」、「符號和意義的多層結構」等等，[15] 這些用語，的確令人眼花撩亂，它們都是指文學作品本身，都是強調文學是可以認識的對象，為文學確立一個「獨特的」「本體」地位。

　　以下析論韋沃與劉勰對文學作品存在方式論點之異同：

一、How？文學以何種方式存在？

　　韋沃認為文學以一種結構體系存在，文學作品是由一些內含的成規（implicit norms）所組成的結構，是由幾個層面所構成的體系；它不是經驗，不能從個人或社會的心理學觀點去看文學作品，因為個人經驗只有一小部分觸及詩的本質，它不能闡釋文學的正確特性，文學作品頂多只是造成各種經驗的潛在原因（即「經驗的客體」）而已。

　　韋沃稱讚波蘭哲學家英迦登採胡塞爾的現象學方法分析文學結構，是明智且專業性很強的分析，他認為英迦登明確地區分出文學的三個不同標準層面：

15　支宇，《文學批評的批評》（北京：中國社會出版社，2004年），頁72。

（一）聲音層面

一件文學作品就如一個語言系統，讀者可以從不同角度透視它，卻無法完全認識它，只能抓住其中的決定性結構（structure of determination）去認識它，因此我們對它的認知是不完美的，但這是避免隨心所欲或主觀的方法。

（二）意義層面

指景物、背景、人物、行動、思想，這些都可由意義、句子與句子語言結構去分析出來，韋沃認為文學作品的語言風格，乃至意象、隱喻、象徵、神話，皆與此層面有關。

（三）世界層面

1. 所要表現的事物層面：即小說家的「世界」、人物、背景、事件。

2. 形而上性質層面：如崇高的、神聖的、悲劇的、可怕的等富哲學意義，可以引人深思。

文學作品就是由這三個不同層面所構成的結構體系，它不但是可以認識的對象，而且有獨特的本體──這個「本體」迴不同於三角形、數字、紅等之類的本體，文學沒有具體的實體，也沒有「理型」（Idea），也就是說它不是實體化、具體化與原型化。三角形、數字、紅等概念可以通過直覺直接體會，但文學作品必須通過語句的結構和聲音系統去經驗才能接近它，這是韋沃認為文學的存在方式。

韋沃所說的聲音、意義、世界三個層面，劉勰也都談論到，他清楚地解析文章是由字、句逐層架構而成：

> 夫設情有宅，置言有位；宅情曰章，位言曰句。故章者，明也；句者，局也。局言者，聯字以分疆；明情者，總義以包體。區畛相異，而衢路交通矣。夫人之立言，因字而生句，積句而為章，積章而成篇。（〈章句〉篇）

文章的基礎是「因字而生句」，劉勰譬字、句如屋之布局位次，「積句」成章立節則如成屋立宅，最後是「積章」成「篇」，因此字句、章節、篇什區位分明，它們各有畛域，構築成如屋之立體結構，而又有衢路相通，相連成一個整體：

> 句司數字，待相接以為用；章總一義，須意窮而成體。〔……〕然章句在篇，如繭之抽緒，原始要終，體必鱗次。起行之辭，逆萌中篇之意；絕筆之言，追媵前句之旨；故能外文綺交，內義脈注，跗萼

相銜，首尾一體。（〈章句〉篇）

一篇文學作品的結構，劉勰譬之如蠶繭，繭絲首尾一脈，絕不能有斷裂，而「外文」「內義」就如「跗萼」相銜接在一塊兒。〈附會〉也說：

統緒失宗，辭味必亂；義脈不流，則偏枯文體。

如此看來，在劉勰的眼中，文學作品也是一個有組織結構的語言文字系統、一個嚴密的體系。

劉勰的這兩段話，清楚地表明在他腦中的「文學」，也是由字、句、章、篇，逐層築起的立體結構，只不過他沒有特別標出這是文學的「存在方式」這樣的「名稱」而已。其中字、句如韋沃的聲音層面，拼音文字聽音辨義，所以韋沃說聲音是意義的基礎，置之最基礎的層面完全合理。但是漢語不是拼音文字，除了文字的「音」之外，文字的「形」也極重要，它們都兼有表「義」的功能，所以劉勰稱「字」不稱「音」：

若夫立文之道，惟字與義。字以訓正，義以理宣。（〈指瑕〉篇）

「字」是漢語文學的基礎層面，因此，這一層面漢語改稱為「語言文字層面」更為恰當。

「章」則如韋沃的意義層面，即前引〈指瑕〉逕稱為「義」，用以宣「理」者。「篇」則如世界層面，是為文之意旨與形上的思想層次，韋沃指明這一層面是指小說的人物世界。《文心雕龍》沒有論及「小說」這文體，無法比較。但若因此稱《文心雕龍》沒有論及「世界」也不合理，因為劉勰所說立文之道的形文、聲文、情文中，情文就是「世界」的這一層面，是作品所要表達的人生觀，與小說中的人物所要呈現的世界，意義是一樣的，只不過小說這種體裁有更多這方面的內容罷了。劉勰對這一層次，尤重在「道」的闡發，〈原道〉篇有深入的論述。

對文學存在方式的分析，《文心雕龍》除〈章句〉篇外，還有〈情采〉篇。劉勰的「情」又名「質」，也就是文章所要表現的事物，如情思、情理等等「內容」；劉勰的「采」又名「文」，也就是文辭的「形式」。從外顯與內涵的角度看，文章是由「情」、「采」兩項要素所構成，所以劉勰由此分析說文章的構成有三種要素：

立文之道，其理有三：一曰形文，五色是也；二曰聲文，五音是也；三曰情文，五性是也。五色雜而成黼黻，五音比而成韶夏，五情發而為辭章，神理之數也。（〈情采〉篇）

形文、聲文、情文是文章構成的三要素。情文就是「情」，形文、聲文就是「采」，形文是指文辭富形象、色彩之美，聲文是指文辭富音韻之美，此二者如韋沃的聲音與意義層面，形象、色彩不出意義的範圍；情文是指人類的五情、五性等情性、情思，如韋沃的世界層面。這就是劉勰所謂的「立文」三要素，也就是他從「情采」的角度所分析的文學結構，而有形文、聲文、情文等三種要素，劉勰認為能將這三要素「神而明之」，才是最高超的文學技術，這與〈章句〉篇純從字、句、章、篇的角度不同。劉勰擅長從不同的視角分析文學，〈情采〉篇清楚地釐出文學具形、聲、情（指情性、情志、情思、情理）等三種元素，劉勰清清楚楚地掌握到構成「文學」「情采」兼備的元素──「文學」因這些元素而「存在」。

二、Where？文學存在哪裡？

　　文學既如上述，由三種層面構築存在，它存在哪裡？韋沃強調回答這個問題必須先瞭解，文學的這套體系是建立一種假設上：文學作品是一種理想概念的系統──它存在互為主體之間（intersubjective），為多數人所能理解──也就是說，文學是存在集體的意識形態中（to exist in collective ideology），並隨之變化，[16] 而理解它的方式是通過個人單獨的心理經驗（或體驗），只有通過個人經驗才能接近文學作品，所以文學作品可視為「一個經驗的客體」（an object of experience），但不是個人的「經驗」。長期以來，文學所以被誤認為是個人的心理經驗，就是因為它必須經由個人經驗的領會，才能進入文學之堂奧，因此把作品本身與經驗作品的手段相混淆而導致的結果。

　　韋沃認為讀者從不同的角度抓住文學作品中的決定性結構（structure of determination）去透視它、認識它，但是絕無法完全（或完美）地認識它，正如人們無法完美地使用、認識其語言系統一樣。可見韋沃完全是從認識作品的角度去談這個問題，他們不從創作的角度去論，如前文所言，他們認為這是無從證明的。

　　劉勰沒有論述文學存在哪裡的問題，但他也談文學的心理經驗，是韋沃不談的作者創作經驗。〈神思〉篇正是作者創作心理的經驗之談，劉勰談創作時的心思是：

---

16 René Wellek & Austin Warren, *Theory of Literature*, p.156。譯文參見韋勒克、沃倫著，劉象愚、邢培明、陳聖生、李哲明等譯，《文學理論》，頁 173。

寂然凝慮，思接千載；悄焉動容，視通萬里；吟詠之間，吐納珠玉
之聲；眉睫之前，卷舒風雲之色。〔……〕故思理為妙，神與物遊。
神居胸臆而志氣統其關鍵；物沿耳目而辭令管其樞機。〔……〕夫神
思方運，萬塗競萌，規矩虛位，刻鏤無形，登山則情滿於山；觀海
則意溢於海，我才之多少，將與風雲而並驅矣。（〈神思〉篇）

作者創作時的心思可以跨越時空，與萬物神遊，馳騁於山海風雲之間。〈神思〉
篇就是劉勰談創作者在寫作時如何運思的方法，為《文心雕龍》極重要的一
篇。劉勰指導作者如何虛靜其心，疏通身體五臟六腑，使精神如被澡淨般地澄
澈清明，如此才能「尋聲律而定墨」、「窺意象而運斤」。從這裡很明顯地看出，
劉勰絕不否認文學作品是作者的心理經驗——至少是作者創作時「當下」的心
理經驗，是不是其他時候，則無從斷定。

因此，〈知音〉篇論讀者如何解讀作品，也是從如何探尋作者「文情」、做
作者的「知音」著手，他感歎：

知音其難哉！音實難知，知實難逢，逢其知音，千載其一乎！（〈知
音〉篇）

因此他要讀者「博觀」，「博觀」才能「圓照」，才能「平理若衡，照辭如鏡」：

夫綴文者情動而辭發，觀文者披文以入情，沿波討源，雖幽必顯。
（〈知音〉篇）

他堅信以「六觀」觀文，「沿波討源」，絕對能知作者之心，就像俞伯牙善鼓琴，
鍾子期善聽琴一樣，必能成為作者的「知音」。

劉勰這種說法，與韋沃大異其趣。韋沃雖同意作品是作者在創作時的經
驗，我們稱之為「隱含作者」，但否定文學作品是作者的經驗，因為作家誤解
自己作品的比比皆是，而且作者創作的意圖很難去釐清與驗證，即便是有證
據，也無須受其束縛，多的是有此意圖與理想卻實踐不了或偏離目標的。韋沃
舉了許多例子，證明有自覺的創作意圖與創作實踐，在文學史上分道揚鑣是常
有的事。同樣地，韋沃也否定文學作品是作者創作時有意識與無意識經驗的總
和，因為文學作品不是某一過去的主觀經驗，作者的創作經驗在作品開始存在
的同時就已經停止了。[17]

---

17 René Wellek & Austin Warren, *Theory of Literature*, pp.147～148。譯文參見韋勒克、
沃倫著，劉象愚、邢培明、陳聖生、李哲明等譯，《文學理論》，頁 164～166。

三、「材料和結構」說與「情采兼備」論

如本章第一節所論，韋沃與俄國形式主義有相同的看法：反對內容與形式二分的論點。他們指出：

> 如果把所有一切與美學沒有什麼關係的因素稱為「材料」（material），而把一切需要美學效果的因素稱為「結構」（structure）可能要好些。[18]

韋沃認為這樣可以把形式與內容恰當地結合起來，矯正內容與形式二分法的缺點，凡能產生美學效果的就稱「結構」，反之即是「材料」，這就是韋沃的「材料」「結構」說。韋沃的這種觀點，王潤華有深入的闡述：

> 形式與內容，它們的生命力猶如血與肉，不能分開而存在。一首詩或一篇小說，所敘述的事件（events），原是內容的部分（parts），可是當它被作者採用各種手法，把它經過選擇、洗鍊，從事件變成小說的情節（plot），或詩的象徵情境（symbolic situation）的手法，則這「事件」除了是內容的部分，又是形式的部分了。假使事件沒有經過這樣的藝術加工，它根本不能產生任何藝術力量，而且那作品也不是藝術作品。[19]

王潤華在此段話中就揭露藝術作品的「內容」與「形式」是難以分割的，因為「內容」在藝術家的巧慧加工下就變會成審美「形式」的一部分，所以藝術作品的「內容」與「形式」經常交織在一起。這與韋沃從文學作品的審美性與不容割裂的有機整體，這兩個論點去分材料與結構的見解是一致的。

〈情采〉篇論述情采兼重，強調構成文學的兩個元素「質」與「文」並不是各自孤立存在，而是彼此依恃的關係，與韋沃的「結構」正好相合。如本章第二節所言，水有波紋，樹會開花，因為它們本身就有這樣的特性，所以「質」與「文」本就是同物一體，不可分割；虎、豹天生就有漂亮的花紋，去除牠們毛皮的花紋，就看不出是虎豹、還是犬羊，此外，犀牛、野兕的皮需要丹漆塗飾，也是質、文並重，不可或分的道理，否則它們就不具審美性了。劉勰用水、木、虎豹、犀兕去闡釋「質」、「文」的關係，說明質與文是一體的。

劉勰更進一步證明，平常說話也是富文采的，所以《孝經》才強調，居喪期間言語絕對要「不文」以符合禮節；又說老子厭惡虛偽、矯飾，但《道德經》

---

18 René Wellek & Austin Warren, *Theory of Literature*, pp.140～141。譯文參見韋勒克、沃倫著，劉象愚、邢培明、陳聖生、李哲明等譯，《文學理論》，頁157。
19 王潤華，《司空圖新論》（台北：東大出版社，1989年），頁37～38。

文辭精妙，這說明老子無法棄絕文采。這都證明「情」「采」必須兼有，「質」與「文」不可或分，與韋沃之「材料結構」說不謀而合。

劉勰的鉛黛飾容，盼倩生於淑姿，更能說明這種關係。鉛粉、黛石能修飾外表，但美人的一顰一笑，所產生的萬種風情，則來自她美好的姿儀，這不是靠鉛黛所能修飾得了的。因為這種「盼倩」的「淑姿」，其本源正是內容的「氣質」「情性」。劉勰這種審美源頭不只在形式、也在內容的說法，也就是韋沃強調的：形式必然包括內容所有的語言質素；內容也暗示著形式的種種要素。[20]因此，審美效果既包含形式，也包含內容的論點，劉勰與韋沃的說法完全一致。

唯一不同的是，韋沃將文學之特質，界定為虛構性、想像性、創造性、審美性，所以他們對作品是否具「真摯性」並不重視。理由除上述與其預設之文學特質有關外，也因作品之「真摯」性，很難加以論定；即或有作者之傳記或生活史料為佐證，還是無法確認作者是否「真摯」；作者創作「當下」的心態，誰能掌握、證明？有關這方面的論述，黃維樑〈王國維「人間詞話」新論〉一文早有諍論。[21]

而劉勰則極力強調要「為情而造文」，他極重視情感的真摯，主張文章要以「述志為本」，「文不滅質」「博不溺心」，「麗詞雅義」均須「符采相勝」，如此才能「志足而言文，情信而辭巧」，「風清骨峻，篇體光華」，寫出「文質彬彬」的好文章。他極厭惡「言與志反」，主張不能「為文而造情」，否則就會陷入「真宰弗存」、「采濫忽真」的境地，這種文章「繁采寡情，味之必厭」，是他深惡痛絕的。若論對作品真摯性的要求，劉勰與韋沃是南轅北轍的。

四、認識作品結構與價值判斷

韋沃認為認識作品的結構就是對文學作品的價值判斷，價值判斷與認識作品結構是同一件事，價值並非附著在結構中，符號、結構與價值是一起的，它們是同一體，無法分離或撇開。劉勰也這樣認為：

> 是以將閱文情，先標六觀：一觀位體，二觀置辭，三觀通變，四觀奇正，五觀事義，六觀宮商，**斯術既行，則優劣見矣**。（〈知音〉篇）

---

20 René Wellek & Austin Warren, *Theory of Literature*, pp.140～141。譯文參見韋勒克、沃倫著，劉象愚、邢培明、陳聖生、李哲明等譯，《文學理論》，頁 157。

21 黃維樑，《中國詩學縱橫論》（臺北：洪範書局，1977 年），頁 51～62。

以「六觀」之術，辨認作品的「結構」，則其價值之「優劣見矣」。劉勰這句話清楚地表明，認識了作品結構就是對作品做出價值判斷了。

不同的是，韋沃認為文學作品的價值判斷，沒有絕對或相對的價值尺度，韋沃把二者綜合起來稱之為「透視主義」（perspectivism），意思是文學作品的價值是動態的，人們可以從各種不同的批評觀點去認識這個文學客體，只是每一種觀點都需界定清楚，不能模稜兩可。

劉勰則不同，他強調用「六觀」鑑賞作品，但「六觀」是從六個方面去看待作品，並不是指可以用六個不同的觀點去看作品。劉勰認為只要批評者有深度的「識照」，就能用「六觀」「深識鑒奧」作品，評鑑其優劣：

> 譬春臺之熙眾人，樂餌之止過客，蓋聞蘭為國香，服媚彌芬；書亦
> 國華，翫繹方美；知音君子，其垂意焉。（〈知音〉篇）

劉勰譬喻好的文學作品有如「國華」，需深識鑒奧地觀翫尋繹，才能如聞國蘭之幽香一樣，愈服愈媚愛其芬芳，只是世俗多因識照浮淺，所以不能看出奇文異采罷了。然而劉勰從六觀來評鑑作品，與韋沃可以從不同的理論視點去透視作品，如：女性主義……等等，是很不相同的。

此外，韋沃認為文學作品是在某一個時間點創造出來，它會隨著時間變化，乃至完全毀滅死亡，所以文學作品是有「生命」的東西。

劉勰則肯定文學作品的恆久性：

> 世遠莫見其面，覘文輒知其心。豈成篇之足深，患識照之自淺耳。
>
> （〈知音〉篇）

文學作品在歷史的進程中，不管多麼久遠，只要識照夠深刻，都能洞見作者之真心意，這是韋沃絕不同意的事。

韋沃承認文學是藝術品，能被保存下來必有其基本的本質結構，就這層意義看，這「基本的本質結構」可以說是「永恆的」，但也是「歷史的」。因為這個「基本的本質結構」會在歷史的過程中，不斷地被不同世代的讀者、批評家及其對其他作品的影響，而重新建構其歷史——或有更深的理解，或對已往解釋的強烈反對——所以它是「動態的」。韋沃認為這無關乎主觀主義或相對主義，因為每一不同觀點都不是絕對的正確，只有誰較完整或深入而已。[22]

綜合上述之比較，可知韋沃將文學作品的存在方式視為一具有審美效果

---

22 René Wellek & Austin Warren, *Theory of Literature*, p.156。譯文參見韋勒克、沃倫著，劉象愚、邢培明、陳聖生、李哲明等譯，《文學理論》，頁 172～173。

的符號結構，它依聲音、意義、世界、形上層面等縱向層面構築而成，他們確認文學作品一問世，就有其獨特的生命，文學作品也就具有「本體論」的地位，沒有任何人可以完全地詮釋它，只能隨讀者個人的經驗而部分體現其意義，其價值也會隨著時代品味標準之差異而改變它的價值甚至消失。韋沃在《文學理論》中採用先破後立的方法，先辨析文學不是什麼？再把文學作品是以特殊方式存在的形式提出來，證明文學作品的確能以獨特本體存在，其層層剝解、推論、辯證的手法是相當細膩精闢的，然分析韋沃論文學作品存在方式的主調，不論其用「形式」、「內容」或「材料」「結構」的論點，皆與劉勰《文心雕龍》所論之「聲文」、「情文」、「形文」或「情」與「理」，「文」與「質」，或「字」、「句」組合成章，都必須交織在一起而形成一為讀者所欣賞的文學結構，雖然語言、闡述、論證方式有別，但在概念上、美學上、精神上，其意蘊皆是相通的。比較不同的差異是二本書在作者意圖上的見解，是南轅北轍。異論在於韋沃認為作者之心不可靠，不可知，也不具意義，而劉勰認為作者之心，只要讀者具有足夠的見識，是可以與作者會心的。細究這種差異，可理解韋沃只強調作品的本體，而劉勰除了強調作品也兼顧了作者的意圖，我們可以說在視野上、完整上劉勰比較寬廣，但也可說韋沃較為科學，因為他們對於無法提出客觀證據的作者心理就存而不論。

第四章　和諧音[1]、節奏和格律之比較

前　言

　　本章第一節，為韋沃《文學理論》第四部（文學的內部研究）之第十三章，有關和諧音、節奏、格律之論述。第二節，述劉勰《文心雕龍》之〈聲律〉、〈詮賦〉、〈練字〉、〈章句〉、〈附會〉、〈總術〉、〈知音〉、〈物色〉等諸篇，均有音律之闡述，但仍以〈聲律〉篇為主軸。第三節，根據雙方論點，設定了：一、人聲與音樂。二、聲律與意義。三、和諧音。四、理論與創作等四項議題，對二書之論點進行比較。

第一節　韋沃《文學理論》論和諧音、節奏和格律

　　韋沃認為文學作品存在的首要條件，是一系列的聲音，作品的意義建立在聲音上，所有的韻文或講究音韻的散文，都是一種語音的系統組織。研究文學作品的語音系統組織，就是研究作品的「和諧音」（euphony）、節奏和

1　「euphony」一詞，梁伯傑、劉象愚等與王夢鷗等所譯的《文學理論》，皆為「諧音」，但此譯文顯然與韋沃的原意不合。根據 *Webster's New World Dictionary* 的解釋，「euphony」意為：（1）the quality of having a pleasing sound；（2）pleasant combination of agreeable sounds in spoken words；（3）such a combination of words.而 *The New Oxford Dictionary of English* (Oxford University Press 1998)則把「euphony」解釋為：（1）the quality of belonging to the ear；（2）the tendency to make phonetic change for ease of pronunciation.筆者綜合兩本字典的解釋，認為「euphony」譯為「和諧音」或「和悅音」較適當，因此本論文統一譯為「和諧音」。

格律。

「和諧音」和音的「特殊個性」有關，如：「a」、「o」、「p」、「l」等等，它們在音質上的差異，正是「和諧音」效果的基礎，所以「和諧音」是音「質」的關係，與音量的大小無關。[2]

但是研究文學作品，只注意「和諧音」是不夠的，因為很多詩人，如：勃朗寧（R. Browning）、霍普金斯（G. M. Hopkins），就常用「不諧和音」，以達到粗獷、刺激與富表現力的音響效果。[3]

韋沃認為節奏和格律，與聲音的高低、長短、輕重及重複的頻率有關，這是音「量」的問題。透過對這些音「量」因素的研究，我們可以把一組語言現象分析出來。

韋沃提醒我們，研究「和諧音」、節奏和格律時，要記住兩個原則。其一，聲音的表演（performance of sound）與聲音的模式（pattern of sound）是有區別的。其二，聲音不能脫離意義而存在。[4]以下依此原則分述之：

一、「和諧音」：聲音模式與聲音模擬

（一）聲音模式

聲音模式研究的是，相同或相關音質重複出現的狀況，例如：布里克（O. Brik）根據重複出現的音韻次數、重複音組之音韻相互接續次序、節奏單元之音韻位置等，進行各種音韻圖式的分類。依照這種方式，我們可以分辨緊密排列在一首詩中的重複音韻、一個音組開頭和另一個音組結尾的音韻重複、一句詩的結尾和下句詩開頭的音韻重複、以及各行詩開頭的音韻重複與韻腳的重複。[5]

韋沃指出，每一種語言都有不同的音素體系（system of phonemes），每個國家也都有不同的聲音模式，但音韻效果與意義必須一致，則是各個語系或國家都是相同的。音韻效果很難與詩的總體意義分離，語音、語調隨著語義、上

---

2 René Welleck & Austin Warren, *Theory of Literature*, p.159～160。譯文參見韋勒克、沃倫著，劉象愚、邢培明、陳聖生、李哲明等譯，《文學理論》，頁176。

3 René Welleck & Austin Warren, *Theory of Literature*, pp.159～160。譯文參見韋勒克、沃倫著，劉象愚、邢培明、陳聖生、李哲明等譯，《文學理論》，頁177。

4 René Welleck & Austin Warren, *Theory of Literature*, pp.158～160。譯文參見韋勒克、沃倫著，劉象愚、邢培明、陳聖生、李哲明等譯，《文學理論》，頁175。

5 René Welleck & Austin Warren, *Theory of Literature*, pp.159～160。譯文參見韋勒克、沃倫著，劉象愚、邢培明、陳聖生、李哲明等譯，《文學理論》，頁177。

下文而變化，[6]例如：押韻除了是審美的格律功能外，它更是一首詩整體特性的一環，它把文字組織在一起，使它們相互聯繫或相互照應。我們可以問：押韻的音節——不論是在字尾（suffix）（如：character, register）、字根（root）（如：drink, think）或字根與字尾（如：passion, fashion）——其對語義的功能是什麼？也可以問：押韻的字是從什麼語義範圍（semantic sphere）內選擇的？或是用押韻連繫在一起的字，其語義關係又是什麼？它們是同屬於某一個語義範圍（如：heart, part; tears, fears），或是不同的語義範圍（如：queens「皇后」、screens「屏風」；elope「私奔」、pope「教皇」；mahogany「桃花心木」、philogyny「喜愛女人」）。我們還可以問：押韻在整首詩的上、下文，所起的作用如何？例如：在何種程度上，它僅僅是個填充字（fillers）？或者更極端一點，我們是否可以從押韻的字，猜出整首詩或整節詩的含義？如此，押韻可能成為一節詩的骨架，也可能起不了任何作用，以致使人們忽略了它們的存在。[7]

（二）聲音模擬

「聲音模擬」是一種富表現力的聲音使用，[8]韋沃把聲音的模擬，分三個層次分析：

1. 象聲詞

現代語言學家認為，象聲詞某方面是在語音系統之外，它們明顯地模仿某一種聲音，如：cuckoo 鳥鳴聲；buzz 飛蟲的嗡嗡聲；bang 關門「呼」的聲音；miaow 貓叫聲。

相同的語音在不同的語言中，有不同的意義；自然界的某些聲音，不同的語言，也有不同的表示方式，但是象聲詞這種對物理音響的實際模仿，無疑是相當成功的。[9]

2. 聲音的描繪

通過上、下文裡發出的聲音對自然界聲音的一種重建，在這樣的上、下文

6　René Welleck & Austin Warren, *Theory of Literature*, p.160。譯文參見韋勒克、沃倫著，劉象愚、邢培明、陳聖生、李哲明等譯，《文學理論》，頁 177。

7　René Welleck & Austin Warren, *Theory of Literature*, pp.160～161。譯文參見韋勒克、沃倫著，劉象愚、邢培明、陳聖生、李哲明等譯，《文學理論》，頁 178。

8　René Welleck & Austin Warren, *Theory of Literature*, pp.160～161。譯文參見韋勒克、沃倫著，劉象愚、邢培明、陳聖生、李哲明等譯，《文學理論》，頁 177。

9　René Welleck & Austin Warren, *Theory of Literature*, pp.161～162。譯文參見韋勒克、沃倫著，劉象愚、邢培明、陳聖生、李哲明等譯，《文學理論》，頁 179～180。

裡，文字本身並沒有狀擬某種聲音，而是被引入某種聲音模式，如：坦尼生（A. Tennyson）的詩「the murmuring of innumerable bees」，聲音模式就建立在上、下文的意義上。若將詩句改為「murdering of innumerable beeves」，這行詩的模擬音響效果就全毀了。[10]

3. 聲音的象徵與隱喻

聲音的象徵與隱喻，在每一種語言裡都有它自己的慣例。世界上任何一種語言，都有感覺的聯合與聯想現象。這種聯覺現象一直被詩人精心地使用。實驗證明，有些前元音——如：e、i……常與單薄的、迅捷的、清晰的、明亮的物體相關連；後元音如：o、u……則和笨重的、緩慢的、模糊的、陰暗的物體相對應。這些關連不是用比喻，純粹是從聲音與顏色的觀察，所產生的聯繫。[11]

二、節奏

韋沃認為節奏不只是文學有，普通語言也有；自然有，勞動有，燈光信號有，音樂有，甚至造形藝術也有。所以節奏是一般的語言現象。就文學作品而言，只要分辨兩種節奏理論即可：

（一）周期性理論

這種理論認為「周期性」是節奏、格律的必備條件。持有這種觀念者，必然否定散文也有節奏，因為既然把節奏與格律視為一體，則散文含有節奏之論點，自是相互矛盾。[12]

（二）非周期性理論

持有這種觀念者，視野較廣，他們把非重複性的運動形式，也包括在節奏的定義之內。西弗斯（E. Sievers）認為個人說話有節奏，音樂有節奏，甚至沒有周期性的單旋律聖歌（plain-song）和外來音樂（exotic music）也有節奏。[13]

---

10 René Welleck & Austin Warren, *Theory of Literature*, p.161。譯文參見韋勒克、沃倫著，劉象愚、邢培明、陳聖生、李哲明等譯，《文學理論》，頁180。

11 René Welleck & Austin Warren, *Theory of Literature*, p.162～163。譯文參見韋勒克、沃倫著，劉象愚、邢培明、陳聖生、李哲明等譯，《文學理論》，頁181。

12 René Welleck & Austin Warren, *Theory of Literature*, p.163。譯文參見韋勒克、沃倫著，劉象愚、邢培明、陳聖生、李哲明等譯，《文學理論》，頁182。

13 René Welleck & Austin Warren, *Theory of Literature*, p.163。譯文參見韋勒克、沃倫著，劉象愚、邢培明、陳聖生、李哲明等譯，《文學理論》，頁182。

依照這種觀點，則研究節奏就應包括說話和散文在內。以文學來說，研究藝術性散文的節奏，必須先解釋散文節奏的本質、節奏性散文的特色與功用。最好的方法是將它們與一般性的散文節奏、詩的節奏區別出來。散文的藝術性節奏，可視為口語節奏的一種結構，它與普通散文的差別，在於它的重音分布有較大的規律性。雖然這種規律性未必具有明顯的等時性──在重音節奏間，有規律的時間間隔。在一個普通的句子裡，強度（intensity）與音高（pitch）通常有相當的差別，而在節奏性的散文中，卻有一種平衡重音與音高差異的顯著傾向。散文節奏的規律性與周期性通常是藉著語音和句法──如：聲音圖形（sound-figures）、平行句、對比平衡句（antithetic balancings）──支撐它的節奏模式。[14]

韋沃指出：節奏性的散文仍是爭辯的議題，現代大多數讀者都喜歡文類的純粹性，如：詩有詩的形式，散文有散文的形式。因此節奏性的散文常被認為是既非詩，也非散文的混合形式，這有可能是我們時代的偏見。為節奏性散文辯護，如同為詩辯護一樣，這種節奏如果用得好，就能夠使我們更理解文本，因為它有強調作用，它使文章更緊湊，建立不同層次的變化，提示平行與對比的關係，把白話組織起來──組織就是藝術。[15]

三、格律

有關格律的各種理論，至今並不十分穩定。這些理論家的思慮不是欠缺周密，就是觀念混淆，意義難以確認。[16]例如：聖茨伯理（G. Saintsburry）的《英國韻律學史》（*History of English Prosody*）規模巨大，但當論及格律時，卻犯了術語界說不清、理論含混的毛病。談到長、短音，卻弄不清是指音延續時間的長短還是輕重音。而佩里（B. Perry）在《詩歌研究》（*Study of Poetry*）中，談到字的重量（weight）、相對音量或音高對字義的重要性，他自己也含糊其辭。韋沃認為就文學而言，辨別格律理論中的幾個類型即可。分述如下：

---

14 René Welleck & Austin Warren, *Theory of Literature*, p.163～164。譯文參見韋勒克、沃倫著，劉象愚、邢培明、陳聖生、李哲明等譯，《文學理論》，頁183～184。

15 René Welleck & Austin Warren, *Theory of Literature*, p.165。譯文參見韋勒克、沃倫著，劉象愚、邢培明、陳聖生、李哲明等譯，《文學理論》，頁185。

16 René Welleck & Austin Warren, *Theory of Literature*, p.165。譯文參見韋勒克、沃倫著，劉象愚、邢培明、陳聖生、李哲明等譯，《文學理論》，頁185。

（一）圖解式格律理論

這是從文藝復興手冊（Renaissance handbooks）演化來的，以圖解符號來描述長音和短音，在英文則是指重讀音節與非重讀音節。圖解式格律學家通常會描繪格律圖和格律模式，要求詩人嚴格遵守。這套理論明白易懂，很容易被接受。我們經常聽到的抑揚格、揚抑格、抑抑揚格和揚揚格之類的語詞，就導源於此。

但韋沃指出這套理論雖能令大多數人接受，但它沒有注意到實際的聲音，其教條也是錯誤的。倘若詩歌是按著圖解的格律去寫，那它必定是單調、沉悶的。圖解格律的優點是可以藉著圖解，迴避吟誦者個人聲音的細微特質與變化，這是許多現代格律理論無法迴避的困難。

圖解式格律學告訴我們，格律不僅是聲音的問題，它在詩中隱含一種對詩起支撐作用的格律模式。[17]

（二）音樂性格律理論

這種理論是假設，詩的格律與音樂節奏相似。根據這種理論，詩中的每一個音節，都可以配一個音符，但是音符的高度不能確定，音符的長度也可以隨意伸縮。其優點是它強調，韻文有主觀感覺等時性的傾向——所謂「等時性」，是指根據主觀感覺而放慢或加快、延長或縮短誦讀字音的速度，並適度加入休止符，以形成等時的一小節。這種有如記譜的方式，用在「可以唱」的詩歌最有效，但是用在分析口語體或講演體的韻文時，就力有未逮，若是用在分析自由詩（free verse）或非等時性的韻文時，則更是無能為力，於是有些音樂性理論的提倡者，就乾脆否認自由詩是韻文。[18]

音樂性理論的優點是，可以對教科書上從未提到的複雜格律，用解析與記譜方式表達出來。它的缺點是，放任個人對詩歌隨意誦讀，把所有的詩，化約成單調的節拍，消除詩人與詩派之間的差別，似乎暗示所有的詩歌都可以唱，而它的等時性觀念，也不過是主觀的。[19]

---

17 René Welleck & Austin Warren, *Theory of Literature*, p.166。譯文參見韋勒克、沃倫著，劉象愚、邢培明、陳聖生、李哲明等譯，《文學理論》，頁186。

18 René Welleck & Austin Warren, *Theory of Literature*, p.167。譯文參見韋勒克、沃倫著，劉象愚、邢培明、陳聖生、李哲明等譯，《文學理論》，頁187。

19 René Welleck & Austin Warren, *Theory of Literature*, p.168。譯文參見韋勒克、沃倫著，劉象愚、邢培明、陳聖生、李哲明等譯，《文學理論》，頁188。

（三）發音學格律理論

這套理論是科學家利用科學儀器，把誦讀中實際發音的情形紀錄下來，再利用示波器（oscillograph），將指定讀者在誦讀每一行詩時的響度、音高顯示出來。韋沃指出，這種實驗室中的格律學，顯然忽略韻文的意義，大大地削弱文學的價值。

因此，若有人認為發音學格律理論等同於文學的格律理論，這鐵定站不住腳。韋沃認為韻文的節拍是一種「期待性」的節拍，期待某一節拍之後，出現一個節奏上的訊號，而其時間周期不一定要一致，訊號也不一定要很強，只要能感受到它的強度就可以了。就期待性的節拍而言，韋沃肯定音樂性格律理論在等時性上的說法，認為韻文的節拍、重音、音高等差異，是相對的、主觀的。[20]然而不管是發音學格律理論或是音樂性格律理論，都有一個明顯的缺漏處，就是它們對聲音的研究，來自表演模式，因而忽略了誦讀者在讀詩時，有可能讀對，也有可能讀錯。他可能給原詩格律增加了某一些因素，也可能根本不顧原詩的格律，所以僅用發音學或音樂性的方法，是無法了解格律模式的，一套格律學的理論，無論如何，都不能忽略韻文格律與意義的關係：

> 假若我們忽視意義，就等於我們放棄文字與片語所含的概念，因而放棄了分析不同作者詩歌之間的差異的可能性。英詩多半是取決於強讀的片語，即富有節奏性衝動的片語與受片語分置所支配的實際說話節奏之間的對位音，但是句中的片語的分置，祇有熟知韻文之意義才能確定。[21]

因此，研究格律理論絕不能建立在表演模式上，也不能將聲音與意義分開研究。

（四）形式主義的格律學

1. 形式主義的節奏概念

俄國形式主義者力圖把格律理論，建立在一個新的基礎上。他們認為音樂性理論雖可將音步、等時性觀念，運用於許多詩歌中，但卻沒有客觀性。以音步（foot）來說，許多詩沒有音步；而等時性的概念也有局限性，只能應用在特殊類型的詩，很難對格律做客觀性的研究。

---

20 René Welleck & Austin Warren, *Theory of Literature*, p.169。譯文參見韋勒克、沃倫著，劉象愚、邢培明、陳聖生、李哲明等譯，《文學理論》，頁189。

21 René Welleck & Austin Warren, *Theory of Literature*, p.170。譯文參見韋勒克、沃倫著，劉象愚、邢培明、陳聖生、李哲明等譯，《文學理論》，頁190～191。

　　俄國形式主義者認為這些理論，都錯誤地界定了詩歌節奏的基本單位。假如我們把詩歌，僅視為幾個以重音節為重心所組成的段落，那麼我們就無法否認，同樣的組合，甚至同樣的組合順序，都可以在與詩無關的語言系統類型中找到。他們節奏的基本單位，不應是「音步」而是「整行詩」。他們認為「音步」是不能獨立存在的，它們只能存在於整首詩的相對關係中，也就是說每一個重音，根據它在詩中的位置而不同，它具有自己的獨特性，它可能是第一、第二或第三個音步等等。詩歌結構的一致性，隨著語言與格律系統的不同而不同。

　　假如我們沒有從上下文，或印刷排版的訊號，知道自由詩的某一段是韻文的話，我們就可能把它當成散文來讀，而實際上並沒有將它與散文相區別。但是，我們又確實能夠按詩的讀法去讀它，而且能以不同的方式去讀它，例如：用二音步的語調去讀它，一旦我們拋開這種語調，詩就不再是詩，而是變成節奏性的散文了。[22]

2. 形式主義的格律特色

　　蘇俄形式主義者研究普通的格律詩時，應用統計學研究格律模式和說話節奏間的關係。[23]他們認為詩是一種精細的對位模式（contrapuntal pattern），強調格律與普通口語節奏的對位，詩對日常語言施加「有組織的暴力」（organized violence）。俄國人把「節奏性衝動」與格律模式分開。格律模式是靜態的，圖表性的，但「節奏性衝動」則是動態的、進行式的。我們預期隨之而來的節奏訊號，我們不僅組織文學作品的節拍，也組織其他的元素。由此可見，「節奏性衝動」影響對文字的選擇，也影響句型的選擇，如此也就影響整首詩的整個意義。[24]

22　René Welleck & Austin Warren, *Theory of Literature*, pp.170～171。譯文參見韋勒克、沃倫著，劉象愚、邢培明、陳聖生、李哲明等譯，《文學理論》，頁 191。

23　俄國人使用的統計方法非常簡單，在所要分析的每一首詩和每一段詩中，只要計數每個音節含有重音的百分率即可。如果一行五音步詩的格律是絕對整齊的，那麼，統計者將表明第一個音節為 0%，第二個音節的重音為 100%，第三個音節的重音為 0%，第四個音節的重音為 100%，等等。這也可以用圖解式來表示，畫一條線表示音節的數目，畫另一條線與之垂直，表示百分率。René Welleck & Austin Warren, *Theory of Literature*, p.171。譯文參見韋勒克、沃倫著，劉象愚、邢培明、陳聖生、李哲明等譯，《文學理論》，頁 192。

24　René Welleck & Austin Warren, *Theory of Literature*, p.171。譯文參見韋勒克、沃倫著，劉象愚、邢培明、陳聖生、李哲明等譯，《文學理論》，頁 191～192。

　　俄國的格律學家特別強調：不同的詩派或詩人，會以不同的方式採用理想的格律模式，同時，每一詩派或詩人都有自己的格律標準。因此，用任何一種特定標準，評斷各種詩派或詩人是不公正，也是錯誤的。詩歌的格律發展歷史，顯示各種標準間經常發生衝突，一種極端的理論很容易被另一種理論取代。俄國人除了強調不同語言體系的格律理論，存著很大的差異外，他們把詩歌的格律體系分成音節的、重音的、音量的幾類，不僅不完善的，而且很容易引起誤解。各種語言因其節奏的基本因素不同而不同。

　　韋沃認為儘管形式主義的格律理論還存在很多疑問，但他們顯然已在音樂性與實驗室的格律理論中，找到一條折衷之道，而這通道使語言學與語義學恢復連繫。總而言之，聲音、格律必須與意義合在一起，做為藝術品之整體因素去研究才是。

第二節　劉勰《文心雕龍》論聲律

　　《文心雕龍》論及音韻、格律的理論，主要在〈聲律〉篇，他篇偶有涉及，但多未深論，如：

〈詮賦〉篇：

　　及靈均唱騷，**始廣聲貌**。〔……〕遂客主以首引，**極聲貌以窮文**。〔……〕子淵洞簫，**窮變於聲貌**。

〈練字〉篇：

　　心既託聲於言，言亦寄形於字，**諷誦則績在宮商**，臨文則能歸字形矣。

〈章句〉篇：

　　若乃改韻從調，所以節文辭氣，賈誼枚乘，兩韻輒易；劉歆桓譚，百句不遷：亦各有其志也。昔魏武論賦，嫌於積韻，而善於資代。陸雲亦稱「四言轉句，以四句為佳。」觀彼制韻，志同枚賈。然兩韻輒易，則聲韻微躁，百句不遷，則脣吻告勞；妙才激揚，雖觸思利貞，曷若折之中和，庶保無咎。

〈附會〉篇：

　　必以情志為神明，事義為骨髓，辭采為肌膚，**宮商為聲氣**。

〈總術〉篇：

　　或義華而聲悴，或理拙而文澤。知夫調鐘未易，張琴實難。伶人告

和，不必盡窕㦬㩒之中；動用揮扇，何必窮初終之韻：**魏文比篇章於音樂，蓋有徵矣。**

〈總術〉篇：

按部整伍，以待情會，因時順機，動不失正。數逢其極，機入其巧，則義味騰躍而生，辭氣叢雜而至。視之則錦繪，**聽之則絲簧**，味之則甘腴，佩之則芬芳，斷章之功，於斯盛矣。

〈知音〉篇：

是以將閱文情，先標六觀：一觀位體，二觀置辭，三觀通變，四觀奇正，五觀事義，**六觀宮商**。

〈物色〉篇：

屬采附聲，亦與心而徘徊。 故灼灼狀桃花之鮮，依依盡楊柳之貌，杲杲為出日之容，瀌瀌擬雨雪之狀，**喈喈逐黃鳥之聲，喓喓學草蟲之韻**；皎日嘒星，一言窮理，參差沃若，兩字窮形：並以少總多，情貌無遺矣。

這些片言隻語都在強調音韻在詩文中佔有重要的地位，其要義除狀聲詞之描繪，如：「喈喈」、「喓喓」及王子淵的〈洞簫〉賦有比擬聲音之說外，其餘大致不出〈聲律〉篇所論的範圍。因此，本節論劉勰之聲律論，就以〈聲律〉篇為主要的論述對象。

一、音律的重要性

（一）言為心聲

夫音律所始，本於人聲者也。聲含宮商，肇自血氣，先王因之，以制樂歌。故知器寫人聲，聲非學器者也。故言語者，文章關鍵，神明樞機，吐納律呂，脣吻而已。古之教歌，先揆以法，使疾呼中宮，徐呼中徵。夫徵羽響高，宮商聲下；抗喉矯舌之差，攢脣激齒之異，廉肉相準，皎然可分。（〈聲律〉篇）

劉勰強調詩文中的音律是「本於人聲」的。他解釋人的聲音所以具有音樂性（「含宮商」），是「肇自血氣」。劉勰這裡所謂的「血氣」，包含先天的發聲器官構造（歌喉、音色、肺活量⋯⋯等等）、音感⋯⋯等等。每個人先天的「血氣」各有不同，故發出的聲音、對聲音的感受度，也就有了差異。

至於人類製造樂器也是要摹寫心聲（「寫人聲」），並非是為了學樂器，所

以不可本末倒置地把仿擬人聲的樂器，當做是聲律的根本，否則就是倒果為因了。這是他極端強調的，由此證明劉勰的聲律理論全建立在「人聲」的基礎上。

心聲靠語言傳達，「言語者，文章關鍵，神明樞機，吐納律呂，脣吻而已。」語言是文章的關鍵，也是表達情志的總樞，語言表達有二：一為聲音，一為文字，但要使每一發音、吐辭皆合於胸臆，則必須妥貼地掌握、調節發聲機構方可。他舉古人教授音樂為例，快疾要合「宮」調、慢緩要合「徵」音，因為「徵」「羽」音高，「宮」「商」音低，只要調整脣、齒、喉、舌的位置，就可以準確地發出合口或撮口、塞音或擦音……等等的音來，並且分毫不差。因此，用人聲絕對可以傳達心聲，不需靠外在樂器的樂音。

更何況「外聽易為巧」，因為「絃以手定」，只需靠手操作絃管，這比較容易；可是「內聽難為聰」，要傾聽內在的心聲是困難的，因為「聲與心紛」，心中思緒紛紛擾擾，就很難聽得清楚，更何況要將之表於語言文字。所以詩文的音聲格律是有技術性的，它不只是字辭的追求那麼簡單而已。

（二）音以律文

劉勰認為詩文講究音律的另一個因素，是使行文有節奏感：

> 練才洞鑒，剖字鑽響，識疎闊略，隨音所遇，若長風之過籟，南郭之吹竽耳。古之佩玉，左宮右徵，以節其步，聲不失序。音以律文，其可忽哉！（〈聲律〉篇）

文才精練之士知道音律的重要，他會一字一字地用心剖析，鑽研每一字的音韻，以求對字的音響能全面掌握，就像長風吹過大自然的孔隙，那般地自然、優美，天籟自鳴。而不懂音律的，就只能遇什麼字就用什麼音，音之於文，就像南郭處士那樣濫竽充數的分兒！

詩文中的情志貴在悠遠，而音韻則要求切近情志、切合人聲，要近到與人的喉舌脣齒相調和，如自胸臆中發出一般。音律能做到這樣，就充分發揮它的功用，就像鹽和梅子調和食物的味道一樣，又像榆槿兩種調味品，使食物滑潤可口一樣。

二、音律的兩大重點：「和」與「韻」

「和」、「韻」是劉勰音律論的兩大綱領：

> 是以聲畫妍蚩，寄在吟詠，滋味流於字句，氣力窮於和韻。異音相

> 從謂之和,同聲相應謂之韻。韻氣一定,故餘聲易遺;和體抑揚,
> 故遺響難契。屬筆易巧,選和至難;綴文難精,而作韻甚易。雖纖
> 意曲變,非可縷言;然振其大綱,不出茲論。(〈聲律〉篇)

劉勰認為詩文的音韻、圖像之美就在吟詠之間,滋味在字句間尋,氣力從「和」「韻」間出,關鍵就在「和」、「韻」這兩大綱領上。「和」是指用不同的聲調相調和,即今天說的「平仄相間」;「韻」是指用同類的音、韻相呼應,即今天所謂的「押韻」、「雙聲」、「疊韻」之類。選定韻腳比較很容易,一旦決定押什麼韻(以什麼韻為主),全篇的氣韻就大致抵定,再配以其他聲韻就容易安排了。

但是聲調的高低調配就沒那麼簡單,用字遣詞要有巧思不難,但要做到精妙卻不容易,一方面下字既要精準切當,另一方面聲調的高低又要調和得抑揚有致,這就非常困難。劉勰認為能掌握「和」、「韻」這兩大綱領,就掌握了詩文的音律,茲分述於下:

(一)「和」:聲調的平仄相間

> 凡聲有飛沈,〔……〕沈則響發而斷,飛則聲揚不還:並轆轤交往,
> 〔……〕迂其際會,則往蹇來連,其為疾病,亦文家之吃也。(〈聲
> 律〉篇)

劉勰清楚地知道中文有平、上、去、入四種聲調,這四種聲調是以音的高低來區別:平聲調的音沒有高低起伏,都是一樣的音高,因此有「聲揚不還」的性質;上、去、入聲統稱仄聲調,其音有高低的變化,或先低後高,或先高或低,甚至是促短急收的入聲字,因此有「響發而斷」的性質。

如果一篇詩文只有一種聲調,那麼吟誦時,不是平聲調的平揚、單調,就是仄聲調的下沉、斷裂,因此,一定要讓聲音有高、低起伏的變化,平聲調與仄聲調妥善地配搭起來,相間錯落,才能避免蹇滯、聱牙的毛病,就像汲水的轆轤一樣,必須一上一下地高低運行,才能滑滾汲水。吟詩作文若能聲調高低和諧,音調才能圓溜滑順。黃侃《文心雕龍札記》注「飛、沈」為「平清、仄濁」,並說一句純用平清,或一句純用仄濁,則讀時不便。[25]因此,為使聲音的審美效果能夠展現,就必須在聲調上做完美的平衡。劉勰說:

> 翻迴取均,頗似調瑟。瑟資移柱,故有時而乖貳;〔……〕陸機左思,

---

25 黃侃,《文心雕龍札記》(北京:典文出版社,1959 年),頁 118。

瑟柱之和也。概舉而推，可以類見。(〈聲律〉篇)

寫作詩文不一定都能剛好平仄相間，要使聲調平仄和諧，就要平聲調與仄聲調不斷地反覆、輪迴，以取得平衡。這就像調瑟音一樣，常常需移動弦柱去調準瑟音，平仄聲調也常因遣詞用字而走調，故而須視情況而調動，否則就是「膠柱鼓瑟」了。

> 夫吃文為患，生於好詭，逐新趣異，故喉脣糾紛；將欲解結，務在
> 剛斷。左礙而尋右，末滯而討前。則聲轉於吻，玲玲如振玉；辭靡
> 於耳，纍纍如貫珠矣。(〈聲律〉篇)

也有人因喜好詭奇，追新求異，故意寫得拗口，唸起來不順，這就必須想辦法挽救。挽救之法劉勰認為必須遵守二個原則：左邊的不順就在右邊救，後面拗口就在前面救，這就是後來詩家的「拗救」之法。如此就能使音韻讀起來琅琅上口，玲玲如玉石相擊；聽起來順滑如珠走玉盤，纍纍盈耳了。

(二)「韻」：同聲相應

1. 雙聲、疊韻

> 響有雙疊：雙聲隔字而每舛，疊韻離句而必睽。〔……〕並〔……〕
> 逆鱗相比，迕其際會，則往蹇來連，其為疾病，亦文家之吃也。(〈聲
> 律〉篇)

雙聲、疊韻是中文特有的現象。劉勰認為雙聲、疊韻的詞，必須連在一起，就像龍頸下的鱗片，有順序地排列著，不能隔句或隔字使用，否則讀起來就會有彆扭、拗口，無法圓潤。

2. 押韻

> 若夫宮商大和，譬諸吹籥；〔……〕籥含定管，故無往而不壹。陳思
> 潘岳，吹籥之調也。詩人綜韻，率多清切，楚辭辭楚，故訛韻實繁。
> 及張華論韻，謂士衡多楚，文賦亦稱知楚不易，可謂銜靈均之聲餘，
> 失黃鐘之正響也。凡切韻之動，勢若轉圜，訛音之作，甚於枘方；
> 免乎枘方，則無大過矣。(〈聲律〉篇)

詩文的選字押韻，目的在使音韻和諧一致，就像吹奏管籥類的樂器一樣。管籥的音孔、長短，已被固定，無論由誰吹奏音都會一樣，不會走音。劉勰認為曹植、潘岳就是用韻的高手。他比較《詩經》、《楚辭》與〈文賦〉之用韻，認為《詩經》用韻大多清亮明淨，切合情志。楚辭因用楚語，押韻繁多而有訛誤的情況發生。陸機〈文賦〉也多楚聲，因此也失卻中正之音。由此可見，劉勰對

於用韻的正確與否，是很講究的，用韻不正確，則有失黃鐘之正響。

押韻的原理是要同聲相應，收音相同就能前後呼應，使情、韻一致，所以韻的切換要隨情志的改變而轉換。韻隨境轉，其勢就如轉動圜物一樣，要轉得靈活、順暢而不著痕跡，否則就會有乖詭之音出現，劉勰認為它比方枘圓鑿更不能令人忍受，若能免除這種弊端，應該就不會有音韻的大毛病了。

第三節　和諧音、節奏與格律之比較

比較韋沃《文學理論》與劉勰《文心雕龍》關於和諧音、節奏、格律之論點，必須先注意語言不同的問題，誠如韋沃所言：每一種語言，都有不同的音系（system of phonemes），每個國家也都有不同的聲音模式，於是對音律各有側重，產生不同的格律準則。其間的差異，得靠比較分析方能明白。

無可諱言地，韋沃在《文學理論》中所討論的聲律，是以英美語系之音節語言為基礎，強調聲音與意義同生並存，所謂的和諧音、節奏、格律與音質、聲音的高低、長短、輕重及重複的頻率有關。透過音質、音量的研究——它們都與和諧音、節奏、格律有關——就可將一組語言現象分析出來，但須留意聲音模式與表演模式是不相同的。

劉勰《文心雕龍》談的是漢語的聲律，它與英美音節語系的特性不同。漢語一音一意，一個單詞只有一個音節，這與「音節語言」大多是幾個音節合成一個單詞的型態，有很大的差別。事實上，漢語的一個「片語」或是「一個短句」，有時才等於音節語的一個單詞。英美語系在一個單詞裏，就有輕、重音的分別，隨著輕、重音的不同，意義也會有所不同，而漢語的單詞就只有音調的高低，音調的高低，漢語稱之為「聲調」，「聲調」有平聲、上聲、去聲、入聲之差別，而此差別可用以表示單詞不同的意義。[26]

沈祥源於《文藝音韻學》上說，漢語在語音上之審美特徵有五：（一）是聲音清晰。每個音節發音清晰，吐字響亮，少有含糊不清之處。（二）音調優美。由於音節本身有高低曲直的聲調變化，加上說話時的語調輕重、徐疾、長短的配合，使得漢語音調富於特殊的音樂感，優美動聽，吟誦一首詩就如同唱一支歌。（三）節奏明朗。由於漢語音節的均衡嚴整，音節之間或斷或連，或快或慢，一節一音，一音一字，讀起來抑揚頓挫，有板有眼，節奏分明，無拖

---

26 王夢鷗，《文學概論》（台北：藝文出版社，1998 年），頁 67～68。

泥帶水之病。（四）韻感強烈。韻母相同或相似的音節，按一定的規則反覆便可構成韻律。由於漢語的韻母的音樂性質，給人們的韻感尤為強烈，所以許多文體多講究押韻。（五）聯想豐富。漢語是一種富於聯想的聲音符號系統，由於使用它的歷史悠久和民族心理素質的穩定，其形音義基本上是統一的，形是指表意的方塊漢字，在交際場合，往往聞其聲而知其義、見其形。漢語中，有大量的形聲字，且形聲多兼會意考，所以形象生動可感。[27]

是故，漢字這些特性，除易於押韻外，也利於用為對偶，而此正是英美語系之音節語，較無法表現的一環。但不管如何，劉勰與韋沃雖基於語言本質之不同，而有押韻型態之不同，但他們對押韻於文學審美效果之目的，則抱持著同樣的論點，亦即要使作品達到「玲玲如振玉，纍纍如貫珠」之流暢、悅耳的效果。

了解英美語系與漢語在語言上的根本差異，比較他們在文學上的應用，有助於釐清其差異性。以下針對《文學理論》與《文心雕龍》所論的聲律論，分別比較：

一、人聲與音樂

「言語者，文章關鍵，神明樞機」，劉勰清楚地知道文章的基本因子是「言語」，它是文章意義、神韻的總樞紐。韋沃也認為每一件文學作品就是一個聲音系列所產生的意義，即使是小說，語音仍是它產生意義必不可少的條件，更別說是韻文了，因為韻文的組織就是一種語言聲音系統。

劉勰強調詩文音律「本於人聲」，詩文關鍵所在的語言，其「吐納律呂」，全在人的「脣吻而已」。劉勰認為樂器是摹寫人聲的，而非人聲去效學樂器，所以不可倒果為因地把仿擬人聲的樂理，當做是聲律的根本，因此劉勰的聲律理論全建立在「人聲」的基礎上，他聲明「聲畫妍蚩，寄在吟詠」，音樂只居輔助的地位而已。

以此推論，以音樂性理論去解釋詩文的音律，劉勰應是不同意的，他頂多同意以音樂性譬喻聲律，正如他自己所喻的「宮商大和，譬諸吹籥；翻迴取均，頗似調瑟」一樣。

韋沃認為詩歌不等於歌曲或音樂，頂多只能說「詩歌像歌曲、音樂」，這一點與劉勰相同。所不同的是，劉勰是從詩歌吟詠的角度去解釋，韋沃則是

---

27 沈祥源，《文藝音韻學》（武漢：武漢大學出版社，1998 年），頁 84～87。

從音樂的角度去看。韋沃解釋詩歌的變化性、明晰性及純聲音的組合模式，都不如音樂的明確。而誦讀詩歌聲音要有藝術性，意義、上下文、語調都是必要的條件。

韋沃在綜述幾種主要的格律理論時，說音樂性的理論是「建立在詩的格律與音樂的節奏類似的假設上」，也就是說詩歌的格律不一定等於音樂的節奏，詩歌的節奏含有主觀預期的成分，而音樂的節奏則是固定不變的，它極為客觀。所以與劉勰「器寫人聲，聲非學器」的斬釘截鐵否認，韋沃的態度溫和許多。

韋沃肯定音樂性理論對複雜的格律，能適當地以樂譜標記，清楚地解析詩中格律，尤其對「可唱的」詩歌更助益。但也提出批評：將詩歌記譜，一音節配一個音符，音符的高低、長短以及節拍的計法，都隨記譜者的主觀隨意決定，這是放任個人對詩歌隨意誦讀，這樣等於把一首詩歌，改為幾個單調的音符與節拍，似乎暗示所有的詩都可「唱」，這是不符事實的。而且詩與詩的不同風格、流派之間的差別，也蕩然無存，因為單憑幾個音符與節拍，是看不出作品風格與派別的。韋沃的這些批評等於間接為劉勰的「器寫人聲，聲非學器」提出佐證。[28]

二、聲律與意義

劉勰拿彈琴與詩歌聲律相比，說明詩文聲律與意義的關係：琴音彈得協不協調，一聽就知道，聲音不諧和馬上更正，這是因為「絃以手定」，「外聽易為巧」；可是詩文的音律「乖張」不諧，創作者卻不知道糾正，這是因為「聲與心紛」，音聲所表的意義應該與心中情意相合才是，但兩者卻常常紛濁不清，這是因為「內聽難為聰」，所以要正確地選對音聲，表述內在的「心聲」是較為困難的，因此，詩文的音聲格律是更有技術性的，它不只是調一根絃、換一個音，那麼簡單而已。

劉勰清楚地說「聲萌我心」、「宮商難隱」，不容「割棄支離」。詩文音聲是無法隱藏得了的，它一定要與自己所表達的心意相合的，絕不能割離拋棄，可見他是從創作者的角度說的。

韋沃則說不能完全脫離意義地去分析聲音，因為藝術是整體的，不容割裂

---

28 René Wellek & Austin Warren, *Theory of Literature*, p.168。譯文參見韋勒克、沃倫著，梁伯傑譯，《文學理論》，頁 244～245；劉象愚、邢培明、陳聖生、李哲明譯，《文學理論》，頁 188。

任一部分，他們是純從作品角度看的。因此，不管是從創作或作品的角度看，詩文的聲音不能脫離意義而存在，劉勰與韋沃也是一致的。

但是因為韋沃純從作品角度看，所以他們極仔細地區別詩文的「聲音模式」不同於「聲音表演」：「聲音模式」是詩文中相同或相關連音質的重現；「聲音表演」則是個人吟詠誦讀作品，完全是誦讀者個人對作品的詮釋，韋沃認為有歪曲與誤解詩文的可能，所以研究詩文的節奏與格律，不能靠「聲音表演」，這一點與劉勰不同。

本章第二節說過，劉勰認為「音律所始，本於人聲」：

> 是以聲畫妍蚩，寄在吟詠，滋味流於字句，氣力窮於和韻。（〈聲律〉篇）

「聲畫妍蚩，寄在吟詠」，可見劉勰並不否定詩文的「聲音表演」。他認為詩文的音韻之美就在吟詠之間，滋味在字句間尋，氣力從「和」「韻」間出，關鍵就在「和」、「韻」這兩大綱領上。他說「吹律胸臆，調鍾脣吻」，就是承認音律雖是「成竹在胸」的事，但其審美效果得靠「脣吻」吟詠出來，才能顯見其音律之美。這樣的音聲吟詠，其效果劉勰譬喻就如「聲得鹽梅，響滑榆槿」一樣，不但酸甜適中，而且脣齒滑溜，可說是對前文「滋味流於字句，氣力窮於和韻」的最好補註，可謂有畫龍點睛之妙。

若更嚴謹一點地問：劉勰重詩文的吟詠，這種「聲音表演」是作者「自吟」？還是讀者的「他吟」？抑或是兩者兼有？劉勰並沒有再做說明，所以不得而知。總之，劉勰之重視「聲音表演」之模式與韋沃以「聲音模式」為研究對象是不同的。

三、和諧音（euphony）[29]

（一）和諧音（euphony）與不諧和（或稱「齟齬」，cacophony）

韋沃認為「euphony」是一種技巧的應用，它與聲音的音質有關，其反面

---

[29] 和諧音（euphony）乃利用聲音在音質上的巧妙配合，其目的在於使人聽起來有愉悅的效果。但（euphony），常與諧音與半諧音（consonance and assonance）混淆在一起。在音節語中，所謂「半諧音」（assonance），是指重讀的母音相同而子音不同的字，例如：bird、thirst，便是半諧音，它們的 ir 相同，但前後的子音不同。「諧音」（consonance）則與半諧音相反，是子音相同而母音不同的字，例如：wood 與 weed，前後子音相同，但其間的母音不同，是為諧音。參見 C. R. Reaske 著，徐進夫譯，《英詩分析法》（台北：成文出版社，1977 年），頁 31。

是「不諧和音」。當詩人選用彼此協調和諧的字音時，他們的詩，便會形成一種諧和的音韻，產生流暢悅耳的審美效果。不過，如本章第一節所述，勃朗寧、霍普金斯，就常把極不同且彼此不相諧和的音結合在一起，使之刺耳難聽，其用意乃為引起讀者的注意。由此可見，不論聲音諧和（euphony）或不諧和（cacophony），都可應用於詩文，視作者對其效果的運用而定。

聲音的諧和對詩所產生的審美效果，《文心雕龍》雖不如韋沃的分析仔細，但劉勰也極強調它的重要性，他認為「音以律文」。〈聲律〉說：

> 夫吃文為患，生於好詭，逐新趣異，故喉脣糾紛；將欲解結，務在剛斷。左礙而尋右，末滯而討前。則聲轉於吻，玲玲如振玉；辭靡於耳，累累如貫珠矣。

劉勰稱音聲不諧的文章為「吃文」，他分析「吃文」產生的原因是喜好詭奇、追新逐異，解決之道就是要把握「左礙而尋右，末滯而討前」的原則，這就是後來唐詩的「拗救」法。

劉勰形容聲音諧和的文章是「聲轉於吻，玲玲如振玉；辭靡於耳，累累如貫珠矣」。吟詠、朗誦間，脣吻道會如玉石相擊之清脆聲、如連串圓轉的珠子。劉勰認為聲韻的好壞，耳朵是最高裁判，它完全可以從吟詠中流露出來。他告訴讀者「標情務遠，比音則近」，情志標舉得愈深遠愈有悠邈之致；但是音聲則是愈切近愈能貼合意義。由此可見，彥和對聲音的諧和也是極要求的，一如韋沃對聲音「諧和」的注重。只是「諧和」的方式，二者有兩點明顯的不同：

1. 劉勰不如韋沃來得具體、詳盡：時代是一個重要的因素，在劉勰的時代，人類對聲音的研究當然不如韋沃時代的精密、仔細。

2. 劉勰將「聲畫妍蚩」之效果，寄託在主觀的吟詠，與韋沃極力追求聲音的客觀性效果不同。

此外，關於如勃朗寧、霍普金斯等善用「不諧和聲音」，使作品產生粗獷、刺激、有表現力等效果，劉勰並沒有談到反而認為「不諧和聲音」是「吃文」，這也是兩者不同的地方。

（二）諧和的方式

聲音所以能產生諧合的效果，韋沃分析有兩種因素：

1. 聲音的固有因素：指聲音的「特殊個性」，如：「a」、「o」、「p」、「l」等等，是聲音的本「質」，也是聲音固有的差別，與「量」無關，是聲音產生效

果的基礎。

2. 聲音的關係因素：是節奏、格律的基礎，它們是聲音的「量」，音的高低、長短、輕重、重複的頻律等，都是聲音的關係因素，透過對這些音「量」因素的研究，我們可以把一組語言現象分析出來，俄國形式主義統稱之曰「詩作的選音方式」（或譯為「詩作音選」、「配器法」）（instrumentovka），它與音樂性的旋律不同，不可拿來類比。

《文心雕龍》沒有談到第一種因素。第二種的關係因素，劉勰只論平仄與押韻、雙聲、疊韻，如本章第二節所述，劉勰稱之曰「和」與「韻」，認為詩文能掌握「和」、「韻」這兩大綱領，就掌握了詩文的音律，「振其大綱，不出茲論」。「和」指不同聲調的調和，即「平仄相間」；「韻」指用同類音、韻的相應，即「押韻」、「雙聲」、「疊韻」等。

中國古典詩歌向來以一句一行為單位，幾乎每一行句都是煞尾句，極少是跨行的。每一行不管幾個字，都講究「平仄相間」，也就是劉勰所說的「和」。一句詩若只有一種聲調，那麼吟誦時，不是平聲調的平揚、單調，就是仄聲調的下沉、斷裂，因此，一定要讓聲音有高、低起伏的變化：

> 翻迴取均，頗似調瑟。瑟資移柱，故有時而乖貳；〔……〕陸機左思，
> 瑟柱之和也。概舉而推，可以類見。（〈聲律〉篇）

一句詩寫下來不一定都能剛好平仄相間，但一定要使聲調平仄和諧，就要平聲調與仄聲調不斷地反覆、輪迴，以取得平衡。這就像調瑟音一樣，常常需移動弦柱去調準瑟音，平仄聲調也常因遣詞用字而走調，故而須視情況而調動，否則就是「膠柱鼓瑟」了。

韋沃提到俄國形式主義的理論。此派理論認為詩歌節奏的基本單位不是音步，因為「音步」不能獨立存在，只能存在整首詩的相對關係中。而且詩歌也不是由幾個以重音節為重心所組成的段落；同樣的組合，甚至是同樣的組合順序，都可在與詩無關的語言系統中找到。所以俄國形式主義者認為音步不是詩歌節奏的基本單位，詩歌節奏的基本單位是詩行。這種說法和中國詩歌的節奏格律相合，也就是劉勰所說的「和」。

劉勰所說的「韻」，雙聲、疊韻為漢語特色，韋沃沒有論及，無從比較。押韻則漢語多為腳韻，劉勰說：

> 韻氣一定，故餘聲易遣〔……〕綴文難精，而作韻甚易，雖纖意曲
> 變，非可縷言。（〈聲律〉篇）

腳韻是種聲音重複的模式，有它一定的規則，只要根據規則安排收聲相同的字，並不困難，因此較為單純。與西洋分全韻與半韻（perfect rhyme and half rhyme）；陽性韻與陰性韻（masculine and feminine rhymes）；內韻（internal rhyme）、頭韻（alliteration）、腳韻等等，腳韻又有隨韻、交韻、抱韻……之別，種類紛繁，不一而足。[30]

　　總之，韋沃與劉勰談聲音的諧和，雖是建立在不同的語言上，因其語言的特點而各有側重，但都承認它們是詩文節奏、格律、審美的基礎，歷來都極被看重。

四、理論與創作

　　前文一再提到劉勰多從創作的角度立論，有關詩文聲律的論述亦不例外。故其所論聲律，只及於與創作有關的方面，大抵不出創作者所會遭遇的音韻問題；因此，論述的範圍就顯得單純得多，不如韋沃的廣博而全面。

　　韋沃論述的範圍，除了一貫地是從作品的角度論述外，更重要的是他們整合各種與聲律相關的理論，故其所論蔚然可觀。除前面與劉勰已做的比較外，他們也討論節奏與格律的其他問題，包括：「周期性」是否為節奏的必要條件、個人的節奏模式與語調模式、藝術性的散文節奏與一般性的散文節奏，還有格律理論的幾個主要類型等等，論述既精且廣，對詩文音律的探討，可說是深度與廣度兼具。

---

30 王力，《漢語詩律學》（上海：上海教育出版社，2005 年），頁 849。

第五章　風格論之比較

前　言

　　本章首節，介紹韋沃《文學理論》第四部（文學的內部研究）第十四章，有關文學風格與風格學諸家的論點。次節，則論劉勰《文心雕龍》〈體性〉、〈風骨〉、〈定勢〉、〈才略〉、〈議對〉、〈諸子〉諸篇所說的風格理論，以及〈明詩〉至〈書記〉等各篇論及文學風格、文體風格、作家風格與時代風格之論述。末節，依雙方論點，分別就：（一）風格與文學語言（二）文學風格的範圍（三）風格與作者的關係（四）作品風格等四項，做詳細的比較。

第一節　韋沃《文學理論》論風格

一、普通語言與文學語言

　　韋沃反對語言學家貝德遜（F. W. Bateson）的說法。貝德遜在《英詩與英語》（*English Poetry and the English Language*）一書中說，文學是一般語言史的一部份，它完全跟隨一般的語言發展：

> 我的論旨是，一首詩裡的時代〔印跡〕（imprint），不應去詩人那兒找，而應到詩的語言中尋找。我相信，真正的詩歌史是語言的變化史，詩歌正是從這種不斷變化的語言中產生的，而語言的變化是社會和文化的各種傾向產生的壓力造成的。[1]

1　René Wellek & Austin Warren, *Theory of Literature*, p.174。譯文參見韋勒克、沃倫著，劉象愚、邢培明、陳聖生、李哲明等譯，《文學理論》，頁 195。

貝德遜認為，詩只能消極地反應語言的變化，而語言的變化則是受社會與文化的影響。韋沃不同意這種論點，他們認為語言固然是文學的媒介，文學作品是某一特定語言所組成的，但是說文學作品完全跟隨一般語言而演變，則不能令人接受，因為語言與文學是一種辯證關係，文學也曾深深地影響語言的發展。[2]

　　貝德遜的論點是對詩，不是對小說、戲劇。詩的字音、字義是語言的一部分，與語言當然脫離不關係；研究詩，自然也缺不了語言文字。但是這樣並不表示文學的研究，得隸屬在一般語言研究之下。所以韋沃認為文學語言的研究，應從語音史、音韻學或實驗語音學分離出來；文學語言的研究，是一種特別語言學，它包括音韻（如節奏、格律等等）、語彙（如野蠻語、地方語、古語、新造語）、句法結構（如倒裝句法、對比句法、平行句法），甚至涉及詞彙學（lexicology）、字源學（etymology）等。

　　此外，一首好詩，字與字間的關係相當重要，詩的意涵常含攝在上、下文之間。一字所表的意義，絕對不只是字典裏的意義，在詩中它還與同義詞與同音詞雙關，也就是說，每一個詞彙不僅僅是含有本身的意義，還能從聲音、意義或感覺上「渲染」開來，與它相似相關或相反相斥的詞彙產生連結，使詩的意涵更形豐富。[3]

二、文學語言的研究

　　研究文學語言，可從兩個角度入手：第一、把文學作品當做是文獻紀錄與研究材料，如：以〈梟與夜鶯〉（*Owl and the Nightgale*）和〈高文爵士與綠衣騎士〉（*Sir Gawain and the Green Knight*）為研究中古英語方言的材料。[4]第二、著重研究語言的審美效果，尤其適用於風格學。風格學的研究，常把文學作品的語言與一般語言相對照，從中發掘文學作品的語言審美效果。如果不了

2　現代法語或英語，都受過新古典主義文學的影響。一如現代德語受過路德（Luther）、哥德，和那些浪漫主義者的文學的影響。因此，語言影響文學，文學也相對地影響語言，兩者是互相補充、蘊含而非主、從的關係。René Wellek & Austin Warren, *Theory of Literature*, p175. 譯文參見韋勒克、沃倫著，劉象愚、邢培明、陳聖生、李哲明等譯，《文學理論》，頁 196。

3　René Wellek & Austin Warren, *Theory of Literature*, p.173。譯文參見韋勒克、沃倫著，劉象愚、邢培明、陳聖生、李哲明等譯，《文學理論》，頁 197。

4　René Wellek & Austin Warren, *Theory of Literature*, p.176。譯文參見韋勒克、沃倫著，劉象愚、邢培明、陳聖生、李哲明等譯，《文學理論》，頁 198。

解一般百姓的日常語言、不同社會階層所慣用的語法及對古代語言有深刻的瞭解，就很難判斷作家遣詞用字的確切背景。[5]韋沃說：

> 語言的研究只有服務於文學的研究時，只有當它研究語言的審美效
> 果時，簡言之，只有當它成為風格學時，才算得上是文學的研究。[6]

也就是說，文學語言的研究，不只限制在單字或片語的了解，文學與語言的各方面都有關係：首先，是語音系統；其次，是語義結構。它們對文學的效用，有極密切的關係。語音不能脫離意義，意義本身也受語音的制約，所以研究作家的風格，可以就其作品或一組作品的語法著手，先研究其音韻和語形變化（accidence），然後是詞彙（方言土語、古詞、新詞），最後是句法（例如：倒裝句、對偶句和平行句），如此作家的風格就能清晰地呈現出來。[7]

三、風格學的語言研究

> 風格學研究一切能夠獲得某種特別表達力的語言手段。因此，它比
> 文學甚至修辭學的研究範圍更廣大。所有能夠使語言獲得強調和清
> 晰的手段，均可置於風格學中來分類：彌漫在一切語言、甚至在最
> 原始的語言中的隱喻、一切修辭手段；句法結構式。幾乎每一種語
> 言，都可以從表達力的價值角度加以研究。[8]

這段話可視為是韋沃對風格學的定義。廣義的風格學，研究一切具有語言表達力的手段，其範圍包括隱喻等所有的修辭設計與句法結構，[9]但若要證明「特別修辭手段」與「表達價值」（expressive values）間，有放諸四海而皆準的效果，韋沃認為是不可能的。例如：《聖經》有很多並列式的句構（和……和……和），用來表達從容不迫的敘述效果，但在浪漫主義的詩歌中，如果一連串使用「and……and……and」的句構，就會引起上氣接不了下氣的促窘狀態。同樣

5　René Wellek & Austin Warren, *Theory of Literature*, p.176。譯文參見韋勒克、沃倫著，劉象愚、邢培明、陳聖生、李哲明等譯，《文學理論》，頁 198～199。

6　René Wellek & Austin Warren, *Theory of Literature*, pp.176～177。譯文參見韋勒克、沃倫著，劉象愚、邢培明、陳聖生、李哲明等譯，《文學理論》，頁 198。

7　René Wellek & Austin Warren, *Theory of Literature*, p.176。譯文參見韋勒克、沃倫著，劉象愚、邢培明、陳聖生、李哲明等譯，《文學理論》，頁 198。

8　René Wellek & Austin Warren, *Theory of Literature*, p.178。譯文參見韋勒克、沃倫著，劉象愚、邢培明、陳聖生、李哲明等譯，《文學理論》，頁 200。

9　René Wellek & Austin Warren, *Theory of Literature*, p.178。譯文參見韋勒克、沃倫著，劉象愚、邢培明、陳聖生、李哲明等譯，《文學理論》，頁 201。

地，誇張的語句，可用來表達悲劇性、感傷性，也可產生笑鬧的喜劇情調。[10]

因此，韋沃認為應放棄修辭手段與表達價值間，有一對一對應的觀點，還應設法建立風格特點與表達效果的特別關係。其中一個方法是，強調某種特定修辭手段與其他修辭手段結合，而且不斷地重複出現在崇高的、喜劇的、典雅的、天真的……情調裡，這樣就可以像溫沙特（W. K. Wimsatt）那樣辯稱：將某種語言形式一再地重複，並不會減損它的意義，句型重複就如同詞尾變化（declensions）和動詞變化（conjugation）般，它們雖然一再地重複出現，但它們仍然是具表達力的形式。[11]

四、文學風格學的研究方法

韋沃認為只有從審美角度去分析文學作品，才是文學風格學的研究，他們提出兩個研究路徑：

（一）系統地分析作品的語言

從作品的審美目的來看，作品的所有特色就是它的「全部意義」，這樣，風格就好像是一組有個性的語言系統。[12]例如：彌爾頓（J. Milton）的風格，就建立在拉丁化詞彙與獨特的句子結構上；霍普金斯（G. M. Hopkins）的風格，是建立在撒克遜語（Saxon）、方言詞彙與刻意避免拉丁詞彙上。

（二）用對比法，比較這系統與另一系統之「個性特徵的總和」

分析比較作品的語言，歪曲或悖離一般語言的程度，而後找出這些悖離或歪曲語言的審美作用。[13]韋沃認為在普通的交談中，沒有人會注意詞彙的聲音、秩序（在英語中，詞序一般是從主詞到動詞）或句子的結構（列舉句或複合句），但是在閱讀或研究文學作品時，就會注意這些地方。因此，他認為分析風格的第一步，就是觀察語音的重複現象、文字次序是否倒置以及列舉或對稱的句子結構，因為這些設計，必然是為了美學的作用——增強語意、力求語

---

10 René Wellek & Austin Warren, *Theory of Literature*, p.178。譯文參見韋勒克、沃倫著，劉象愚、邢培明、陳聖生、李哲明等譯，《文學理論》，頁 201。

11 René Wellek & Austin Warren, *Theory of Literature*, p.178。譯文參見韋勒克、沃倫著，劉象愚、邢培明、陳聖生、李哲明等譯，《文學理論》，頁 201～202。

12 René Wellek & Austin Warren, *Theory of Literature*, p.180。譯文參見韋勒克、沃倫著，劉象愚、邢培明、陳聖生、李哲明等譯，《文學理論》，頁 203。

13 René Wellek & Austin Warren, *Theory of Literature*, p.180。譯文參見韋勒克、沃倫著，劉象愚、邢培明、陳聖生、李哲明等譯，《文學理論》，頁 203。

句清晰，或是與此相反之掩抑或朦朧作用。[14]

　　韋沃認為從這層面去分析作品，是比較容易的，彌爾頓、霍普金斯、卡萊爾（T. Carlyle）、梅瑞狄斯（G. Meredith）、佩特（W. Pater）或亨利‧詹姆斯（H. James）等作家，皆可從語言的特徵，顯現他們個人的獨特風格。[15]

　　但是這種方法無法適用於所有作品，例如：伊利沙白時代的劇作家，或十八世紀的小品文作者，都慣於使用制式風格（uniform style），沒有靈敏的聽力與精細的觀察力，很難確定是哪位作者的作品。[16]羅伯遜（J. M. Robertson）聲稱，他能從某詞、某成語，辨出皮爾（G. Peele）、葛林（R. Greene）、馬羅（C. Marlowe）及凱德（T. Kyd）等人的作品，是頗令人懷疑的。[17]

　　除共用制式風格的問題外，還有就是流行風格（prevalent style）的問題。一種流行風格，會刺激作家模仿，這種模仿就模糊了風格的辨認，例如：喬叟（G. Chaucer）在《坎特伯雷故事集》（*Canterbury Tales*）中，每個故事的風格，都很不相同，也就是說，他的每個時期與每一種文學類型的作品風格，都充滿著差異，要在眾多作品中，辨認出喬叟的作品，著實不容易。

　　此外，十八世紀平德爾風格的（Pindaric）頌歌、諷刺詩、民謠，都各有自己的語彙風格。詩的詞藻只限用在某些特殊的文類，低級文類則以使用日常用語為常。華茲華斯（W. Wordsworth）看不起這些粗俗的語詞，但當他寫〈丁登寺〉（*Tintern Abbey*）等詠景詩、彌爾頓式的十四行詩與抒情民謠時，卻使用了這些低俗的語詞。

　　韋沃認為忽略這些問題，卻想研究作品的風格，將一事無成。他們舉歌德為例，歌德早期「狂飆運動」的風格，與晚年小說充滿「親和力」（elective affinities）之華美、複雜風格，很難令人聯想在一起，只好統稱為「歌德式風格。」[18]

---

14 René Wellek & Austin Warren, *Theory of Literature*, p.180。譯文參見韋勒克、沃倫著，劉象愚、邢培明、陳聖生、李哲明等譯，《文學理論》，頁 203。

15 René Wellek & Austin Warren, *Theory of Literature*, p.180。譯文參見韋勒克、沃倫著，劉象愚、邢培明、陳聖生、李哲明等譯，《文學理論》，頁 204。

16 René Wellek & Austin Warren, *Theory of Literature*, p.181。譯文參見韋勒克、沃倫著，劉象愚、邢培明、陳聖生、李哲明等譯，《文學理論》，頁 204。

17 René Wellek & Austin Warren, *Theory of Literature*, p.181。譯文參見韋勒克、沃倫著，劉象愚、邢培明、陳聖生、李哲明等譯，《文學理論》，頁 204。

18 René Wellek & Austin Warren, *Theory of Literature*, p.181。譯文參見韋勒克、沃倫著，劉象愚、邢培明、陳聖生、李哲明等譯，《文學理論》，頁 204～205。

對風格的研究，韋沃也有些隱憂：某些研究者用心區別風格的特殊性、歸納特色，但卻忽略藝術品是一個整體的事實。所以韋沃認為最好的方法，是根據語言學原理，把作品風格做完整而有系統的分析，如：俄國的維諾格瑞多夫（Viktor Vinogradov）對普希金和托爾斯泰作品語言的精妙分析、西班牙達瑪索·阿朗索（D. Alonso）對尼魯達（P. Neruda）詩之風格的分析。可是，韋沃也留意到這類研究者，常因抱有「科學」完整性的理想，而忽略詩的藝術效果。[19]以上的分析，可以知道每種研究方法，都有它們自己的盲點。

韋沃認為從每一作品的整體風格分析，建立起作品的統一原理（some unifying principle）和一般審美目標（some general aesthetic aim），對文學研究最有助益。他們舉十八世紀描述詩人湯姆森（J. Thomson）為例：湯姆森的彌爾頓式無韻體詩，排除或選擇某些特定詞彙，採用迂迴曲折的表達方式——所謂迂迴的表達方式，就是不說事物的名稱，只列舉事物的許多特性，這種列舉和強調事物的特性，已是一種描述，使詞彙與所描述的事物間存在著一種張力。[20]

五、風格分類

韋沃並沒有提出自己的風格分類法，但他們讚許德國學者史奈德（W. Schneider）的風格分類。史奈德在《德語的表達方式》（*Ausdrucksw-orte der deutschen Sprache*，1912 年版）一書中，分風格為下面幾類：

（一）根據詞彙與表達事物的關係

分風格為：概念的（conceptual）和感覺的（sensuous）、簡潔的（succinct）和冗長的（long-winged）——或者稱簡練的（minimizing）和誇大的（exaggerating）、明確的（decisive）和模糊的（vague）、沉靜的（quiet）和激昂的（excited）、高級（high）的和低級的（low）、淳樸的（simple）和修飾的（decorated）等七組。

（二）根據詞彙與詞彙的關係

分風格為：緊湊的（tense）和鬆散的（lax）、造形的（plastic）和音樂的（musical）、平滑的（smooth）和粗糙的（tough）、素淡的（colorless）和彩色

---

19 René Wellek & Austin Warren, *Theory of Literature*, pp.181～182。譯文參見韋勒克、沃倫著，劉象愚、邢培明、陳聖生、李哲明等譯，《文學理論》，頁 205。

20 René Wellek & Austin Warren, *Theory of Literature*, p.182。譯文參見韋勒克、沃倫著，劉象愚、邢培明、陳聖生、李哲明等譯，《文學理論》，頁 205。

斑斕的（colorful）的等四組。

（三）根據詞彙與整個語言系統的關係

分風格為：口語的（spoken）和書面的（written）；陳腐的（cliché）及個人化的（individual）等二組。

（四）根據詞彙與作者的關係

分風格為：客觀的和主觀的兩類。

韋沃認為史奈德這種分類，材料雖然大部份來自文學作品，但可以應用到所有的語言系統。[21]

六、風格與作家思想、心理

韋沃否定風格與作家的思想、心理有必然的關係。在〈風格與風格學〉這一章中，他舉了許多批評家，都是用直覺、無系統的方式來分析風格，例如：貢多夫（F. Gundolf），將歌德早期詩作語言之活潑、動態感，歸因於歌德有動態的自然觀。諾爾（H. Nohl）則試圖證明，狄爾泰（W. Dilthey）之風格與他的三種哲學型態有關。[22]德國的史畢沙（L. Spitzer）也認為，珮璣（C. Péguy）的風格與柏格森主義有關，而羅梅因（J. Romains）的風格，則與他的統一理論（Unanimism）脫不了干係。[23]

史畢沙甚至將作家的風格，與作家的心理性格扯在一起。他說：

> 心理上的激動，其來自異常的精神生活者，必定有一種異常的語言來與之符應。[24]

韋沃認為不論心理風格學的假設如何地有見地，它會遭到來自兩方面的反對──心理分析與意識形態分析。因為它所提出的許多關係，不是真正建立在語言材料上，而是先從心理和意識型態分析，再從語言材料獲得佐證的。[25]因

---

21 René Wellek & Austin Warren, *Theory of Literature*, pp.178～179。譯文參見韋勒克、沃倫著，劉象愚、邢培明、陳聖生、李哲明等譯，《文學理論》，頁202。

22 René Wellek & Austin Warren, *Theory of Literature*, p.182。譯文參見韋勒克、沃倫著，劉象愚、邢培明、陳聖生、李哲明等譯，《文學理論》，頁206。

23 René Wellek & Austin Warren, *Theory of Literature*, p.183。譯文參見韋勒克、沃倫著，劉象愚、邢培明、陳聖生、李哲明等譯，《文學理論》，頁206。

24 René Wellek & Austin Warren, *Theory of Literature*, p.183。譯文參見韋勒克、沃倫著，劉象愚、邢培明、陳聖生、李哲明等譯，《文學理論》，頁207。

25 René Wellek & Austin Warren, *Theory of Literature*, p.183。譯文參見韋勒克、沃倫著，劉象愚、邢培明、陳聖生、李哲明等譯，《文學理論》，頁208。

此，韋沃認為將風格設計，與心理狀態做必然的聯繫，是謬誤的。討論巴洛克風格，有許多德國學者將作品密集、晦澀、扭曲的語言，與作家混亂的、分裂的、痛苦的心靈對應起來，但是毫無疑問地，巴洛克風格是工匠與技師培育出來。由此可見，心理與文字的關係，是鬆散、含混的。[26]韋沃認為研究作品風格，最好不要借助作家的個性，而是採用結構的方法，分析文學作品在風格上的一致性。[27]

七、風格學的展望與限制

韋沃認為我們假使可以描述一個作家或一件作品的風格，那麼我們便也能夠描述一組作品的風格，乃至一個文學類別的風格。例如：歌德式小說、伊利莎白時代的戲劇、玄學派詩歌等。同樣地，我們也可以分析風格類型，如：十七世紀散文的巴洛克風格，甚至總括一個時代或一個文學運動的風格。

縱然可以用句法、詞彙設計，研究一個流派與運動的風格，但韋沃也強調，要描述一整個時代或文學運動的風格，在實證中就會遇到幾乎無法克服的困難，例如：要描述古典主義與浪漫主義的風格，就必須在一堆南轅北轍的作家中去尋找他們共通的特色，有時甚至得到不同國家去找。[28]

第二節　劉勰《文心雕龍》論風格

一、風格之界說與範疇

劉勰《文心雕龍》「體」一詞的意涵相當豐富，它既指文學體裁，也指文學作品的風格或語言的表達方式。文學體裁是作品依性質、作用的不同所區分的文類；而作品的風格或語言的表達方式，則因作者的才性差異而有別。[29]本章所說的「體」僅指與文學有關之風格，不涉及其他含義。

「風」「格」二字合為一詞，《文心雕龍》僅見於〈議對〉篇：

> 然仲瑗博古，而銓貫有敘；長虞識治，而屬辭枝繁；及陸機斷義，

---

26 René Wellek & Austin Warren, *Theory of Literature*, p.184. 譯文參見韋勒克、沃倫著，劉象愚、邢培明、陳聖生、李哲明等譯，《文學理論》，頁 208。

27 René Wellek & Austin Warren, *Theory of Literature*, p.183. 譯文參見韋勒克、沃倫著，劉象愚、邢培明、陳聖生、李哲明等譯，《文學理論》，頁 208。

28 René Wellek & Austin Warren, *Theory of Literature*, pp.184～185. 譯文參見韋勒克、沃倫著，劉象愚、邢培明、陳聖生、李哲明等譯，《文學理論》，頁 209。

29 沈謙，《文心雕龍之文學理論與批評》（台北：華正出版社，1990 年），頁 82。

亦有鋒穎，而詭辭弗翦，頗累文骨：亦各有美，**風格**存焉。

這裡的「風格」，王更生與周振甫皆解為，作品所呈顯的獨創性特色。[30]詹鍈則釋為風範格局。[31]王、周顯然以今日「風格」之說來闡釋彥和之「風格」，但是劉勰《文心雕龍》五十篇中並沒有任何一篇以「風格」為標題，其真正與今日「風格」相近之篇目為「體性」，故詹鍈對上引「風格」二字之詮釋較符合彥和原意。然〈體性〉篇目中之「體」與「性」該如何解釋呢？

黃季剛在《文心雕龍札記》釋「體性」之含義云：

> 體斥**文章形狀**，性謂人**性氣**有殊。緣性氣之殊，而所為之文異狀。然性由天定，亦可以人力輔助之，是故慎於所習，此篇大恉在斯。[32]
>（〈體性〉篇）

黃季剛認為「體」是「文章形狀」，指各種文章風格；「性」是人之「性氣」，指個人先天稟賦與後天學習所塑造的氣質，所以「體性」就是指文章風格與個人「性氣」的關係，換句話說，就是個人情性在文學作品中所呈現出來的特色，也就是今天所稱的「風格」。筆者認為黃氏對「體」「性」之釋義相當中肯，然劉勰的〈體性〉篇內容也論及了風格的分類、作品風格。此外於上編文體論，下編的〈定勢〉都討論了文體的風格，甚至連〈風骨〉也都可視為劉勰「風格」論的範疇。基於上面的說明，底下分為幾部分來呈現劉勰《文心雕龍》的風格理論：

二、風格與人的關係

要瞭解影響風格的因素，得知道風格是怎麼形成的。〈體性〉是《文心雕龍》專論風格的一篇，劉勰先肯定表之於外的語言文字，一定是受內心「情理」的影響：

> **情**動而言形，**理**發而文見；蓋沿隱以至顯，因內而符外者也。(〈體性〉篇)

內心之「情」「理」一「發」「動」，才能「見」「形」於「文」「言」，「辭為肌膚，志實骨髓」，「吐納英華，莫非情性」，有諸內而後形諸外，這就是「因內而符外」「表裏必符」的道理。

---

30 王更生，《文心雕龍讀本》（台北：文史哲出版社，1986 年），下篇，頁 454；周振甫，《文心雕龍注釋》（台北：里仁出版社，1994 年），頁 479。

31 詹鍈，《文心雕龍風格學》（台北：正中書局，1994 年），頁 4。

32 黃侃，《文心雕龍札記》（北京：典文出版社，1959 年），頁 94。

三、影響風格的因素

〈體性〉云：

> 然才有庸儁，氣有剛柔，學有淺深，習有雅鄭，並情性所鑠，陶染
> 所凝，是以筆區雲譎，文苑波詭者矣。故辭理庸儁，莫能翻其才；
> 風趣剛柔，寧或改其氣；事義淺深，未聞乖其學；體式雅鄭，鮮有
> 反其習：各師成心，其異如面。

「才有庸儁」而辭理也有庸儁；「氣有剛柔」而風趣也有剛柔；「學有淺深」而
事義也有淺深；「習有雅鄭」而體式也有雅鄭。「才」與辭理有關，「氣」與風
趣有關，「學」與事義有關，「習」與體式有關，它們都是「並情性所鑠，陶染
所凝」，各人「各師成心」，所以「其異如面」。如此說來，「體性」者，就是「摹
體以定習，因性以練才」之謂，「體性」＝辭理＋風趣＋事義＋體式，這就是
劉勰對體性的分析。

其中劉勰所說的「體式」是指什麼？劉勰說「習有雅鄭」，又說「體式雅
鄭，鮮有反其習」，可見「體式」都跟學習的對象有關，而且這對象有「雅鄭」
之別。「雅鄭」是指什麼？從「習有雅鄭」的前三句「才有庸儁，氣有剛柔，
學有淺深」來看，「雅鄭」是一正一反的形容詞，就如「庸儁」、「剛柔」、「淺
深」一樣，則「雅鄭」就是雅與不雅，或是雅與俗之謂。如此說來，「體式雅
鄭」就是雅的體式或不雅（俗）的體式，若再說得白一點，就是高雅或庸俗的
風格。所「習」風格之高雅或庸俗，得慎重選擇一開始就走錯了路，積「習」
難改，也就全盤皆輸了。劉勰在此指明了才、氣、學、習是影響風格的四大
因素。

（一）才與氣

> 若夫八體屢遷，功以學成：才力居中，肇自血氣；氣以實志，志以
> 定言，吐納英華，莫非情性。是以賈生俊發，故文潔而體清；長卿
> 傲誕，故理侈而辭溢；子雲沉寂，故志隱而味深；子政簡易，故趣
> 昭而事博；孟堅雅懿，故裁密而思靡；平子淹通，故慮周而藻密；
> 仲宣躁〔銳〕（競），故穎出而才果；公幹氣褊，故言壯而情駭；嗣
> 宗俶儻，故響逸而調遠；叔夜儁俠，故興高而采烈；安仁輕敏，故
> 鋒發而韻流；士衡矜重，故情繁而辭隱：觸類以推，表裡必符；豈
> 非自然之恒資，才氣之大略哉？（〈體性〉篇）

才力情性與生俱來，「氣」則用來充實志氣，而志氣是決定言辭的關鍵，故

「氣」不盛，則言辭不暢，可見「氣」在創作上的重要性。〈明詩〉篇說王粲、徐幹、應瑒、劉楨「慷慨以任氣，磊落以使才」，南朝梁鍾嶸《詩品‧總論》：「劉越石仗清剛之氣，贊成厥美。」都是指作家先天之才氣對創作有實質之影響。彥和在此連舉十二位作家，不厭其煩地申述「才」「氣」與作品的相關性，[33]都是為了說明「才力」的運作需賴「氣」為動力。由此可見，才力、情性雖稟於天賦，但會受「血氣」影響，「氣」影響「志」，「志」影響「言」。「吐納英華」說穿了全來自「情性」，只要用心於「血氣」之培養，則對才力、情性之發揮有很大的影響力，此可參酌劉勰的〈神思〉、〈養氣〉二篇。

（二）學與習

> 夫才有天資，學慎始習，斲梓染絲，功在初化，器成綵定，難可翻
> 移。故童子雕琢，必先雅鑒。沿根討葉，思轉自圓。八體雖殊，會
> 通合數，得其環中，則輻輳相成。故宜摹體以定習，因性以練才，
> 文之司南，用此道也。（〈體性〉篇）

先天的才力情性與血氣固然重要，若不輔以學習，縱有才、氣也很難發揮正確的作用。劉勰強調學、習，對創作的重要。剛開始學、習就必須慎重，先以雅正之體式習染之，這樣就不致於走偏了路，也就是「摹體以定習」的道理。

〈事類〉這一段話，可用來說明學與習對文章的重要性：

> 夫薑桂因地，辛在本性；文章由學，能在天資。才自內發，學以外
> 成，有學飽而才餒，有才富而學貧。學貧者，迍邅於事義；才餒者，
> 劬勞於辭情：此內外之殊分也。是以屬意立文，心與筆謀，才為盟
> 主，學為輔佐，主佐合德，文采必霸，才學褊狹，雖美少功。

才力情性就是天資本性，它就像薑桂的質地本性就是辛辣一樣，文章的好壞雖倚恃天資的才能，但若沒有外加的學養輔助，搦筆和墨就有學養瘠薄，無法引證事義之弊。才力餒弱者在辭情的表達上，自然較為勞乏，但若認真學習，對這種不足也會有所改善。

從上可知，彥和提出陶鑄文章風格之兩條後天方針：一條是「摹體以定習」，就是開始時要摹仿高雅的風格來奠定自己的創作基本格調，另一條是「因性以練才」，就是順著自己的性情，學習和自己的個性比較接近的風格，這樣來鍛鍊自己的才能，學之既久，習慣成自然，才可以逐步達到成功的地

---

33 此十二位作家之情性，與文章風格之對應，可參閱黃侃，《文心雕龍札記》（北京：典文出版社，1959 年），頁 97～98。

步。嚴羽《滄浪詩話‧詩辯》中云：

> 夫學詩者以識為主：入門須正，立志須高；以漢、魏、晉、盛唐為
> 師，不作開元、天寶以下人物。若自退屈，即有下劣詩魔入其肺腑
> 之間；由立志之不高也。行有未至，可加工力；路頭一差，愈騖愈
> 遠；由入門之不正也。故曰：學其上，僅得其中；學其中，斯為下
> 矣。[34]

這段話之論點與劉勰對文章初習者在「摹體以定習」時，當先從雅正入手之見
解相通。

四、風格類型

　　劉勰論風格大致可分為基本風格類型、文體風格與作品風格三類，至於
《文心雕龍》似也有論及時代風格，然時代影響作品，固其風格也反映於作品
中，故於此不再贅述：

（一）基本風格類型

《文心雕龍‧體性》云：

> 若總其歸塗，則數窮八體：一曰典雅，二曰遠奧，三曰精約，四曰
> 顯附，五曰繁縟，六曰壯麗，七曰新奇，八曰輕靡。典雅者，鎔式
> 經誥，方軌儒門者也。遠奧者，複采典文，經理玄宗者也。精約者，
> 覈字省句，剖析毫釐者也。顯附者，辭直義暢，切理厭心者也。繁
> 縟者，博喻醲采，煒燁枝派者也。壯麗者，高論宏裁，卓爍異采者
> 也。新奇者，擯古競今，危側趣詭者也。輕靡者，浮文弱植，縹緲
> 附俗者也。故雅與奇反，奧與顯殊，繁與約舛，壯與輕乖，文辭根
> 葉，苑囿其中矣。

劉勰將風格分為四組八類：典雅與新奇、遠奧與顯附、繁縟與精約、壯麗與輕
靡。典雅者，義歸正直，辭取雅訓。遠奧者，理致淵深，辭采微妙。精約者，
斷義務明，練辭務簡。顯附者，語貴丁寧，義求周浹。繁縟者，辭采紛披，意
義稠複。壯麗者，陳義俊偉，措辭雄瓌。新奇者，詞必研新，意必矜瓶。可見
劉勰是以此八體為風格之基本類型，且將它視為衡量作品風格的準則。他認為
只要依此基本風格類型來品鑑作品，則不管作品之風貌如何千變萬化，也一定
能夠鑑別出來它們的風格來源。換句話說，此四組八類之基本風格，是劉勰風

---

34 〔宋〕嚴羽，《滄浪詩話‧詩辯》（台北：金楓出版社，1986 年），頁 16。

格學的本采，它們有如色彩上的三顏色，或《易經》中的八卦，可以彼此摻合、生發而推衍出千萬種風格來，故劉勰說：「文辭根葉，苑囿其中矣。」

黃侃《文心雕龍札記》解釋「數窮八體」時說：

> 八體之成，兼因性習，不可指若者屬辭理，若著屬風趣也。又彥和之意，八體並陳，文狀不同，而皆能成體，了無輕重之見存於其間。下文云：雅與奇反，奧與顯殊，繁與約舛，壯與輕乖。然此處文例，未嘗依其次第，故知塗轍雖異，樞機實同，略舉畛封，本無軒輊也。[35]

黃侃對八體無分輕重之論點，與很多研究者認為劉勰對八體有輕重之分顯然不同，後者認為劉勰在釋「新奇」與「輕靡」二體時，有貶抑之意。細究二說，筆者以為這並無矛盾之處：就主觀言，劉勰之文學觀，以「質文兼備」、「銜華佩實」為依歸，故對「新奇」與「輕靡」二體自然有所詬病；然就客觀而言，「新奇」與「輕靡」二種風格，又確實存於作品中，不能缺漏，否則就不符事實。由此推知，黃侃之觀點是從作品之客觀性立論，後者則是從劉勰的主觀性著眼，故二者之差異，實乃切入視角不同所致。筆者認為黃侃之說法是對的，八體是劉勰的基本風格類型，它們從客觀作品而來，本無軒輊之別。

（二）文體風格

劉勰在《文心雕龍》中，論及文體風格的部分，有〈定勢〉篇及〈明詩〉至〈書記〉等二十篇的文體論。《文心雕龍》上編二十篇之文體論，對各體文章風格之要求，有精細的論述，而〈定勢〉則對文體風格則做了簡單概括的說明，其中一段可視為劉勰文體風格論的綱領：

> 是以括囊雜體，功在銓別，宮商朱紫，隨勢各配。章表奏議，則準的乎典雅；賦頌歌詩，則羽儀乎清麗；符檄書移，則楷式於明斷；史論序注，則師範於覈要；箴銘碑誄，則體制於弘深；連珠七辭，則從事於巧豔：此循體而成勢，隨變而立功者也。雖復契會相參，節文互雜，譬五色之錦，各以本采為地矣。

在這裡劉勰已把《文心雕龍》上編二十篇文體論所討論的大部分體裁，歸納成六個大類，並對每一大類的共同風格要求，用兩個字加以概括。為省繁亂，筆者在此並不打算將每一文體之風格闡述詳盡，而僅就六大類中較具代表性或

---

35 黃侃，《文心雕龍札記》（北京：典文出版社，1959 年），頁 94。

說明性之文體,提出分析。

1.「賦頌歌詩則羽儀乎清麗」

這四種文體之風格自有差異,否則就沒有區分之必要,但劉勰用「清麗」二字來概括它們的風格,就表示它們也有相近之處。但何謂「清麗」?劉勰在〈明詩〉篇中並沒詳細說明,然〈詮賦〉、〈頌贊〉中都有一段話可參考。〈詮賦〉云:

> 原夫登高之旨,蓋睹物興情。情以物興,故義必明雅;物以情觀,故詞必巧麗。麗詞雅義,符采相勝,如組織之品朱紫,畫繪之著玄黃,文雖新而有質,色雖糅而有本,此立賦之大體也。

這幾句話體現劉勰對形式與內容統一、情義與辭采並重的觀點。在內容上,賦要求情義要清明雅正;在形式方面,辭采要求新奇巧麗,五彩繽紛。但作賦時,有一個原則一定要把握,即辭藻再如何華麗,它都不應該凌駕賦要具有「風軌」,要有「勸戒作用」的本質,若脫離這個原則,賦就會變成「繁華損枝,膏腴害骨」,而只是堆砌辭藻的形式工具而已,這大概就是揚雄所稱的「詩人之賦,麗以則,辭人之賦,麗以淫。」

〈頌贊〉云:

> 原夫頌惟典雅,辭必清鑠,敷寫似賦,而不入華侈之區;敬慎如銘,而異乎規戒之域;揄揚以發藻,汪洋以樹義,雖纖曲巧致,與情而變,其大體所底,如斯而已。

此段話說頌之風格雖鋪張但要典雅,雖揚厲但氣度要平和,所以它的風格特徵不像賦那般華麗,但又有銘的敬慎性質,只不過沒有像它那樣有規戒的意思。總之,劉勰的頌,講究氣度輝煌且博雅,不能「褒貶雜體」否則就是訛體。它大底下如陸機〈文賦〉所說的「頌優遊以彬蔚。」劉文典說:「優遊由雍容轉來,頌陳之大堂之上,故須態度雍容。」彬蔚則指頌的言辭豐盛華美。[36]

2.「箴銘碑誄,則體制於弘深」

此四種文體用法不同,銘用以自戒且有褒贊功德之用;箴用以警戒別人;

---

36 布封,《論風格——在法蘭西學士院為他舉行的入院典禮上的演說》(1753 年),參見華諾文學編譯組編,《文學理論資料匯編》(台北:華諾出版社,1985 年),中冊,頁 694～696;另見於詹鍈,《文心雕龍風格學》(台北:正中書局,1994 年),頁209。

碑則用以來烘托死者的高風亮節，以顯示死者的雄偉英烈；誄用於陳哀，既要
讚美死者，又要哀悼的意味。此四體前二者用以生者，後兩者用以死者，但劉
勰用「弘深」這兩個字為它們共同的風格，如何說明呢？〈銘箴〉云：

> 箴全禦過，故文資確切；銘兼褒讚，故體貴弘潤；其取事也必覈以
> 辨，其摛文也必簡而深，此其大要也。

這裡的「確切」與「取事也必覈以辨」都是指對事情的考核要「尚實」，不能
辭涉游移，或作不必要的誇張，否則不論在譏刺得失或自戒都會失去功用，而
「弘深」之風格，乃是概括此二種文體，予人溫潤且影響深遠的總體特色。

〈誄碑〉說：

> 夫屬碑之體，資乎史才，其序則傳，其文則銘。標序盛德，必見清
> 風之華；昭紀鴻懿，必見峻偉之烈：此碑之制也。

於此，彥和說「其序則傳，其文則銘」，蓋指碑序應包括事實，不宜蹈空，但
也以簡潔為要，它類似史傳的筆法，但不是史傳，其目的在於將死者的高風亮
節烘托出來，以顯示死者的雄偉英烈，因此它的風格也可用「弘深」來概括，
一來它言簡意賅，二來它刻劃死者之事功，其旨即是要讓人留下深刻的印象。

又說：

> 詳夫誄之為制，蓋選言錄行，傳體而頌文，榮始而哀終。論其人也，
> 曖乎若可觀；道其哀也，悽焉如可傷：此其旨也。

誄以陳哀，故講究纏綿淒愴，它讚美又哀悼死者，所以一方面要敘述死者的功
德，又要敘述時人的悲哀，所以敘言要非常貼切，才能使讀者引起悲哀的同
感。誄文中，劉勰最推崇潘岳，他認為他的誄文「巧於序悲，易入新切」非常
能感動別人，因此劉勰用「弘深」的風格來概括它也是恰當的。

綜合上面二類文體的分析，可大略地理解劉勰對每一種文體的表達內容與
形式都有所規範，因此每一種文體皆有它們自身之風格，故〈定勢〉篇說：

> 情致異區，文變殊術，莫不因情立體，即體成勢也。勢者，乘利而
> 為制也。如機發矢直，澗曲湍回，自然之趣也。圓者規體，其勢也
> 自轉；方者矩形，其勢也自安：文章體勢，如斯而已。

這裡的「因情立體」或〈鎔裁〉篇的「設情以位體」都是講要根據情理來按排
文章的體統。而所謂「立體」，就是指確立某一體裁作品的規格要求或風格要
求。這種體統有它相對的穩定性，所以〈通變〉篇說「設文之體有常」，而此
「體」之成為共同規律，是因為「名理有常」，它是根據前人的創作所歸納出

來的共同要領。至於，「即體成勢」，劉勰用比喻的方式來解釋「勢」是由「體」來決定的，有什麼樣的「體」就大致上有什麼樣的「勢」，所以他說球體是圓的，它的重心不穩，因此，它的趨勢就是轉動。一個方體，它的六面都是穩當的，所以它的趨勢就是安定。由此可知，劉勰對文體的風格或規範，是有很深的體悟。

（三）作品風格

《文心雕龍》述及作品風格的地方有多處，或見於文體論二十篇之「選文以定篇」中，或見於〈詮賦〉〈體性〉、〈諸子〉、〈才略〉篇中；還有一些零星論述，則出現在其餘各篇。在這些篇幅中，以〈詮賦〉、〈體性〉、〈諸子〉篇對作品風格之闡述最具體，而〈才略〉篇最富規模，它自二帝三王至劉宋，共闡述了九十七位作家作品之風貌。[37]縱觀劉勰於《文心雕龍》中對作品之評述角度，極為多元，他或從作品之形式、內容，辭藻、技巧、邏輯，或從作品的思想、學問、性情、語言入手。但其用語卻相當簡略，大都屬於印象式批評，例如：稱作品「才穎」，或稱「學精」，或稱「識博」，或稱「理贍」，或稱「思銳」，或稱「慮詳」，或稱「氣盛」，或稱「力緩」，或稱「情高」，或稱「文美」，或稱「辭堅」，或稱「采密」，可謂琳琅滿目，字字珠璣。底下就以〈詮賦〉、〈體性〉、〈諸子〉、〈才略〉等篇之內容，來敘述劉勰對《文心雕龍》中作家作品風格的實貌。

〈詮賦〉云：

> 枚乘〈兔園〉，舉要以會新；相如〈上林〉，繁類以成豔；賈誼〈鵩鳥〉，致辨於情理；子淵〈洞簫〉，窮變於聲貌；孟堅〈兩都〉，明絢以雅贍；張衡〈二京〉，迅發以宏富；子雲〈甘泉〉，構深瑋之風；延壽〈靈光〉，含飛動之勢。

劉勰於此評論兩漢賦家，很明顯地指出這些賦家作品風格之不同，可是劉勰對這些作品的評語，都僅用一語蓋括，並沒有交待這些評語，是怎樣得來的脈絡，故我們會覺得有些武斷、籠統而難以正確理解。不過，若要交待蓋括評語的脈絡，那也是強人所難，因為這麼多作者、作品如何能在一本書中交待

37 彥和論虞夏有臯陶、夔、益、五子四家，商周有仲虺、伊尹、吉甫三家，春秋有薳敖、隨會、趙衰、公孫僑、子太叔、公孫揮六家，戰國有屈原、宋玉、樂毅、范雎、蘇秦、荀況、李斯七家，兩漢有陸賈等三十三家，魏晉有曹丕等四十四家，總共有九十七家。

清楚，因此若要鑑識劉勰對這些作品的評價是否得當，則須仰賴後起研究者的勘驗。但若依賦體之功用要「體物寫志」，與寫作風格要「麗詞雅義」，作為評論標準，則可看出上述之評語，有些得自於賦要「明雅」之內容，如《兔園》、《鵩鳥》、《兩都》，而有些則來自於賦要「巧麗」的形式，如：《上林》、《洞簫》、《甘泉》、《靈光》。因此，在劉勰的概念中，賦作中只要能以巧麗的「形式」或用明雅之「內容」，來體現物貌或表現人的雅正情志，劉勰都肯定它們是好的作品。

〈體性〉說：

> 賈生俊發，故文潔而體清；長卿傲誕，故理侈而辭溢；子雲沉寂，故志隱而味深；子政簡易，故趣昭而事博；孟堅雅懿，故裁密而思靡；平子淹通，故慮周而藻密；仲宣躁銳，故穎出而才果；公幹氣褊，故言壯而情駭；嗣宗俶儻，故響逸而調遠；叔夜儁俠，故興高而采烈；安仁輕敏，故鋒發而韻流；士衡矜重，故情繁而辭隱。

在此，劉勰也同樣用十二句評語，蓋括這十二個人的作品風格，且在邏輯上令人認為這些作品之風格，是來自於這十二作家的個性。姑且不論將這些作家之所有作品，用一句話予以總括是否得當，也不探討將這十二位作家之作品風格全部歸之於他們的個性，是否合理。單就作品風格之評論，筆者以為〈體性〉篇的這些例子比〈詮賦〉篇更為粗略，因為〈詮賦〉篇很明確地是論述作品風格，而〈體性〉篇則不那麼明確，它有可能論述作家風格。然若說〈體性〉篇是論述作家之風格則也有很大的問題要解決，首先得證明這十二人之所有作品，是否大多數之作品風格都來自於他們的個性，若是則可稱這些評語是此十二作家之主要風格。其二，上述之十二作家與劉勰不處於同一時代，按理說，劉勰應該是先接觸這些作家的作品，再知人論世，而非先閱讀這些作家的傳記或生平，再來閱讀作品。基於上述二個問題，筆者認為〈體性〉篇還是在討論作品風格而非作家風格，劉勰在行文時將作品與作家個性連繫起來，只不過是為了要強調風格與人的關係罷了。

〈諸子〉云：

> 研夫**孟荀**所述，理懿而辭雅；**管晏**屬篇，事覈而言練；**列御寇**之書，氣偉而采奇；**鄒子**之說，心奢而辭壯；**墨翟隨巢**，意顯而語質；**尸佼尉繚**，術通而文鈍；**鶡冠**綿綿，亟發深言；**鬼谷**眇眇，每環奧義；情辨以澤，**文子**擅其能；辭約而精，**尹文**得其要；**慎到**析密理之巧，

韓非著博喻之富，**呂氏**鑒遠而體周，**淮南**泛採而文麗。

從上述之徵引，可以看出劉勰論述諸子百家的作品風格時，也與前面〈詮賦〉、〈體性〉篇對作品風格之評論一樣，用一句話概括諸子百家的特色，並沒有分析孟荀如何「理懿而辭雅」，列御寇的作品如何「氣偉而采奇」……。嚴格論之，諸子之文很難算是一種文體，因為劉勰於〈諸子〉篇中，並沒有「敷理以舉統」的部分，故也沒有對諸子提出共同的風格要求。

〈才略〉所論及之作家作品極多，評論則簡略，例如：稱王褒作品的構采，以密巧為致，附聲測貌，泠然可觀；張華的短章，奕奕清暢；郭璞的〈郊賦〉穆穆大觀、〈仙詩〉飄飄凌雲；張衡、蔡邕的作品，文史彬彬、隔世相望；王逸的作品博識有功，而絢采無力；王延壽的作品瑰穎獨標；曹植的作品詩麗而表逸；曹丕的〈樂府〉清越、〈典論〉辯要；陸機之作品思能入巧而不制繁；陸雲的短篇布采鮮淨；劉歆的《王命》清辯、《新序》該練；劉向之〈奏議〉，旨切而調緩；趙壹的辭賦，意繁而體疏；孔融的書、表很有氣勢；曹攄清靡於長篇；季鷹辨切於短韻。

綜合上面對〈詮賦〉、〈體性〉、〈諸子〉、〈才略〉各篇中之作家作品風格的分析，可看出劉勰於《文心雕龍》中，對各作家作品風格之評論，大都以印象式的用語來總括它們的特色，而少於詳析作品的內容細節，故我們若要判斷他所下之評語得當否，必須從劉勰所述及之作品，加以勘察方能印證。不過，依劉勰於〈知音〉篇中對作家作品之批評，要本於「平理若衡，照辭如鏡」的觀點，可合理地推知他對各作家作品之評論，必有其嚴謹之根據，應非「褒貶任聲」或「準的無依」。

無可諱言地，上述所舉之作品風格之評論，與中國詩話詞話對作品之籠統概括之手法一致，但《文心雕龍·辨騷》篇中，卻又突出劉勰對作品之批評也有其細膩之處。黃維樑指出〈辨騷〉篇中，劉勰在批評〈離騷〉時，根據他的文學理論，並徵引〈離騷〉中同乎風雅與異乎經典的四事，來說明他對〈離騷〉之觀點，與歷代論者如劉安、班固、王逸、漢宣王、揚雄等人不同。黃維樑認為〈辨騷〉篇雖沒有西方批評家於解說詩歌時，徵字引句，剖析毫釐之精細，但也別於中國傳統印象式批評的籠統概括，故就分析手法而言，〈辨騷〉篇是現代實際批評的雛形。[38]對〈辨騷〉篇中之〈離騷〉的分析而言，黃

---

38 黃維樑，〈現代實際批評的雛形──《文心雕龍·辨騷》今讀〉，收於黃著《中國古典文論新探》（北京：北京大學出版社，1996年），頁 1～8。

維樑之論點是精當的，可是，劉勰在概括《楚辭》中的其它篇章，如《卜居》、《漁父》、《九歌》、《九辯》、《遠遊》、《天問》之風格，也仍然用簡約的語彙描述它們的特色。因此，可以推斷劉勰於《文心雕龍》中對所有作家作品之風格論述，大抵採用印象式的評語，但依其鑑賞文學的理論，應可相信其評語一定是本著「將核其論，必徵言焉」的原則，並以實事求是的態度所得來之斷語。

第三節　風格論之比較

　　韋沃《文學理論》與劉勰《文心雕龍》在文學風格方面，所探討的有同有異。在文學作品的風格理念部分二者大體是相同的，只是韋沃所談的是風格的理論與概念，而劉勰則是文學風格理論的實踐。倘二者合而為一，就是一部完整的文學風格學——既有理論，也有作品風格的實際批評——所以說二者有互補的作用。但是二者也有極大的不同點。韋沃論文學風格純從讀者對作品批評與鑑賞的角度出發，文學作品風格的形成他們歸為作品的準備階段，故而擱置不論。至於作品風格與作者的關係，他們都認為作品的真摯性或作者的心理情態，很難從作品中去確認，他們深知心理學的方法很難達到客觀的一致性，所以他們對作品風格與作者的關係、影響作品風格的主觀因素，都持謹慎保留的態度，這方面的問題也就避而不談。

　　而劉勰則多從作者創作的角度立論，他雖然也知道從讀者的角度「文情難鑒，誰曰易分」，但還是認定作家的才、性、氣質、學、習，影響作品的風格，所以他深入地探討影響作品風格的主觀因素：一為先天的才、氣，二為後天的學、習。這就是從作者創作的角度去看風格的養成，劉勰對這四個因素的分析相當完整。以下分從不同的面向做比較：

一、風格與文學語言

　　韋沃指出文學語言有別於普通語言，在於文學語言的語音、文字次序與句法結構之安排，都和普通語言不同，因為文學語言有獨特的審美功能。文學風格的研究就是研究文學作品的語言，所呈顯出來的特殊審美形式。

　　劉勰在《文心雕龍》〈原道〉篇說：「心生而言立，言立而文明」，〈體性〉篇說：「情動而言形，理發而文見」、「辭為肌膚」，也都明確地指出語言是文學的媒介：

> 夫人之立言，因字而生句，積句而成章，積章而成篇。篇之彪炳，
> 章無疵也；章之明靡，句無玷也；句之清英，字不妄也。（〈章句〉
> 篇）

這些都足以證明在劉勰心中語言是文學構成的基本因子。

劉勰雖沒有論析文學與普通語言的差異，但《文心雕龍》〈聲律〉篇探討如何使宮商和韻，營造「聲轉於吻，玲玲如振玉；辭靡於耳，累累如貫珠」的美感；〈麗辭〉篇說明對偶在文章的重要性，強調「體植必兩，辭動有配。左提右挈，精味兼載。炳爍聯華，鏡靜含態。玉潤雙流，如彼珩珮」的道理；〈練字〉篇講究用字的準確、精鍊，避免詭異、聯邊、重出等毛病，這些都是語言的審美性，因此，在文學風格得從語言設計入手，文學語言與普通語言是有區別的這層觀點，劉勰與韋沃並無多大的差異。

二、文學風格的範圍

畫家作畫，用線條和色彩形成自己的格調風格；音樂家作曲，用聲音和樂符產生格調互異的不同旋律；以同一架鋼琴演奏同一首樂曲，不同的鋼琴演奏家也顯現迥然有別的風格，這些特點與格調都是風格。

根據本章第一節韋沃對風格學的界說，可知韋沃的風格學範疇可以擴大到非文學的領域，只要具表達力的語言手段或設計，皆是風格的研究。如此，不同的語言環境產生不同的語言風格，不同的民族、時代、場合也就會有不同的語言風格。擴而大之，每一個人使用語言，其談吐措辭也會呈現不同的風格，所以個人風格乃個人的言談用辭的綜合特點。

但是語言風格畢竟不等於文學風格，韋沃的文學風格學是指描述一篇（或一部）文學作品的風格，或一位作家的作品風格。推而廣之，也可以是一組同類性質作品的風格，乃至一個文學類別的風格。例如：歌德式小說、伊利莎白時代的戲劇、玄學派詩歌等等的風格。甚至是某一種文類的風格，如：十七世紀散文的巴洛克風格。或者是一個時代或一個文學運動的風格探討。總之，韋沃的文學風格，包括作家、作品風格、文類風格、時代風格等等。

韋沃論述文學風格所及的範疇，劉勰《文心雕龍》也幾乎都談到。《文心雕龍》並沒有如韋沃為風格下定義，但在具體的實踐上，他所評論的風格，也包括作家、作品的風格、文類風格、風格類型與時代風格等，據此可推斷他腦中的文學風格概念與韋沃是極相似的。

（一）風格分類

風格類型的劃分是風格學的重要任務。一本風格學的著作如果能夠很科學地劃分風格類型，就可以幫助我們正確認識各類風格，從而把握各類風格的特質。韋沃在《文學理論》一書中，並沒有提出自己的風格分類，他們極贊同史奈德《德語的表達方式》中的風格分類，並且認為史奈德的這種分類，可以應用到所有的語言系統。[39]

仔細研究史奈德的這四種風格分類，不論是根據詞彙所表達的事物、詞彙與詞彙、詞彙與整個語言系統以及詞彙與作者的關係，都可以發現其分類都是正、反相對的兩個對照組，如：第一類簡潔的（succinct）和冗長的（long-winged）；第二類緊湊的（tense）和鬆散的（lax）；第三類口語的（spoken）和書面的（written）；第四類客觀的和主觀的。史奈德的這種正反分類與劉勰「八體」的正反四組，一樣都是正反的對照，在這一點中西是不謀而合的。

可見中西在文學風格的歸類，都趨向差異鮮明、正反容易對照的路途。只不過，韋沃認為史奈德的分類適用範圍可以不必局限在文學作品的分類，而劉勰只說是對文體風格的分類，並沒有提到可以擴及到其他領域。

史奈德的風格分類很明顯地以語言學的基本因素「詞彙」為風格劃分的要素。以詞彙為表達風格的材料與手段，包括日常方言、同音異義詞、詞彙與詞彙組合的緊密與鬆散以及由詞彙組成的句子之省略、重複、倒裝或插入……等等，這些都能成為改變風格的要素與手段。韋沃贊同史奈德的這種風格分類，無疑是想擺脫以抽象字詞描繪風格的困擾，他們希望能具體地從詞彙的表達手段去說明風格。程祥徽說：

> 語言不是中藥店貯存藥物的抽屜：這個抽屜裏的詞彙、語法格式和
> 語音形式用於這種交際場合，那個抽屜裏的語言材料可以造成那種
> 語言氣氛，不是的。**語言本身的特點不能代替處於使用狀態下的語**
> **言的風格。風格是人在使用語言的時候表現出來的氣氛或格調。**用
> 語言材料營造氣氛，常常採取兩種方法：一是充分利用風格要素，
> 二是使用或駕馭風格手段。[40]

對於韋沃或史奈德來說，語言的風格要素就是詞彙的諸種特徵，而風格手段就

---

39 René Wellek & Austin Warren, *Theory of Literature*, pp.178～179。譯文參見韋勒克、沃倫著，劉象愚、邢培明、陳聖生、李哲明譯，《文學理論》，頁 202；梁伯傑譯，《文學理論》（台北：水牛出版社，1991 年），頁 264～265。

40 程祥徽，《語言風格初探》（台北：書林出版社，1991 年），頁 22。

是組合詞彙的手法或設計。但不管作品如何設計，它們所營造出來的風格都不會跳脫史奈德的風格分類。就這點而言，劉勰將體性分為四組八類，也持有相同的看法，他認為任何作品的體性變化都不會逾越這八體。所以任何作家都可以按自己的才、氣、學、習，將這八體組合、變化，以塑造自己的風格，這就是劉勰所說的「八體屢遷，功以學成」的道理。「八體雖殊，會通合數，得其環中，則輻輳相成。」劉勰極強調八體的融合會通，可見他不贊成僵化地固守一種風格，不知融合會通，是不可能成為偉大作家的。

　　劉勰認為八體風格的融會靠天資的才、氣與後天的學、習，但是他也提醒：

> 然淵乎文者，並總群勢，奇正雖反，必兼解以俱通；剛柔雖殊，必隨時而適用。若愛典而惡華，則兼通之理偏，似夏人爭弓矢，執一不可以獨射也；若雅鄭而共篇，總一之勢離，是楚人鬻矛譽楯，兩難得而俱售也。（〈定勢〉篇）

作品風格的融合、搭配，必須恰當，不可以把兩種對立、矛盾的格調放在一起，否則就會不倫不類而失去風格的統一性。法國自然科學家布封（G. L. L. Buffon）在《論風格》中說：

> 一個大作家絕不能只有一顆印章，在不同的作品上都蓋同一的印章，這就暴露出天才的缺乏。[41]

明朝屠隆在〈與王元美先生〉的信裏說：

> 今夫天有揚沙走石，則有和風惠日；今夫地有危峰峭壁，則有平原曠野；今夫江海有濁浪崩雲，則有平波展鏡；今夫人物有戈矛叱咤，則有俎豆晏笑；斯物之固然也。假使天一於揚沙走石，地一於危峰峭壁，江海一於濁浪崩雲，人物一於戈矛叱咤，好奇不太過乎？將習見者厭矣。文章大觀，奇正、離合、瑰麗、典雅、險壯、溫夷，何所不有？[42]

可見不論中、外之文學理論家都要求一位大作家其風格要有多種變化，而此也正是劉勰風格論之核心觀點。

　　中國詩人中最能體現風格多樣化的作家莫過於杜甫，元稹說：

> 至於子美，蓋所謂上薄《風》《雅》，下該沈、宋，言奪蘇、李，氣吞

---

41 布封，《論風格——在法蘭西學士院為他舉行的入院典禮上的演說，1753》，參見華諾文學編譯組編，《文學理論資料匯編》（台北：華諾出版社，1985 年），中冊，頁 694；另見於詹鍈，《文心雕龍風格學》（台北：正中書局，1994 年），頁 116。

42 〔明〕屠隆，《由拳集》（台北：偉文出版社，1977 年），第二冊，頁 53。

曹、劉，掩顏、謝之孤高，雜徐、庾之流離，盡得古今之體勢，而兼人人之所獨專矣。[43]

王安石說杜甫詩：

悲歡窮泰，發斂抑揚，疾徐縱橫，無施不可。故其詩有平淡簡易者，有綺麗精確者，有嚴重威武若三軍之帥者，有奮迅馳驟若泛駕之馬者，有淡泊閒靜若山谷隱士者，有風流醖藉若貴介公子者。[44]

由元稹與王安石對杜甫之評論，可明一位大作家當能表現多樣化的風格，始能成為名家，而此種論點事實上與劉勰之風格論點是企合的。由以上之分析，可知劉勰在八體風格之間的融合避忌之析論，比史奈德之析論來得深入，但史奈德以詞彙之特徵來描繪風格的作法比劉勰具體，且其風格分類之應用範圍也比劉勰來得大。

（二）文體風格

韋沃《文學理論》對文類風格只是簡單的理論論述，劉勰《文心雕龍》對文學體裁則是具體而詳盡地分析，在〈明詩〉至〈書記〉等二十篇文體論中，他依功能、性質將文學的體裁做詳細的分類，按每一體裁的不同，提出不同的寫作規範，這些規範形成這種體裁的風格。對劉勰而言，體裁是寫作文章的格式，風格是文章所顯示的格調，因此，體裁與風格存在必然的聯繫。

韋沃之文類風格理論與劉勰對文體風格的觀點是否存在著差異呢？韋沃認為從語言去分析文學作品，可以得出作品風格。再由眾多作品的風格，歸納不同文類的風格。韋沃這種看法正好驗證在劉勰的文體論上。

《文心雕龍》上篇就是劉勰對各文體風格的歸類，各種文類風格的產生，絕非憑空而來，它們都是從歷史作品中逐漸累積形成的。不論是韋沃的文類或是劉勰的文體風格，在語言上每一種文類都應當具備某種「穩定的姿態」，正如劉勰所說：「章表奏議，則準的乎典雅」；「賦頌歌詩，則羽儀乎清麗」；「符檄書移，則楷式於明斷」；「箴銘碑誄，則體制於弘深」；「連珠七辭，則從事於巧豔」。或如韋沃所說的十八世紀平德爾風格的（Pindaric）頌歌、諷刺詩、民謠，都各有自己的語言風格一樣。

---

43 〔唐〕元稹，〈唐故檢校工部員外郎杜君墓系銘〉，參見〔清〕朱鶴齡輯注，韓成武點校，《杜工部詩集輯注·前言》（保定：河北大學出版社，2009 年）。

44 〔宋〕胡仔，《苕溪漁隱叢話前後集》（台北：長安書局，1976 年），前集，卷六，頁 37。

　　但是劉勰對文體風格之描繪與韋沃對文類風格的敘述仍有不同。劉勰描述每一種文體的獨特風格，都只用形容性的字眼，如上述的「典雅」、「巧豔」等等，這種「風格」的描繪方式，讓讀者很難從這些抽象的字詞，具體把握到它真正的風格特色。

　　韋沃不同意這種表達方式，對韋沃而言，文類之風格是根據語言形式所營造出來的特殊氣氛或姿態，他們希望透過作品的語言詞彙、句法及語音分析，確實而具體地從其中的差異去說明作品風格、文類風格。程祥徽在《語言風格初探》中說：

> 任何一種發達的語言都有許多同義的系統──詞彙中有同義詞，語法和語音也有同義的成分。這些成分在意義上是平行的，沒有邏輯意義上的差別，只有風格色彩上的不同。例如：「媽媽」具有親暱的風格色彩，「母親」具有嚴肅的風格意味。在家庭的交談場合中，我們只說「媽媽」而不說「母親」。如果改說「母親」而不說「媽媽」，就會與家庭交談場合的氣氛不協調。而在莊嚴氣氛中朗誦「大地，我的母親」，就不能將「母親」改稱為「媽媽」。同樣的例子又如：「蘇格拉底，哲學之父」，這「父」字也是絕不能換為「爸爸」的。[45]

每一種語言確實都有很多同義詞，這些同義詞除具不同的風格色彩外，它們會隨著使用場域的不同，而產生不同的氣氛與色彩。韋沃對文類風格之分析，就是著力在這一部分。他們希望能對文類風格作詳確地分析，使它們有客觀依據。劉勰對文體風格的描述不能稱之為是他主觀的說詞，他也許也是從非常客觀的事實去得出這種結果，可惜缺乏具體的實證，只有抽象的形容詞彙呈現，因而使結果模糊難明，容易被冠上主觀的印象，這就是韋沃極力所欲避免的。所以，理論上韋沃縱能做如此科學化的呼籲與闡述，實行起來卻也未必就能達到，風格的分析是否能從語言上做出區別，恐也是不容易的事。也許最終也只能如劉勰這樣的描述而已。

三、風格與作者的關係

　　韋沃指出：研究文學風格僅須從審美的角度去分析文學作品的語言設計，對作品與作者的關係則持保留的態度。理由是從作品去推斷作家的心理狀態或確認作品情志的真摯性是有困難的。韋沃在〈風格與風格學〉一章中，雖

---

45 程祥徽，《語言風格初探》（台北：書林出版社，1991 年），頁 23～24。

也指出作家如彌爾頓、霍普金斯、卡萊爾、梅瑞狄斯、佩特（Pater）或詹姆斯等，均可從語言特徵，看出個人的獨特風格，但從語言的特殊運用辨認作者的風格，並非萬靈丹，無法普及至所有的文學作品。韋沃舉例說：伊利沙白時代的劇作家或十八世紀的小品文作家，都慣用制式的風格（uniform style），如果沒有靈敏的聽力與精細的觀察力，很難斷定作品是哪位作者的。

此外，還有流行風格（prevalent style）的問題。流行風格會刺激作家群起模仿，這樣的模仿就模糊了作品風格的辨認，例如：喬叟在《坎特伯雷故事集》中，每個故事都有很不一樣的風格，喬叟每一個時期與每一文學類型的風格，都充滿著差異性，所以要在眾多作品辨認喬叟的作品，非常困難。

基於上述原因，韋沃並不費心在風格與作家的連繫，他們認為作品與作家的關係是鬆散的。但劉勰則持不同的看法，他在《文心雕龍》一再地強調作者與作品有因果關係，有這樣才性的作家才有這樣的作品風格，這是「沿隱以至顯，因內而符外」的道理：

> 是以賈生俊發，故文潔而體清；長卿傲誕，故理侈而辭溢；子雲沉寂，故志隱而味深；子政簡易，故趣昭而事博；孟堅雅懿，故裁密而思靡；平子淹通，故慮周而藻密；仲宣躁銳，故穎出而才果；公幹氣褊，故言壯而情駭；嗣宗俶儻，故響逸而調遠；叔夜儁俠，故興高而采烈；安仁輕敏，故鋒發而韻流；士衡矜重，故情繁而辭隱：觸類以推，表裏必符；豈非自然之恒資，才氣之大略哉。（〈體性〉篇）

為了要了解劉勰對個性與作品關係的論述，茲將上面引文所舉十二人，列表如下：

作　　者	才　性	作品風格	作　　者	才　性	作品風格
賈誼	俊發	文潔而體清	王粲	躁銳	穎出而才果
司馬相如	傲誕	理侈而辭溢	劉楨	氣褊	言壯而情駭
揚雄	沉寂	志隱而味深	阮籍	俶儻	響逸而調遠
劉向	簡易	趣昭而事博	嵇康	儁俠	興高而采烈
班固	雅懿	裁密而思靡	潘岳	輕敏	鋒發而韻流
張衡	淹通	慮周而藻密	陸機	矜重	情繁而辭隱

筆者認為劉勰應是先鑑賞這十二人的作品，了解其風格之後，再參考作者的生平傳記，得知作者的個性，最後總結出這十二人的風格，與他們的情性有密切

關係。但是這種「因內符外」「表裏必符」的理論應有其運用上之局限性，很難一概而論，否則將會失之偏頗。誠如劉勰所言，許多作家是為文而造情的，此情雖偏違作者原來情性，或逕以「造情」、虛偽稱之，但以假亂真者比比皆是，要以實證斷其真偽已屬不易。至若以「我平素之性或未必此，但寫此文之當下，我情卻是真」回應，則其情是真是偽又是一大困惑。

紀昀評曰：

> 此亦約略大概言之，不必皆確。百世以下，何由得其性情？人與文絕不類者，況又不知其幾耶！[46]

紀昀不認同的理由有二：1.「人與文絕不類者」極多，所言「不必皆確」。2. 得作者真性情者，當世已屬不易，況百代以後，世遠難尋，如何知其真假？

這兩點都是韋沃所說難以求證的地方。但是紀昀「不必皆確」這話說得有些模糊，所言「不必皆確」，是指文不必「確」如其人，抑或是指文章不必真「確」，即使言虛情偽，只要寫得好，亦可以接受？

黃侃也同意「由文辭得其情性，雖並世猶難之，況異代乎？」[47]但是他還是贊成劉勰的看法，大力讚賞劉勰這樣的裁斷是「千古無兩」。他在《文心雕龍札記》批評紀昀，認為紀昀「不悟因文見人，非必視其義理之當否，須綜其意、言、氣、韻而察之」：

> 安仁〈閑居〉、〈秋興〉，雖託詞恬澹，迹其讀史至司馬安廢書而歎，稱他人之已工，恨己事之過拙，躁競之情，露於辭表矣。心聲之語，夫豈失之於此乎？原言語所以宣心，因言觀人之法，雖聖哲無以易。
> 《易》曰：「將叛者其辭慙，中心疑者其辭枝，吉人之辭寡，躁人之辭多，誣善之人其辭游，失其守者其辭屈。」是則以言觀人，其來舊矣。惟是人情萬端，文體亦多遷變，拘者或執一文而定人品，則其說窒礙不通。其倒植之甚，則謂名德大賢，文宜則傲，神姦巨慝，文宜棄捐。[48]

依黃侃之見，彥和之「因內符外」說，是切中之論。由文章是可以窺見作者情性的，潘安仁的〈閒居〉、〈秋興〉二賦均以恬淡為託辭，實則個性躁競。他同意辭與心密，作者與作品縱非若影之附形、響之隨聲，然如《易經》所言，以

---

46 王更生，《文心雕龍讀本》（台北：文史哲出版社，1986 年），下篇，頁 30。
47 王更生，《文心雕龍讀本》（台北：文史哲出版社，1986 年），下篇，頁 30。
48 黃侃，《文心雕龍札記》（台北：典文出版社，1959 年），頁 94。

言觀人絕對是正確可信的。

　　黃侃也同意「人情萬端，文體亦多遷變，拘者或執一文而定人品，則其說窒礙不通」。「人心惟微」，人情也翻覆難測，文體又變化萬端，若非博觀眾作，單憑一、二篇作品就據以下定論，是非常危險的事。

　　錢鍾書在《談藝錄》說：

> 心畫心聲，本為成事之說，實鮮先見之明。就所言之物可以飾偽，巨奸為憂國語，熱中人作冰雪文，是也。其言之格調則往往流露本相，狷急人之作風不能盡變為澄淡，豪邁人之秉性不能盡變為謹嚴。文如其人，在此不在彼也。[49]

錢鍾書同意言為心聲，認為「所言之物」確實「可以飾偽」，這「所言之物」是所言的內容、事物，但文章的格調卻不會變，行文中就會不經意地「流露本相」，想作偽也做不來。

　　與黃侃不同的是，錢鍾書把文章內容與格調析離開來，指出論作家風格，須從作品格調看作家性情才能精確。錢氏雖認為以文觀人並非高調，文章所談的事物內容也的確如紀昀所言可以飾偽，然推究至根本，其文章格調使情性真偽仍無所遁形，但是又衍生出「格調」來。「格調」一詞本身就極難界定清楚，它似有又說不清楚，若說無卻又若有，歷來爭論不休，總令學者難以捉摸。所以錢鍾書對作者與作品關係的釐清，似乎釐出內容與格調有別，但恐也無多大作用。

　　劉勰之「因內符外」說，恐也是從錢氏這個角度去看的，他沒有為這理論下操作型定義，只用極為簡練的詞語來說明風格與作家的關聯，所以在理論與做法上都有缺陷。他把作品的格調與作家的性情連繫起來，做為說明風格的因素，或許有其真實性存在，只是兩者的關聯性，讀者並不一定盡能解懂。[50]例如〈體性〉篇說：賈誼才性「俊發」，但是其文「文潔而體清」，其間有什麼必然的關聯？劉向個性「簡易」，又為什麼趣昭而事「博」？王粲「躁銳」，怎麼會「穎出而才果」？「氣褊」的劉楨，怎麼「言」反而「壯」而其「情」卻令人驚「駭」呢？陸士衡「矜重」，發而為文，怎麼情反而「繁」而文辭卻要「隱」

---

49 錢鍾書，《談藝錄》（補訂本）（台北：書林出版社，1988 年），頁 162～163。

50 劉勰將賈誼作品風格之文潔體清，與他個性之「俊發」連繫起來。據《史記・屈賈列傳》）說：「賈誼年二十餘，最為少。每詔令議下，諸老先生不能言，賈生盡為之對。」司馬相如辭賦，內容和文辭繁富，所謂理侈辭溢，聯繫他的行事不拘，所以稱他「傲誕」。

呢？凡此才性氣質與文風的連繫、說明，都令人覺得非有必然的關係。既無必然的關聯，拿來說作者與作品有關聯就沒有說服力，又何必強解為「因為有這樣的才性，所以有這樣的風格」呢？這是劉勰在作者才性與風格的說明處，較為可議之處。

因為「因內符外」，所以劉勰非常重視作家早年的學習，所以他說「器成綵定，難可翻移」。事實真是如此嗎？以歌德而論，早期「狂飆運動」的風格，與晚年小說充滿「親和力」（elective affinities）的華美、複雜文風，顯然就不同。喬叟也是如此。作家或因生命經驗的變化轉異，或因選用不同的題材，而寫出不同風格的作品，大有人在。庾信早期給人清新綺麗的印象，晚年卻變得蒼勁深沉。杜甫寫風光景物的詩是綺麗的，但寫亂離則變為沉鬱蒼涼。一個作家的作品，在風格上能否一致，已是相當複雜棘手的問題，至若像劉勰這樣，以極簡單的詞語去概括作家風格，確實難以周全，只用「沉寂」二字概括揚雄的才性氣質，顯然無法說明其〈解嘲〉和〈劇秦美新論〉二文。[51]

四、作品風格

韋沃在分析文學作品，提出兩個研究路徑：其一是系統地分析每一個作家的作品語言。他們認為從作品語言所顯現出來的總體特色，就是該作家作品的風格。其二是運用比較的方法，比較不同作家作品的風格特色，進一步釐清作家作品風格或文體風格的影響與區別。

相較於韋沃所提出的作品語言分析法，劉勰《文心雕龍》並沒有這方面明確的論述，但均可從劉勰實際對各家、各類文體或各時代文風的評語得到證實。韋沃的第一種方法，見諸《文心雕龍》者極多，除前節所舉《文心雕龍》〈通變〉篇外，〈明詩〉、〈時序〉這二篇也有這種方法，不再贅舉。

韋沃的第二種方法，見諸《文心雕龍》者，除前節所舉《文心雕龍》〈通變〉篇外，《文心雕龍·時序》篇也出現：

> 觀其豔說，則籠罩雅頌，故知暐燁之奇意，出乎縱橫之詭俗也。
>
> 〔……〕爰自漢室，迄至成、哀，雖世漸百齡，辭人九變，而大抵
>
> 所歸，祖述楚辭，靈均餘影，於是乎在。

《楚辭》瑰麗的文體風格既受《詩經》的影響，也受戰國名家、縱橫家等辯雕萬物的影響。漢賦則深受楚辭、騷體的影響。

---

51 周振甫，《文心雕龍注釋》（台北：里仁出版社，1994 年），頁 549。

劉勰在概括每一位作家的作品特色，或區別各作家風格的差異性時，都只用簡略的形容字眼，如：

> 研夫**孟荀**所述，理懿而辭雅；**管晏**屬篇，事覈而言練；**列御寇**之書，氣偉而采奇；**鄒子**之說，心奢而辭壯；**墨翟**隨巢，意顯而語質；**尸佼尉繚**，術通而文鈍；**鶡冠**綿綿，亟發深言；**鬼谷**眇眇，每環奧義；情辨以澤，**文子**擅其能；辭約而精，**尹文**得其要；**慎到**析密理之巧，**韓非**著博喻之富，**呂氏**鑒遠而體周，**淮南**泛採而文麗。（《文心雕龍·諸子》篇）

嚴格說來，從這些印象式的批評語詞，讀者很難確切地掌握劉勰所說的作品風格，但是不能據此就認為劉勰是主觀的批評。論者從劉勰〈知音〉的論述，有充足的理由相信他對作品的「印象概括」，是經由「六觀」之後所得出的「專家」結論。如上面的引文，他所論的各家風格，無一不是從作品的語言形式和內容去下斷語的。因此，我們更相信要把任何一種「風格」說得清楚，的確不是容易的事。

若真要詳覈劉勰概括風格的精準度，與其應用自己理論的狀況，最好的方法，就是切實地分析《文心雕龍》所論及的作品，是否符合《文心雕龍》文體論與創作論所說的理論原則，這方面已有人做了研究，不再贅述。[52]

劉勰對作品風格的分析，與韋沃應是相當相近的，但韋沃是理論論述，特重語言形式的分析，而劉勰是親身實踐且兼重作品的內容與形式分析，這是他們的相異點。

總括言之，韋沃或劉勰對風格學之認識都有一定的高度，雖然他們在作者與風格的認知、處理方式不同，在作品、文類風格與風格之範疇、分類之取徑也容有些差異，但如本節之分析，他們在風格學上的某些概念，其實已相當接近，正所謂：「殊聲而合響，異翮而同飛」。

---

52 參見游志誠教授指導的兩篇論文：1. 林家宏，〈《文心雕龍》文體論實際批評〉（國立彰化師大國文研究所碩士論文，2008 年）；2. 黃永達，〈《文心雕龍》創作論實際批評〉（國立彰化師大國文研究所碩士論文，2008 年）。兩篇論文皆著眼於作品的實際批評，他們除了透過「原始以表末」、「敷理以舉統」的爬梳，重新建構劉勰各體理論的菁華外，主要的宗旨乃在於檢視劉勰《文心雕龍》理論的可行性與劉勰對自身理論的實踐程度。

第六章　意象、隱喻、象徵、神話之比較

前　言

　　本章第一節，談韋沃《文學理論》第四部（文學的內部研究）第十五章〈意象、隱喻、象徵、神話〉的各個觀點。第二節，就劉勰《文心雕龍》〈比興〉、〈神思〉、〈明詩〉、〈情采〉、〈正緯〉、〈辨騷〉等篇所談，有關意象、隱喻、象徵、神話的論點，加以歸納、論述。第三節，從（一）文學的兩種表達方式（二）韋沃與劉勰「意象」概念（三）韋沃「隱喻」與劉勰「比」的概念（四）韋沃的「象徵」與劉勰的「興」（五）韋沃與劉勰的「神話」等五項，進行精細的比較。

第一節　韋沃《文學理論》論意象、隱喻、象徵、神話

　　一般的詩歌理論認為，構成詩歌的主要因素是格律（meter）和隱喻（metaphor），這兩個因素在詩歌中彼此相互融合，若要為詩歌下定義，就一定要闡明兩者間的關係，才能把「詩歌」說得清楚。[1]而隱喻（metaphor）常常又與意象、象徵、神話，牽扯在一起，所以釐清這四者間的異同，對闡述詩歌至為重要。就語義來說，意象、隱喻、象徵、神話有相互重複的地方，其所指

1　René Wellek & Austin Warren, *Theory of Literature*, pp.186～185。譯文參見韋勒克、沃倫著，劉象愚、邢培明、陳聖生、李哲明譯，《文學理論》，頁210。

涉都屬同一類範疇，它們是兩種文學的表述方式，這兩種表述方式雖然不同，但它們都存在詩歌裏，這兩種方式分別為：

　　1. 描述（description）：這種的表述方式，強調感官的個別性（sensuous particularity），或者說是感官與審美的連續（aesthetic continuum），這種方式把詩歌與音樂、繪畫聯繫起來，而把它們與哲學、科學區分開來。

　　2. 比喻（figuration）：或稱為「轉義」（tropology），是「間接」的一種表述方式。這種表述方式在一首詩中，一般都用「換喻」（metonyms）和「隱喻」（metaphors）去比擬事物。

　　以下就依意象、隱喻、象徵、神話之次序闡述韋沃對這四個術語的論點。

一、意象（image）

（一）什麼是「意象」

　　「意象」是心理學名詞，也是文學術語。心理學所說的「意象」是過去知覺經驗在心中的重現與回憶，而文學的「意象」，也是知覺經驗的「遺存」與重現。韋沃引理查茲（I. A. Richards）在《文學批評原理》的話，認為意象在文學上的特徵，不在其生動性，而在它是「一個心理事件與感覺奇特結合」。所以意象所涉及的人類知覺極廣，有：心理的、審美的、視覺、味覺、嗅覺、聽覺、聯覺（synaesthetic）等等，所以它的「重現」不只是圖像式的——如：艾略特所強調的「如畫性」（Bildichkeit）——因為這些知覺所產生的意象，不只是感官的感覺而已，它既有「個別性」，也有「統合性」，它是聯合各種不同事物的複雜經驗之「重現」，如：寓言就是統合數種個別觀念，去說明事理的。以視覺意象來說，它既是一種感官知覺，也「代表」或「暗示」某種抽象事物，或是呈現、再現某一事物，[2]例如：「黑蝙蝠的夜，已經飛走」。這句詩譬喻夜就像黑蝙蝠一樣地飛走，「夜」是看不見、摸不著的，夜的消失自然也是看不見的，於是詩中用「黑蝙蝠」「飛走」來比喻，使看不見的「夜」變得具體可見。又如：「那橫亙在我們眼前的是無限、永恆的沙漠」，[3]雖然我們的眼前並沒有「真的」沙漠，但讀完這句詩，一片廣袤無垠的沙漠，立即浮現在我們讀者的腦中，髣髴沙漠真的在我們眼前一樣。可見「意象」可以用「描述」

2　René Wellek & Austin Warren, *Theory of Literature*, p.188。譯文參見韋勒克、沃倫著，劉象愚、邢培明、陳聖生、李哲明譯，《文學理論》，頁213。

3　René Wellek & Austin Warren, *Theory of Literature*, p.188。譯文參見韋勒克、沃倫著，劉象愚、邢培明、陳聖生、李哲明譯，《文學理論》，頁213。

（description）的方式存在，也可依存在「隱喻」（metaphor）的方法中，所以默里（J. M. Murry）認為，「意象」應當包括修辭學的「明喻」（simile）與「隱喻」（metaphor）。韋沃舉莎士比亞、愛倫坡（Poe）、艾美麗・白朗特（Emily Brontë）等人的作品為例，說明這些詩人作品中的背景，如：荒野、暴風雨、狂暴洶湧的大海以及陰溼的破敗城堡，都是一種隱喻或象徵。[4]

（二）研究「意象」的幾個路徑

1. 研究「意象」的範圍

這種研究方式，是收集詩人的隱喻，將之分為自然、藝術、工業、物理科學、人文科學、城市、鄉村等類，以此綜述和衡量詩人的興趣，如：盧哥夫（Rugoff）研究鄧恩（J. Donne）的意象，就是用這種方法。這種方式的分類，也可用隱喻的主題、事物來分類，如：女人、宗教、死亡等等。[5]

2. 研究意象的運用方式

這種方式就是「本意」（tenor）和比喻工具（vehicle）的研究，韋沃認為此種研究法，比從隱喻意象中，去探索詩人的興趣來得有意義。此法之精義，在於研究隱喻與心理相關物（psychic correlatives）間的對應情形，如：鄧恩〈神聖的十四行詩〉中，用天主教的狂喜、殉道、遺贈物之聖潔，去隱喻性愛。此詩中，性愛的世界與宗教的世界互換，讓人體認性愛就是一種宗教，宗教也是一種性愛。[6]

3. 研究意象乃是人心理之表現

這種方式認為詩人的心靈，可以通過意象而裸露出來；詩中的意象，就像人在夢中所見的場景，可以不受理智、羞恥心的節制。因此，詩中的意象可以呈現詩人的真正心態。韋沃對此表示懷疑，他們認為詩人對意象的經營，不會如此完全地不假思索，許多詩中的意象，是詩人精心營造而成的，不能強解成是詩人不經意地內心流露。[7]

4　René Wellek & Austin Warren, *Theory of Literature*, p.188。譯文參見韋勒克、沃倫著，劉象愚、邢培明、陳聖生、李哲明譯，《文學理論》，頁 213。

5　René Wellek & Austin Warren, *Theory of Literature*, p.207。譯文參見韋勒克、沃倫著，劉象愚、邢培明、陳聖生、李哲明譯，《文學理論》，頁 241。

6　René Wellek & Austin Warren, *Theory of Literature*, p.207。譯文參見韋勒克、沃倫著，劉象愚、邢培明、陳聖生、李哲明譯，《文學理論》，頁 241。

7　René Wellek & Austin Warren, *Theory of Literature*, p.207。譯文參見韋勒克、沃倫著，劉象愚、邢培明、陳聖生、李哲明譯，《文學理論》，頁 242。

4. 研究意象與詩人的經驗相符合

韋沃不認同這種論點，他們引述約翰遜（S. Johnson）博士的話說，有一個極喜愛湯默遜（J. Thomson）詩的女士，宣稱她已從湯氏詩的意象，歸結出湯默遜是一個偉大情人、游泳家與禁慾者。但他的好友沙威奇（R. Savage）則說：湯默遜根本不懂愛情，他只知道性愛，而且一輩子沒泡過冷水！何況，有些詩根本沒有意象；沒有意象並不代表詩人沒有性格與興趣。[8]因此，用意象去判斷詩人的性格、特質，是荒謬的。

5. 研究意象來自詩人的潛意識

韋沃認為這論點，與考查詩人作品是否具「真摯性」是一樣的，它們的用意都是要強調詩人的意象是真摯的。但韋沃指出，要確認詩的「真摯性」有其困難，舉例來說：有些人認為驚人的意象，得經詩人精心構思才行，而用心地去構築意象，就可能不「真」，唯有用簡單語言或陳舊的比喻才能表現「真摯性」。有人認為簡單的言語、陳舊的比喻，只會引起人們僵化而固定的反應，所以用粗略、不精確的言語去表達，就具備真摯性是不正確的。韋沃認為我們不應混淆，普通人與藝術家的差異，探討詩的「真摯性」，並沒有實質的意義。研究一首詩，不是研究詩中意象的感情狀態，或者說是詩人寫詩的感情狀態，應該研究的是詩人在詩中所傳達的語言結構。[9]

6. 理想的意象研究

韋沃認為研究意象的價值，不在於揭露作者內心的奧秘、興趣、真摯性或與其經驗是否符合的問題，而應研究作者的藝術表現手法，以及意象在整個作品的功能與意義。韋沃讚許奈特（W. Knight）與克列門（W. Clement）研究莎士比亞戲劇的意象，奈特研究莎士比亞每一部戲劇的意象象徵，並比較它們風格上的差異。[10]克萊門則把莎士比亞戲劇的意象，與抒情詩、史詩的意象相對照，強調意象在莎士比亞戲劇中的功能。此外，他也分析莎士比亞戲劇，使用意象的時機、場合，與意象在整部戲中所扮演的功能，他的結論是：莎士比亞的戲劇，慣用意象以進行隱喻性思維，在他的成熟劇作中，不是莎翁「這個

---

8 René Wellek & Austin Warren, *Theory of Literature*, p.208。譯文參見韋勒克、沃倫著，劉象愚、邢培明、陳聖生、李哲明譯，《文學理論》，頁 242～243。

9 René Wellek & Austin Warren, *Theory of Literature*, p.208。譯文參見韋勒克、沃倫著，劉象愚、邢培明、陳聖生、李哲明譯，《文學理論》，頁 243。

10 René Wellek & Austin Warren, *Theory of Literature*, p.209。譯文參見韋勒克、沃倫著，劉象愚、邢培明、陳聖生、李哲明譯，《文學理論》，頁 245～246。

人」在戲中思考，而是特洛伊羅斯在戲中通過腐敗的食物，進行隱喻式的思考。[11]總之，韋沃認為意象就像格律一樣，是詩歌整體結構的重要因素，它不只是修辭裝飾而已。[12]

二、修辭法與意象的類型

（一）對傳統修辭學的批評

韋沃指出傳統的修辭學視意象、隱喻、象徵、神話等修辭格為裝飾性的外物，只重視其外在的文飾作用，是作品之外的添加物，所以將它從作品中分離開來，忽略了它們在作品結構與意義的功能。以「變音類辭格」為例：腳韻和頭韻是語音的形式技巧，表面上是音韻的裝飾，但是頭韻和尾韻，同時也有連貫文意的功能。又如：十八世紀，把「雙關」的修辭法當做是「假機智」。十九世紀，則視「雙關」為「文字遊戲」。韋沃則不以為然，他們認為文學的意義與功能主要是從隱喻與神話中呈現，人類腦中的隱喻式與神話式思維，藉描寫、隱喻等詩歌敘述手段進行，因此，意象、隱喻、象徵、神話，既是形式也是內容，它們既有外在的圖象、世界，又有宗教觀、世界觀，它們不只是審美的手段而已，它們也呈現作品的世界觀——它們是作品意義與結構的重要部分。但是韋沃也提醒我們，不可將之無限上綱，從而認為一切意象都是人類潛意識的揭示，從半言隻字中求啟示、尋找作者的心理軌跡，這就未免過激了。[13]

（二）與意象有關的修辭類型

韋沃將與意象有關的修辭格加以歸類、整理，試圖建立意象的類型學，其歸整情形大略如下：

1. 變音形類辭格（scheme）：雙關

「雙關」有雙重含義：（1）具有文字的「同音異形異義」或「同音異義」的效果（2）可以形成有意的含混「曖昧性」（ambiguity）。[14]

---

11 René Wellek & Austin Warren, *Theory of Literature*, p.210～211。譯文參見韋勒克、沃倫著，劉象愚、邢培明、陳聖生、李哲明譯，《文學理論》，頁 246。

12 René Wellek & Austin Warren, *Theory of Literature*, p.211。譯文參見韋勒克、沃倫著，劉象愚、邢培明、陳聖生、李哲明譯，《文學理論》，頁 246。

13 René Wellek & Austin Warren, *Theory of Literature*, p.193。譯文參見韋勒克、沃倫著，劉象愚、邢培明、陳聖生、李哲明譯，《文學理論》，頁 219～220。

14 René Wellek & Austin Warren, *Theory of Literature*, p.193～194。譯文參見韋勒克、沃倫著，劉象愚、邢培明、陳聖生、李哲明譯，《文學理論》，頁 221～222。

2. 變義類辭格（或稱「轉義類辭格」）（trope）

（1）相近（figures of contiguity）

①「換喻」（或稱「轉喻」）（metonymy）：用與表現對象有密切關係的詞，去代替那個對象的修辭法，它是由與之有緊密關聯、關係的相近事物而引起聯想，可從數量或邏輯等分析兩者相關聯的過程：如因果關係（如 the press 指新聞工作）、容器物關係（如 the bottle 指含酒精的飲料）、附屬語（adjunct）與主語（subject）關係（如 deep 指海）等等。詩人謝利（J. Shirley）在他的詩中，就常用某種裝備來代表社會地位，如以皇冠、權杖代指王位。

②「提喻」（synecdoche）：以部分代全體、以小類代大類、以內容成分代形式或功用，如：skirt 代指女人。通常提喻被視為是一種特殊的換喻。

③換喻式的轉換形容詞（中文修辭格稱為「轉化」），例如：「聖斯伏依的死嫁妝」（Sansfoys dead dowry）、「昏昏欲睡的鈴」（drowsy tinkling）、「歡樂的鐘」（merry bells）等等，以「dead」形容嫁妝、以「drowsy」形容鈴聲、以「merry」形容鐘聲。

（2）類似（figures of similarity）

它把多元混雜的世界結合起來，加以比較而引起聯想，有如「包含各種世界的雞尾酒」[15]。它包括：①隱喻②象徵，以下都有專論。

三、隱喻

文學上的隱喻與語言普遍原則的隱喻（如：桌「腿」、山「腳」等）的不同，是從它要對讀者產生感情上的效果，具有審美性，使之「沉浸在一種新的氣氛中」而故意製造出來的。隱喻是一種想像力和行動的方式，它的目的就像從不同的角度，觀察所有類似物所反映的不同光線，而後將之聚焦在一個特殊的焦點上。因此，隱喻有四個構成因素：類比（anology）、雙重視野（double vision）、以感官意象表達難以理解或抽象的事理（that of the sensuous image, revelatory of the imperceptible）、泛靈觀的投射（animistic projection）。此四個因素隨時、空、民族性的不同而各有側重，如：新古典主義時期與巴洛克時期就有極大的不同，因而產生各異的風格特徵。

---

15 見 René Wellek & Austin Warren, *Theory of Literature*, p.195。譯文參見劉象愚、邢培明、陳聖生、李哲明譯，《文學理論》，頁 223。

（一）隱喻性意象（metaphoric imagery）

對隱喻性意象的研究，韋沃認為美國、德國各有斬獲：

1. 美國

（1）威爾斯（H. W. Wells）《詩歌意象》（1924）依想像活動的特點與程度，由低往高地（不含價值的評價）分為：裝飾性意象、潛沉意象、強合（浮夸）意象、基本意象、精緻意象、擴張意象、繁複意象。

①強合與裝飾性的意象

就美學而言，這兩種類型，都是把一個外在意象與另一個外在意象連繫起來，不是把外面的自然界與人的內在世界連在一起。因此，在裝飾性與強合性的意象隱喻中，有比喻關係的兩個事物，雙方是在分離、固定且互不滲透的狀態。

②繁複與精緻的意象

繁複與精緻的意象是比強合與裝飾性意象更精巧的形式。繁複的意象把兩個含義寬闊且富想像力的詞語，並置在一起。[16]例如：「我的愛人像一朵紅紅的玫瑰〔……〕/我的愛人像一支旋律／奏出甜蜜和諧的聲音」，美人、鮮紅的玫瑰和和諧優美的旋律，三者的共通處，是迷人的美；這種迷人的美，除了是視覺表象與聽覺表象的類似外，若更深入從性質去探究，則美人像玫瑰、像和諧優美的旋律，除了含有美人有玫瑰般的雙頰與甜美的聲音像旋律外，「我的愛人」所以像玫瑰與和諧的旋律，還意含三者有同等的價值。[17]

至於精緻的意象，維爾士認為它純然是一種視覺性意象，就如中世紀那些裝飾明麗的手稿、節日慶典的華美彩飾一樣。就詩歌而言，但丁（A. Dante）、斯賓塞（E. Spenser）的作品中，都有這種意象存在。[18]

③潛沉的、基本的和擴張的意象

潛沉的意象不是全然視覺性的，它潛伏在感官知覺下，沒有明確的投射與清楚的呈現。基本的意象是比喻的各方面，總在一個看不見的邏輯面會合，就像事情的最根本原因，總不是在表面上就看得到的一樣。擴張的意象是比喻雙

16　René Wellek & Austin Warren, *Theory of Literature*, p.200～201。譯文參見劉象愚、邢培明、陳聖生、李哲明譯，《文學理論》，頁 231。

17　René Wellek & Austin Warren, *Theory of Literature*, p.201。譯文參見劉象愚、邢培明、陳聖生、李哲明譯，《文學理論》，頁 231～232。

18　René Wellek & Austin Warren, *Theory of Literature*, p.201。譯文參見劉象愚、邢培明、陳聖生、李哲明譯，《文學理論》，頁 232。

方都給人豐富的想像空間，它們相互作用、彼此修飾、滲透，是詩歌中最高級的意象。這三種意象的共通點，是它們都有特殊的文學性（不單指繪畫性的形象 pictorial visualization）、內在性（internality）（即隱喻性的思維『metaphoric thinking』）與融合性（即比喻的兩方，會結合為一體，具有旺盛的繁殖能力）。舉例言之：潛沉的意象，是古典詩歌的意象；基本的意象是玄學派詩歌的意象——特別是鄧恩（Donne）詩歌的意象；擴張性的意象，主要有莎士比亞、培根（F. Bacon）和布朗（S. T. Browne）和柏克（E. Burke）等的詩歌意象。[19]

（2）朋斯（H. Pongs）

朋斯認為詩歌以前科學時期的方式思想，而詩人又有兒童與原始人之萬物有靈觀點，因此他分隱喻性意象為：

①擬人化的隱喻

藉著神話式的想像（mythic imagination），把人的人格、感情，投射在外在事物，使外在萬物具有如人般的靈性；或去除主觀意識與生命，使自己如萬物。前者的想像方式，拉斯金（Ruskin）稱為「感情的謬誤」（或譯為（感情誤置））（pathetic fallacy），它可擴及至上帝與其他種種事物，如：草木、石頭等等，也稱為「擬人法的想像」（anthropomorphic imagination）。[20]

②移除感情作用的隱喻（Einfüblung）

這裡所謂的「移情」是「移除感情」，不使感情牽涉其中的意思，而不是一般所說的「移轉感情」，將感情置於另一事物中。這種隱喻方式，「隔絕」了生物的生命，以無生物的混合或化合，去呈現或象徵某種事物、事理。[21]朋斯把移情作用的隱喻，分為「神秘的」隱喻與「巫術的」隱喻兩種：神秘的隱喻是把無機物看做是某一事物的表現與再現，這也是一種象徵。巫術的隱喻，是把自然世界「抽象化」，它把有機的自然界——包括人類——眨抑為線條式的幾何形相，而且往往全然漠視有機世界，而去追求一個純粹以線條、形式和顏色構成的世界……。[22]這種隱喻方式，不是賦予萬物靈性，它純粹只是一種客

---

19 René Wellek & Austin Warren, *Theory of Literature*, p.201。譯文參見劉象愚、邢培明、陳聖生、李哲明譯，《文學理論》，頁 232。

20 René Wellek & Austin Warren, *Theory of Literature*, p.204。譯文參見劉象愚、邢培明、陳聖生、李哲明譯，《文學理論》，頁 236～237。

21 René Wellek & Austin Warren, *Theory of Literature*, p.204。譯文參見劉象愚、邢培明、陳聖生、李哲明譯，《文學理論》，頁 236～237。

22 René Wellek & Austin Warren, *Theory of Literature*, p.204～205。譯文參見劉象愚、邢培明、陳聖生、李哲明譯，《文學理論》，頁 237。

觀性的想像。神秘的與巫術的隱喻，都是毀壞生命——它們和擬人化的隱喻恰恰相反，它們召來的世界，是一個沒有生命之不朽藝術與物理法則的世界。例如：布雷克（Blake）的〈老虎〉就是一個神祕的隱喻。在詩中，上帝就是一隻老虎，這隻老虎是高溫鑄成的金屬虎，這隻老虎，不是自然界的老虎，它既表現一個事物，也是一個象徵。

巫術的隱喻，可用葉慈（W. B. Yeats）〈航向拜占庭〉（Sailing to Byzantium）（1927）與〈拜占庭〉（Buzantium）（1930）兩詩來說明。在〈航向拜占庭〉詩中，葉慈將生物的生命世界，與〈拜占庭〉的藝術世界對立起來。從生物學來說，人類是一種「日趨死亡的動物」（dying animal），人類若要不朽，只能藉「永恆的藝術」才能達成。所以詩中的生物世界，他用「年輕人互相擁抱，〔……〕大海擠滿了鯖魚」比喻生命；但在拜占庭的藝術世界中，一切都是固定、僵硬與不自然的，它是一個黃金雕鏤的世界，黃金可以不朽。因此，〈拜占庭〉一詩，可視為葉慈對自己詩歌的註解，此詩由幾個非自然意象，緊密結合而成，整首詩如禮拜儀式與禱告，[23]是葉慈「詩歌就是巫術」的明證。總而言之，朋斯的隱喻意象，與現代的理性主義（rationalism）、自然主義（naturalism）與實證主義（positivism）是背道而馳的。[24]

2. 德國

沃林格（W. Worringer）：巫術式的隱喻是把自然世界抽象化，它把人等有機的生命世界，貶為一種線型的幾何形式，不隨生命流動、變化，只是一種固定和穩定的延伸，它追求的是純粹的線、純粹的形式、純粹的顏色——一個物理法則、不朽藝術的世界。[25]在巫術利用意象影響藝術方面頗有成果。他們認為巫師和魔術師製造意象，詩人則由此獲得靈感，心醉神癡地瘋狂使用：原始社會的詩人製造符咒，現代詩人則使用巫術意象（把文學意象用做巫術——象徵的意象），喬治（S. George）、狄更生（E. Dickinson）、葉慈都是擅用巫術隱喻的代表。

---

23 René Wellek & Austin Warren, *Theory of Literature*, p.206。譯文參見劉象愚、邢培明、陳聖生、李哲明譯，《文學理論》，頁 240。

24 René Wellek & Austin Warren, *Theory of Literature*, p.206。譯文參見劉象愚、邢培明、陳聖生、李哲明譯，《文學理論》，頁 240～241。

25 據韋沃的解釋，「巫術」是科學的前身，相信事物存在著能量，研究咒語、護符、魔棒、魔杖、圖像、古物等事物所具有的威力法則。參見 René Wellek & Austin Warren, *Theory of Literature*, pp.204～205。譯文參見韋勒克、沃倫著，劉象愚、邢培明、陳聖生、李哲明譯，《文學理論》，頁 237～238。

四、象徵

（一）什麼是「象徵」

1.「象徵」在文學上的意涵

「象徵」一詞，是許多學科上的術語——邏輯學、語義學、符號學、認識論、神學的禮拜儀式、數學、美學以及文學等等，它們共同的含義是：「以某一事物代表（standing for）或表示（representing）別的事物。」[26]在文學理論上，韋沃認為「象徵」較確切的含義應該是：

> 象徵乃是一事物，參考另一事物，但此事物本身有權利要求人去留意它，因為它本身是一種表現。[27]

也就是說，「象徵」是某一事物與另一事物相關連，而這「某一事物」本身雖然關連著「另一事物」，卻有權利要求人們注意它，因為它是「呈現」的本身，理當被重視。所以「象徵」是文學的一種表達方式，它是一半透明的符號，用以「呈現」某一事物，這符號蘊藏有很豐富的意義，給讀者很大的想像與詮釋空間。

2.「象徵」與意象、隱喻的區別

如何分別以「意象」為基礎的「隱喻」與「象徵」呢？韋沃說：

> 一個「意象」可以被〔喚起〕一次而成一個隱喻，但如果它作為呈現和再呈現，不斷重複，那就變成了一個象徵，甚至是一個象徵（或神話）系統的一部分。[28]

如：雪萊詩中，有許多意象，剛開始時其象徵的含義並不明確，但在他刻意的運用下，這些意象最後成為一種象徵，如：洞穴、塔等等。韋沃引用葉慈（Yeats）對雪萊的評語，他認為雪萊是隨著時間的遞嬗，刻意地使用具有象徵意味的意象，這就說明「象徵」具有「持續」與「重複」的特質。[29]又如：詹姆斯（Henry James）早期小說所刻劃的人物與一些以視覺方式出現的意象，在他後期的小說中，也已變成一種隱喻或象徵了，這就是說，意象如果持續不斷

---

26 René Wellek & Austin Warren, *Theory of Literature*, p.188。譯文參見韋勒克、沃倫著，劉象愚、邢培明、陳聖生、李哲明譯，《文學理論》，頁214。

27 René Wellek & Austin Warren, *Theory of Literature*, pp.188～189。譯文參見韋勒克、沃倫著，劉象愚、邢培明、陳聖生、李哲明譯，《文學理論》，頁214。

28 René Wellek & Austin Warren, *Theory of Literature*, p.189。譯文參見韋勒克、沃倫著，劉象愚、邢培明、陳聖生、李哲明譯，《文學理論》，頁214～215。

29 René Wellek & Austin Warren, *Theory of Literature*, p.189。譯文參見韋勒克、沃倫著，劉象愚、邢培明、陳聖生、李哲明譯，《文學理論》，頁214～215。

地重複出現，就變成象徵，這是象徵與意象、隱喻的區別。[30]

（二）「象徵」的分類

1. 個人的象徵

意指一個象徵體系，而一個仔細的研究者是可以解析一個「個人的象徵體系」的，它就像一個密碼譯者可以解釋一則外國的祕密消息一樣，許多個人的象徵體系都有大部分與象徵的傳統相合的地方，雖然並不是與那最普遍、流行的傳統象徵重疊，布萊克（W. Blake）與葉慈的詩即是如此。[31]

2. 傳統的象徵

這是一種「約定俗成」的象徵，這種象徵與「個人的象徵」的力求新奇、驚人用意相矛盾，含有陳腐、老舊之意。很多起初個人具創意的象徵，久之，就會成為傳統象徵，當它在融入傳統象徵時，是逐步滲入的，否則就無新意可言。[32]

3.「自然」的象徵

這種象徵的含義較難以掌握，韋沃舉佛羅斯特（R. Frost）為例：其詩善用自然的象徵，充滿了多義性，富含想像空間，提供美學的冥思，例如：〈林畔駐馬〉（*Stopping by Woods*）一詩中，「我睡前還要趕許多哩路」（「miles to go before I sleep」）一句，字面上是羈旅人的寫實，若從象徵去看，則「睡」含有「死」的意思。但是韋沃提醒讀者：在解讀這些詩的象徵意義時，要保持彈性，不要僵化地把它們固定在某種意義上，否則就會傷害詩豐富意涵的本質——詩應該保持在一種「清晰的模糊」中。[33]

五、神話（myth）

「神話」在亞里斯多德的《詩學》（*Poetics*）就出現了，用來意指情節、敘述性結構、寓言故事（fable），其反義詞是「道」（logos）。

---

30 René Wellek & Austin Warren, *Theory of Literature*, p.189。譯文參見韋勒克、沃倫著，劉象愚、邢培明、陳聖生、李哲明譯，《文學理論》，頁214～215。

31 René Wellek & Austin Warren, *Theory of Literature*, pp.189～190。譯文參見韋勒克、沃倫著，劉象愚、邢培明、陳聖生、李哲明譯，《文學理論》，頁214～215。

32 René Wellek & Austin Warren, *Theory of Literature*, pp.189～190。譯文參見韋勒克、沃倫著，劉象愚、邢培明、陳聖生、李哲明譯，《文學理論》，頁214～215。

33 René Wellek & Austin Warren, *Theory of Literature*, p.190。譯文參見韋勒克、沃倫著，劉象愚、邢培明、陳聖生、李哲明譯，《文學理論》，頁216。

　　「神話」是一種敘述的故事，是直覺的、非理性的，所以跟系統性的、哲學的與辯證性的對話相反，就像艾斯奇勒斯（Aeschylus）的悲劇與蘇格拉底（Socrates）的辯證法相反一樣。「神話」涉及的範圍很廣，有：宗教、民謠、人類學，社會學，心理分析和美術等各個領域。啟蒙時期的「神話」常被輕蔑，它與科學相對，是「虛構的」、「不真實的」。但是自從維科（Vico）的《新科學》問世後，「神話」就逐漸取得它應有的地位。「神話」像詩一般，也被視為是一種真理——或者說是一種相當於真理的東西。它與歷史或科學的真理不同，可以看做是對它們的補充。[34]

　　從歷史上看來，「神話」起源於宗教儀式所表演的故事，內容是講述世界的起源與人類的命運。若純就文學理論來看，「神話」中的母題（motif）——社會的或超自然的意象、敘述原型或宇宙的故事、人類永恆理念的某一事件——一再地「重現」，它具有綱領性、神祕性或末世情調的意味。[35]研究神話的學者，可以在任何一個母題上專力研究，這些母題會永恆、不斷地、象徵性地再現。

　　對英國的丹尼斯（J. Dennis）、梅琴（A. Machen）而言，神話是詩與宗教的公分母（common denominator），但也有例外，如：安諾德（M. Arnold）和早期的李查茲（I. A. Richards），他們認為詩將逐漸取代宗教。韋沃認為詩不可能取代宗教，因為宗教滅亡，詩也不能久存，[36]因為文學作品的意義和功能，主要靠隱喻和神話來呈現，而人類腦海中的隱喻與神話式思維，也要借助隱喻、詩歌敘述，與描寫的手段才可以進行。

第二節　劉勰《文心雕龍》論意象、比喻、象徵、神話

一、意象

（一）劉勰的「意象」

《文心雕龍》出現「意象」一詞，僅有一處，就在〈神思〉：

---

34 René Wellek & Austin Warren, *Theory of Literature*, pp.190～191。譯文參見韋勒克、沃倫著，劉象愚、邢培明、陳聖生、李哲明譯，《文學理論》，頁 216～217。

35 René Wellek & Austin Warren, *Theory of Literature*, p.191。譯文參見韋勒克、沃倫著，劉象愚、邢培明、陳聖生、李哲明譯，《文學理論》，頁 217～218。

36 René Wellek & Austin Warren, *Theory of Literature*, pp.192～193。譯文參見韋勒克、沃倫著，劉象愚、邢培明、陳聖生、李哲明譯，《文學理論》，頁 219。

　　　　獨照之匠，窺**意象**而運斤：此蓋馭文之首術，謀篇之大端。

這是說，駕馭文思的首要方法、安排篇章的重要開端，要像有獨到見解的工匠，憑著心意中想像的形象進行創作。劉勰在這裡所說的「意象」究竟是指什麼？郭晉稀認為此詞出自王弼《易略例‧明象》篇，而其意思為「意圖」。[37]周振甫則釋為「想像中的形象」。[38]王更生解為「意想中的形象」。[39]上引三家之注釋，郭注顯然只詮釋了「意」而遺漏了「象」，而周、王之注解則相當接近。然真正要理解「意象」的真義，尚須留意〈神思〉篇的另一段話：

　　　　是以意授於思，言授於意，密則無際，疏則千里。

此句說「意」來自「思」，「言」來自「意」，所以「意」是「言」的表述關鍵。但沒有「思」則無法成「意」，所以「思」是「意」的先行結構。其次序是：

　　　　思　→　意　→　言

人心之「思」受外物而感動，內心之「思」與外境之「物」相接，始能產生「意」來。很顯然地，「意」就是構思過程，「心思」與物象相接而產生的，「意」若具體成「象」則是「意象」，杜甫〈丹青引贈曹將軍霸〉有兩句詩：「詔謂將軍拂絹素，意象慘淡經營中」，而「意象慘淡經營中」之「意象」正是劉勰「獨照之匠，窺意象而運斤」的具體寫照。[40]劉勰的「意象」既包含心「思」與外「物」兩種主、客觀因素，則「思」與「物」之內涵，須申論清楚，才能理解劉勰「意象」的真正含義。正如〈情采〉篇所云：「志思蓄憤，吟詠情性」，將心中蓄積的情志，發憤吟詠出來，劉勰的「思」離不開「情」與「志」：

　　　　人稟七情，應物斯感，感物吟志，莫非自然。（〈明詩〉篇）

人具有喜、怒、哀、懼、愛、惡、欲七種感情，受外物的刺激而感發，這是很自然的事，這裡一樣是「情」、「志」並舉，可見「思」是以「情」、「志」為根本的內容。

二、比

（一）什麼是比

　　劉勰在〈比興〉篇對「比」的解釋條引如下：

　　　　「故比者，附也。」

---

37 郭晉稀，《文心雕龍譯註十八篇》（香港：中流出版社，1982 年），頁 67。

38 周振甫，《文心雕龍譯注釋》（台北：里仁出版社，1994 年），頁 532。

39 王更生，《文心雕龍讀本》（台北：文史哲出版社，1986 年），頁 7。

40 黃霖，《文心雕龍彙評》（上海：上海古籍出版社，2005 年），頁 94。

「且何謂為比?蓋寫物以附意,颺言以切事者也。」

「比則蓄憤以斥言。」

「附理故比例以生。」

「附理者,切類以指事。」

劉勰認為「比」就是比附、依附的意思,也就是取近似之事物以相比附,或誇大切取事物之類似點以說明事實。事理抽象難明,以故產生一種方法,就是將事理依附在某一事物上加以「比例」說解,這就叫「依附事理」。「依附事理」的原則就是其同類的性質要極切合。可見劉勰的「比」就是譬喻,選用某種事物來打比方。除上面的解釋外,劉勰又說「比」是作者胸中有無限悲憤到了不能遏止時,才借詩歌傾吐激切的言論,指斥統治者的不當。這句話很容易讓人誤解「比」的用法,只限於「諷刺」統治者。事實上,劉勰的「比」還有開斥、開而見之的意義,因此它也用來說明事理,而不只限於怨、刺的功用。

(二)「比」的效用

圖狀山川,影寫雲物,莫不織綜比義,**以敷其華,驚聽回視**,資此效績。〔……〕故比類雖繁,以切至為貴,若刻鵠類鶩,則無所取焉。

〔……〕物雖胡越,合則肝膽。擬容取心,斷辭必敢。

「比」在文學修辭上的功用,是它能鋪陳文辭,使文采優美,使人聞之驚豔,忍不住回顧再三。比喻用得好,確實能達到這種效果,這是因為喻體和喻依非常貼合,這是比喻最難能可貴的地方。可是如果喻體和喻依不能非常地貼合,比喻不當,那就會像雕不成天鵝,卻雕成野鴨,也就是弄巧成拙、適得其反,那就不完全不對了。比喻一定要做到原來是如胡越般遙遠的兩個事物,被比在一起,卻能如肝膽般地親近。

(三)比的分類

劉勰對「比」的歸類有兩種:

1. 依喻體分

故金錫以喻明德,珪璋以譬秀民,螟蛉以類教誨,蜩螗以寫號呼,浣衣以擬心憂,席卷以方志固,凡斯切象,皆比義也。至如麻衣如雪,兩驂如舞,若斯之類,皆比類者也。(〈比興〉篇)

劉勰在這裡依喻體的具體或抽象,分「比」為「比義」與「比類」兩種:

(1)比義:以具體的喻依比抽象的喻體——抽象的事理,如:用金、錫

比喻美好的品德；用螟蠃育養螟蛉比聖王之教誨萬民；用蟬躁聲比呼號；用不像席子可以捆捲比心志的堅牢不可動搖。

（2）比類：以具體的喻依比具體的喻體——具體的事物，如：以白雪比喻麻衣，以舞蹈比喻兩驂，顏色與律動都是具體可視的：白麻布衣與雪都是白色，左右駕車的驂馬跑起來的節奏，看起來就像舞蹈的韻律一樣。

不管「比義」或「比類」，它們都是利用比喻事物中之共同特性，作為「比」之基礎。

2. 依喻依分

> 夫比之為義，取類不常：或喻於聲，或方於貌，或擬於心，或譬於事。宋玉高唐云：纖條悲鳴，聲似竽籟。此比聲之類也；枚乘菟園云：「焱焱紛紛，若塵埃之間白雲。此則比貌之類也；賈生鵩賦云：禍之與福，何異糾纏。此以物比理者也；王襃洞簫云：優柔溫潤，如慈父之畜子也。此以聲比心者也；馬融長笛云：繁縟絡繹，范蔡之說也。此以響比辯者也；張衡南都云：「起鄭舞，繭曳緒。」此以容比物者也。（〈比興〉篇）

劉勰在此所舉六類，都是從喻依的不同去看的。比喻的作用在於以物釋物，或以物釋理，只要能達到這個目的都可以做比，故喻依的取材範圍並不需限定。劉勰在此舉了六個例子，可用以說明比喻的「取類不常」，其取材範圍是非常廣的泛：

（1）以聲比聲：宋玉《高唐賦》中用笙簫的吹奏聲，來說明細枝所發出的悲鳴聲。

（2）以貌比貌：枚乘《菟園賦》把眾鳥高飛時的快速狀態，比擬為飛揚的塵埃，錯雜在白雲裏。

（3）以物狀比道理：賈誼《鵩賦》裏用繩索兩股糾纏合編在一起的情況，譬喻禍福與共的道理。

（4）以心思比聲音：王襃《洞簫賦》中把簫聲之優柔溫潤，比擬如慈父撫畜幼子。

（5）以場面比聲響：馬融《長笛賦》把笛聲譬喻成范雎、蔡澤兩位辯士的高談闊論。

（6）以物況比容態：張衡《南都賦》把鄭國舞蹈蹁躚的舞步，比擬為繭蠶吐絲般的層層相裏覆。

這些例子從人的聽覺、視覺、心理到各類的事態、場面，都是喻依的材料，可以看出譬喻取材的多元。它可以同類相比，如：以聲比聲、以貌比貌；也可以異類相比，如：以物狀比道理、以心思比聲音、以場面比聲響、以物況比容態，不外是取具體的物象比喻抽象的義理或難曉的事物，使抽象的事理、難懂的事物得以明曉易解。所以對劉勰而言，比喻的重點只有譬喻兩方所比的性質切不切合的問題，材料可不可用全繫於此。

三、興

（一）什麼是「興」

劉勰對「興」的概念，見於〈比興〉篇：

> 「詩文弘奧，包韞六義，毛公述傳，獨標興體，豈不以風通而賦同，
> 比顯而興隱哉？」
>
> 「興者，起也。〔……〕起情者，依微以擬議。起情故興體以立。」
>
> 「興則環譬以託諷。」

「興」是引起、激發情思的，藉外在景物引出內心的情思。但是「興」又是隱微地比擬、託議，是一種諷諭，它「環譬以託諷」，是繞彎子地間接做比喻。同樣是打比方，但是「比顯而興隱」，比喻是直接打比方，所以意思明白顯豁，而「興」則是間接的，所以意思隱微難明。在本質上，劉勰同意「興」有比喻的性質，但是在表現的手法上，它「隱」、「微」、「環譬以託諷」，是一種「託喻」，與「比」又有明顯的不同，故「毛公述傳，獨標興體」，把詩中託諷之意獨標出來，講明清楚：

> 觀夫興之託喻，婉而成章，稱名也小，取類也大。關雎有別，故后
> 妃方德；尸鳩貞一，故夫人象義。義取其貞，無疑於夷禽；德貴其
> 別，不嫌於鷙鳥：明而未融，故發注而後見也。（〈比興〉篇）

它所指稱的事物雖然很微小，如：關雎、鳲鳩之類，但是取以為徵象的義涵卻可以很偉大，如：關雎取沙洲雎鳩和鳴，雌雄有別，以象后妃幽閒貞專之美德，堪與君子相匹配。鳲鳩取鳲居鵲巢，均養其子，比擬夫人堅貞專一之高義。[41] 雎鳩、鳲鳩，雖為卑微的猛鷙、夷禽，但其堅貞專一與高貴的德行，足

---

41 「關雎」見《詩經·周南·關雎》：「關關雎鳩，在河之洲；窈窕淑女，君子好逑。」
鳲鳩見《詩經·召南·鵲巢》：「維鵲有巢，維鳩居之；之子于歸，百兩御之。」參
見王靜芝，《詩經通釋》（台北：輔仁大學文學院出版，1968 年），頁 36、56。

取以為徵象，這就是「稱名也小，取類也大」之意。毛公恐世人以其為猛鷙、夷禽，與后妃、夫人不相「融」合而起疑，故特意標明。

劉勰的「興」，是一種寄託諷諭，採回環、婉曲、迂迴的手法，使含意幽深沉遠，它稱述的事物可能非常卑微，但其所蘊含的事理卻要求深遠有味。「興」之運用，不因稱名的事物卑微，而妨礙起情之作用，這正是「婉而成章，稱名也小，取類也大」之意。

四、比、興的異同

比、興同為藝術的表現技巧，它們都是間接的表達方式，故不論它們是以物擬物或以物興情，都要通過物象來表現情思，既然如此，那麼此二種技巧又有何異同呢？

（一）比、興之同

劉勰在〈比興〉篇的贊說：

> 詩人比興，觸物圓覽。物雖胡越，合則肝膽。擬容取心，斷辭必敢。
> 攢雜詠歌，如川之渙。

「詩人比興，觸物圓覽」，就是說不管用「比」或用「興」，觀照事物都要全面觀察，明鑑事物之相似處，才能使兩種看起來不一樣的東西，如：「肝」、「膽」，可以比類在一起。比、興皆是通過物象為媒介，運用事物之形容樣貌呈現事物的樣貌、說明事理，所以它們都是「擬容取心」，它們都是間接的表現手法，此手法與賦之的直接敘述大相逕庭。

（二）比、興之異

劉勰對比、興之區分，有兩點不同：

1. 比顯而興隱

「比」係有意的比附，講究用適切之物象，指陳事物的意義。在這點上，不論「比」採何種形式（如：明喻、暗喻、隱喻、借喻），它都有固定的指涉意義，所以「比」重在顯豁、鮮明。至於「興」則重含蓄蘊藉，目的在「起情」，激起情思，引發讀者聯想，所以沒有固定的指涉含義，因為含蓄，語意就曖昧不明，所以「興」的含意隱微難明。劉勰說「興」，雖然說它隱微，但並沒有說它「多義」，這是要辨明清楚的，否則他就不會贊同毛亨的「獨標興體」了。

2. 比直而興婉

「比」的作用，在於說明事物或闡明事物之理，語言的表達力求清楚，故其意不勞深求。但「興」忌諱直露，講究委婉含蓄，故而「環譬以託諷」，其事義必須細細琢磨方能有得，故「比」直而「興」婉。

五、神話

《文心雕龍》論及神話的地方集中於兩篇，一篇是〈正緯〉，另一篇則是〈辨騷〉。藉這兩篇有關神話的論述，可以了解劉勰對神話的一些觀點：

> 若乃羲農軒皞之源，山瀆鍾律之要，白魚赤烏之符，黃金紫玉之瑞，事豐奇偉，辭富膏腴，無益經典而有助文章。是以後來辭人，採摭英華。（〈正緯〉篇）

伏羲、神農、軒轅、少皞的神話傳說，或者山水地理、鐘鼓律呂的要義，武王渡河時，白魚躍入舟中，大火變為赤烏的圖像，以及《禮緯》記載的黃金、紫玉的吉兆，劉勰認為這些故事的內容奇詭宏偉，文辭格外華麗，雖然對聖訓經典沒有多大的幫助，但對文章卻有助益。

因為這些傳說故事奇詭，辭藻豐富，許多作家都向它們取經。可見，劉勰是從文學的角度看待神話的，他認為神話對文學有兩種助益：

（一）「事豐奇偉」

神話大多由許多故事混雜而成：神祇的故事、超自然的事跡，許多超脫現實的幻想情節，光怪陸離，賦予文學極大的想像空間，也提供文學很豐富的材料，甚至給創作者很大的啟示。〈辨騷〉篇說：

> 至於託雲龍，說迂怪，豐隆求宓妃，鴆鳥媒娀女，詭異之辭也；康回傾地，夷羿彈日，木夫九首，土伯三目，譎怪之談也。

〈離騷〉要雲神豐隆去拜訪宓妃，託鴆鳥向娀女求婚，假託龍和雲說些怪誕的話，這些都是怪異的。〈天問〉中說：共工氏撞倒天柱使大地傾倒，后羿射下九顆太陽；〈招魂〉裡描述拔樹的巨人有九個頭，土地神有三隻眼睛，這些都是令人匪夷所思的事，不可否認地都是極精彩的想像，所以對文學有極高的價值。

（二）「辭富膏腴」

神話的情節豐富、複雜，在語言的表達上，極重技巧、詞彙與比喻的運

用，如此，它們極富吸引力而被傳誦下來，因此就文字、句法、與技巧的審美性而言，它們對文學有很高的價值。

第三節　意象、隱喻、象徵、神話之比較

一、文學的兩種表達方式

本章第一節談過，意象、隱喻、象徵、神話四者所指涉的是屬同一類範圍，有相互重複的地方，這重複處就是「意象」，因為它們都是意象的呈現或再現，而且又分別是文學的兩種表達方式。韋沃認為依意象、隱喻、象徵、神話這順序，正好就是文學這兩種表達方式匯聚一處的證明，而這兩種表達方式正是詩歌之所以為詩歌、文學之所以異於科學、哲學、歷史等實證科學的根本不同所在。

韋沃說的兩種文學的表達方式，一個是直接訴諸感官的描述（description）方式，與音樂、繪畫有同質性；另一個則是「間接」表述的比喻（figuration），或「轉義」（tropology）方式。意象屬第一種的表達方式，隱喻、象徵、神話則是第二種的表達方式。

文學就是用這兩種方式去表達，因為人類頭腦的運思方式，就有隱喻式和神話式的思維方式，所以它們都不是文飾內容的外在裝飾物，它們本身就是文學組織結構的一部分，我們無法把這兩種表達方式從作品中抽離開來，它們就是作品的一部分，沒有它們，作品也不存在，韋沃甚至認為「文學的意義與功能主要呈現在隱喻和神話中」。過去的文學理論把意象、隱喻、象徵、神話，只視為作品的審美手段是不正確的，它們揭示了人類腦中潛意識的思維活動，呈現作品的世界觀。[42]

中國早在秦、漢時代，就已有與韋沃同樣的見解，它出現在《毛詩·大序》的「詩六義」說。劉勰《文心雕龍》不只一次提及大序的六義：

> 詩有六義，其二曰賦。賦者，鋪也，鋪采摛文，體物寫志也。（〈詮賦〉篇）

> 詩文弘奧，包韞六義，毛公述傳，獨標興體。（〈比興〉篇）

可見劉勰對六義之說是認同的，其賦、比、興就是循大序說法而來，《毛詩·

---

42 René Wellek & Austin Warren, *Theory of Literature*, p.193。譯文參見韋勒克、沃倫著，劉象愚、邢培明、陳聖生、李哲明譯，《文學理論》，頁 219～220。

大序》云：

> 故詩有六義焉：一曰風，二曰賦，三曰比，四曰興，五曰雅，六曰
> 頌。

「詩有六義」就是說詩歌有六種意義和功能，其中風、雅、頌是說詩歌對諸侯之國或天下的功能，立論的觀點都是從政治的角度出發：

> 風，風也，教也。風以動之，教以化之。〔……〕上以風化下；下以
> 風刺上。主文而譎諫，言之者無罪，聞之者足以戒，故曰風。〔……〕
> 是以一國之事，繫一人之本，謂之風。言天下之事，形四方之風，
> 謂之雅。雅者，正也。言王政之所由廢興也。政有小大，故有小雅
> 焉，有大雅焉。頌者，美盛德之形容，以其成功，告於神明者也。

可見詩大序對這三者的重視，有特地說明的意味——尤其是「風」，更特意強調它有美刺與諷諫的社會功能。風、雅、頌之外的賦、比、興，就是詩歌的表達方式，賦是直接的描述，比、興則是間接的譬喻與象徵。大序沒有多做解釋，歷來對其為詩歌的表達方式之說法爭議不大，只有對「興」的解釋有些歧異。與劉勰時代相近的鍾嶸，在其《詩品·序》中說：

> 故詩有三義焉：一曰興，二曰比，三曰賦。文已盡而意有餘，興也；
> 因物喻志，比也；直書其事，寓言寫物，賦也。

「直」接以言語「書」「寫」事、物者為「賦」，用事物比喻情志者是「比」，文字之外另有「餘」「意」者是「興」，鍾嶸對詩的賦、比、興三義，很明顯的就是韋沃所說的兩種表達方式：「賦」就是直接訴諸感官的描述（description）方式；「比」、「興」則是另一種「間接」表述的比喻（figuration），或「轉義」（tropology）方式。劉勰的「比」、「興」也是韋沃「間接」表述的比喻方式，容稍後論述，其解「賦」曰：

> 詩有六義，其二曰賦。賦者，鋪也，鋪采摛文，體物寫志也。（〈詮
> 賦〉篇）

劉勰順著大序的「六義」之說，以鋪設文采、體現事物、描述情志解釋「賦」，體現事物（「體物」）、描述情志（「寫志」）也就是韋沃的第一種表達方式，而且還特別強調「鋪采摛文」，可見他在描述情志、體現事物的同時，也非常在意鋪敘的生動性，故而特別加入「鋪采摛文」，務必使「寫物圖貌，蔚似雕畫」，優美生動。[43]然要把握「寫物圖貌，蔚似雕畫」的生動、鮮活，則必須調動詩

---

43 《文心雕龍·詮賦》之贊言。

人敏銳的感覺器官來體會外在事物，並精準地運用意象才能辦得到。此一種表達方式與韋沃第一種直接表達方式是可以會通的。

依照韋沃的說法，與文學作品的意義和功能有關的，就是作品結構（structure）的一部分。因此，《毛詩・大序》稱之為「詩六義」，把這詩歌結構的六元素——但不是六項要全備，各視其表述方式與功能而定——等量齊觀。因為不管是功能或表達方式，它們都是構成詩歌的必要條件，從「一曰風，二曰賦，三曰比，四曰興，五曰雅，六曰頌」的順序來看，也看不出作者對這六義，有文體與作法、形式與內容之分野。由此觀之，劉勰、《毛詩・大序》作者的看法，與韋沃相當接近，因為中國傳統詩人借著詩六義，來表達個人的情志、無論其感受是單純呈現己身的遭遇，或表達對國破家亡的哀傷，其所呈顯出來的詩歌意義與世界都與韋沃所稱的意義、結構不相遠，但是否完全相同，可再做進一步探討，未可遽下定論。

總之，在文學的表達方式上，無獨有偶地，中、西得到一樣的結論：直接的描述與間接的比喻，這方面的會通令人雀躍，這說明人類對文學之所以是文學的探討，中、西的看法有融通的可能，或可謂殊途而同歸。

二、韋沃與劉勰「意象」概念之比較

意象是隱喻、象徵或神話的根本，韋沃依意象、隱喻、象徵、神話的順序排列，用意就在揭示它們的相互關連性。本章第一節，已指出韋沃對意象的概念極為寬廣，他們集西方「意象」理論之大成，認為人們對「意象」的認識，從起先偏重意象是（感官的）感覺性，如：視覺、聽覺、味覺、嗅覺、聯覺，甚至還有熱、壓力、顏色、肌肉等感覺的意象，有分為靜態與動態、自由與限定等諸種意象，不一而足。艾略特特別強調意象的「如畫性」（Bildichkeit），過分重視「視覺的想像」，韋沃認為是有偏頗的。這些（感官的）感覺性意象被要求描述得越生動越好。

其後理查茲推翻這種說法，首度把心理因素引入意象中，否定意象只是生動的感覺性描述，意象的特徵應該是「一個心理事件與感覺奇特的結合」，意象的功用在於「心中」那份感覺的「遺存」與「重現」，所以，心理也扮演重要的角色。至於龐德則認為「意象不是一種圖畫式的重現，而是一種在瞬間呈現的理智與感情的複雜經驗，是一種『各種不同觀念的聯合』」的說法。不管是感覺及心理的結合，抑或是理智與感情瞬間的聯合，都說明人心對意象有主

宰的作用。各種不同的「個別」外在事物在心中「聯合」了起來，它絕對受心理的影響而做了些調整或整合。整合的原則是「比較」、「類比」，而這「比較」、「類比」的對象可能是一種抽象的東西，如：孤單、寂寞、憂愁、永恆……等等。所以，意象不管是以直接的描述或是間接的譬喻方式去呈現，它絕對不是單純之原事物分毫不爽的重現，它常是代表或暗示了什麼。

　　劉勰看待「意象」，如第二節所述，也有心理的成分在內。他認為心思與外在事物相接觸，外在事「物」提供了物「象」、物「理」，兩者與心中之「思」相合，則「意象」生焉。由此，推知劉勰之「意象」，絕非只是單純物象的感知與映象，它有「物象」的「窮形盡相」，也有是「物象」背後所隱藏的抽象原理的體悟。但是不管是「物象」的外表形貌，或是裡層的抽象理則，它們都需與心中「意」──感性的「情」或知性的「志」──相對應，否則「意象」就無由鮮明地以「象」表「意」，而成為創作的基礎。〈物色〉篇有一段話將「思」、「意」、「言」的產生過程講得很明白：

> 是以詩人感物，聯類不窮。流連萬象之際，沈吟視聽之區；寫氣圖貌，既隨物以宛轉；屬采附聲，亦與心而徘徊。故灼灼狀桃花之鮮，依依盡楊柳之貌，杲杲為出日之容，漉漉擬雨雪之狀，喈喈逐黃鳥之聲，喓喓學草蟲之韻；皎日嘒星，一言窮理，參差沃若，兩字窮形：並以少總多，情貌無遺矣。

詩人受外物感動，他就可以不斷地循此物類產生聯想，他順此事物之變化而圖形寫貌，隨心思之起伏而屬采附聲，這都在說：

　　　　思＋物　→　意　→　言

由「思」到「言」說明創作的二道程序：

　　第 1 道程序：詩人透過感官瀏灠千象萬景，在腦中運用聯想營造「意象」。

　　第 2 道程序：「意象」鮮明後，詩人在心中琢磨如何準確地運用語言將「意象」表達出來。「灼灼」、「依依」、「杲杲」、「漉漉」、「皎」、「嘒」、「參差」、「沃若」，就是運用語言「寫氣圖貌」「隨物以宛轉」。它或單用一字去窮究情理，或用兩字，摹形寫狀，這都是詩人描摹神態，圖寫形貌的方法。而「喈喈」、「喓喓」，就是運用辭藻「屬采附聲」「與心而徘徊」，也就是用文字比擬事物的聲音。不管是視覺的「寫氣圖貌」，或是聽覺的「屬采附聲」，詩人在感物寫志之時，所吟詠的都是耳聞目見的聲色。他用很少的筆墨，去總括繁多的形象，務期能將心意和盤托出。劉勰論意象不只限於視覺的「如畫性」而已，而

是要「視之則錦繪，聽之則絲簧，味之則甘腴，佩之則芬芳」，可見感官上的意象要有多方面的具象，才能使作品之意義與情味，湧躍出來。〈物色〉篇的這段話，可視為劉勰的「意象」論；〈神思〉篇的論述，與它如出一轍：

> 文之思也，其神遠矣。故寂然凝慮，思接千載，悄焉動容，視通萬里；吟詠之間，吐納珠玉之聲，眉睫之前，卷舒風雲之色：其思理之致乎？故思理為妙，神與物遊，神居胸臆，而志氣統其關鍵；物沿耳目，而辭令管其樞機。樞機方通，則物無隱貌。

「思」的極致是在詩人「神與物遊」之時，他凝神思慮，而能「思接千載」「視通萬里」，這就是〈物色〉篇所說的「流連萬象之際」。這時「神居胸臆，而志氣統其關鍵」；「物沿耳目，而辭令管其樞機」就是「寫氣圖貌，既隨物以宛轉；屬采附聲，亦與心而徘徊」，也就是〈物色〉篇所說的「沈吟視聽之區」；「物無隱貌」就是〈物色〉篇說的「情貌無遺」。這些都是說「思」如何成「意」，「意」又如何用語言文字準確地表達「意象」，這就是劉勰對「意象」的闡述，它與〈物色〉是相互呼應的。簡單地說，劉勰是從創作的角度談意象的成形。「意象」是劉勰創作論的關鍵，它是由主觀的「思」與客觀的「物」交接之後，在心中所產生的鮮明形象，再用文辭毫無隱諱地表達出來，因此極強調寫實的生動性，如：

> 擬諸形容，則言務纖密〔……〕寫物圖貌，蔚似雕畫。（〈詮賦〉篇）
>
> 體物為妙，功在密附。（〈物色〉篇）
>
> 論山水，則循聲而得貌；言節候，披文而見時。（〈辨騷〉篇）
>
> 驅辭逐貌，唯取昭晰之能。（〈明詩〉篇）

這些無一不在說明詩人憑感官的感覺對外物的曲寫毫芥，這很容易使我們以為劉勰的「意象」只是對物象的感官描繪，實則劉勰的「意象」包羅甚廣，〈比興〉篇說：

> 夫比之為義，取類不常：或喻於聲，或方於貌，或擬於心，或譬於事。

這就說明劉勰也拿視、聽覺的「意象」做比喻，以說明事理。因此，當我們在看待劉勰之「意象」時，必須留意它使用在譬喻的這一層面，才不會誤以為他的「意象」只是物象的描繪而已。總之，劉勰與韋沃一樣，其意象有物象感覺性的生動描述，也有取象譬喻的概念，只是劉勰從創作的角度立論，韋沃並不著眼於意象形成的過程，只專注於意象在文學的應用，是從文學評論

作品的角度說的，他們不論意象的構成過程，是因為他們認為文學理論，是
建立在以「作品」為中心的基礎上，而意象形成的過程乃是創作前的準備階
段，不是文學理論的核心問題。另外韋沃以「意象」為核心，闡述它與隱喻、
象徵、神話之間的緊密關連，在《文心雕龍》中，劉勰並沒有特別強調，故略
而不論。

　　韋沃蒐羅歐美、古今的意象之論，系統地就作品中之意象，歸納它們的
主題、類型，並說明作品中之意象如何於詩歌或戲劇中扮演關鍵的角色，這
些都是《文心雕龍》所未深論的，故其論精深而宏富。而劉勰只專從創作時意
象如何形成及略舉幾種意象的分類，說明意象在創作上其生動性的功用與效
果，深度、廣度自然不如韋沃。然而在意象的幾個重要概念上，如：感官的
感覺性描述、心理在意象上的作用及意象的譬喻性等等，劉勰也都提到。從
劉勰有限的文字論述看，雖不敢妄下論斷曰同，但以「相去不遠」論之，應是
持平之論。

三、韋沃「隱喻」與劉勰「比」的概念之比較

（一）構成因素

　　誠如韋沃所言，「隱喻」（metaphor）自亞理斯多德以來，就是西方最重要
且應用甚廣的修辭法。亞理斯多德說：

> 世間唯比喻大師最不易得；諸事皆可學，獨作比喻之事不可學，蓋
> 此乃天才之標誌也。[44]

亞理斯多德談論「隱喻」極多，在《詩學》第二十一章至二十五章和《修辭學》
第三卷，亞氏曾詳盡地闡述「隱喻」。韋沃論隱喻，如第一節所述，他們認為
「隱喻」包含四個基本因素：類比、雙重視野、揭示無法理解但可訴諸感官的
意象、泛靈觀的投射。劉勰雖沒有析列「比」的構成因素，但這四個因素在他
所舉的例子中，都普遍存在：類比、雙重視野，就是劉勰說的「寫物以附意，
颺言以切事」；揭示無法理解但可訴諸感官的意象，就是「附理者，切類以指
事」；至於泛靈觀的投射，劉勰雖沒有這方面的論述文字，但從他所舉的例子：
「蜩螗以寫號呼」、宋玉高唐賦的「纖條悲鳴，聲似竽籟」等等，都是泛靈觀
的實證，可見劉勰心中的「比」與韋沃的「隱喻」是一樣的。

---

44 黃維樑，《中國文學縱橫論》（台北：東大出版社，2005 年），頁 209；沈謙，《文
　心雕龍與現代修辭學》（台北：文史哲出版社，1997 年），頁 35。

（二）修飾乎？意義、功能乎？

至於韋沃視「隱喻」，既與詩歌的意義有關也有其功能，所以把「隱喻」視為詩歌的「結構」，不只是語言的裝飾修辭技巧。而劉勰對「比」的看法，如本章第二節所述，不論從他解釋「比」是「寫物以附意，颺言以切事者也」，還是「附理者，切類以指事」，「比」都是為「附意」、「附理」、「切事」、「指事」而存在的。劉勰這裡所說的「附」，就是〈情采〉篇「文附質」的道理，有什麼樣的意、理，就用最「切合」的事物去「比」附，直「指」意、理的本質，所以劉勰強調「比類雖繁，以切至為貴」，譬喻的喻依一定要與喻體「極為切合」，雙方「物雖胡越，合則肝膽」，這才是最好的譬喻。

我們看劉勰反覆說「比」，都在強調兩者的密合無間，但都沒有如韋沃專意去析解「比」是文飾，還是也是意、理的一部分，即使談到「比」的效用是「以敷其華，驚聽回視」，務期達到引人注意的效果，也沒有將譬喻的雙方關係特別加以說明，好像劉勰比較重視「比」的修飾功能，這是一種誤解，因為修飾與意義、功能，是「文」與「質」的關係問題，他在〈情采〉篇已徹底闡明過了：「文」與「質」、「情」與「采」，是同時並存的，這種思想貫穿整部《文心雕龍》，「文」不能滅「質」，「博」不能溺「心」，這是劉勰創作的根本原則，文與質本就是銖兩悉稱，稍一失衡，意、理將不明，而「比」也就成為「刻鵠類鶩」的壞喻，毫無可取了。如此看來，「比」的意義與功能，劉勰豈只是視為文飾而已，他是將兩者並列看待的。

四、韋沃「象徵」與劉勰「興」之比較

（一）暗示（refer to）作用

如本章第一節所述，一般學科的「象徵」意義，是某一事物代表或表示別的事物。韋沃認為文學理論上的象徵意義：甲事物暗示（refer to）乙事物，甲事物雖是表現手段，卻得到充分的注意。這「得到充分的注意」就是說語言表面所呈現的都是甲事物，乙事物並不出現。乙事物只是透過甲事物半透明式地映照出來，因此象徵具有多義性，韋沃提醒讀者：若是過分強調與某象徵有關的東西，就會將象徵的多義性固著在一種僵硬的解釋上，違背詩歌表述的實質。但是若是它一再地呈現與再現，已為世人所熟知、習用，則其多義性也會消失而成為固定的一種含義，如：鴿子象徵和平、十字架象徵基督精神、獅子象徵勇敢等等。

　　此外，象徵是半透明式地以「個別性」反映某種「特性」、以某種「特性」反映「一般性」，或以短暫反映永恆。例如：寓言就是把某種抽象的事理，轉變成圖畫式的語言，人們看到的是圖畫式語言的甲事物，但它卻暗示某種抽象事理的乙事物；抽象事理「半透明式」地隱藏在甲事物的背後，或反映在它的圖畫式的語言上。而劉勰的「興」承《毛詩・大序》之說而來，認為「興」是一種「起情」的作用，「起情者，依微以擬議」、「環譬以託諷」。「興」是圍繞著一種具體物象譬況、起情——不管物象多麼細微——以寄託諷諫之意。「環譬」的「譬」不是劉勰所說的「比」，是韋沃所說的「figuration」或「tropology」，可見他視「興」也是一種轉義式的表達方式。

　　劉勰非常強調「興」的「起情」作用，他一再地用「起」解釋「興」：

　　　　興者，起也。〔……〕起情者，依微以擬議。起情故興體以立。

「興」就是「起」；「起」就是「起情」；「起情」就是藉著「物象」以引發「情思」——這就是以甲事物暗示乙事物的概念。「物象」是甲事物，「情思」就是乙事物。劉勰又說「觀夫興之託喻，婉而成章，稱名也小，取類也大」，「微」、「婉」二字就是韋沃所說的「半透明式」之意，用半透明式的方式反映自己的觀點，甲事物即使渺小如「夷禽」、「鷙鳥」，都可以寄託或深遠或廣大的情思，也就是韋沃所說的世界觀，如此看來，從暗示作用的角度看，劉勰的「興」與韋沃的象徵，在暗示作用上是相同的。

　　廖蔚卿《六朝文論・劉勰創作論》說：

　　　　至於興之運用，本是出於**暗示作用**，劉勰謂「比顯而興隱」，它因「依微以擬議」而有「起情」的作用，所以**興之為用主要在取諸事理**，對於一件事有所認識與理解，於是用一種事物去譬喻它，**予那事理以特出的暗示**。〔……〕釋皎然詩式曰：「取象曰比，取義曰興。」由是知**興之用專在取義**，然則以事喻義的方法，仍然是比喻法的一種，應該就是劉勰所列舉的比義的例子。〔……〕以物喻事的比喻，其目的不僅是使所要表現的事物更為生動凸出而已，主要的還在以一種事物引出一種道理，一種觀念，使能從事象中，發生一種思想的活動。但是那一種作者所欲求的思理，他並未直接述明，他只用一件事物來指出，來暗示。這種方法即是「託喻」，即是「依微起情」的暗示作用。但這種暗示，常是被包括於比喻之中。[45]

---

45 廖蔚卿，《六朝文論》（台北：聯經出版社，1978 年），頁 172。

按：廖氏析論「興」是「暗示」的特點，基本上是正確的，但是將它歸入「比喻」中則顯然有待商榷。廖氏引皎然說法，將劉勰「比」與「興」的區別定於「取象」與「取義」的不同，是沒道理的。劉勰談「比」，清楚地列「比義」與「比類」兩種，若將「取義」歸「興」，則與「比」之「比義」將如何釐清？難怪廖氏最後也只能說「這種暗示，常是被包括於比喻之中」地打混過去，如此將使劉勰的「比」、「興」說混淆不清。何況劉勰在〈比興〉篇已將兩者之不同極力闡明（見本章第二節），若果仍有「比」、「興」相混情形，將非劉勰之本意。

詹鍈在《劉勰與文心雕龍》之〈比興〉篇說：

> 從運用比、興的目的來說，「比則蓄憤以斥言，興則環譬以託諷。」當內心蓄積了憤激之情的時候，用比喻直斥統治者，如《詩經·碩鼠》的「碩鼠碩鼠，無食我黍」就是。下面說「興之託喻，婉而成章」，可見**劉勰認為興也是一種譬喻**，不過這種譬喻是利用委婉回環的方法來寄託諷刺之情。有些詩篇在用興的手法時，也不一定含有諷刺之意，而只是「觸物以起情」，所以興只是一種引子，用它來引出所詠之詞。[46]

詹鍈在此的說法，一則是把「興」視為也是譬喻的一種表現方式，二則是「興」若不含諷刺之意，那麼它只做為「觸物以起情」的「引子」用。詹、廖二人均將劉勰的「興」看做是譬喻的一種，他們所說的「譬喻」應是韋沃所說的「figuration」或「tropology」，這與劉勰所說的「比」絕不相類，否則劉勰就不需特闢〈比興〉篇加以說明了。

其所以「比」、「興」不分，在於不瞭解劉勰「比顯而興隱」之意。「比」與「興」都是以甲事物表乙事物，「比」直接明白地說甲事物就像乙事物一樣，甲、乙兩事物同時在詩中呈現做類比；「興」雖也是以甲事物表乙事物，但是用甲事物半透明式地「暗示」乙事物，在詩中呈現的只有甲事物，乙事物是不出現的；乙事物半透明地「隱身」在甲事物背後，得靠甲事物映照出來，所以劉勰才說「比顯而興隱」，韋沃才有隱喻與象徵之分。

詹鍈對「興」的第二個說法，是說「興」若不含諷刺之意，則只做「觸物起情」的「引子」來用，此說只說對了一半。劉勰的「興」一定有託諷之意，若不含諷刺之意，就不是劉勰的「興」，所以《文心雕龍》沒有不含諷刺之意

---

46 沈謙，《文心雕龍與現代修辭學》（台北：文史哲出版社，1997 年），頁 237。

的「興」存在。其次，這種「興」大多在《毛詩》各章的章首，用其所呈現的意象以引「起」所欲暗示的情思，故而詹鍈說它像引子。但在〈離騷〉的「興」則不在章首，「興」之像引子也只適用於《毛詩》，可見「興」出現在文章的哪裡，劉勰並沒有極堅持，但因為《毛詩》都在章首，所以其「起情」的作用格外明顯。

（二）一義與多義

1. 傳統的約定俗成與託諷的微言婉意

但是劉勰極重視「興」的「託諷」與教化功能，他推崇「毛公述傳，獨標興體」，使詩背後委「婉」隱「微」的寄諷之意得以彰顯。按：《毛詩》在各詩之前一一為之作序，是為「小序」。將讀《詩經》必見毛傳小序的美刺之說，而後得「興」後之真正含意，庶免誤解詩意，如：〈邶風·凱風〉之小序曰：

> 凱風，美孝子也。衛之淫風流行，雖有七子之母，猶不能安其室，
> 故美七子能盡其孝道，以慰其母心而成其志爾。[47]

此詩第一章「凱風自南，吹彼棘心，棘心夭夭，母氏劬勞。」毛亨於「棘心夭夭」下傳曰：

> 興也。南風謂之凱風，樂夏之長養。棘心難長養者。夭夭，盛貌。

毛亨認為此章的前三句「凱風自南，吹彼棘心，棘心夭夭」是「興」，它藉盛夏南風吹拂稚弱難長的棘木之心，而使棘心欣欣美盛，象徵母親拂煦、呵養七子，而七子得以長育成人一樣。毛傳之「獨標興體」意在導引讀者，對這三句詩象徵意義的正確解讀。劉勰認為「興」的這種託諷作用，是詩極重要的功能。他亟稱屈原〈離騷〉，其中的一個重要因素就是因為：

> 楚襄信讒而三閭忠烈，依詩製騷，諷兼比興。（《文心雕龍·比興》篇）

> 譏桀、紂之猖披，傷羿、澆之顛隕，規諷之旨也。（《文心雕龍·辨騷》篇）

所以他批評兩漢：

> 辭人夸毗，諷刺道喪，故興義銷亡。於是賦頌先鳴，故比體雲構，
> 紛紜雜遝，倍舊章矣。（《文心雕龍·比興》篇）

兩漢辭賦用「比」過多，隱微諷刺的「興」體不再被使用，劉勰認為這已悖離舊有詩章——《毛詩》——之旨了。這樣看來，劉勰把「興」的規諷之旨，認

---

47 〔清〕陳奐，《詩毛氏傳疏》（台北：學生書局，1972 年），第一冊，頁 91。

為是文章應具備的條件，應不為過。黃維樑將這種重「託諷」之實用價值用法
的「興」，稱之為「羣學的言外之意說」：

> 彥和的所謂興，是與風刺（或諷刺，即上文所謂的羣學的言外之意）
> 分不開的。他所用的「託諭」「婉」等字眼，已露端倪。〔……〕所以
> 〈比興〉篇對興的解釋，和《史記》對屈原的褒詞一樣，雖然頗能
> 道出「文已盡而意有餘」這原理，用的畢竟是「下以風刺上」的實
> 用眼光，其見解始終不得劃入美學的言外之意說的範疇內。[48]

那麼劉勰所指涉的「興」，其意義應只是用半透明性的「婉」「微」方式暗示某
一事理，而不具有「多義性」——如果有「多義」也應是讀者誤讀的結果——
應是合理的推論。只含有一種固定意義的「象徵」，韋沃也提到。那是一種傳
統「約定俗成」的象徵，它與個人私用象徵的求新求奇，務期驚人之用意完全
相反。這種傳統象徵起先常是個人創意的象徵，隨著時日逐漸融為傳統象徵，
當它在融入時，是逐步滲入而形成共識。

　　但是劉勰的「興」，是「託諷以擬議」，有規諷之旨，是否就是世人的熟
知、習用、有一定的共識，而且是隨時日既久而逐步融入的，恐不易有證據證
明。因此，韋沃的象徵雖有僵硬地定於一義的這一類，但與劉勰的「興」，需
有諷諫、美刺之單義性，有極明顯的不同。何況韋沃也不認同文學一定得有教
化的功能，就這一點，兩者已存有極大的差異。

2. 劉勰的「興」與「隱」

　　《文心雕龍》論文之多義性（plurisignation），[49]不是「興」而是「隱」，
劉勰說「比顯而興隱」，這句的「隱」是形容詞，是隱微、隱晦的意思；而〈隱
秀〉篇的「隱」是名詞，是相對於「秀」而說的，〈隱秀〉篇說「隱」云：

> 是以文之英蕤，有隱有秀。隱也者，文外之重旨者也〔……〕。隱以
> 複意為工。〔……〕夫隱之為體，義生文外，祕響旁通，伏采潛發，
> 譬爻象之變互體，川瀆之韞珠玉也。故互體變爻，而化成四象；珠
> 玉潛水，而瀾表方圓。

「隱」是文字之外另有多重的意旨，這多重的意涵是從文字生發出來的，就像
江河所派生的支流一樣，支流汨注愈多愈能壯盛江河。文字之外所蘊含的意義

---

48 黃維樑，《中國詩學縱橫論》（台北：洪範書店，1977 年），頁 128。
49 「plurisignation」與「ambiguity」意義近似，都是指一言多意之義。黃維樑，《中
　　國詩學縱橫論》，頁 158。

愈豐富，愈能使人玩味無窮，所以它以「多義」為工巧，就像《易》之爻象互體的變化；也像珠玉藏於水中而表象是各式的波瀾。

　　劉勰所以將「興」與「隱」分開，是因為兩者的性質互異：前文已說過「興」是以甲事物暗示乙事物，甲事物是為乙事物而設的，重點是在乙這「一」事物。但乙事物並不登場，純由甲事物去反映；登場的是甲事物，所以韋沃說「甲事物得到充分的注意」。

　　而「隱」是由表面文字說的甲，聯想到乙、丙、丁……等等，乙、丙、丁……雖由甲聯想出來，但並非甲「特意」暗示的單一對象，「隱」並不是為「特意暗示」某「一」事物而設，甲也並非為「特意暗示」乙、丙、丁……而生，只是甲的生發力強，可以隨讀者的經驗聯想、想像，孳生出乙、丙、丁……來。乙、丙、丁……的意象與甲的意象可能沾不上邊，只是因經驗的聯想、想像而連派上來，所以劉勰喻之為「源奧而派生」。甲是「源奧」，乙、丙、丁……是「派生」，甲與乙、丙、丁……間的關係，純係由各人經驗的聯想與想像而喚起（evoke）、衍生出來的，它們是主流與支流的關係，視所遇境地隨緣而匯流。乙、丙、丁……雖也隱身在甲的文字之外，如劉勰所譬之「秘響旁通，伏采潛發」，但這旁通的「秘響」與潛發的「伏采」，是聯想力、想像力不勞搜索枯腸的馳騁，極自然地觸發、喚起。它跟「興」最大的差別是，「興」是作者有意地操縱甲事物的意象去暗示乙這「一」事物；而「隱」則是作者雖也有意地以甲去製造乙、丙、丁……等「多義」（plurisigns），但卻不是只有單一的乙事物，甚至是「無意」去操縱乙、丙、丁……等的生發，因為「隱」的目的就是「多義」生發得愈多愈好，就像食物裡頭所含的滋味愈豐富、多樣，就愈讓人覺得「夠味」，其滋味愈無窮一樣。

　　這是極高明的創作技巧，所以劉勰說「文之英蕤，有隱有秀」。內蘊為「隱」，外發為「秀」；「秀」在外，以吸引目光為要，所以須「獨拔」、「卓絕」，讓人不暇旁顧；「隱」居內，則須「文隱深蔚，餘味曲包」，使文中包孕的意義愈多層次、愈豐富複雜，就愈能使人「翫之無窮，味之不厭」。「隱」的視野不只是雙重而是多重視野，所以劉勰的「興」與「隱」是不同的，當然要分開論述。要使文字具有多義性，並不容易，它常是詩藝精湛的詩人無意間「意與言會，言隨意遣，渾然天成，殆不見有牽率排比處」。[50]許多詩人強加求索，苦心

50 〔宋〕胡仔，《苕溪隱叢話前後集》（台北：長安書局，1976 年），前集，卷三十六，頁 241。

孤詣的結果，很可能只是強以為「有深意」的艱深晦澀（obscure），文字如打死結般地糾纏在一起，曲拗難解，令人不明所以，就如今日現代主義、超現實主義之為人所詬病一樣。「文隱深蔚」的多義性，不是死結，而是許多活結纏繞在一塊兒，只要抽絲剝繭地一一釐出端緒，都能打開活結，得出其義理。有多少個活結，就有多少個意涵，這就是文字多層次的意義，文意的豐富性與複雜性，它全「曲包」在文字裡，所以咀嚼著其中深意，自然「餘味」無窮。

活結的解法近人頗有斬穫。黃維樑舉劉若愚對李商隱〈無題〉與〈錦瑟〉、梅祖麟與高友工對杜甫〈秋興〉八首及唐詩句法的變換分析，將詩中多義的原理一一剝解，證明文學的多義性絕對不是文意的曖昧不明、強扮諱莫如深之態。[51]所以劉勰提醒我們，許多作者做不到「隱」這一層，卻以「晦澀為深」，劉勰批評這是「雖奧非隱」，期期以為不可。

韋沃提到的象徵有自然的象徵、傳統的象徵及作家私用的象徵，若以多義性的觀點來看，劉勰的「隱」與韋沃的象徵——尤其是自然的象徵——較接近，他們的相似點都是肯定多義性，是豐富文意，造成其耐人尋味的重要因素。

周振甫認為「隱」是修辭學上的「婉曲」，他將「婉曲」的修辭格約分為兩種：一是不說本意，用事物來烘托本意；二是不說本意，用隱約閃爍的話來暗示本意。[52]這種說法是說不通的。修辭學的「婉曲」格，是「不直講本意，只用委婉閃爍的言詞，曲折地烘托或暗示本意來。」[53]所以不管是用含蓄、迂迴曲折的言辭，還是避開正面用側面去表達，甚至是吞吞吐吐欲說還休地強自壓抑，其最後都還是要回到本意的「一個意思」來。但是劉勰說「隱」是「文外之重旨」、「以複意為工」，顯然「隱」是具有多層的意義，不是只表述一個意思。它是「文隱深蔚」，含有深遠豐富的意涵，所以能「餘味曲包」，餘韻無窮。

將「隱」闡釋得較貼近劉勰原意的是張少康，他在《文心雕龍新論》中說：

> 如果我們從更深一層次的意義上來看，那麼，劉勰的隱秀論還包含
> 著另外的意義在內。他說的隱，是要求文學作品的形象不僅要從形
> 象本身可以直接看出的意義，而且要有間接的、從形象的**暗示，象**

---

51 黃維樑，《中國詩學縱橫論》，〈中國詩學史上的言外之意說〉（台北：洪範書店，1977 年），頁 158～165。

52 周振甫，《文心雕龍注釋》（台北：里仁出版社，1994 年），頁 747。

53 黃慶萱，《修辭學》（台北：三民書局，1975 年），頁 197。

徵作用所體現的意義。為此,他說隱的特點是有「文外之重旨」,「以複意為工」。藝術形象既要有它所表現的客觀內容,而且還要有藝術形象的**聯想作用所能引起讀者思考的內容、啟發讀者去想像的內容**,這方面展示的意義就要比前一方面更為深廣。所以說隱的特點要求藝術形象有兩重意義,而不是一種意義。後一重意義又是**和不同的讀者的不同體會相聯繫的**,因此又**並不是十分確定的**,同時也正為此具有它的生動性與靈活性。[54]

張氏看出劉勰所說的「隱」是具有多義性,除了客觀文字所呈現的意象、意義外,還有間接的、更深一層次的意義,是「從形象的**暗示**,象徵作用所體現的意義」。他說這是「藝術形象的**聯想作用所能引起讀者思考的內容、啟發讀者去想像的內容**」,「**是和不同的讀者的不同體會相聯繫的,因此又並不是十分確定的**」,張氏認為「隱」的多義性「藝術形象」,來自暗示、象徵、聯想、想像的作用,可惜沒有再多做說明,還是容易讓人與劉勰的「興」相混淆,因此有再進一步釐清的必要,如此才能更貼近劉勰的說法。另外,值得一提的是游志誠於《昭明文選學術論考・隱秀與詠懷》中對「隱」的詮釋:

> 約言之,隱秀理論主要強調「文學性」的作品之多義性。凡秀句警句等修辭技巧,即為完成此「多義」之準備。至於「多義」的可能途徑,有賴讀者的介入,介入之道,即先自「秀句」入手。這樣看來,隱秀理論實包含二方面,其一要求作者在作品的「秀句」技巧成熟,其二寄望於作品具有「含蓄」之存在。最後,由讀者與作者共同完成「隱秀」之落實,一齊遊走在「意義」多變化的淵海中。[55]

游氏從作品的「秀句」切入,引發讀者對作品「多義」聯想的解說,切中「祕響旁通」之「隱」義,此說精當地佐證上文所論劉勰之多義性在「隱」不在「興」之論點上。

五、韋沃與劉勰「神話」之比較

(一)真理與詭術

「神話」常是虛構、不真實的代名詞。亞理斯多德《詩學》裡的「神話」,

---

54 張少康,《文心雕龍新論》(台北:文史哲出版社,1997年),頁71。

55 游志誠,〈隱秀與詠懷〉,收於《昭明文選學術論考》(台北:學生書局,1996年),頁452。

有情節、敘述性結構、寓言故事等含義。韋沃認為「神話」的意義不容易界定清楚，但是他們肯定「神話」在文學的地位與價值。宗教神話是詩歌的源泉，所以韋沃不同意阿諾德「詩可以取代宗教」的說法。他們以另一種「真理」看待「神話」，認為神話像詩一樣，是一種真理——或者是一種相當於真理的東西。「神話」的直覺性與不用邏輯的思維系統，雖不合科學的理性，但韋沃將它視為是歷史真理與科學真理的補充，因為人不能僅靠抽象的概念生活，「神話」圖畫似的具象正可填補這方面的虛空。[56]

　　從文學理論的角度看神話，韋沃認為「神話」是文學的泉源。神話中的母題經常充滿著隱喻性的思維，而且常以下列三種形式不斷地再現、重演：（1）集體的、社會的或超自然的意象或畫面（2）原型的或宇宙的故事：宗教神話常是詩歌隱喻的源泉（3）人類永恆的理想再現（以其中某一個時期的某一事件）：綱領性的（如：全世界工人總罷工）、末世情調的（如：末日審判）、神祕的（如：耶穌復活）。這些都「是對現世的、永恆的、道德的、精神上的評判」。[57]

　　但是「子不語：怪、力、亂、神。」劉勰認為「神話」荒誕怪離，無助於「經典」的闡釋。他批評諸子之書「述道言治，枝條五經」，但有「純粹入矩」之《荀子》，也有「踳駁出規」，與經典相乖舛者：

> 若乃湯之問棘，云蚊睫有雷霆之聲；惠施對梁王，云蝸角有伏尸之
> 戰；列子有移山跨海之談，淮南有傾天折地之說，此踳駁之類也。

（《文心雕龍・諸子》篇）

《列子・湯問》篇載商湯與其臣夏棘問答，有黃帝能在蚊子的眼睫處，「神視」焦螟若「嵩山之阿」，「氣聽」其聲砰然如雷霆的敘述。《莊子・則陽》篇有蝸角之蠻、觸二氏爭戰，伏尸數萬之說。愚公移山、龍伯國巨人可以跨越渤海，抵達對岸五山的故事，亦見於《列子・湯問》篇。此外，《淮南子・天文》篇載有共工怒觸不周山，折斷天柱，地維因此傾圮的神話故事。劉勰批評這些寓言或神話故事，都悖離經典常規，不合情理，是「迂怪」之說、「鴻洞虛誕」之論，所以劉勰以「詭術」視之：

> 光武之世，篤信斯術。風化所靡，學者比肩，沛獻集緯以通經，曹

56　René Wellek & Austin Warren, *Theory of Literature*, pp.190～191。譯文參見韋勒克、沃倫著，劉象愚、邢培明、陳聖生、李哲明譯，《文學理論》，頁 217。

57　René Wellek & Austin Warren, *Theory of Literature*, p.191。譯文參見韋勒克、沃倫著，劉象愚、邢培明、陳聖生、李哲明譯，《文學理論》，頁 218～219。

> 褒撰讖以定禮，乖道謬典，亦已甚矣。是以桓譚疾其虛偽，尹敏戲
> 其深瑕，張衡發其僻謬，荀悅明其詭誕：四賢博練，論之精矣。(《文
> 心雕龍・正緯》篇)

讖緯之說根源於人類的信仰動機，其內容蘊涵有極多的神話原型，劉勰批評以
陰陽讖緯之說預言人事災異是一種詭術，稱讚桓譚、尹敏、張衡及荀悅的批判
是精當的，所以從神話的地位看，韋沃與劉勰的見解迥然不同。

為何劉勰與韋沃對「神話」地位的看法，會有如此大的差距？筆者以為
此與韋沃將文學預設為「虛構性」的想像文學，而劉勰一開始便預設文學是
「道」的呈顯有很大的關係。余寶琳說：

> 固有的中國本土哲學傳統贊同一種基本上是一元論的宇宙觀：宇宙
> 之原理或道也許能超越任何個體現象，但是道完全存在於這一世界
> 萬物之中，並沒有超感覺的世界存在，在自然存在這一層面上，也
> 不存在高於或與其不同的超感覺世界。真正的現實不是超凡的，而
> 是此時此地，這就是世界，而且，在這一世界中，宇宙模式（文）
> 與運作以及人類文化之間，存在著根本的一致性。[58]

余氏這段話，可用來闡釋劉勰之文學預設，對劉勰而言，「宗經」、「徵聖」是
他的前提，經典之「道」是「文」的根本源頭，它藉「文」的「審美圖形」來
彰顯「道」理，在彰顯的過程中，「道」具體可感。依此前提，劉勰的這種文
學原理，與西方視文學為模仿的模仿或「再現」外部世界是相當不同的，而這
正是劉勰與韋沃對「神話」有不同論述的主要原因。

（二）豐富的審美性

從想像力與修辭技巧的豐富性來看，劉勰承認神話提供文學欣賞不同的
角度，豐富文學的視野，所以說它「事豐奇偉，辭富膏腴」。在「文」的部分，
神話蘊涵有豐郁美盛的文采，所以「辭富膏腴」；在「質」的部分，除卻他認
為的譎詭、荒誕外，神話也有「事豐奇偉」的可取之處。在一貫「宗經」的前
提下，劉勰罕見地包容神話的譎詭，不難看出他折衝「文」、「質」的靈活性，
這全因他看出神話對文學的重要價值，所以他對〈離騷〉的「詭異之辭」、「譎
怪之談」，雖稱是「異乎經典」的「夸誕」之說，但仍稱美它是「詞賦之英傑」，

---

58 Pauline Yu, *The Reading of Imagery in the Chinese Poetic Tradition.* (Princeton: Princeton University Press, 1987), p.32。譯文轉引自王曉路，《中西詩學對話》（成都：巴蜀書社，2000 年），頁 82。

讚譽〈遠遊〉、〈天問〉「瑰詭而慧巧」;〈招魂〉、〈大招〉「豔耀而采華」,這都是劉勰對神話「無益經典而有助文章」的有力證明。所以從肯定神話供給文學豐富的審美養分來看,劉勰與韋沃是一致的。

第七章　文學類型之比較

前　言

　　本章第一節，介紹韋沃《文學理論》第四部（文學的內部研究）第十七章〈文學類型〉的論點。第二節，則論劉勰《文心雕龍》二十篇文體論（第六〈明詩〉至第二十五〈書記〉篇），有關文學類型的論述。第三節，據二書之論，歸為五項議題，分別比較：（一）韋沃的「文類」與劉勰的「文體」（二）終極類型與文學類型（三）韋沃類型理論與劉勰的文體論（四）劉勰的文體論與新古典主義（Neoclassicism）（五）文學類型史。

第一節　韋沃《文學理論》論文學類型

　　任何一種文學評價，都牽涉文類的成規，例如：評價一首詩，批評家必須對詩的結構、特性有完整的經驗和概念。[1]所以文學類型是研究文學一定得討論的項目。關於文學類型，韋沃不贊同克羅齊（B. Groce）唯名論的答案，[2]因為那樣回答，不能適當地解釋文學生活和歷史的事實。韋沃認為文學作品的種類特性，是由傳統這類型作品的美學規範所決定的。各類文學類型的規範，是

1　René Wellek & Austin Warren, *Theory of Literature*, pp.226。譯文參見韋勒克、沃倫著，劉象愚、邢培明、陳聖生、李哲明等譯，《文學理論》，頁 267。

2　克羅齊認為文學是各個獨立的詩、戲劇、小說共用一個名稱的集合體。René Wellek & Austin Warren, *Theory of Literature*, p.226。譯文參見韋勒克、沃倫著，劉象愚、邢培明、陳聖生、李哲明等譯，《文學理論》，頁 266。

一種慣例性規則，這些規則強制作家去遵守它，反過來又為作家所強制。[3]韋沃說：

> 文學類別是一個「公共機構」（institution），正像教會、大學或州都是公共機構一樣。它存在著，可是並不像一隻動物或甚至一座建築物、小教堂、圖書館或州議會大廈那樣存在著，而是像一個公共機構一樣存在著。一個人可以在現存的公共機構中工作和表現自己，可以創立一些新的機構，或盡可能與機構融洽相處，但不參加其政治組織或各種儀式；也可以加入某些機構，然後又去改造它們。[4]

韋沃認為文學類型是從美學傳統中累積、決定的，它就像一公共機構，每一個人在這機構中表現自己，甚至改造、創新這一機構。文學類型與作家的互動關係，韋沃舉彌爾頓（Milton）做說明：米爾頓是詩的傳統主義者，他滿腦子縈迴著史詩的抽象觀念，並深知史詩、戲劇詩與抒情詩的法則，但是他又知道如何調整、擴張、改變別人的故事型式，以述說他個人的故事。[5]韋沃把文學類型比喻為公共機構，而此機構是具備一定的形式、內容存在那裏，也就是說凡是文類都有其形式上的美學框架或標準，它並不似雕像般地僵化，不容許變革、更改。只要是有能力的作者，都可在其形式、內容上做調整或遵循其形式來創作。因此，他們才說史詩、戲劇詩或抒情詩，都有其美學傳統、法則，它們給參與者制約，又給參與者創造的空間，所以文學類型不是一個僵死的機構，它會持續不斷地發展。

一、文學類型的分類

（一）秩序原理

韋沃認為文學類型的分類，必須依照一種秩序原理，每一種文學類型一定要能涵括所有這類文學的相關作品，並能隨新作品的加入做適度地改變。

1. 終極（ultimate）類型

大部分的現代文學理論都傾向於把想像性文學區分為小說（包括長篇小

---

3 René Wellek & Austin Warren, *Theory of Literature*, p.226。譯文參見韋勒克、沃倫著，劉象愚、邢培明、陳聖生、李哲明等譯，《文學理論》，頁 266。

4 René Wellek & Austin Warren, *Theory of Literature*, p.226。譯文參見韋勒克、沃倫著，劉象愚、邢培明、陳聖生、李哲明等譯，《文學理論》，頁 266～267。

5 René Wellek & Austin Warren, *Theory of Literature*, p.226。譯文參見韋勒克、沃倫著，劉象愚、邢培明、陳聖生、李哲明等譯，《文學理論》，頁 266。

說、短篇小說和史詩）、戲劇（不管是用散文，還是用韻文寫的）和詩（主要指抒情詩）三大類。小說、詩、戲劇這三大類，柏拉圖、亞理斯多德已根據它們的「模仿方式」（manner of imitation）或「再現」（representation）加以區分過了。說詩、小說、戲劇是文學的終極類型是有困難的，詩、小說、戲劇這三種文類，是否真有終極性質，頗值得懷疑。因為，我們這個時代與古希臘、亞理斯多德時代，對詩、小說、戲劇三者的立足點是不同的。[6]如果為了避開這個問題，而把三類併為一個文類，那麼戲劇和故事又該如何區分？[7]文學的終極類型究竟是詩、小說、戲劇，或是敘述、對話、歌唱，或是描寫、展示、敘述，哪一種分法才恰當，並不是容易的事。

2. 歷史的文學「類型」

韋沃贊成費伊脫（Viëtor）的建議，認為文學「類型」（genre）不應指文學的終極類型，而應指文學的歷史「類型」。若將「類型」（genre）一詞，又指小說、戲劇和詩，又指悲劇、喜劇，則是不恰當的。[8]「類型」應指悲劇和喜劇這樣的文類，而不適用於小說、戲劇和詩。[9]亞理斯多德與賀拉斯都認為，悲劇與史詩是各有特徵的兩種文學「類型」；十八世紀批評家漢金斯（T. Hankins）評論英國戲劇，把英國戲劇分為神祕劇、道德劇、悲劇和喜劇，而把散文小說分為小說與傳奇，這才是標準的文學「類型」。[10]

有人試圖藉劃分時間的規模（dimensions of time）或語言形態學（linguistic morphology）的不同去區分小說、戲劇、詩等「類型」的基本性質，例如：霍布斯（T. Hobbes）就試圖把世界分為宮廷、城市和鄉村，然後找出與它們相對應的三類詩，分別稱之為英雄詩、諧謔詩和田園詩。[11]

俄國形式主義者雅柯布遜（R. Jakobson），則用語法時態區分文學種類。

6　René Wellek & Austin Warren, *Theory of Literature*, pp.228～229。譯文參見韋勒克、沃倫著，劉象愚、邢培明、陳聖生、李哲明等譯，《文學理論》，頁270。

7　René Wellek & Austin Warren, *Theory of Literature*, p.229。譯文參見韋勒克、沃倫著，劉象愚、邢培明、陳聖生、李哲明等譯，《文學理論》，頁270～271。

8　René Wellek & Austin Warren, *Theory of Literature*, p.227。譯文參見韋勒克、沃倫著，劉象愚、邢培明、陳聖生、李哲明等譯，《文學理論》，頁268。

9　René Wellek & Austin Warren, *Theory of Literature*, p.227。譯文參見韋勒克、沃倫著，劉象愚、邢培明、陳聖生、李哲明等譯，《文學理論》，頁268。

10　René Wellek & Austin Warren, *Theory of Literature*, p.229。譯文參見韋勒克、沃倫著，劉象愚、邢培明、陳聖生、李哲明等譯，《文學理論》，頁271。

11　René Wellek & Austin Warren, *Theory of Literature*, p.228。譯文參見韋勒克、沃倫著，劉象愚、邢培明、陳聖生、李哲明等譯，《文學理論》，頁269。

他認為抒情詩是第一人稱單數的現在時態，史詩是第三人稱的過去時態。[12]但是用這兩種方式區分文學類型，將難有客觀的結果，因為後者依附於語言形態學，前者依附在對宇宙的終極態度上。

3. 分類原則：外在形式與內在情調、目的

韋沃主張用文學的外在形式與內在情調、目的，做為分立文學類型的原則，反對只依題材去劃分文類，除了這是類似社會學的分類法外，更因為這種題材的分類，必然會分出多得數不清的文學類型，例如：政治小說、海員小說、基督教小說、教師小說……等等，只要題材稍有不同，就可以另立一類。因此，韋沃對劃分文類的原則，趨向於從形式去分類：

> 文學類型應視為一種對文學作品的分類編組，在理論上，這種編組是建立在兩個根據之上的：一個是外在形式（如：特殊的格律或結構）[13]，一個是內在形式（如：態度、情調、目的以及較為粗略的題材和讀者觀眾範圍等。）[14]

依此原則，韋沃同意費多爾（K. Viëtor）的看法，將不同詩節形式、詩律，如十四行體詩、法式十三行回旋詩、三聯韻體詩、八音節詩或二音步詩等作品，納入文學類型。[15]亞理斯多德在《詩學》中，初步將史詩、戲劇、抒情詩定為詩的基本類型，他在《詩學》中，注意區分每一文類的不同媒介和性能，以確立每一類的不同審美目的，所以他說：戲劇要用抑揚格的詩體寫，因為這樣最接近說話。史詩要用揚抑格六音步格律體寫，因為這種詩體是不要讓人聯想起說話來。[16]

---

12 René Wellek & Austin Warren, *Theory of Literature*, p.228。譯文參見韋勒克、沃倫著，劉象愚、邢培明、陳聖生、李哲明等譯，《文學理論》，頁 269。

13 在「詩律」和「詩節」之上的另一層「形式」可稱為「結構」，如某種特殊的情節組織就是一種「結構」。這種「結構」至少在某種程度上已經存在於傳統，例如古希臘模仿式的史詩和悲劇之中，比如從事件中間起筆的手法、悲劇中的「突變」和「三一律」等以及一些精心結構劇或偵探小說。但也不是所有的古典技巧都算是結構，如戰場散記和沉入地獄之類就似乎屬於題材或主題。René Wellek & Austin Warren, *Theory of Literature*, p.233。譯文參見韋勒克、沃倫著，劉象愚、邢培明、陳聖生、李哲明等譯，《文學理論》，頁 276～277。

14 René Wellek & Austin Warren, *Theory of Literature*, p.231。譯文參見韋勒克、沃倫著，劉象愚、邢培明、陳聖生、李哲明等譯，《文學理論》，頁 274。

15 René Wellek & Austin Warren, *Theory of Literature*, p.231。譯文參見韋勒克、沃倫著，劉象愚、邢培明、陳聖生、李哲明等譯，《文學理論》，頁 273～274。

16 René Wellek & Austin Warren, *Theory of Literature*, p.233。譯文參見韋勒克、沃倫著，劉象愚、邢培明、陳聖生、李哲明等譯，《文學理論》，頁 276。

因此，韋沃用文學的外在形式與內在情調、目的，做為分立文學類型的原則，但他們認為不應該把「類型學」局限在某一傳統或學說中：

> 古典主義是不能容忍的，因為它不懂其他的美學體系、種類和形式，
> 古典主義非但未把歌德式大教堂，視為比古希臘神殿更複雜的一種
> 形式，反而認為它根本沒有形式。[17]

而且每一種文化都有屬於它自己的文學類型，如：中國類型、阿拉伯類型和愛爾蘭類型等等。我們用不著去為古希臘羅馬文學種類的「終極」性質辯護。

二、新古典主義的類型理論

新古典主義清楚地區分文學類型，他們相信類型與類型間，有性質的區別，所以必須各自獨立，不容混淆，這就是新古典主義的「類型純粹」和「類型分立」原則。新古典主義的美學原理，不僅有一套的社會等級區分，而且要求作品要有統一的情調、風格與簡明性。他們把注意力集中在單一的情節和主題上，產生一種單一的情緒。韋沃認為新古典主義的類型理論，沒有一貫性，也沒有基本原理，例如：布瓦洛（N. Boileau）把文學分為田園詩、輓歌、頌詩、諷刺短詩、諷刺文學、悲劇、喜劇和史詩等類型，但他卻沒有為這些類型下定義。布萊爾（H. Blair）在《修辭學與純文學》（*Rhetoric and Belles Letters*, 1783）一書談論文學類型時，也沒有談到分類原則與一貫性的標準。也就是說新古典主義的類型理論，是不清楚的，他們沒有建立劃分文學類型的理論，可是他們又注重類型的純淨、類型等級以及類型的持續與新類型的增加：

（一）類型的純淨

新古典主義不容許把喜劇與悲劇摻合在一齣戲中，他們強調情緒的收斂、自制、均衡、合宜以及優美的詞藻，要求每一種文類的風格，要與其論題搭配無間，而且要有娛樂與教育的目的。[18]

（二）類型等級

1. 依敘述的階級分類

在古典主義理論中，史詩和悲劇是敘述國王和貴族的事；喜劇是描寫中產

---

17 René Wellek & Austin Warren, *Theory of Literature*, p.234。譯文參見韋勒克、沃倫著，劉象愚、邢培明、陳聖生、李哲明等譯，《文學理論》，頁 278。

18 René Wellek & Austin Warren, *Theory of Literature*, p.230。譯文參見韋勒克、沃倫著，劉象愚、邢培明、陳聖生、李哲明等譯，《文學理論》，頁 272～273。

階級，而諷刺文學和鬧劇則是用在一般的平民百姓。新古典主義文類的等級，在部分上是指快樂主義者的積分（hedonistic calculus），但在古典的表述中，快樂不是指強度，也不是指觀眾或讀者的數目，而是指一個社會的、道德的、審美的、享樂的和傳統的混合體，且不應忽視文學的規模。戲劇不僅主角人物要有明顯的階級等級，內容還須符合各階級的道德規範、符合「得體、合度」的教條。偉大作品得使用規模較大的體式，例如：彌爾頓主要的詩，是一部正規的「悲劇」和兩部「史詩」；次要作品則是以十四行體寫成。[19]

2. 史詩與悲劇的等級

至於史詩與悲劇這兩種文類，哪一種比較高級呢？文藝復興時代的批評家認為是史詩，亞里斯多德則認為是悲劇，德萊頓（J. Dryden）、霍布斯（T. Hobbes）和布萊爾（H. Blair）則將兩者並列在同一等級的位置。[20]

（三）類型的持續與新類型的增加

新古典主義是保守的，所以盡可能保持古代的文類，但它也容許新的文類，例如：布瓦洛承認十四行體的詩和情歌、約翰生讚揚德納姆（J. Denham）在《製桶匠的小山》（*Cooper's Hill*）中創造的新詩體與湯姆遜（J. Thomson）在《四季》（*Seasons*）中獨創性的詩體。[21]

三、現代的類型理論

（一）現代類型理論的特點

1. 類型的共通特性、共有的文學技巧和文學效用

韋沃認為現代類型理論是說明性的，故其文學類型理論可以純粹，也可以混合擴大，如：悲喜劇，甚至也可以縮減。因此，現代類型理論的重點不在限定文學類型的數量，也不為作家設定類型規則；現代類型理論致力於類型間的共通特性以及共有的文學技巧和文學效用：

> 類型體現了所有美學技巧，對作家來說隨手可用，對讀者來說也是明白易懂。優秀作家在一定程度上遵守已有的類型，而在一定程度

---

19 René Wellek & Austin Warren, *Theory of Literature*, p.231。譯文參見韋勒克、沃倫著，劉象愚、邢培明、陳聖生、李哲明等譯，《文學理論》，頁 273。

20 René Wellek & Austin Warren, *Theory of Literature*, p.231。譯文參見韋勒克、沃倫著，劉象愚、邢培明、陳聖生、李哲明等譯，《文學理論》，頁 273。

21 René Wellek & Austin Warren, *Theory of Literature*, p.230。譯文參見韋勒克、沃倫著，劉象愚、邢培明、陳聖生、李哲明等譯，《文學理論》，頁 272。

上又擴張了它。總的說來，偉大作家很少是類型的發明者，比如莎士比亞（W. Shakespeare）和拉辛（J. Racine）、莫里哀（Molière）和本・瓊生（B. Jonson）、狄更斯（C. Dickens）和杜斯妥耶夫斯基（F. Dostoyevsky）等，都是在別人創立的類型裡創作出自己的作品。[22]
區分文學類型已不重要，因為經過長時間的演化，各類型的輪廓已相當清楚，所以類型與類型間的區別，已非必要。至於有些類型間的灰色界域，或屬漸次變化的過程，本就難以釐清界域，只能承認這個事實，因此學者將注意力放在各類型的審美性上，目的是寫出更偉大的作品。

2. 文學的內在發展

現代類型理論另一研究的方向，是注意文學的內在發展。不管文學和其他價值領域之間有何種關係，各種著作都相互影響、彼此模擬，或滑稽地模仿與變「型」改造。這種情況不只發生在嚴格按年編序的後面著作中。為了給現代類型下定義，最好是從一部有特定影響的書，或一個有影響力的作者著手，去尋找對這著作或作者的反響，如研究艾略特和奧登、普魯斯特和卡夫卡等的文學效果。[23]

（二）類型理論的發展、承續、書寫問題

1. 原始類型與發達類型

原始類型與發達類型間的關係，俄國形式主義者什克洛夫斯基（V. Shklovsky），認為新的藝術形式，不過是把一些低等的（亞文學）類型納入正統文學的殿堂。他們把這種過程稱為文學的「再野蠻化」，如此文學才能不斷地更新自己。[24]

2. 文類的承續

此外，文學類型的發展衍生出文類承續性的問題，布呂納季耶（F. Brunetière）用準生物學的方式去類比不同時代的文學類型，如：他將十九世紀的抒情詩，視為十七世紀教士布道演講的承續。梵・第根（P. Van Tieghem）

---

22 René Wellek & Austin Warren, *Theory of Literature*, p.235。譯文參見韋勒克、沃倫著，劉象愚、邢培明、陳聖生、李哲明等譯，《文學理論》，頁 279。
23 René Wellek & Austin Warren, *Theory of Literature*, p.235。譯文參見韋勒克、沃倫著，劉象愚、邢培明、陳聖生、李哲明等譯，《文學理論》，頁 279。
24 René Wellek & Austin Warren, *Theory of Literature*, pp.235～236。譯文參見韋勒克、沃倫著，劉象愚、邢培明、陳聖生、李哲明等譯，《文學理論》，頁 279～280。

認為這些作品間的連繫，並不代表它們是原來意義上的文類。如果我們要斷定它們之間有關連，必須提出更嚴格的形式論據來說明它們的承續性與統一性才行。[25]

3. 批評性類型史

批評性類型史，該如何書寫的問題：韋勒克認為寫一部批評性的類型史，必須採用雙重的方法來寫，例如：要寫一部悲劇史，則必須先用悲劇都有的共同特徵，為「悲劇」下一定義；然後按編年順序研究某一時代一民族的悲劇流派和它與後繼者間的關係，最後在這連續統一體上，再加入批評性的次序（critical sequences）例如：法國悲劇從若代爾（E. Jodelle）到萊辛（J. Racine），再從萊辛到伏爾泰（Voltaire）。[26]

第二節　劉勰《文心雕龍》論文學類型

文學「類型」一詞緣自西洋，中國傳統文論常用「文體」稱之。然而所謂「文體」又同名而異實，義多紛歧。

單就《文心雕龍》論，「文體」兩字連用共出現八次，而其義為體裁、語言表達方式和風格[27]，而以單一「體」字出現者，則約一百七十餘句，[28]歸納「體」之涵義約有六種：[29]

1. 指文學體裁。如〈論說〉篇：「詳觀論體，條流多品。」〈書記〉篇：「詳總書體，本在盡言，言以散鬱陶，託風采，故宜條暢以任氣，優柔以懌懷。」

2. 指作品風格。如〈宗經〉篇：「體約而不蕪。」〈體性〉篇：「若總其歸塗，則數窮八體：一曰典雅，二曰遠奧，三曰精約，四曰顯附，五曰繁縟，六曰壯麗，七曰新奇，八曰輕靡。」

3. 指寫作手法。如〈比興〉篇：「毛公述傳，獨標興體。」〈附會〉篇：「惟

25 René Wellek & Austin Warren, *Theory of Literature*, p.236。譯文參見韋勒克、沃倫著，劉象愚、邢培明、陳聖生、李哲明等譯，《文學理論》，頁 280～281。

26 René Wellek & Austin Warren, *Theory of Literature*, pp.236～237。譯文參見韋勒克、沃倫著，劉象愚、邢培明、陳聖生、李哲明等譯，《文學理論》，頁 281～282。

27 王毓紅，《在《文心雕龍》與《詩學》之間》（北京：學苑出版社，2002 年），頁 161～170。

28 沈謙，《文心雕龍之文學理論與批評》（台北：華正出版社，1990 年），頁 62。

29 沈謙，《文心雕龍之文學理論與批評》，頁 62～63。

首尾相援，則附會之體，固亦無以加於此矣。」

4. 指主體、要點。如〈祝盟〉篇：「夫盟之大體，必序危機，獎忠孝，共存亡，戮心力，祈幽靈以取鑒，指九天以為正，感激以立誠，切至以敷辭，此其所同也。」〈鎔裁〉篇：「立本有體，意或偏長；趨時無方，辭或繁雜。蹊要所司，職在鎔裁。」

5. 謂顯現之意。如〈祝盟〉篇：「故知正言所以立辯，體要所以成辭〔……〕雖精義曲隱，無傷其正言，微辭婉晦，不害其體要。體要與微辭偕通，正言共精義並用；聖人之文章，亦可見也。」〈情采〉篇：「而後之作者，採濫忽真，遠棄風雅，近師辭賦；故體情之製日疏，逐文之篇愈盛。」

6. 謂分解、區別之義。如〈詮賦〉篇：「夫京殿苑獵，述行序志，並體國經野，義尚光大。」〈諧讔〉篇：「謎也者，廻互其辭，使昏迷也。或體目文字，或圖象品物。」

　　《文心雕龍》的「體」或「文體」的意義，雖紛繁多歧，但本章論述的範圍，僅限與西洋文學類型相對應的文學體裁，不論及其他含義。整部《文心雕龍》有一半的篇幅都在講述文類，由第六篇至第二十五篇的文體分析，可看出劉勰對文學體裁之重視，而很多學者也都以分體文學史的角度視之。《四庫全書總目提要》云：「其書《原道》以下二十五篇，論文章體製。」《文心雕龍》的前五篇〈原道〉、〈徵聖〉、〈宗經〉、〈正緯〉、〈辨騷〉闡釋「本乎道，師乎聖，體乎經，酌乎緯，變乎騷」的道理，是劉勰文學理論的準則，它涉及文學的一些根本問題。劉勰認為一切原於道，不管天文、地文或人文都離不開道，「道沿聖以垂文，聖因文以明道」，所以要向聖人學習，要以經書為模範，本道、師聖、宗經三位一體，統率一切，位居其首，〈正緯〉、〈辨騷〉翼其後，故其稱為「文之樞紐」。劉勰之文體論，基本上是依此樞紐作為論述的基本骨架。

　　第六篇〈明詩〉以下至第二十五篇〈書記〉，就是劉勰文體論的具體成品，這二十篇闡述各類文體的創作規則與發展源流，詳論各種文體的寫作與發展，故可視為一部分體文學史。這二十篇總計論述三十四種文章體裁的作法，闡明各體文章的體製、特色、代表作品及寫作的準則要求。每一篇都按「原始以表末，釋名以章義，選文以定篇，敷理以舉統」等四個原則來寫，結合史、論、評，全面、完整而嚴密地辨析文體：先闡明各文體的名稱、意義、來源、特質及創作規則，其次講論它在文體史的意義；有比較的研究，也有歷史的研究；不僅從功用、義理、題材、形式上去分辨，亦且從藝術風貌去

區分文體。

此外，劉勰之文體論也論及神話、歌謠、諺語、笑話、謎語等範疇，〈諸子〉篇甚至也提及小說，稱之為曲綴「街談」，因此彥和論文體之詳備，可謂包舉洪纖，然大體而論，劉勰的文體論較偏於具體的文體分類，而不專注於講述文類的理論。底下就依序探討劉勰以何種原則來進行其文體分析：

一、劉勰寫作文體論的四個綱領

> 若乃論文敘筆，則囿別區分，原始以表末，釋名以章義，選文以定篇，敷理以舉統，上篇以上，綱領明矣。（〈序志〉篇）

這是劉勰書寫二十篇文學類別史的四個綱領，他就是依照這四個原則去介紹各體文學的。這四個綱領的書寫次序，為行文或論述的方便，並沒有固定的次序，甚至有合兩個綱領一同敘述的情況。他嚴明地依此四綱領去介紹文體，可見其心目中理想的分類標準，也是依循此原則的，這就是分類的統一原則，在此舉〈詮賦〉篇為例，以闡明劉勰分類的統一原則：

（一）原始以表末

> 昔邵公稱公卿獻詩，師箴，瞍賦。傳云：「登高能賦，可為大夫。」詩序則同義，傳說則異體，總其歸塗，實相枝幹。故劉向明不歌而頌，班固稱古詩之流也。至如正莊之賦大隧，士蔿之賦狐裘，結言短韻，詞自己作，雖合賦體，明而未融。及靈均唱騷，始廣聲貌，然則賦也者，受命於詩人，而拓宇於楚辭也。於是荀況禮智，宋玉風釣，爰錫名號，與詩畫境，六義附庸，蔚成大國。述客主以首引，極聲貌以窮文，斯蓋別詩之原始，命賦之厥初也。秦世不文，頗有雜賦。漢初詞人，順流而作，陸賈扣其端，賈誼振其緒，枚馬播其風，王揚騁其勢，皋朔已下，品部畢圖。繁積於宣時，校閱於成世，進御之賦，千有餘首，討其源流，信興楚而盛漢矣。（〈詮賦〉篇）

劉勰認為在〈詩大序〉中，賦與比、興，同為詩之六義，但〈毛傳〉把詩、賦分開。劉勰綜合他們的觀點，認為賦是《詩經》的支流，它受到《楚辭》的影響，並隨著時間而變化，終於成為文體的大「類」。這是對「賦」這種文類做歷史性的探討，先溯源以明「賦」之始，再循其流以說明其發展脈絡。如他所述，賦之名稱來自荀子的以賦名篇，但使此文類發揚光大的卻是是屈原、宋玉等人，及至漢代蔚然大盛，陸賈、賈誼、王褒、揚雄、枚皋、司馬相如等等，

都是其時之大辭賦家。劉勰就是這樣的敘述賦的源流、發展與演變，也就是他所稱的「原始以表末」。

（二）釋名以章義

> 詩有六義，其二曰賦。賦者，鋪也；鋪采摛文，體物寫志也。（〈詮賦〉篇）

劉勰解釋「賦」這種文體所以稱為「賦」，就是因為它是鋪陳事物的一種文體；它鋪陳辭采，舒布文華，以體現事物，抒寫心志。就作法言，「賦」一定要極力鋪陳事物；就目的言，「賦」以寫志為目標，對「賦」名稱含義的解釋，可算是詳盡的了。

（三）選文以定篇

> 觀夫荀結隱語，事數自環；宋發夸談，實始淫麗；枚乘菟園，舉要以會新；相如上林，繁類以成豔；賈誼鵩鳥，致辨於情理；子淵洞簫，窮變於聲貌；孟堅兩都，明絢以雅贍；張衡二京，迅發以宏富；子雲甘泉，構深瑋之風；延壽靈光，含飛動之勢：凡此十家，並辭賦之英傑也。及仲宣靡密，發篇必遒；偉長博通，時逢壯采；太沖安仁，策勳於鴻規；士衡子安，底績於流制；景純綺巧，縟理有餘；彥伯梗概，情韻不匱：亦魏晉之賦首也。（〈詮賦〉篇）

所謂的「選文以定篇」，就是提出這類文體的名家及其代表作。劉勰首先列出先秦及漢賦之名家十位，並標明各家之風格特色。次敘曹魏王粲、徐幹，最後讚揚晉之左思、潘岳、陸機、郭璞等人，一樣用幾個字概括其風格。劉勰對各家的評語，雖只片言隻語，大都能妥切地概括他們的特色，可謂一語中的，言不虛發。這就是劉勰所謂的「選文以定篇」。

（四）敷理以舉統

> 原夫登高之旨，蓋睹物興情。情以物興，故義必明雅；物以情觀，故詞必巧麗。麗詞雅義，符采相勝，如組織之品朱紫，畫繪之著玄黃，文雖新而有質，色雖糅而有本，此立賦之大體也。然逐末之儔，蔑棄其本，雖讀千賦，愈惑體要；遂使繁華損枝，膏腴害骨，無貴風軌，莫益勸戒：此揚子所以追悔於雕蟲，貽笑於霧穀者也。（〈詮賦〉篇）

劉勰認為賦這種文類，適合運用在人們登高望遠，情感受外物激盪時使用。因

為在居高臨下，四野遼闊的情境中，真情容易毫無掩飾地流露出來，因此胸懷會格外澄朗豁達。所以在內容上，得把這種從容、雅嫺、純正的心志表現出來，才能與四周的美景協合；另一方面，由於摒除俗物的牽累，個人的情志坦蕩清朗，所以對景物就特別能體察入微，因此描繪景物也要特別地艷麗、細膩。如此，情與景交融，炫麗的詞采映照內心的雅意，一映一照，蔚成一幅美侖美奐的畫面。

劉勰擔心把「賦」這種文類說得太抽象，因此用比喻說明。他譬喻賦的寫法，應像女工之織錦刺繡，必得一經一緯，品分朱、紫，才可保持本采的純正，不使朱、紫之色相互淆亂。劉勰又譬喻賦，應似畫史之繪景圖象，或陰或陽，必須使玄黃差別，以免濃淡失調，這樣才能使色彩顯現、明艷。劉勰最後總結地說，唯有內義昭明、外文綺交，兩者達到完美的結合，才是賦體的極致表現。這就是「敷理以舉統」，闡明賦的寫作原則及其適用的時機。

以上是劉勰對「賦」這種文體的介紹方式，至於其他文體的書寫體例，也都循此四原則論述，可見其對文體書寫，要保有一致性，有很清晰的概念。

二、劉勰的文體分類概念

仔細分析《文心雕龍》二十篇的文體史，可以判定劉勰分析文學類型，對文類的概念，符合今日文學類型理論的包舉原理與對等原則：

（一）包舉原則

所謂「包舉」是指「一個事物內部所包含的各小類的總和，應等於事物的全體」，[30]《文心雕龍》論文學類型之分類，從〈明詩〉迄〈書記〉共有三十多種文體的大類體裁，架構在這三十多種文體下的次級文類，總計又有一百七十多種。也就是說這一百七十多種次級文類，劉勰依分類之包舉原則，採追本溯源的方式，把文學類別由大至小分成五個等級，逐層包覆。

在劉勰的心目中，文體的最高層級是「道」，因為「文」原於「道」。〈原道〉篇稱：「道沿聖以垂文，聖因文而明道。」這就是說「道」是「文」的根本，「道」的本體，就是「文」之所依歸，它是「文」的根基，有此根基，文學類型之探討才有根柢可立。「道」廣袤無垠，又極為抽象，一般人是無法領略它的玄奧，所以聖人因文以明道，「五經」就是「道」之「垂文」，〈宗經〉

---

30 韋斯塔（F. W. Westaway）著、徐韋曼譯，《科學方法論》（上海：商務印書館，1935年），頁296。

篇說：

> 故論說辭序，則易統其首；詔策章奏，則書發其源；賦頌歌讚，則
> 詩立其本；銘誄箴祝，則禮總其端；紀傳銘檄，則春秋為根：並窮
> 高以樹表，極遠以啟疆，所以百家騰躍，終入環內者也。

因此「五經」就是所有文類之首，是一切文類的源頭，為各種文學類型提供了
樣本。它們是各體文學類型之濫觴，只具粗略的雛型性質，距離實際的文學類
型，還有一段距離。以後衍生出來的文體，才是實際的文學分類：

　　1.「文」與「筆」

　　劉勰在這一層級，以用韻與否做為劃分的原則，「文」是韻文，「筆」是無
韻文。許多研究者認為劉勰在〈總術〉篇中，反對顏延之的「文」、「筆」、「言」
三立的原則，但他卻又用「文」、「筆」做分類，似有矛盾。〈總術〉篇說：

> 顏延年以為「筆之為體，言之文也；經典則言而非筆，傳記則筆而
> 非言。」

范文瀾注解此句曰：

> 此言字和筆字對舉，意謂直言事理，不加彩飾的為言，如《禮經》、
> 《尚書》之類；言而有文飾的叫筆，如《左傳》、《禮記》之類；其有
> 文飾而有韻的叫文。顏氏分為三類未始不善，惟約舉經典傳記，則
> 似嫌籠統。蓋《文言》經典也，而實有文飾，是經典不必皆言矣；
> 況《詩經》三百篇，又為韻文之祖耶！[31]

誠如范文瀾所言，劉勰並非反對言、筆、文的三分法，而是反對顏氏用「全稱」
的概念，將一切經典，如：《文言》、《詩經》等，不當地歸入「言」。所以他批
評顏延之「就以立論，而未見論立。」果依范氏所言，則劉勰用「文」「筆」
的概念來劃分文類就無矛盾之處。

　　將文章依押韻之有無，分為「文」與「筆」，在劉勰那個時代甚為普遍，
雖然有些文類押韻與不押韻並行，並不以韻之有無來區別，但這類文體究竟只
屬少數，可以例外視之，〈總術〉篇說：

> 今之常言，有文有筆，以為無韻者筆也，有韻者文也。夫文以足言，
> 理兼詩書，別目兩名，自近代耳。

故而依韻區分為「文」與「筆」，依韻文、非韻文來區分文類，不只在劉勰那
個時代如此，揆之今日，亦是如此，更無較好的區分法。

---

31 范文瀾，《文心雕龍注》（台北：學海出版社，1991 年），頁 658。

2. 二十篇篇目上的文體

此層級的分類原則，劉勰實事求是地採靈活的機動辦法：有獨體設篇的文類，如：〈明詩〉、〈樂府〉、〈詮賦〉、〈史傳〉、〈諸子〉等等；亦有兩體相近，合為一篇的文類，如：〈頌贊〉、〈祝盟〉、〈銘箴〉、〈誄碑〉、〈諧讔〉、〈論說〉、〈詔策〉等等。

3. 篇目底下的次級文類

這些次級文類，如〈明詩〉篇的四言、五言、三言、六言。〈樂府〉篇的平調、清調、瑟調、鼓吹、饒歌、挽歌。〈頌贊〉篇的頌、贊、風、雅、序、引、評。〈論說〉篇的論、說、議、傳、注、贊、評、敘、引。〈祝盟〉篇的祝邪、罵鬼、讟、呪、詰咎、祭文、哀策、詛、誓、訳、祝、盟等等。

此外，還有一些極為瑣碎的文類，無類可歸，劉勰將它們有韻的收到〈雜文〉，無韻的則收錄到〈書記〉，這兩篇皆列於「文」與「筆」兩系統的最後一篇。至於「文」的〈諧讔〉一篇，不置於〈雜文〉之前，而列於「文」之十篇最後，蓋因班固《漢書·藝文志》列小說於九流之末，小說在中國之發展，雖來自稗官野史，但學者一直視為猥鄙荒誕，道聽塗說；司馬遷《史記》雖為「滑稽」列傳，清代《四庫提要》卻黜而不論。劉勰生於六朝時代，論古今文體認為小道可觀，故專設〈諧讔〉一篇，實具有重大意義。列在〈雜文〉之後，根據劉勰的解釋是：「然文辭之有諧讔，譬九流之有小說，蓋稗官所采，以廣視聽。」可見劉勰乃遵循班固《漢書·藝文志》的成例，其能收〈諧讔〉為一文類，也可證明他有突破傳統框架的眼光。[32]

上面的論述證明劉勰文體的分類符合包舉的原則：「道」包舉「經」；「經」蓋括「文」與「筆」；「文」與「筆」又各包覆十篇的文體；每一篇文體下又分有不同的文類。這都符合「一個事物內部所包含的各小類的總和，應等於事物的全體」的包舉原則。可見在劉勰心中，文體的分類是層次分明，條理井然的。不僅如此，劉勰在「文」與「筆」這一層的設篇排目，也有其用意。端看他把「文」置於「筆」之前，把單論之篇目排在合論篇目的前面，就可推知劉勰把較重要的文類放在前面，表示它們的重要性。茲將二十篇文類的架構，整理列表於下[33]：

---

32 王更生，《文心雕龍新論》（台北：文史哲出版社，1991年），頁22。

33 蔡宗陽，《劉勰文心雕龍與經學》（台北：文史哲出版社，2007年），頁149～150；
　　王更生，《文心雕龍研究》（台北：文史哲出版社，1989年），頁335。

道	五經	文或筆	初級文類	次級文類	數目	源於何經
		文	詩	四言、五言、三言、六言、雜言、離合、回文、聯句	八	詩
			樂府	平調、清調、瑟調、鼓吹、饒歌、挽歌	六	詩
			賦	大賦、小賦	二	詩
			頌、贊	風、雅、序、引、評	五	詩
			祝、盟	祝邪、罵鬼、譴、呪、詰咎、祭文、哀策、詛、誓、歃	十	禮
			銘、箴	銘、箴	二	禮
			誄、碑	碣	一	禮
			哀、弔	哀、弔	二	禮
			雜文	對問、七發、連珠、客難、解嘲、賓戲、達旨、應問、答譏、釋誨、客傲、客問、客咨、七激、七依、七辨、七蘇、七啟、七釋、七說、七諷、七屬、典、誥、誓、問、覽、略、篇、章、曲、操、弄、引、吟、諷、謠、詠	三十八	詩
			諧、讔	謎語	三	詩
		筆	史、傳	尚書、春秋、策、紀、書、表、志、略、錄	九	春秋
			諸子	諸子	一	五經
			論、說	議、傳、注、贊、評、敘、引	七	易
			詔、策	命、誥、誓、制、策書、制書、詔書、戒敕、戒、敕、教	十一	書
			檄、移	戒誓、令、辭、露布、文移、武移	六	春秋
			封禪	封禪	一	禮
			章、表	上書、奏、議	三	書
			奏、啟	上疏、彈事、表奏、封事六	三	書
			議、對	駁議、對策、射策	三	書
			書、記	表奏、奏書、牋、奏記、奏牋、譜、籍、簿、錄、方、術、占、式、律、令、法、制、符、券、契、疏、關、刺、解、牒、籤、狀、列、辭、諺	三十	春秋

（二）對等原則

「對等」原則是指「事物的各小類之間，要互相排斥，既不能重疊，也不能越級」。[34]根據這定義檢證《文心雕龍》對文學類型之分類，即可證明劉勰是否具有分類對等的概念：

首先，就包舉的五個層次而言，撇開「道」的抽象層次，「五經」彼此不相隸屬，是對等原則。「五經」的下一層，「文」是韻文，「筆」非韻文，也是對等。再下一層「文」的篇目與「筆」的篇目，單論對單論，合論對合論，也是對等。所以，劉勰的文學分類有對等的概念。這些對等概念如何落實在具體的文類上，不犯重疊而且合乎互斥之原理呢？劉勰在二十篇的文學類別中，文類與文類之間，不分大類、小類，他都有區別的方式，這些不同的方式，正是劉勰使各文類不相重疊，各有軫域的依據。茲舉頌、贊、哀、弔四個文類，來說明劉勰區分文類之對等原則：

1. 頌、贊

頌與贊這兩種文類很相近，所劉勰把它們合為〈頌贊〉篇一起論述是相當合理的，然「頌」與「贊」畢竟不同，因此再從它們的定義、性質、使用方式，與書寫的內容、形式，來詳細述明他們的不同點：

（1）定義

　　頌者，容也，所以美盛德而述形容也。〔……〕贊者，明也，助也。

頌是用來讚美盛大的德澤，稱述成功的威儀與情狀。而贊只是用來申明、獎勵人或事的功勞，這是從功用上定義頌、贊的不同處。

（2）使用對象

　　頌主告神，義必純美〔……〕贊者，揚言以明事，嗟嘆以助辭也。

頌的對象是向神稟告，而贊是對人、事的讚嘆，這是就文體的適用對象去辨明頌、贊的不同。

（3）內容、形式

「頌」在內容與形式的要求是：

　　原夫頌惟典雅，辭必清鑠，敷寫似賦，而不入華侈之區；敬慎如銘，
　　而異乎規戒之域；揄揚以發藻，汪洋以樹義。

又說「贊」：

34　韋斯塔（F. W. Westaway）著、徐韋曼譯，《科學方法論》（上海：商務印書館，1935年），頁 296。

> 然本其為義，事生獎歎，所以古來篇體，促而不廣，必結言於四字
> 之句，盤桓乎數韻之辭，約舉以盡情，昭灼以送文，此其體也。

頌的內容要求典雅，辭藻要清鑠，形式雖似賦，但不可太華麗，文義敬慎像銘，但不同於規戒，總之，寫作頌體，形式務必揄揚以發藻，內容要汪洋以樹義。贊的句法是四字一句，諧音、用韻的韻目不能太多，對事功的敘述，要約略地舉以讚嘆、獎勵，因此，贊這種體裁相當簡短。這是頌、贊的內容與形式上的不同。上述頌、贊的不同，可知劉勰對文類的對等原則和類與類間的相互排斥、不相重疊的概念，是相當清晰、明確的。總之，從《文心雕龍》實際的文體分類，可以證明劉勰的文體分類，是符合今日類型理論的秩序原理。

第三節　文學類型論之比較

一、韋沃的「文類」與劉勰的「文體」

如本章第二節所述，劉勰之「體」的概念，除用來表示文學作品的語言表達方式外，還用來表示作品內容與形式統一的風格及體裁。因此，劉勰的「文體」概念，是含有語言的表達方式、風格與體裁之內涵，但這樣的內涵很明顯比韋沃於《文學理論》中之「類型」概念來得豐富、複雜或也可說歧義、混淆。

韋沃認為文學類型是對文學作品的分類編組，所以在《文學理論》中，韋沃將風格學、文學類型闢為兩章，把風格與文類分別論述，在他們看來風格與文類雖有些關係，但兩者是完全不同的概念：文學類型是文學作品的體裁種類，風格則是語言如何表達的手段。

韋沃視文學類型與風格為兩個獨立並存的概念，並不突兀，而是有其歷史根源的。在西方「體裁」一詞，是源於拉丁文 genus，意思是「類」。英語「genre」則來自法文，意思是類型、種類，就像詩、戲劇、小說等這樣的文學「樣式」。研究文學類型的學問是「文類學」，法文 Genologie，英文 Genology。希臘文 eidos 則含有種、屬、成分等義，[35]在亞里斯多德的《詩學》中通常也用以指某類文學作品，譬如：《詩學》第四章說喜戲和悲劇這兩種體裁比諷刺詩和史詩更高。可見亞理斯多德把喜、悲劇歸為一類，而把諷刺詩和史詩歸為另一類，在他心目中，喜劇、悲劇與諷刺詩、史詩是兩種不同的文學類

---

35 王毓紅，《在《文心雕龍》與《詩學》之間》（北京：學苑出版社，2002 年），頁 208。

型。[36]柏拉圖在〈伊安篇〉裏說：「因為詩人製作都是憑神力而不是憑技藝，他們各依所長，專做某一類詩，例如：激昂的酒神歌、頌神詩、合唱歌、史詩或短長格詩，擅長某一種體裁的人不一定擅長他種體裁。」[37]古羅馬的賀拉斯也明確地以種類、體裁來指稱各類的文學作品，他在《詩藝》中說：

> 每一種體裁都應該遵守規定的用處。但是有時候喜劇也發出高亢的聲調；克瑞墨斯一惱可以激昂怒罵；在悲劇中，忒勒福斯和珀流斯也用散文的對白表示悲哀。又我們的詩人對於各種類型都曾嘗試過，他們敢於不落希臘人的窠臼，並且在作品中歌頌本國的事迹，以本國的題材寫成悲劇或喜劇，贏得了很大的榮譽。[38]

美國文學批評家亞伯拉姆斯（M. H. Abrams）把文學體裁視為語言的表達方式，他給體裁下的定義是：

> 文類（genre）為法文詞，在文學批評裏表示文學作品的類型、種類，……文學作品可以劃分為多種類型，而劃分的標準也是五花八門。[39]

綜合各家說法，韋沃為文學類型之分類提出兩個原則：一是外在形式，如：格律、結構等等；二是內在形式，如：態度、情調、目的、題材、觀看對象（讀者或觀眾）等等。[40]內、外二者必同時具備，但細項則不須一一具足。

由上所論，可知劉勰的「文體」概念，與韋沃在《文學理論》中所表達之「類型」概念，是同中有異：同者，兩者皆指「文學類型」；異者，劉勰之「文體」概念，一詞多義，在內涵上較複雜，而韋沃之「類型」概念則一詞一義，其內涵較單純。

二、終極類型與文學類型

（一）終極類型

一般將「類型」（Genre）一詞，用以指小說（包括長篇小說、短篇小說和

---

36 亞里斯多德著、陳中梅譯，《詩學》（台北：商務印書館，2005 年），頁 48。

37 〈伊安〉為柏拉圖《理想國》中之一篇。參見伍蠡甫、胡經之主編，《西方文藝理論名著選編》（北京：北京大學出版社，1985 年），頁 7。

38 賀拉斯著、羅念生譯，《詩學‧詩藝》（北京：人民出版社，1962 年），頁 142、152。

39 艾布拉姆斯著、朱金鵬、朱荔譯，《歐美文學術語詞典》（北京：北京大學出版社，1990 年），頁 126。

40 René Welleck & Austin Warren, *Theory of Literature*, p.231。譯文參見韋勒克、沃倫著，劉象愚、邢培明、陳聖生、李哲明等譯，《文學理論》，頁 274。

史詩）、戲劇（不管用韻文或散文寫的）和詩（主要指那些相當於古代的抒情詩之作品），這三種無法再歸併的終極種類。韋沃則認為用 Genre 指稱上述三種並不恰當，雖然有很多學者如霍布斯、達拉斯（E. S. Dallas）、厄斯金（J. Erskine）、雅柯布遜等人，嘗試用各種方式，如：時代的規模、語言形態學等來說明這三種類的基本性質，但都沒有效果。因此，韋沃認為「類型」（Genre）這術語應當只能用來指歷史上的文學類型而非這三種終極種類。韋沃懷疑小說、戲劇、詩，是否真有終極性質？何況古代所謂的戲劇、小說（史詩）和詩，和今日的概念也不相同，能否明確地界定它們的性質也頗值得懷疑。不用小說、戲劇、詩，而用描寫、展示和敘述，也許更接近終極文類。顯然將小說、戲劇、詩視為終極文類，韋沃是不滿意的。

　　對於終極文類性質之難以辨析，劉勰在《文心雕龍》也觸及這個難題，劉勰對「文」與「筆」為文學體裁之最高層級也是不滿意的，用押韻與否的「韻文」與「非韻文」做區分是否恰當，在當時的六朝，也引起很大的爭議。顏延之就認為文學應分為言、筆、文三類，他說：

> 「筆」之為體，「言」之「文」也；經典則「言」而非「筆」，傳記則「筆」而非「言」。（〈總術〉篇）

梁昭明太子蕭統的〈文選序〉則說：

> 自姬漢以來，眇焉悠邈〔……〕老莊之作，管孟之流，蓋以立意為宗，不以能文為本；今之所撰，又以略諸。若賢人之美辭，忠臣之抗直，謀夫之話，辨士之端，事美一時，語流千載，概見墳籍，旁出子史，若斯之流，又亦繁博，雖傳之簡牘，而事異篇章，今之所集，亦所不取。至于記事之史，繫年之書，所以褒貶是非，紀別同異，方之篇翰，亦已不同。若其贊論之綜輯辭采，序述之錯比文華，事出于沈思，義歸于翰藻，故與夫篇什而集之。[41]

昭明太子的選文，排除了經、子、史，而僅以綜輯辭采，錯比文華，事出于沈思，義歸乎翰藻之作品才是「文」，可知其區別「文」與「非文」的概念，又與顏延之不同。梁元帝《金樓子・立言》篇下云：

> 古人之學者有二，今人之學者有四。夫子門徒，轉相師受，通聖人之經，謂之「儒」。屈原、宋玉、枚乘、長卿之徒，止于辭賦，則謂

41　〔南朝〕蕭統編，《文選》（台北：藝文印書館，1972 年），頁 1～2。

> 之「文」。今之儒博窮子史，但能識其事，不能通其理者，汎謂之
> 「學」。至如不便為詩如閻纂，善為章奏如伯松，若此之流，汎謂之
> 「筆」。吟詠風謠，流連哀思謂之「文」。又曰筆退則非謂成篇，進
> 則不云取義，神其巧惠，筆端而已。至如文者，惟須綺縠紛披，宮
> 徵靡曼，脣吻遒會，情靈搖蕩。

這段話述明，梁元帝又把學者，分為儒、學、文、筆四類，並且於聲律之外，又增情采，合而定之，有情采韻者為「文」，無情采韻者為「筆」。可見六朝時期要依什麼性質界定「文」與「筆」，是眾說紛紜，莫衷一是。

劉勰認為「五經」是所有文類的起源，五經之下再用文、筆加以區分，其實也是不得已的做法，他在〈總術〉篇說：

> 今之常言，有文有筆，以為無韻者筆也，有韻者文也。夫文以足言，
> 理兼詩書，別目兩名，自近代耳。

依彥和的口氣，文、筆「別目兩名」是近代的事，他沒有明確地表示贊同與肯定，因為其區敘眾體中，「文」中的雜文與諧讔兩類，就有押韻與不押韻的，無法依押不押韻去區隔，但是劉勰又只能用文、筆去分類，可見劉勰與韋沃一樣，他們對文類的終極種類，也無法提出更好的分類法，故而只能暫且從俗而已，這也凸顯終極文類分類的不易。

（二）「類型」（genres）：歷史形成的文學「種類」

把「類型」（genres）用以指歷史上的文學類型，劉勰與韋沃的看法是相同的，這可由劉勰所論及的一百七十多種文體，大都是承繼前人的作品綜合而成得知。中國對文體的重視，發軔於魏、晉，盛行於齊、梁。根據蔣伯潛《文體論纂要》及薛鳳昌《文體論》的說法，文人單篇的作品，到東漢才昌盛起來。先秦諸子，多自不著書；屈原、宋玉，也僅有辭賦傳世而已。西漢時期，陸賈《新語》、賈誼《新書》、淮南王劉安《淮南子》、司馬遷《史記》、劉向《說苑》、揚雄《法言》等等，或近於子，或近於史，都各成專書，非單篇之作。單篇之作惟有碑文、詔奏、書牘等之錄存於史書而已，故劉歆《七略》、班固《漢志》、部勒羣籍，於《六藝》、《諸子》、《兵書》、《術數》、《方技》之外，僅列一《詩賦略》，以著錄單篇的詩賦。

東漢時期，文體日增，學者專書日少，而文人單篇之作則逐漸增多。曹丕〈與吳質書〉，獨稱徐幹「懷文抱質，著《中論》二十餘篇，成一家之言。」《隋書經籍志》以為「別集之名，蓋漢東京之所創也，總集之起，由於建安之

後。」[42]中國文學的分類最早見於曹丕的《典論‧論文》,《典論‧論文》把文體分為八類:奏、議、書、論、銘、誄、詩、賦。晉陸機的〈文賦〉則把文章分為十類,並將各類的文體風格說得清清楚楚:

> 詩緣情而綺靡,賦體物而瀏亮,碑披文以相質,誄纏綿而淒愴,銘博約而溫潤,箴頓挫而清壯,頌優遊以彬蔚,論精微而朗暢,奏平徹以閑雅,說煒曄而譎誑。

從文體的類別來說,陸機的分類已比曹丕來得細膩。至於西晉摯虞的《文章流別論》,據嚴可均輯佚所得也有十二類。《隋書經籍志》說他是「各為條貫而論之,謂之流別」,由此看來,它也是專論文體分類的書。劉勰《文心雕龍》應是在這些基礎上再予細分,採擷眾家之菁華,所以能「體大慮周」。呂武志於〈《文心雕龍》對魏晉文論的繼承與折衷〉一文說:

> 文體論並不是劉勰的獨創發明,它主要繼承了曹丕、陸機、摯虞、李充、傳玄、桓範、荀勗等魏、晉文論家的觀點。像文體分類方面,考察我國之條析文體,蓋始於魏曹丕的《典論‧論文》,精分為奏議、書論、銘誄、詩賦四科八體;到西晉陸機、摯虞乃弘其規模;〈文賦〉別為詩、賦、碑、誄、銘、箴、頌、論、奏、說十類;《文章流別論》就今日所輯十八條佚文看,最少也涉及詩、賦、頌、七、箴、銘、誄、哀辭、哀策、對問、碑、圖讖十二類,東晉李充更大張其軍,研議詩、賦、讚、盟、檄、論、表、議、奏、駁、書、誡、誥、封禪十四種體裁。至於劉勰二十篇之龐大篇幅,囊包眾體,廣達一百八十類,更是類聚群分,架構綿密而臻於大成。其豐富內涵,固非曹丕等人所能望其項背,但如果不是採擇魏晉成說,又何能在齊梁之世,將文體分類推向更高峰呢?[43]

由此可證,劉勰《文心雕龍》在文學類型的分類名目上,大都沿襲歷史的文體分類而來,這與韋沃之論點正好相合。其不同者:劉勰有實際的文體分類作品——《文心雕龍》上篇二十篇,而韋沃只是理論的論述而已,這是韋沃《文學理論》與劉勰《文心雕龍》顯著不同的地方。韋沃雖詳盡闡述文學類型之性質、定義、原理、劃分原則、價值,並介紹新古典主義文學種類之分類原則以

---

42 王更生,《文心雕龍研究》(台北:文史哲出版社,1989年),頁312~313。
43 呂武志,〈《文心雕龍》對魏晉文論的繼承與折衷〉,收於《文心雕龍國際學術研討會論文集》(台北:文史哲出版社,2000年),頁169~178。

及現代文學類型理論的重要論題，但他們在《文學理論》一書中並沒有範例說明具體的文學類型。沒有具體的實踐成品。相反地，劉勰對文學類型理論性論述的範圍，沒有韋沃的宏觀架構，也沒有韋沃的精密廣泛，但於《文心雕龍》中卻花了幾近二分之一的篇幅，去為各種歷史性文類歸類並詳細地論述該文體的歷史淵源與作法。由此也可以看出，兩書著述目的各有側重。韋沃是文學類型理論的探討，而劉勰則是具體的文體的分類實踐。

三、韋沃類型理論與劉勰的文體論

此處比較的重點，是運用韋沃的類型理論，檢驗劉勰之文體劃分系統是否相同：

（一）秩序原理

韋沃認為文學類型的分類須謹守秩序原理。它應依照文學上的特殊類型或結構標準，把文學和文學史加以分類。故任何對文學的評價研究，都必須在某種形式上符合這種結構或標準之要求。就此點而言，劉勰之類型分類大致符合韋沃之理論。本章第二節，筆者已詳細論列劉勰的文體分類，是包舉、統一與對等的秩序原理。在劉勰的類型分類中，譬如：詩、賦、頌、贊、論、說，每一文體類別都有它們獨特的形式與內容，有它們自己專門的寫作規範，要評價這類的文體時，得根據這些規範。

劉渼認為這些都與近人分類的三大原則——包舉、對等、正確——不謀而合。劉勰的分類參酌《七略》、《漢志》等史家目錄，故其標準有多重的特點，由於具有多重的標準，故其篇目的分合與安排極有倫序：文與筆為第一層次，各篇目的文體為第二層次，最後是各篇中所論的眾多文體，是為第三層次。主、從分明，層次井然。[44]由此可證，劉勰之文體分類原則是符合韋沃秩序原理的。

（二）劃分原則

韋沃認為文學類型的劃分，應建立外在形式（如特殊的格律或結構）和內在形式上（如：態度、情調、目的，以及較為粗略的題材、讀者觀眾的範圍等等）。就此點而言，《文心雕龍》從〈明詩〉至〈書記〉，除〈樂府〉、〈諸子〉、

---

44 劉渼，〈劉勰《文心雕龍》文體論選體、分體、論體的特色〉，收於《文心雕龍國際學術研討會論文集》（台北：文史哲出版社，2000年），頁 295～317。

〈史傳〉諸篇外，其餘文體大都依外在與內在形式作為分類的根據，例如：〈明詩〉篇：「若夫四言正體，則雅潤為本；五言流調，則清麗居宗。」四言、五言是詩的外在形式，「雅潤」、「流調」則分別是它們的內在格調。又如：〈頌贊〉篇在解釋「頌」的定義後，接著分析「風、雅、頌」三者的區別云：

> 夫化偃一國之謂風，風正四方謂之雅，容告神明謂之頌。風雅序人，
> 故事兼變正；頌主告神，故義必純美。

這就是從內在的功能、性質去區分三者的不同。〈書記〉篇談牋、記二體的不同云：

> 記之言志，進己志也。牋者表也，表識其情也。〔……〕原牋記之為
> 式，既上窺乎表，亦下睨乎書。使敬而不懾，簡而無傲，清美以惠
> 其才，彪蔚以文其響，蓋牋、記之分也。

這是從不同的審美目的去區分牋、記這兩個文體的不同。王更生認為：劉勰的文體分類是集歷代文體之大成，其對文體的產生、發展、變化與歸類，必定廣參博考，故而對各體文類之劃歸必有所據。不然，在漫長的歷史與複雜的文學潮流裏，又如何能向壁虛造，成此體大慮周之宏著。他認為劉勰的文體分類有多元的依據：

1. 綜合歷代學者的分類：蓋文體分類的本身，就具有歷史的意義，如果斷代為說，不僅膚淺，且容易產生歷史的斷層而誤入歧途。

2. 汲取當代文論的菁華：就〈序志〉篇所提當時之論文專著，有魏文〈典論〉、陳思〈序書〉、應瑒〈文論〉、陸機〈文賦〉、仲洽〈流別〉、宏範〈翰林〉六種。

3. 以當時通行的文體為依據：《文心雕龍》所載之文類，多為當代文類，這可由《隋書·經籍志》察證。

4. 結合作品內容與形式為文體分類的依據：文體既指作品的體製和樣式，理應有其特徵，而特徵最易具體表現在作品的形式上，但形式由內容決定。所以，劉勰的文體分類，並不只著眼於形式，更深入考察其內容。

5. 以社會現實生活的反映為文類的依據：文章是社會現象的表徵，是客觀事物與主觀活動的反映，沒有社會的現實生活，就不可能產生文章。

6. 以作品的性質與功能為文體分類的依據：《文心雕龍》的文體分類，兼括作品之性質及功能，即依其用途來分類的。[45]

---

45 王更生，《文心雕龍新論》（台北：文史哲出版社，1991年），頁24～42。

　　由上述王氏之論點，可證明劉勰在文體的劃分的內、外原則與韋沃的觀點是有相合之處。

四、劉勰的文體論與新古典主義（Neoclassicism）

　　十七、十八世紀是西方極重視文學類型的時代，各文類的區分必須清楚明白，講究文類的純粹明淨性，要求各文類必須明確地區隔清楚。新古典主義相信類型與類型之間，有性質上的區別，不得混淆，這就是新古典主義有名的「類型純粹」與「類型分立」原則。「類型純粹」與「類型分立」是新古典主義信奉的一條總則，因此新古典主義要求作品在情調上，要有統一性；在風格上，也要純粹、簡明。此外，文類的等級、文類的持續與新文類的增入等，也都是新古典主義所關注的議題，由此而形成新古典主義的美學原理。

　　劉勰《文心雕龍》也是極重視文體，其文體分類與新古典主義的文類主張值得細加比較：

（一）類型純粹與類型分立原則

　　茲舉〈哀弔〉為例，加以說明：

> 賦憲之諡，短折曰哀。哀者，依也。悲實依心，故曰哀也。以辭遣
> 哀，蓋下流之悼，故不在黃髮，必施夭昏。

根據諡法，對短命夭折的死者，表示傷痛、悲愍所做的悼念文辭，就叫「哀辭」，所以是用在未成年的小孩，不適用於老年人，而弔辭則是：

> 弔者，至也。詩云：「神之弔矣。」言神至矣。君子令終定諡，事極
> 理哀，故賓之慰者，以至到為言也；壓溺乖道，所以不弔矣。

「弔辭」是到喪家悼祭死者，是客賓對喪家的弔慰之意，所以訓「至」，但對乖違天理的人則不適用。這是針對「哀」、「弔」這兩種文體的名稱與施用對象所做的解釋。就是新古典主義的「類型純粹」與「類型分立」原則，把兩種文體區隔得清清楚楚。

　　其後劉勰進一步說明「哀辭」、「弔辭」的寫作要領：「哀辭」應以悲痛哀傷為主體，措辭要表達對死者的愛憐、婉惜。至於「弔辭」則必須把握「正義以繩理，昭德而塞違，割析褒貶，哀而有正」的原則，而不能把它寫得像辭賦一樣地華麗，否則就會失去它的適用性。這就是新古典主義所要求的，同一文類情調的統一性與風格的純粹、簡明性。劉勰雖將「哀」、「弔」合篇而論，但對兩種文體仍是區別得清清楚楚，可見劉勰極重視文體的純淨性，這與新古典

主義的主張是一樣的，〈頌贊〉篇批評「訛體」云：

> 至於班傅之北征西征，變為序引，豈不襃過而謬體哉！馬融之廣成
> 上林，雅而似賦，何弄文而失質乎？又崔瑗文學，蔡邕樊渠，並致
> 美於序，而簡約乎篇；摯虞品藻，頗為精覈，至云雜以風雅，而不
> 變旨趣，徒張虛論，有似黃白之偽說矣。及魏晉辨頌，鮮有出轍，
> 陳思所綴，以皇子為標；陸機積篇，惟功臣最顯；其襃貶雜居，固
> 末代之訛體也。

劉勰批評班固、傅毅之〈北征頌〉、〈西征頌〉為了鋪敍事實，而使「頌」體例，
變而為似序、引之類的文體；馬融之〈廣成頌〉、〈上林頌〉為了追逐辭藻的華
麗而失去「頌」體的本色；崔瑗的〈南陽文學頌〉、蔡邕的〈京兆樊惠渠頌〉
由於過渡追逐序文的優美，而使「頌」的主文過於簡略；他也批評摯虞《文章
流別論》一方面說傅毅的〈顯宗頌〉夾有風、雅的體例，另方面又說它沒有違
背「頌」的體例，這是自相矛盾的。由此可見，劉勰對文體純淨性的堅持，比
新古典主義有過之而無不及。

（二）分類的基本原理

　　韋沃批評新古典主義對各文類的定義、區別法，沒有統一而連貫的原
理，也就是說新古典主義沒有說清楚文類是怎麼來的，甚至根本沒有原理可
言。這與《文心雕龍》依「原始以表末，釋名以章義，選文以定篇，敷理以
舉統」去「囿別區分」文體，有很大的不同。「釋名以章義」就是為文體下定
義，「敷理以舉統」就是說明文體的寫作原則，分從題材、情境、目的、形式
等等，多方面的角度去論述，從哪一個角度可以說清楚，就選那一個角度去
說明，務期凸顯這文體與其他文體的不同處。最重要的是「原始以表末」，從
這文體的源頭「五經」及如何分流，去說明它與其他文體分枝別流的情形，這
最能廓清各文體似是而非、糾纏不清的情形。若從以上三種方法去理解文體
仍有疑惑不明者，劉勰還不忘標舉範本以為佐證，這就是「選文以定篇」，以
具體的範文實例去印證前面三項的說明，如此有說明、有實例，是再清楚不
過的了。

　　如此看來，劉勰已竭盡所能地用他這四個基本原則，《文心雕龍》上篇的
二十篇文體論，就極連貫而統一地依此四原則，去敍述各個文體的特徵。韋沃
批評新古典主義缺乏分類的基本原理，《文心雕龍》沒有這個問題。劉勰謹守
的四個基本原則，就是他區分文體的基本原理與一貫的標準。

（三）新文類的孳生、級別及其他

韋沃稱新古典主義是一種保守的勢力，但它卻允許新文類的孳乳增生，認為這是「獨創性」的表現。《文心雕龍》在這方面，似乎也表達了相同的態度，最鮮明的例子，莫過於他對屈原〈離騷〉的接受。騷體之形式、內容雖異於《詩經》，但它是「依經立意」，是「體憲於三代，而風雜於戰國」的綜合成果，因此劉勰肯定它。

至於新古典主義將文體或依快樂的強弱，或視讀者觀眾的多寡分等級，或是用韋沃所說的「種類的等級應該說是一個社會、道德、審美、享樂、傳統的性質混合體」去分文學類型的級別，《文心雕龍》全無這方面的論述。這也可看做劉勰認為文體應與社會階級對應，根本是不必要的。文體的發生、存續由其功用與性質決定，既自有存續的價值與功能，又豈有貴賤與光不光彩之分？用少用多不該是高低分別的依據，讀者量之多寡更不應是判定性質精麗的標準，曲高者其和者自少，文學又豈能以量制價？劉勰對文體等級之不言可喻。而新古典主義則認為文類的性質與風不風光，有等級的區別，與社會性的等級畫上等號，這一點劉勰與新古典主義是很不相同的。

（四）美學原理

韋沃認為「古典的」理論是規則性和命令性的──但不是愚蠢的權力主義，與現代理論有明顯的區別。新古典主義的美學原理就是：

> 要求作品情調有一種僵硬的統一性，要求風格的純粹和簡明性，要求把注意力集中在一個單一的情節和主題上，創造一種單一的情緒（如：恐懼或笑等）。這一原理也要求種類的專門化和多元化。[46]

韋沃批評古典主義是不能容忍──實際上是不懂得──其他美學體系、種類與形式，因此容易誤將與之不同的形式、種類與體系，視為沒有形式、種類與體系。他們主張不必為古代的形式、種類與美學體系辯護，各時代、各文化都各有其美學體系、種類與形式，說明可以，辯護則沒有必要。文學類型的多寡沒有限定的必要，用文類規則規定作者創作更不必要，因為文學作品給人的快樂是新奇與熟知融合無間的感覺，但太過守舊則會引起千篇一律的厭煩感，而整個兒翻新，奇則奇矣，卻又令人不可理解，所以混合多種文類、混合所有美學技巧，既有現成文類的影子，又有某種程度的更改、擴張，變成一種新的文

---

46 René Welleck & Austin Warren, *Theory of Literature*, P. 234。譯文參見韋勒克、沃倫著，劉象愚、邢培明、陳聖生、李哲明等譯，《文學理論》，頁277。

類也是可以的，這就是在別人創立的類型裡創造自己的作品。

　　所以文學類型不必純粹，加以縮減、擴大都可以，俾使文類更具包容與豐富性，所以文類與文類間的區分已不重要，重要的是分享文類間的不同技巧與從這些技巧中所給予作品的審美效用及創造性。這些就是現代文學類型理論的主張，也是韋沃的文學類型主張，它不但與新古典主義不同，也與劉勰不同。由此可見，劉勰與新古典主義所堅持的「類型純粹」與「分立原則」，許多都被韋沃推翻、打破。然論者以為他們間的理論差異，應屬古典與現代的時代差異。

五、文學類型史

　　韋沃認為文學類型理論研究的重要議題是：原始類型（民間文學或口頭文學）與後來發達的類型之間的關係。訂立文學類型的承續性理論，以斷定類型的繼承性和統一性。類型史的性質要有一種歷史哲學——少了這一點它只算是編年史——及這類型的定義，循編年的順序，逐次敘述各時代的流派與先後的承續關係，在時間的連續統一上，再加上批評次序。

　　韋沃認為文學類型理論研究的價值之一，是觀照文學的內在變化，但他們不主張依作品之編年順序來看待這種變化，而應當以某些具有影響力之作家或作品為主，來考察各作品或作家與它們之關係。在此，韋沃之論點，與劉勰文體論中的「釋名以彰義」「原始以表末」之觀點是非常一致的，它們都著重於考究某類文學類型史的變化。根據韋沃的理論，劉勰在探討分體文學史之流變時，並不只依編年之順序，來闡述文學類型之歷史變化，他還以文類變化中之典型作品為主來說明文學之內在轉變，此部分可由文體論之「選文以定篇」中獲得證明。〈時序〉篇云：

> 爰自漢室，迄至成哀，雖世漸百齡，辭人九變，而大抵所歸，祖述
> 楚辭，靈均餘影，於是乎在。

這段話呈現劉勰以《楚辭》這部作品為核心，考察漢賦百年來受它影響的脈絡。而這與韋沃在探討文學內在變化時，從一部有特定影響力的書，或一個有影響力的作者著手，去尋找對這著作或作者的反響的作法是一致的。無可諱言地，韋沃對現代類型理論的發展、承續、批評史該如何書寫等複雜問題都提出了卓越、睿智的見解。但可惜的是，他們於《文學理論》中未有具體之實例來對照。相反地，劉勰在這些問題上，並沒有多少理論上的舖陳，但他在

文體論諸篇中卻作了細緻的實踐,而從他對各類型文體的實踐中,的確可以看出類型間之承續變化。由此可知,韋沃與劉勰對類型史之研究有其相近互補之處。

第八章　文學評價之比較

前　言

　　本章第一節，論韋沃《文學理論》第四部（文學的內部研究）第十八章〈文學的評價〉。第二節，就劉勰《文心雕龍》〈知音〉、〈才略〉、〈程器〉、〈指瑕〉、〈風骨〉、〈辨騷〉、〈時序〉、〈序志〉各篇及〈明詩〉到〈書記〉等二十篇，有關文學作品之評價與理論，加以歸納整理。第三節，就雙方之論點，分別從：（一）批評家應具備的條件（二）評價文學作品的一般標準與偉大標準（三）批評方法──（1）理論評價（2）實際評價──等三項，進行比較。

第一節　韋沃《文學理論》論文學的評價

一、文學應有它的獨立領域

　　從文學獲得利益，就能肯定文學有價值，但要闡明文學「價值」（value）與文學「評價」（evaluation）的不同並非那麼容易。如何進行文學評價呢？韋沃說：

> 我們在估價某一事物或某一種興趣的等級時，要參照某種規範〔成規〕（norm），要運用一套標準，要把被估價的事物或興趣，與其他的事物或興趣加以比較。[1]

1　René Wellek & Austin Warren, *Theory of Literature*, p.238。譯文參見韋勒克、沃倫著，劉象愚、邢培明、陳聖生、李哲明等譯，《文學理論》，頁 283。

唯有透過比較，才能斷定事物的高低價值；要有共同的規範與標準，才能參照、比較，否則便失去比較的意義。韋沃認為文學的本質、效用，與評價有密切的關係，要評價文學的價值，得根據文學是什麼、文學能做什麼，並通過與其他具有相同性質、作用的東西，相互比較才行。[2]

　　文學的本質是什麼呢？如果採用分析法或還原法，就得把詩的視覺意象和和諧聲音，分解為繪畫和音樂兩部分，韋沃不同意這種分析方法，因為分析文學，重點不在文學的構成因素，而是在這些因素如何被組織在一起，是否具備審美功能，如果是，那麼它們就是文學作品。

　　韋沃不贊同早期純文學的提倡者，排除詩與小說的實用成分，因為「純文學」的現代含義，是不含科學與實用成分的，但這並不是說小說或詩的內容，不含有這些「成分」。事實上，我們可以用「不純粹」的心態，去閱讀「純」小說或詩。[3]

　　任何東西都有可能被誤用或用得不充分，所以讀者讀詩或小說，也不一定與其性質相合。例如：有人上教堂，是因為到那裡享受音樂而不是去聽教義。在韋沃看來，思想被當做文學作品的成分（或材料），就像小說中的角色與背景一樣，它無損於作品。韋沃以組織與功能去定義文學作品，衍生出文學有沒有獨立的「審美經驗」，或是文學只是科學與社會的工具而已等兩種不同的美學觀。承認文學有其「美學價值」與「美感經驗」的，認為文學有自身的領域；持第二種看法的，則否認文學有終極的和不可貶損的「美學價值」，就像有些哲學家，只把文學、藝術看做是知識的原始或初級形式；或是有些改革家，用藝術能否激發行動，去衡量藝術價值一樣。

　　韋沃引康德在《判斷力批判》一書中的說法：「純粹美，比依存美或實用美具有審美上的優越性。」[4]這種說法與許多理論家的見解是一致的，他們都

2　René Wellek & Austin Warren, *Theory of Literature*, p.238。譯文參見韋勒克、沃倫著，劉象愚、邢培明、陳聖生、李哲明等譯，《文學理論》，頁 284。

3　例如果戈里（J. Gogol）的《斗蓬》（*The Cloak*）和《死靈魂》（*Dead Souls*）問世時，明顯地遭人誤解，甚至也被批評家誤解此二部作品是宣傳品。事實上這樣地誤解，是很難和這二部作品中精心制作的文學結構、複雜的反諷、滑稽諷刺、雙關語、模仿和諷刺等技巧相調合的。René Wellek & Austin Warren, *Theory of Literature*, p.239。譯文參見韋勒克、沃倫著，劉象愚、邢培明、陳聖生、李哲明等譯，《文學理論》，頁 285。

4　René Wellek & Austin Warren, *Theory of Literature*, pp.240～241。譯文參見韋勒克、沃倫著，劉象愚、邢培明、陳聖生、李哲明等譯，《文學理論》，頁 283。

承認：

> 審美經驗是一種品質的感知。這種品質本身是令人愉悅的，有趣味
> 的，它提供一個終極價值，以及其他終極價值的樣品和預期。[5]

可見他們支持文學應當有其自身領域的立場。這一立場認為文學作品，是一種被審美的對象，它能激起人們的審美經驗。但是做為一個審美經驗的客體，它應有它的審美結構，這一結構就是一種能將各種「素材」組織在一起的審美「形式」。[6]

二、評價文學作品的一般標準與偉大標準

韋沃在〈評價〉一章，介紹幾種以審美性來衡量作品價值之高低的標準：

（一）艾略特（T. S. Eliot）的標準

1. 以審美標準評價其文學性

使用這方式可分二個層次：首先，將作品分類為小說、詩或戲劇。其次，再追問這些作品，是否為「令人滿意的文學」。換句話說，就是看這些作品，是否值得以美感經驗來審度。

2. 以額外的審美標準評定其偉大性[7]

就艾略特而言，是不是文學作品，可以從文學作品的美學形式審度出來，而作品夠不夠偉大，則是另一個議題。艾略特認為「詩中所呈現的人生觀（the view of life），必須是批評家能夠接受的那種連貫、成熟和建立在經驗事實之上的人生觀」，這句話可視為艾略特對「偉大性」文學作品的標準。[8]

5　René Wellek & Austin Warren, *Theory of Literature*, p.241。譯文參見韋勒克、沃倫著，劉象愚、邢培明、陳聖生、李哲明等譯，《文學理論》，頁 287。

6　René Wellek & Austin Warren, *Theory of Literature*, p.241。譯文參見韋勒克、沃倫著，劉象愚、邢培明、陳聖生、李哲明等譯，《文學理論》，頁 288。

7　René Wellek & Austin Warren, *Theory of Literature*, pp.241～242。譯文參見韋勒克、沃倫著，劉象愚、邢培明、陳聖生、李哲明等譯，《文學理論》，頁 287～288。

8　韋沃認為艾略特關連貫性、成熟和建立在經驗事實之上的生活觀，在其措詞表達上已超越了形式主義的看法：「連貫性」無疑是一個審美標準，也是一個邏輯標準；但「成熟」卻是一個心理學的標準，而「經驗的事實」則要求助於藝術作品以外的世界，要求把藝術和現實作比較。我們可以這樣回答艾略特，即一部藝術作品的成熟度指的是它的「涵蓋性」、它明晰的複雜性、它的冷嘲和張力。小說和經驗之間的對應和符合，絕不能用任何簡單的逐項相應配對的方法來衡量，我們所能採用的合理方法是以狄更斯、卡夫卡、巴爾札克或托爾斯泰的整個世界，來同我們的整個經驗即同我們自己想到和感覺到的「世界」來做比較。René Wellek & Austin

（二）俄國形式主義的標準

俄國形式主義者（Russian formalism）訂立的準則是「新奇」和「驚異」。他們認為人們對熟悉的語言組合或陳腔濫調，失去新奇的反應。形式主義者分析人們對習用語，不再懷有好奇心與注意力，因為人們對陳詞濫句或僵化的語言，有一種「慣常的反應」（stock response），這種反應若不是因循窠臼，就是一種厭惡感。因此，文字只有被新奇地配置，人們才會再「認識」文字及它們所象徵的意義。語言必須變形（deformed）或「野蠻化」（barbarization），使文字恢復活力。雪克洛夫斯基（V. Shklovsky）認為，詩就是把語言「創新」和「立異」。這個「新奇」的準則，自浪漫主義運動時就已被提出來了。瓦茲登頓（Watts-Dunton）稱它為「奇異的復興」（Renascence of Wonder）。[9]俄國形式主義的這種標準，雖然對人們知覺事物能力的鈍化、新奇有深入的剖析，但韋沃懷疑此種相對主義的標準，因為沒有任何作品能常保新奇，果如此，作品在「陌生」階段所產生的審美效用，在它變得熟悉時將會喪失。所以要依這個標準來衡量文學作品價值的高低，是有其困難的。

（三）涵蓋性（inclusiveness）的標準

形式主義者的準則——「新奇」和「驚異」——與讀者的主觀感受有密切關係。我們一次又一次地閱讀作品，我們就會對作品有新的發現——新的意義、新的層次、新的聯想型式。博厄斯（G. Boas）認為：荷馬或莎士比亞的作品所以受到推崇，是因為他們的作品擁有「多重價值」（multivalence），也就是說它們的審美價值是豐富、廣泛的，它們能在本身的結構中，包含多種的美學價值，給後來每一時代的讀者高度的滿足。[10]以莎士比亞的戲劇為例，艾略特這樣說：

> 頭腦最簡單的觀眾看的是它的情節；較具思想的人，則看它的角色和角色衝突；那些比較有文學底子的人，則看它的奇辭妙句；那些較敏感於音樂的人，則看它的節奏；而那些有更高的了解能力和感

Warren, *Theory of Literature*, p.246。譯文參見韋勒克、沃倫著，劉象愚、邢培明、陳聖生、李哲明等譯，《文學理論》，頁 294～295。

9　René Wellek & Austin Warren, *Theory of Literature*, p.242。譯文參見韋勒克、沃倫著，劉象愚、邢培明、陳聖生、李哲明等譯，《文學理論》，頁 288～289。

10　René Wellek & Austin Warren, *Theory of Literature*, p.243。譯文參見韋勒克、沃倫著，劉象愚、邢培明、陳聖生、李哲明等譯，《文學理論》，頁 290。

性的人，則看它逐漸呈現的意義。[11]

韋沃說：「這類作品作者在世時，就被認為是豐美的，故而使整個社會而非僅一人，都能體認其含有的層次和體系。」[12]

　　因此，評價偉大作品的標準，應該具有一種涵蓋性。這裡所謂的「涵蓋性」，是指作品是「想像力的整合」（imaginative integration）與「材料之量與多樣性的整合」（amount and diversity of material integrated）。[13]韋沃特別指出，「材料的量與多樣性」就是指思想、性格、社會與心理等等的多樣混合。他們認為艾略特在〈玄學詩人〉（The Metaphysical Poets）一文中所選的例子，就符合涵蓋性的標準。在這例子中，為了展示詩人的心是「不斷地混合不同經驗」，他想像詩人墮入情網、閱讀斯賓諾沙、聆聽打字機的聲響和嗅聞烹飪味道等，這些經驗在詩中渾成一體，最足以說明想像力與材料多樣性的整合。[14]所以韋沃說：「詩的價值會與它材料的多樣性成正比地增加。」[15]

（四）困難之美（difficult beauty）與簡單之美（easy beauty）

　　韋沃認為這兩種「美」都可作為評價作品的標準。將此二種概念闡述得最清楚的，莫過於鮑桑葵（B. Bosanquet）。他在《美學三講》（*Three Lectures on Aesthetic*）中，用「複雜」（intricacy）、張力（tension）和寬度（width）三種指標，區分「困難之美」和「簡單之美」：[16]

11　René Wellek & Austin Warren, *Theory of Literature*, p.243。劉象愚、邢培明、陳聖生、李哲明等譯之《文學理論》與王夢鷗、許國衡合譯之《文學理論》都將艾略特這段話譯錯。參見 Rene & Welleck 著，劉象愚、邢培明、陳聖生、李哲明等譯，《文學理論》（南京：江蘇教育出版社，2005 年），頁 290；王夢鷗、許國衡譯，《文學論》（台北：志文出版社，1976 年），頁 409。相較上述二種版本的錯誤，梁伯傑版之譯文則較為正確。參見梁伯傑譯，《文學理論》（台北：水牛出版社，1991 年），頁 393。然筆者導師黃維樑仍認為其譯文未臻理想，因而改譯。

12　René Wellek & Austin Warren, *Theory of Literature*, pp.242～243。譯文參見劉象愚、邢培明、陳聖生、李哲明等譯，《文學理論》，頁 290。

13　René Wellek & Austin Warren, *Theory of Literature*, p.243。譯文參見劉象愚、邢培明、陳聖生、李哲明等譯，《文學理論》，頁 290～291。

14　René Wellek & Austin Warren, *Theory of Literature*, p.243。譯文參見劉象愚、邢培明、陳聖生、李哲明等譯，《文學理論》，頁 291。

15　René Wellek & Austin Warren, *Theory of Literature*, p.243。譯文參見劉象愚、邢培明、陳聖生、李哲明等譯，《文學理論》，頁 291。

16　René Wellek & Austin Warren, *Theory of Literature*, pp.243～244。譯文參見劉象愚、邢培明、陳聖生、李哲明等譯，《文學理論》，頁 291～292。

1. 困難之美

鮑桑葵所謂的「困難之美」是指創作者對材料的駕馭而言。如果詩的材料是難以對付的，如：痛苦、醜惡、說教或實用等等，需費力才得以整合，即是困難之美。這種美與十八世紀的崇高（sublime）之美可以相比擬。因為崇高之美可以把看起來「非審美化」的予以「審美化」。鮑桑葵認為悲劇引起痛苦，它賦予「痛苦」表達自身的形式，因此它是困難之美。

此外，他也認為困難之美可以媲美其它藝術的「偉大」，它們皆與作品的規模或長度有關。「偉大」的作品必須具備適當的規模或長度，因為它們增加了作品的張力、寬度與複雜度。雖然有些美學家認為「偉大」需要依賴「額外的美學」標準，如：里德（L. A. Reid）認為藝術之所以「偉大」，是因為它表現生活的「偉大」價值，所以他的「偉大」，源自藝術的內容。格林（T. M. Greene）也認為「偉大」與「真理」都須仰賴「額外的美學」標準。[17]韋沃認為二人的偉大標準，並未超出鮑桑葵的標準，而且進一步指出，索福克勒斯（Sophocles）、但丁（A. Dante）、彌爾頓（J. Milton）、莎士比亞（W. Shakespeare）這些人的偉大，都是因為他們多樣化地組織人類的經驗。韋沃說：

> 在任何一個理論或實踐的領域中，對偉大性的所有「注釋」或標準都顯示出一種共同性，即這些注釋或標準都是以一種兼顧比例和關聯的觀念對複雜事物的把握；但是，當這些偉大性的共同特性出現在藝術作品中的時候，必須出現在一種「具體化的價值情境」（an embodied value-situation），「成為一種被品味、被欣賞的具體化價值（embodied value）」。[18]

由此歸結韋沃偉大作品的標準，他們認為偉大的作品都應有某種的複雜度，而這複雜度中的每一個元素，都能彼此協調地統一在一個有機的審美結構裏，如此才能體現作品的多重價值。因此，韋沃的「涵蓋性」概念與鮑桑葵的「困難之美」、艾略特之「詩中所呈現的人生觀，必須是批評家能夠接受的那種連貫、成熟和建立在經驗事實之上的人生觀」概念相當接近，也就是說，他們評價偉大作品之標準有其共通性。

---

17 René Wellek & Austin Warren, *Theory of Literature*, p.244。譯文參見劉象愚、邢培明、陳聖生、李哲明等譯，《文學理論》，頁 292。

18 René Wellek & Austin Warren, *Theory of Literature*, p.244。譯文參見劉象愚、邢培明、陳聖生、李哲明等譯，《文學理論》，頁 292。

2. 簡單之美

鮑桑葵所謂的「簡單之美」，是指由較容易處理的材料組織而成之美，如：和諧的聲音、令人愉快的視覺意象等等。他認為「簡單之美」的「材料」與「形式」也必須緊密配合。[19]

三、評價作品的方式

（一）印象主義者的批評（impressionist criticism）

印象主義者的批評與評判性批評（judicial criticism）並無必然的矛盾。韋沃指出：感性的印象批評，如果不做重要的、概括性的、理論上的指陳，就沒有批評的力量，而合乎邏輯的評判性批評，在文學上言，除非是根據某種直接的、或衍生性的感性，也是不可能言之成理的。[20]一般人誤解印象批評，以為只是泛泛的批評，其實印象批評是專家一種未予明確分析的評斷方式，這種方式為程度較低的讀者，提供一條正確認識作品的路徑。

這類印象批評家，就像古爾蒙（R. D. Gourmont）所說，他們大多數都是真誠地，想把他們對作品的印象，立為批評的法則。[21]

（二）評判性批評

韋沃認為把批評分為意義的闡釋（Deutung）和價值的判斷（Wertung）是對的。許多批評家只闡釋某些作品，並沒有提出結論式的評價，但是從事文學批評，單取其中一種，很難行得通。因為評判式的批評，要求評定作家和作品的等第，必得引證權威之論或訴諸文學理論，以為評判的標準，但也不可避免地要做分析與比較。另一方面，一篇看起來好像純是注釋的文章，其存在的本身，就提供起碼的判斷價值。「理解詩歌」很容易轉入「評斷詩歌」，這種評斷得通過作品的細節做評斷，不是最後結論式的評判。艾略特的論文，所以被視為新奇，正因它不是最後總結式的，也非孤立地表達自己的意見；它是整體地分析、判斷，並通過特殊的比較，將兩個詩人的性質並列研究，並提出適時

---

19 René Wellek & Austin Warren, *Theory of Literature*, p.243。譯文參見劉象愚、邢培明、陳聖生、李哲明等譯，《文學理論》，頁 291。

20 René Wellek & Austin Warren, *Theory of Literature*, p.250。譯文參見劉象愚、邢培明、陳聖生、李哲明等譯，《文學理論》，頁 300。

21 René Wellek & Austin Warren, *Theory of Literature*, p.250。譯文參見劉象愚、邢培明、陳聖生、李哲明等譯，《文學理論》，頁 300。

的概括。[22]艾略特結合注釋批評與評判式批評的作法，與韋沃的評價方法是一致的。

四、作品的定位問題

　　韋沃強調要打破古典主義品評作家等級的做法。文藝復興時代，古希臘、羅馬的許多作家永遠受到尊崇；到了十九世紀，接觸到其他的文學體系，如：中國、印度等等，於是作家等級固定的觀點，開始動搖，如：鄧恩（J. Donne）、朗蘭（W. Langland）、和波普（A. Pope）、謝瓦（M. Scéve）等人，他們的作品都曾因審美功效的失落而喪失了文學地位，但後來又被重視。[23]

　　韋沃不贊成懷疑主義的「趣味是無可爭辯」的說法。他們認為要確定作品的客觀性，不需要仰賴固定不變的名單，因為這些名單，沒有新作家的名字可以加上去。韋沃贊成泰特（A. Tate）的說法，泰特認為：「任何作家的聲譽都是永遠不變」的與「文學批評的主要功能，是在品評作家們的地位，而非作家的長處」，都應該予以駁斥。泰特推崇艾略特以「現代調整過去」，因為他相信英詩作家，應包括現在、將來以及過去的詩人。在這班人中排列名次，充滿競爭性和相對性。新作家不斷地出版作品，參與競爭，總會出現一本新的而且是好的作品，而任何新獲肯定的作品，都會改變──無論是怎樣輕微地──其他作品的地位。瓦勒（E. Waller）和鄧亨（J. Denham）二人就在波普奠定地位的時候，同時獲得和失去了他們的地位與名次。他們是兩個矛盾的人，他們是先鋒，他們造就了波普，可是卻被波普比了下來。[24]

　　韋沃綜合了古典主義對作家地位永遠不變與懷疑主義者認為趣味無可爭辯的看法而提出「多重價值」（multivalence）的論點。此論點認為好的藝術作品，必須經得起時間的考驗，而且有各種理由，去吸引不同世代的讀者欣賞它們。那些大作品或「經典」著作的地位能夠保持，也同樣經歷過不斷的審美考驗。[25]因此，喬叟、史賓塞、莎士比亞、彌爾頓、波普、華茲華斯、鄧尼森等

---

22 René Wellek & Austin Warren, *Theory of Literature*, pp.250～251。譯文參見劉象愚、邢培明、陳聖生、李哲明等譯，《文學理論》，頁 300～301。

23 René Wellek & Austin Warren, *Theory of Literature*, p.247。譯文參見劉象愚、邢培明、陳聖生、李哲明等譯，《文學理論》，頁 295。

24 René Wellek & Austin Warren, *Theory of Literature*, p.247。譯文參見劉象愚、邢培明、陳聖生、李哲明等譯，《文學理論》，頁 295～296。

25 René Wellek & Austin Warren, *Theory of Literature*, p.248。譯文參見劉象愚、邢培明、陳聖生、李哲明等譯，《文學理論》，頁 297。

人，具有崇高的歷史聲望，是因為他們的作品，具有豐富且複雜的美學結構，能滿足各世代讀者的需求。所以韋沃認為，他們的地位可能是永久的，但卻沒有固定的級別。[26]

第二節　劉勰《文心雕龍》論文學的評價

劉勰所處的南北朝時期，由於君王的鼓勵，詩歌、駢文與辭賦的創作空前地繁榮，作品大量出現，「甘辛殊味，丹素異采」，[27]於是作品的選集和品評良窳的文論也就應運而生。由於文體種類繁多，一個人不可能對所有文體都能賅備，〈知音〉篇說：

> 慷慨者逆聲而擊節，醞藉者見密而高蹈，浮慧者觀綺而躍心，愛奇者聞詭而驚聽。會己則嗟諷，異我則沮棄。各執一隅之解，欲擬萬端之變，所謂東向而望，不見西牆也。

這樣各憑所好、毫無準的、信口雌黃的混亂情形，亟需有文學的根本原理加以廓清，劉勰的《文心雕龍》就在這種局勢下，因應時代的需要而誕生，對文學的批評與評價有精闢的見解。

一、批評家應具備的條件

（一）「識照」要深、廣，「心」思要「敏」銳

《文心雕龍‧知音》篇提出評價作品的觀點說：

> 夫綴文者情動而辭發，觀文者披文以入情，沿波討源，雖幽必顯。世遠莫見其面，覘文輒見其心。豈成篇之足深，患識照之自淺耳。夫志在山水，琴表其情，況形之筆端，理將焉匿。故心之照理，譬目之照形，目瞭則形無不分，心敏則理無不達。

劉勰這段話首先提出一個觀點，就是批評家研讀作品，要用「心」地「披文以入情」。作者的情思藉作品而呈現，讀者藉作品理解作者的情思，這其間的道理，劉勰以眼睛看東西做比喻，「心之照理，譬目之照形」──這裡的「心」是指讀者的「心」──讀者用心地「披文」「入情」，就像「沿波討源」般地尋

---

26 René Wellek & Austin Warren, *Theory of Literature*, p.247。譯文參見劉象愚、邢培明、陳聖生、李哲明等譯，《文學理論》，頁 296。

27 〔唐〕劉知幾《史通‧自序》語。參見〔唐〕劉知幾著、〔清〕浦起龍釋，《史通通釋》（上海：上海古籍出版社，1978 年）。

「幽」訪勝，去照見作者的情思，即使是最幽微的情思，也一定能「顯」「見其心」——這裡的「心」是作者的「心」思。

　　另一個重要觀點則是：批評家或讀者鑑賞作品，所應具備的條件是「識照」要深廣、「心」思要「敏」銳。只要「心」思「敏」銳、「識照」深入，則「理無不達」，「理將焉匿」？縱使「世遠莫見其面」，有時間、空間的障礙，批評家仍能照見作者的心思。只要有足夠的鑑賞力，不管作品的含意多麼深遠，也一定可以洞察透徹。劉勰舉鍾子期、伯牙相知相交的典故為例，伯牙「志在山水，琴表其情」，鍾子期聞琴音而辨其志，而文學作品可以「形之筆端」比琴音更具體，則讀者從作品去理解作家的心志，自是合情入理。但是劉勰提醒批評家或讀者，要具備「識照」深入、「心」思「敏」銳的條件，得先「博觀」：

　　　　凡操千曲而後曉聲，觀千劍而後識器；故圓照之象，務先博觀。（〈知音〉篇）

劉勰認為一個批評家要培養鑑賞作品的能力，就得從博觀眾作入手，他以音樂和劍術為例，操練千首曲子之後才能通曉音律，千劍觀遍然後才知辨識劍器之道，這種通曉、辨識的功夫，來自「熟」字訣。唯有先博觀，廣博地「熟」知各種作品，才能培養出「宏觀」的識力，才能把作品看得周全、看得通透，這就叫「圓照之象」，也就是深刻、圓通的「識照」，這樣看作品才會全面而不致有偏失。

（二）態度要公正

　　　　閱喬岳以形培塿，酌滄波以喻畎澮，無私於輕重，不偏於憎愛，然後能平理若衡，照辭如鏡矣。（〈知音〉篇）

多閱歷高山，就知道小山丘何以是小山丘；酌飲過滄海之水，纔能知曉山間溪流何以是小溪水。唯有見識廣闊了，纔能知道何者為輕，何者為重；何者是大，何者為小，這纔是真知大小、輕重。然後一秉無私、公正之心，不因私心愛惡而偏私，如此纔能像權衡一樣地評理，像鏡子一樣地照見文辭，如實反映。

　　態度公正是文學評價非常重要的條件，絕對的客觀做不到，至少得要求盡量客觀。一般人無法達到客觀、公正，肇因於主觀容易被障蔽：

1. 貴古賤今，貴遠賤近

　　人的心理總存有一種「欲求不滿」的特質，此種特質常使人對陌生的事物感到好奇，而忽略了身邊事物之可貴。

2. 文人相輕，崇己抑人

這是自我貢高的心理，總以為自己最好，別人再怎麼樣也不該比自己行。

3. 信偽迷真，學不逮文

這是昧於自己的淺陋，不明白自己是井底之蛙，但又好發言論所造成的缺失。

4. 知多偏好，人莫圓賅

每個人都有主觀的偏好，卻忽略自己主觀之限制，而將它擴大為衡量萬物的尺度。

劉勰認為這四種缺失都是批評家本身的問題，因此他呼籲從事文學評價的人，一定要克服自己的主觀偏見，豐富學養，運用正確的方法，才能對作品做出正確的評價。

二、評價作品的方法

> 是以將閱文情，先標六觀：一觀位體，二觀置辭，三觀通變，四觀
> 奇正，五觀事義，六觀宮商。斯術既形，則優劣見矣。（〈知音〉篇）

劉勰提出六個評價文學作品之面向：第一觀位體，是看作品的體製安排，與情思搭配是否得當。第二、觀置辭，是看文辭對情思的表達與是否準確、優美。第三觀通變，是看作品本身與傳統之間的繼承與變化、創新的關係。第四觀奇正，是看作品的表現手法是否執正以馭奇。第五觀事義，是看作品之取材、用典是否確切精當。第六觀宮商，是看作品之音韻格律是否優美、和諧。劉勰認為運用這六個面向，去審察文學作品，就能客觀地評斷作品之優劣。

三、評價作品的標準

《文心雕龍》整個理論體系（即此書理論的「內在邏輯結構」）的大綱，就是〈序志〉篇所說的：「本乎道，師乎聖，體乎經，酌乎緯，變乎騷，文之樞紐，亦云極矣。」這五大綱的內容分別在《文心雕龍》的〈原道〉、〈徵聖〉、〈宗經〉、〈正緯〉、〈辨騷〉闡明，是劉勰整個文學理論的準則——從文學的本源、發展到通變，是他對文學發展過程的認識與看法，包括本體論、文源論及流變論——也是劉勰整套文學理論的基本骨架。

劉勰以「經」為文學的「正本之源」，而以「騷」為文學的「發展之變」，所以〈原道〉和〈辨騷〉是相反而相成的，把它們結合成統一的整體是〈宗經〉。

〈宗經〉篇裡具體地提出體現這五大綱領的是「六義」：

> 故文能宗經，體有六義：一則情深而不詭，二則風清而不雜，三則
> 事信而不誕，四則義貞而不回，五則體約而不蕪，六則文麗而不淫。

第一是感情深摯而不欺詐，第二是風格純正而不雜亂，第三是所寫事類真實
可信而不荒誕虛妄，第四是義理正確而不歪曲迴護，第五是文體簡練而不蕪
雜，第六是文辭華麗而不過分。這「六義」就像彩線般地把「本乎道」和「變
乎騷」連結為一體，它以五經的雅正為主體，酌採緯書與《楚辭》的奇辭異采
——「酌奇而不失其真，玩華而不墜其實」，在奇與正、華與實之間保持一個
平衡點，奇正相參，華實並茂。在繼承與創新之間有一種微妙的藝術張力，可
說充分體現「文」與「質」相互依存及「文」隨「質」變的發展規律，可視為
劉勰評價文學作品的標準。

> 若夫鎔鑄經典之範，翔集子史之術，洞曉情變，曲昭文體，然後能
> 莩甲新意，雕畫奇辭。昭體故意新而不亂，曉變故辭奇而不黷。若
> 骨采未圓，風辭未練，而跨略舊規馳騖新作，雖獲巧意，危敗亦多。
> （〈風骨〉篇）

這段話可視為是上述「六義」的補充：還是強調文學創作得依照經書的規範，
酌採百家史傳的方法，深通情感的變化，詳明文章體製，能生新意，有新奇的
辭藻做雕飾。明曉各種體製，縱有新意也不至選錯文體；通曉變化，縱然文辭
新奇也不會違反修辭技巧。

　　由此可證，劉勰對文學作品的評價，在內容方面是以經典為依據，但也重
視審美性。若以一句話總括之，即是〈徵聖〉篇所說的「銜華佩實」。「實」指
經典的義理、思想，「華」則指文辭的藻飾，二者能完美地配合，就是劉勰對
文學作品的評價標準。

四、論文學作品的偉大標準

　　《文心雕龍》論及偉大作品的例子與標準，有〈辨騷〉、〈風骨〉兩篇。〈辨
騷〉篇是對屈原作品的實際批評，〈風骨〉篇則是論文學創作之最高標竿：

> 夫翬翟備色而翾翥百步，**肌豐而力沈**也；鷹隼乏采而翰飛戾天，**骨勁**
> **而氣猛**也。文章才力，有似于此。若風骨乏采，則贅集翰林；采乏風
> 骨，則雉竄文囿：唯藻耀而高翔，固文筆之鳴鳳也。（〈風骨〉篇）

這是劉勰對文學創作所提出的崇高標準，他以翬翟與鷹隼為例：雉雞的毛色斑

爛多彩，只能低飛百步而已，這是因為牠肌肉豐腴，但是力氣沉重，不能夠高舉；鷹隼的毛色沒有斑爛的色彩，卻能一飛沖天，這是因為牠的骨力強勁，氣勢勇猛的緣故。文章的才力，也和這相彷彿：文采猶如豐腴的肌膚，風骨猶如骨氣。有風骨而乏文采，如同文苑中的猛禽；有文采而缺風骨，就像是野雞在文苑裡飛竄，只有文采鮮耀地在高空翱翔，才稱得上是文章中的鳳凰。[28]這就是說偉大的文學作品，應該具備的兩個條件是「風清骨峻，篇體光華」——風姿清新，骨力高越，通篇文彩煥發。[29]「風清骨峻」就情理說，「篇體光華」就文采說，總之就是要情采兼備，文質彬彬。所以劉勰說：

> 情與氣偕，辭共體並。文明以健，珪璋乃聘。蔚彼風力，嚴此骨鯁。
>
> 才鋒峻立，符采克炳。（〈風骨〉篇）

情思和骨氣相合，文辭和體勢和諧，如此，文章才能寫得剛健遒勁，飽含光彩，就像寶玉般受到珍重。文章的風韻多采多姿，文章的義理骨架嚴正，這樣的文章不但內容豐富，其文采更是彪炳輝煌。

劉勰應用這種標準在實際作品的評價上，是在〈辨騷〉篇對〈離騷〉的評價，他說〈離騷〉：

1.「同於風雅」，是「雅頌之博徒」：因為〈離騷〉合「典誥之體」、有「規諷之旨」、富「比興之義」、含「忠怨之辭」。

2.「異乎經典」，乃「詞賦之英傑」：因為〈離騷〉有「詭異之辭」、富「譎怪之談」、含「狷狹之志」、有「荒淫之意」。

總結來說，「觀其骨鯁所樹，肌膚所附，雖取鎔經意，亦自鑄偉辭。」所以劉勰稱讚屈原是「驚才風逸，壯志煙高」，讚歎〈離騷〉是「氣往轢古，辭來切今，驚采絕豔，難與並能矣。」因為它「金相玉式，豔溢錙毫」——外貌與質地，都像金玉般的美好，即使在文章的細微處，也充滿了光采。

因此，劉勰對偉大作品的評價，不出情、采二途。情理為「骨鯁所樹」，文采為「肌膚所附」。故說情論理能「取鎔經意」，析文附采能「自鑄偉辭」，「藻耀而高翔」，自是「偉大」之「鳴鳳」矣。

五、劉勰的實際評價

《文心雕龍》對一般文學作品的評價，隨處可見，如：〈徵聖〉、〈宗經〉、

---

28 周振甫，《文心雕龍注釋》（台北：里仁出版社，1994 年），頁 566。

29 周振甫，《文心雕龍注釋》，頁 567。

〈正緯〉、〈辨騷〉、〈才略〉、〈程器〉、〈時序〉、〈序志〉，以及〈明詩〉到〈書記〉等二十篇的文體論中。對作品的評論，劉勰的評語相當簡略，常以一言半語，概括作者、作品，或是某一時代的風格。茲舉較具特色的評論，以說明劉勰對一般文學作品的評價。

> 古詩佳麗，或稱枚叔，其孤竹一篇，則傅毅之詞，比采而推，兩漢之作乎？觀其結體散文，直而不野，婉轉附物，怊悵切情，實五言之冠冕也。至於張衡怨篇，清典可味；仙詩緩歌，雅有新聲。（〈明詩〉篇）

> 暨建安之初，五言騰踴，文帝陳思，縱轡以騁節，王徐應劉，望路而爭驅；並憐風月，狎池苑，述恩榮，敘酣宴，慷慨以任氣，磊落以使才；造懷指事，不求纖密之巧，驅辭逐貌，唯取昭晰之能：此其所同也。及正始明道，詩雜仙心，何晏之徒，率多浮淺。唯嵇志清峻，阮旨遙深，故能標焉。若乃應璩百一，辭譎義貞，亦魏之遺直也。（〈明詩〉篇）

這是劉勰對五言古詩的評論，他說五言古詩，質直而不樸野，既能婉轉貼近事物，又能哀怨地表達深切之情感，所以是五言詩中的一流作品。

他評論張衡的〈怨〉詩清麗典雅，他的〈仙詩緩歌〉具有新聲。時序輪轉，到了建安時期，五言詩作大量湧現，建安七子望路爭驅，他們在作品雖然互相競爭、媲美，但歸納他們詩中所描摹的內容與技巧卻相當一致。就內容而言，他們以愛賞風月、遊玩池苑，敘述恩寵與酣樂的宴會為書寫對象。就技巧而言，他們喜用慷慨、激越的氣勢，而來陳說事理、抒寫情懷或表現才氣。到了正始年間，建安七子那種運氣使才的風格，卻漸為淺薄無味的玄言詩所取代，此期之詩意清淡無味，只有嵇康、阮籍與應璩的《百一》詩較值得賞玩，因嵇康詩之志趣清高，阮籍詩命意之幽遠，《百一》措辭婉諷，意義正直。

劉勰評論五言古詩外，也以「雅、潤」、「清、麗」這兩項標準，來評價四言與五言詩體裁的寫作特色。依據這個標準來看，張衡〈怨〉詩之贏得劉勰的肯定，顯然是他這首詩體現了「清」、「麗」、「雅」之美學原則。〈明詩〉篇中說：「故平子得其雅，叔夜含其潤，茂先凝其清，景陽振其麗；兼善則子建仲宣，偏美則太沖公幹。」由平子之雅，叔夜之潤，茂先之清與景陽之麗的評論，可見劉勰是以作品之內在情志，及風格來蓋括四言、五言詩之表現特色。劉勰認為要在作品中兼善四言、五言詩的美學標準，是相當難能的。在他心中，也

只有王粲、曹植能夠兼善，至於張衡、嵇康、張華、張協、左思、劉楨也只能體現局部的特色。

> 觀夫荀結隱語，事數自環；宋發巧談，實始淫麗；枚乘兔園，舉要以會新；相如上林，繁類以成豔；賈誼鵬鳥，致辨於情理；子淵洞簫，窮變於聲貌；孟堅兩都，明絢以雅瞻；張衡二京，迅發以宏富；子雲甘泉，構深瑋之風；延壽靈光，含飛動之勢：凡此十家，並辭賦之英傑也。（〈詮賦〉篇）

劉勰在此評論西漢十大名家之辭賦。在此評論中，他言簡意賅，只用一句話概括他們的作品風貌。他評荀子〈賦篇〉之特色是以謎語構成，且對事物作重複描繪；枚乘之〈菀園〉賦，核要有新意；司馬相如之〈上林〉賦文辭艷麗，且物類眾多；賈誼之〈鵬鳥〉賦，辨別如何以理遣情；王褒之〈洞簫〉賦，則把聲音描繪得淋漓盡致；班固之〈兩都〉賦，文辭絢爛，內容典雅豐富；張衡的〈兩京〉賦，議論快利，內容宏大；揚雄的〈甘泉〉賦，有深沉奇瑰的風格；王延壽之〈魯靈光殿〉賦，含飛動之勢。這些斷語，雖屬簡略，但已展現這些賦之精神面貌了。

> 至於蘇慎張升，並述哀文，雖發其情華，而未極心實。建安哀辭，惟偉長差善，行女一篇，時有惻怛。及潘岳繼作，實踵其美。觀其慮善辭變，情洞悲苦，敘事如傳，結言摹詩，促節四言，鮮有緩句；故能義直而文婉，體舊而趣新，金鹿澤蘭，莫之或繼也。（〈哀弔〉篇）

在哀文中，劉勰認為潘岳的〈金鹿哀辭〉與〈澤蘭哀辭〉是上乘之作。劉勰指出它們之所以好，是潘岳這兩篇哀文，仿效詩經四言一句的體式，又用史傳的敘述方式，把他喪子又喪妻之哀痛表達得淋漓盡致。在此文中，它的音節緊促，敘事明朗、語辭婉轉深刻且義正理得。因此，劉勰認為它體現了哀文情往會悲、文來引泣之特色。

　　以上所舉之實際批評，只是劉勰《文心雕龍》中的一小部分，但筆者旨在說明劉勰對作品的評述方式有詳、有略。從上述的作品評論中，基本上可理解劉勰《文心雕龍》對作品之實際批評，除〈辨騷〉篇外，大都用詞簡要，是概括式的專家評論。

第三節　文學評價之比較

　　前面二節，已說明韋沃《文學理論》與劉勰《文心雕龍》評價文學作品的

論點。基本上，韋沃與劉勰都以「作品」作為評價起點，但兩者之觀視「作品」的目的卻不同，劉勰是以「作品」為溝通「作者」與「讀者」的媒介，韋沃則嘗試以「作品」作為建立客觀評價準則的依據。基於目的之不同，兩人在概念上不免各有側重。筆者從底下幾個面向來分析兩者的異同：

一、批評家應具備的條件

韋沃在《文學理論‧評價》這一章，並沒有闡述批評者應有什麼條件、素養，這並不表示韋沃不重視批評家所應具備的條件。《文學理論》第一章，開宗明義就釐清文學創作與文學研究的差異：

> 文學與文學研究，是兩種不同的活動：文學是創作性的，是一種藝術；而文學研究也許確切地不能說是科學，但也是一種知識，或學問。〔……〕**雖然文學創作的經驗，對於一個文學研究者是有用的，但是他的本職，則又完全不是那麼一回事。**他必須把他的文學經驗翻譯成一種知性的理論，化為一種一貫的體制（scheme）；如果以這種體制為知識，那麼它更必須是理性的。[30]

韋沃認為文學創作與文學研究的本質是不同的，它們是兩種不同的活動。雖然文學創作的經驗，有助於文學研究，但這並不是說文學創作等於文學研究。文學研究是一種知性的活動，文學研究者必須以知性的態度、科學的方法去研究文學。文學研究要成為一門學問，研究者必須具備知性的條件，如此，文學研究才能成為一門知識與學問。韋沃要求文學批評家應具備知性分析的能力，這與文學創作的感性迥異，而且這能力也是文學批評或研究客觀化的必要條件，但是韋沃僅籠統地提出批評家要具備「知性」條件，並沒有對「知性」的內容，用實例加以說明。

此外，韋沃也認為批評家應有宏闊的視野，要有文學史與文學理論的訓練，才能客觀地評鑑文學作品，他們在《文學理論》第四章說：

> 文學理論而不包括文學批評或文學史，或是文學批評中沒有文學理論和文學史，或是文學史裏欠缺文學理論與文學批評，都是不可想像的。[31]

因為沒有文學理論的基礎，就沒有評鑑文學作品的視角；少了文學史的涵養，

---

30 原文見 René Welleck & Austin Warren, *Theory of Literature*, p.15。
31 原文見 René Welleck & Austin Warren, *Theory of Literature*, p.39。

則很難超越作品的主觀好惡，而且批評家若無視作品在整個文學史上的位置，往往流於誤判，也無法辨明作品是原創或派生而來。文學理論、文學批評、文學史三者是緊密相隨的，文學批評家必須具備文學史與文學理論的訓練，否則就無法客觀地評價文學。

整體來說，韋沃對批評家所應具備的條件，只從理論上約略地概述，談得不多。相較於韋沃的略說，劉勰則詳加論述。〈知音〉篇說：「綴文者情動而辭發，觀文者披文以入情」，劉勰也知道創作與批評是反向的活動，但是否因此認為他們的「性質」不同──一為知性，一為感性──則未足據以論定。劉勰所說「披文以入情」的過程，是否就是韋沃定位文學研究為知性學問研究，則必須再有證據做佐證，單憑一句「綴文者情動而辭發，觀文者披文以入情」，就說劉勰已有二者是知性、感性的不同，論證未免薄弱。

在〈知音〉篇中，劉勰除了提出批評家「識照」要深廣，「心」思要「敏」銳之外，他也強調態度要公正的問題。他要批評家「無私於輕重，不偏於憎愛，然後能平理若衡，照辭如鏡矣」，也就是態度要客觀。據此，劉勰要求對作品評價，要本之理性的態度，是可以確立的，因此就知性評論作品的觀點，劉勰與韋沃是相近的。但韋沃將批評活動定為是一種知識、學問，與文學創作活動絕不相類，與劉勰《文心雕龍》將文學創作與批評結合之觀點顯著不同。

劉勰《文心雕龍》〈知音〉篇，與韋沃宏觀視野相近的是「博觀」，劉勰認為要「圓照」作品，就得先「博觀」。他用「操千曲而後曉聲，觀千劍而後識器」，來闡述「博觀」的重要。但劉勰的「博觀」，除博觀作品外，與韋沃之需具備文學理論、文學史的概念，是否相同，需要再細密比較。

筆者認為劉勰之「博觀」當然兼含文學史、文學批評與理論的領域。就文學史言，《文心雕龍·時序》篇縱向評論中國上、下幾千年的文學作品；就批評活動言，〈知音〉篇提出客觀面對作品之方法與批評家該有之素養；〈序志〉篇歷詆各代文學理論於批評作品上之不足，與文體論之「敷理以舉統」，立下眾多批評各體文學作品的準則。黃維樑在《文心雕龍：體系與運用》一書中第二部分與第三部分論述《文心雕龍》理論運用於文學作品的實際批評與《文心雕龍》理論的現代意義可以參酌。[32]因此，劉勰之「博觀」與韋沃對批評家之要求是相當接近的。所不同的是，劉勰對作為批評家的個人修養特別地講究，因為他認為批評家之素養若不足，就一定會影響作品的正確評價。有關這方面

---

32 黃維樑，《文心雕龍：體系與應用》（香港：文思出版社，2006 年），頁 85～234。

之論述，韋沃則幾乎沒有論及。韋沃所以不討論批評家的主觀缺失，原因在於他們評價文學作品的視角，偏重於從作品本身的組織與功能去分析、建立客觀評價作品的方法，而這以「作品」為中心的觀點，與劉勰藉作品來通達「創作者」之用心不同。

二、評價文學作品的一般標準與偉大標準

韋沃認為評估某一事物的等級，要參照成規（既成規律，即 norm），運用一套標準，把被評估的事物與之做比較。換句話說，就是要建立一個批評框架然後透過比較，鑑別作品的等級、優劣。如第一節所述，韋沃贊同康德在《判斷力批判》中所說的「純粹美比依存美、實用美，具有審美上的優越性」的論點，他們的批評標準就是美學的審美標準，分一般標準與偉大標準兩種。韋沃的批評標準與劉勰《文心雕龍》評鑑作品之標準有何異同呢？底下依一般的標準與偉大的標準來論：

（一）一般的標準

韋沃評價文學的一般標準是指作品之組織、形式或結構，要能實現審美的功能，這是一般文學作品之為文學作品的條件。劉勰在《文心雕龍》並沒有直接而明確地訂出文學的審美標準，但是其「六觀」與「六義」學者都認可是他衡量作品的標準[33]：

1. 六觀

「六觀」是〈知音〉篇論讀者「將閱文情」時所需掌握的六個面向，因此劉勰標「六觀」，應含有先後順序的意味。「一觀位體」就是先要看作品是什麼文體，對劉勰來說這很重要，因為接下來每一個面向，都是依循這種文體的標準而來，這與艾略特的說法若合符節。本章第一節韋沃引艾略特評價作品的文學性時，就說使用這方式應分二層次，第一層次就是要將作品分類為小說、詩或戲劇等文類，接著——第二層次——才再評閱其文學性如何，是否具有審美性。而「三觀通變」、「四觀奇正」則與俄國形式主義的「新奇」和「驚異」準則，有異曲同工之妙。兩者都是強調文學的創新與創造性，強

---

33 黃維樑，《中國古典文論新探》（北京：北京大學出版社，1996 年），頁 26～36；汪洪章，《比較文學與歐美文學研究》（上海：學林出版社，2004 年），頁 140；王運熙，《文心雕龍探索》（上海：上海古籍出版社，2005 年），頁 9～11；張勉之、張曉丹，《雕心成文——《文心雕龍》淺說》（台北：萬卷樓圖書有限公司，2000 年），頁 58。

調推陳出新、「化腐朽為神奇」，能「孚甲新意，雕畫奇辭」。[34]所以就原則與目標來說，他們是相同的，但做法卻不一樣。劉勰要觀「奇」巧，也要看雅「正」，因為：

> 淵乎文者，並總群勢：奇正雖反，必兼解以俱通；〔……〕密會者以意新得巧，苟異者以失體成怪。舊練之才則執正以馭奇，新學之銳則逐奇而失正。（〈定勢〉篇）

劉勰不贊成一味地「反正」，他認為那是喜新厭舊、逐奇搞怪而已，是對時代趨勢的一種誤解。但若只愛典正而不愛奇華，也失之偏頗，不懂兼通之理，合理的態度是要「執正以馭奇」。此外，劉勰也主張「通變」——既要「通」古，也要「變」今。通古是「憑情以會通」，變今是「負氣以適變」，[35]通古與變今都要兼顧，否則文章就會「從質及訛，彌近彌澹」：

> 夫青生於藍，絳生於蒨，雖踰本色，不能復化。〔……〕故練青濯絳，必歸藍蒨；矯訛翻淺，還宗經誥。（〈通變〉篇）

「競今疎古」而致「風末氣衰」，就是棄古、就俗的結果，所以劉勰極力強調「變則堪久，通則不乏」的原則。

　　而俄國形式主義則只強調「新奇」和「驚異」之令人驚豔的重要性，並沒有提到要兼顧傳統與雅正以及古今情意的相通，只強調語言文字要不斷地「趨新」、「變異」，甚至不惜把它們變形（deformed）或「野蠻化」（barbarization），使之「陌生化」以恢復活力，引起人們的注意，這就是他們所關注的。劉勰對這種只重語言的變異、詭巧，早就提出批評，認為這是：

> 訛勢所變，〔……〕穿鑿取新，察其訛意，〔……〕反正而已。故**文反正為乏，辭反正為奇**。效奇之法，必顛倒文句，上字而抑下，中辭而出外，回互不常，則新色耳。（〈定勢〉篇）

語言文字的變怪、反正，若是只是為了適俗、趨近，以文字本色、文章內容論，新則新矣，但拿捏不當，反容易「失體成怪」，情味愈變愈淡，那是「枉轡學步」的做法，反失卻「故步」——原本建立的珍貴正統價值。

　　俄國形式主義的「新奇」與「驚異」，純從語言文字著眼，只專注在語言不能落入窠臼，必須「標新」、「立異」，劉勰則不同。其論通變曰：

> 夫設文之體有常，變文之數無方。〔……〕凡詩、賦、書、記，名理

---

34 見《文心雕龍・風骨》篇。

35 見《文心雕龍・通變》。

相因，此有常之體也。文辭氣力，通變則久，此無方之數也。通變
無方，數必酌於新聲，故能騁無窮之路，飲不竭之源。〔……〕譬諸
草木，根幹麗土而同性，臭味晞陽而異品。（〈通變〉篇）

文體是歷代因襲而成的，有其恆常不易的固有含義與固定名稱，所以不易變
動。要能不僵化，就要在「文辭氣力」方面，酌加以「新聲」，才能變古通今，
這就是通變的方法。很明顯地，劉勰所說的「通變」就不只是語言文字的改變，
而是「文辭氣力」等多方面的因革改易，而且還強調得與人類亙古不易的憂思
情意相會通，較之俄國形式主義，其照顧的層面較廣且深。

韋沃雖然肯定俄國形式主義對人們知覺事物能力的鈍化、新奇有深入的
剖析，但也承認這種相對主義的標準，在作品「陌生」階段的審美性，將會隨
著時間而喪失，也就沒有辦法使作品常「新」，更別談歷久彌「新」的不朽巨
作了，他們認為這是與事實不符的。但他們只批其不符事實，卻沒有像劉勰提
出建設的理論，就此，劉勰略勝一籌。

2. 六義

「六義」則來自〈宗經〉篇，〈宗經〉篇論各文體之濫觴云：

故論說辭序，則易統其首；詔策章奏，則書發其源；賦頌歌讚，則
詩立其本；銘誄箴祝，則禮總其端；紀傳銘檄，則春秋為根：並窮
高以樹表，極遠以啟疆，所以百家騰躍，終入環內者也。若稟經以
製式，酌雅以富言，是仰山而鑄銅，煮海而為鹽也。

牟世金解釋這段話說：各種文體都源於五經，五經為各文體樹立典範，所以各
種文體的寫作，都應「稟經以製式，酌雅以富言」。劉勰文必宗經這類的論述
甚多，〈徵聖〉篇之「徵之周孔，則文有師矣」、「徵聖立言，則文其庶矣」等
等都是。〈徵聖〉、〈宗經〉兩篇都強調，後世無論寫什麼文章，都必須向儒家
經典取法，五經是文學創作的典範。[36]經典是聖人、垂示後世的典範，它們不
僅是各類文體的發源處，也影響作品的形式結構與思想內容：

故文能宗經，體有六義：一則情深而不詭，二則風清而不雜，三則
事信而不誕，四則義直而不回，五則體約而不蕪，六則文麗而不淫。

（《文心雕龍·宗經》篇）

劉勰認為作品能夠效法五經，就可以體現這六義之美：感情深摯而不浮詭、風

---

36 牟世金，《文心雕龍研究》，（北京：人民出版社，1995 年），頁 107。

貌清明而不蕪雜、記事信實而不荒誕、思想正直而不邪曲、體制要約而不雜亂、文辭美麗而不淫艷。[37]

細審這六義的說法，其中情深、事信、義直是思想內容，風清、體約、文麗則是藝術的形式與風格，這與韋沃對作品之組織、形式或結構，要能體現審美的功能，強調純粹美，比依存美或實用美，更具審美的優越性，風清、體約、文麗，是相近的，因為這三義正是從作品的組織、形式與結構所產生的審美性。

「六義」中的情深、事信、義直三義，雖然也可以體現思想、情感正直的人性美，但它們與劉勰「還宗經誥」的實用思想有關，因此與韋沃講究審美概念之純粹性不同，所以韋沃與劉勰在文學的審美標準上自然有差異。

茲將「六觀」與「六義」列表比較如下：

《文心雕龍》六觀	《文心雕龍》六義
一觀位體	五則體約而不蕪
二觀置辭	六則文麗而不淫
三觀通變	×××××
四觀奇正	×××××
五觀事義	四則義直而不回 三則事信而不誕
六觀宮商	×××××
×××××	二則風清而不雜
×××××	一則情深而不詭

可堪玩味的是：六觀與六義的順序，除沒有列入的部分外，幾乎像回文般地顛倒過來。這似乎呼應前文所說，六觀是讀者或批評者鑑賞作品的順序，而六義則是作者創作的醞釀與寫作的過程。

（二）偉大的標準

格林（T. M. Greene）認為「偉大」與「真理」須賴「額外的美學」，如上所述。博厄斯認為偉大的作品，其本身的結構包含豐富而廣泛的多重的審美價值，給每一位讀者高度的滿足感。這是因為不斷地混合不同的經驗，因此能呈現作品的多重審美價值（multivalence）。鮑桑葵（Bosanquet）「複雜」

---

37 王運熙，《文心雕龍探索增補本》（上海：上海古籍出版社，2005 年），頁 9。

（intricacy）、張力（tension）和寬度（width）三者兼具的「困難之美」，也就是偉大作品的檢覈尺度。

　　綜合上述各家所論，韋沃認為文學作品要有「涵蓋性」，所謂「涵蓋性」，他們定義為：「想像力的整合」與「材料多量與多樣性的整合」。進一步說，要有如朗吉納斯（Longinus）所說的崇高（sublime）那般，作品要有堂皇的結構，完美地整合所有的內容與想像力，作品的內容材料愈多樣化、複雜化，運用想像力加以連貫，就愈能激發讀者審美的情感與想像性，就如第二節引莎士比亞的戲劇及艾略特的詩之說明那般。

　　朗吉納斯（Longinus）《論崇高》（on the Submine）的崇高之美的五個因素，可用以詮釋韋沃的「涵蓋性」概念。他說作品：

> 第一個而且最重要的是莊嚴偉大的思想，第二個是強烈而激動的情感，第三是運用藻飾的技術，藻飾有兩種：思想的藻飾和語言的藻飾。第四是高雅的措辭，它可以分為恰當的選詞、恰當的使用比喻和其他措辭的修飾。還有把前四種聯繫成為整體的整個結構的堂皇卓越。他還宣稱**沒有任何東西能夠像真情的流露得當那樣能夠達致崇高**。[38]

具備思想的莊嚴偉大、感情的強烈而激動、藻飾的技術性、措辭的高雅、結構的堂皇卓越等這五種要素，就能使文章達到雄偉、壯麗的境界。其中強烈而激動的情感，一定得「真情流露得當」，朗吉納斯認為這是崇高感染人的重要因素，絕不能虛偽造情，否則就無法給人「崇高」的感受，虛情假意是無法感動人心的。而劉勰亦未明確說偉大的標準，一般認為他對偉大作品的要求，就是要情采兼備，文質彬彬。「情」之極致就是有「風骨」。「風」是文章所述的「情」志，渲染開來的精神感染力，包括風采、神采、意氣、精神氣度等等；「骨」就是辭中義理，所樹立的骨骾之氣，是一種品格感染力。這兩者都是靠言辭去展現，是極精當的文辭所生發出來的語文感染力：

> 故練於骨者，析辭必精。深乎風者，述情必顯。捶字堅而難移，結響凝而不滯，此風骨之力也。（〈風骨〉篇）

情志與「風」的關係是：

> 是以怊悵述情，必始乎風，〔……〕情之含風，猶形之包氣。〔……〕

---

38 伍蠡甫、胡經之主編，《西方文藝理論名著選編》（北京：北京大學出版社，1986年），頁119。

> 意氣駿爽，則文風生焉。〔……〕深乎風者，述情必顯。〔……〕情
> 與氣偕。（〈風骨〉篇）

這就是說「情」是顯示精神風采的地方，深刻瞭解文章風采的人，當他在述說情志時，不管是用直接或間接的方法，最後一定會讓情志明朗地顯豁出來。述說情志就是在顯現文章的風采氣度，就像任何的外在形貌也都要求蘊含有意氣、氣質一樣。而辭與「骨」的關係則是：

> 沉吟鋪辭，莫先於骨。故辭之待骨，如體之樹骸。〔……〕結言端直，
> 則文骨成焉。〔……〕故練於骨者，析辭必精。〔……〕體與骨並。
> （〈風骨〉篇）

這段話劉勰清楚地表示「骨」是由「辭」去體現的，「辭」若無「骨」，就如一副軀體少了骨幹一樣，只剩下皮肉是支撐不起整個軀體的。「辭」要有「骨」，就在「辭」中包涵的義理，也就是合宜的「辭」。辭能「合宜」就有「骨」有「肉」，所以合宜的「辭」就是骨、肉勻稱，多了就是「腴辭」肥句。所以關鍵就在「合宜」二字。辭不「合宜」就是「無骨」、就是「瘠義」。可見有骨無骨就在有無義理上，也就是義理合不合宜、端不端直，這就是「辭者理之緯」、「理定而後辭暢」的道理。石家宜說：「風骨」是劉勰概括文學內質特性而鑄成的專門術語，它體現著一種美學要求，而此種要求正可以使作品具有充沛活力。[39]所以，偉大的文學作品必定要有「風骨」，是「情」「采」兼具，「文」與「質」彬彬均備的。試看劉勰對屈原的評語，就從不離情、采二事：

> 觀其骨鯁所樹，肌膚所附，雖取鎔經旨，亦自鑄偉辭。〔……〕故能
> 氣往轢古，辭來切今，驚采絕豔，難與並能矣。〔……〕翫華而不墜
> 其實〔……〕驚才風逸，壯采煙高。〔……〕金相玉式，豔溢錙毫。
> （〈辨騷〉篇）

劉勰對屈原的稱讚，全從「情」與「采」上去考究，可見劉勰對偉大作品的要求，全得視其是否能達於「情」「采」之極致而定。能達到這個境界的作品，劉勰稱之為「文章之鳴鳳」，是文章中的鳳凰。這隻鳳凰「藻耀而高翔」、「風清骨峻，篇體光華」，這才是劉勰心目中偉大的作品。

　　試把朗吉納斯的「崇高」與《文心雕龍》的〈風骨〉及〈辨騷〉的內容對照如下：

---

39 石家宜，《文心雕龍系統觀》（南京：江蘇古籍出版社，2001 年），頁 198～199。

朗吉納斯的「崇高」		《文心雕龍》〈風骨〉	《文心雕龍》〈辨騷〉
1. 莊嚴偉大的思想（最重要）		骨髓峻、風力遒藻耀而「高翔」，固文章之鳴鳳也。	取鎔經旨氣往轢古
2. 強烈而激動的情感 真情的流露得當		「風清骨峻」，篇體光華	其敘情怨則鬱伊而易感；述離居則愴怏而難懷
3. 運用藻飾的技術	思想的藻飾		
	語言的藻飾	捶字堅而難移，結響凝而不滯，此風骨之力也	自鑄偉辭
4. 高雅的措辭		「藻耀」而高翔，固文章之鳴鳳也。風清骨峻，「篇體光華」	辭來切今，驚采絕豔，難與並能論山水則循聲而得貌；言節候則披文而見時。
5. 整體結構的堂皇卓越		×××××	才高者菀其鴻裁

三者的差別在於劉勰少了堂皇的整體結構，但這並不表示劉勰不注意文章的結構，《文心雕龍》有多篇論文章結構，〈章句〉篇：

> 夫設情有宅〔……〕宅情曰章〔……〕明情者，總義以包體。〔……〕章總一義，須意窮而成體。〔……〕然章句在篇，如繭之抽緒，原始要終，體必鱗次。啟行之辭，逆萌中篇之意；絕筆之言，追勝前句之旨。故能外文綺交，內義脈注，跗萼相銜，首尾一體。（〈章句〉篇）

一篇作品總是在闡述某一種義理，總須把其中的道理說盡談完，才算是一個整體的完成。一篇作品的某一章、某一句，都像是從蠶繭抽絲一樣，是整體中的一部分，從頭到尾都如魚鱗般地有秩序：一開始的措辭語句，就已蘊含有中篇的文意，而篇尾的結束之語，也須回應前文的旨意。所以從外邊看，是文采的綺麗相交；從裏邊觀，則是義理之脈絡貫注，這就像花萼托著花瓣一樣，內外銜接在一起，從頭到尾就是一個整體，當中絕不容有叉斷。

如此看來，劉勰對作品結構的要求，與俄國形式主義的組織緊密、朗吉納斯的整體一致是相同的。不過劉勰沒有刻意強調結構的「複雜性」與「大而堂皇」，〈辨騷〉篇談到屈原對後代的影響，有一句「才高者菀其鴻裁」，「鴻裁」是否就是指布局結構的宏偉則有再斟酌的空間。俄國形式主義的複雜結構，指的是結構有一個以上的多種、多層層次，其間的組織越緊密，作品的價值就越大。朗吉納斯則強調偉大作品的整體結構要「堂皇卓越」。韋沃認為「複雜性」不僅指此，詞、句、韻律、意象、主題、情調、情節都算，偉大的作品這些方面愈複雜，其價值就愈高。這種「大製作」的複雜性結構是劉勰沒

有刻意去強調的，這或許與中國沒有如西方的史詩、戲劇般的長篇鉅構有關，西方這種大結構的文學作品極多，故而格外受批評家的重視。陳煒舜於《楚辭練要》中說：

> 〈離騷〉一文結構宏偉、文采絢爛、感情深沉、想像豐盈。前半篇以賦體為主，將作者的思想感情娓娓敘來；後半篇善用比興的手法，富於浪漫色彩。壯懷逸思躍然栩然，山川風日刻劃入微，神話現實交光互影，香草美人譬喻得宜，營造一個浩麗惝恍的境界。[40]

依陳氏之意，屈原的〈離騷〉以華麗的文采，體貼入微地表現作者深刻的情感，並且運用神話的題材、比興的手法，渲染自己的貞心亮節。然須留意〈離騷〉之篇幅僅三百七十五句，約二千五百字，因此若對照西方長篇史詩之結構來看，〈離騷〉顯然仍不足以稱是「堂皇結構」。

此外，韋沃不大談「莊嚴偉大」的思想，什麼思想夠得上稱是「莊嚴偉大」，是見仁見智的問題，不容易有個定準，所以這方面韋沃就擱置不議。而劉勰則明確地要求「徵聖」、「宗經」，他的「莊嚴偉大」思想就是依循儒家的經典，因此，其評價的思想範疇很難脫離儒家經典的規範框架。總的來看，劉勰對作品的偉大性重在境界的崇高，韋沃則重在廣度與複雜度。劉勰強調高度，所以獨標「風骨」。韋沃強調廣度與複雜度，所以特重整合想像與材料，材料不只要量多，還要花樣多。這種材料的多樣，包括思想、性格、社會、心理經驗等等，越多不同性質的經驗被成功地整合，詩的價值就越高，這就是韋沃文學價值的「偉大」原則。

三、批評方法

韋沃認為評價文學的方法有兩種：一種是注釋批評，另一種是評判式批評。他們建議評價文學不該只採其中一種，應結合兩者適時地使用，這論點是正確的。大凡文學作品的注釋或評價，都隱含有批評者的判斷在內，所以如何善用批評方法在作品上才是重要的。

韋沃認為好的批評，要有理論視野、要引證權威之論、仔細地分析作品、與其他作品做比較。韋沃讚揚艾略特的論文，並不僅於文章最後下一個總結，或用孤立的判斷去發表意見，而是以整篇論文去分析、判斷，並通過兩位以上詩人的性質並列研究或特殊的比較，才提出最後的結論，這是韋沃理想的批評

---

40 陳煒舜，《楚辭練要》（宜蘭：佛光人文社會學院出版，2006 年），頁 45。

方法。相較於韋沃的理論論述，劉勰則多了實際的批評，《文心雕龍》有〈辨騷〉篇及其他各篇的實際批評，也有〈知音〉篇及其他各篇的理論說明：

（一）理論

> 將閱文情，先標六觀：一觀位體，二觀置辭，三觀通變，四觀奇正，
> 五觀事義，六觀宮商。斯術既形，則優劣見矣。

劉勰提出「六觀」只舉出名目，沒有多加解釋，或許是認為在其他篇章都已說明清楚了，沒有再解釋的必要。然而今天的學者對這六觀的意義，還是莫衷一是，大都只能依據《文心雕龍》與這六觀相關的文字去理解。黃維樑綜合《文心雕龍》各篇章的內容，提出六觀的新詮釋。他說：

> 第一觀位體，就是觀作品的主題、體裁、形式、結構、整體風格；
> 第二觀事義，就是觀作品的題材，所寫的人事物等種種內容，包括
> 用事用典等；第三觀置辭，就是觀作品的用字修辭；第四觀宮商，
> 就是觀作品的音樂性、如聲調、押韻、節奏等；第五觀奇正，就是
> 通過與其他作品的比較，以觀該作品的整體手法，是正統的，還是
> 新奇的；第六觀通變，就是通過與其他作品的比較，以觀該作品的
> 整體表現，如何繼承與創新。[41]

借用新批評的分析方式，黃維樑把劉勰六觀的二、三、四觀合為一大項，與第一觀相對照。若如此，則這二、三、四觀所組成的大項目，就是作品的局部、組成部分、局部紋理（local texture），而與第一觀的位體——就是全體、整體大觀、邏輯結構（logical structure）——相對照。邏輯結構（logical structure）與局部紋理（local texture）都是新批評家藍遜穆（J. C. Ransom）的術語。黃維樑在〈精雕龍與精工甕〉一文指出，藍遜穆的邏輯結構是指詩的主題，而局部紋理則指詩的細節，所以應用這兩個術語，來指稱劉勰的第一觀位體與第二、三、四觀的事義、置辭、宮商是很相稱的。[42]

　　依據黃維樑對六觀的闡釋，劉勰對評價作品，確實有將作品之局部細節與整體有機配合的概念，更結合奇正、通變二觀，去講究作品橫的比較，與縱的繼承。準乎此，劉勰對作品的批評方法，當屬含有比較意味的知性分析

---

41 黃維樑，〈重新發現中國古代文化的作用〉，收於黃著《中國古典文論新探》（北京：北京大學出版社，1996 年），頁 10～11

42 黃維樑，〈精雕龍與精工甕〉，收於黃著《中國古典文論新探》（北京：北京大學出版社，1996 年），頁 44～45。

法，〈辨騷〉篇列舉數家對屈原的批評，劉勰批之曰：「褒貶任聲，抑揚過實，可謂鑒而弗精，翫而未覈者也。」更足以證明劉勰與韋沃對作品的分析評價，都力求知性、公正地精剖作品與比較作品，只不過各人所設的標準互有異同罷了。

　　另在作品的分析上，韋沃相當講求引證權威之論，用某種理論做為分析之依據，而此與劉勰之論點，也相當一致。《文心雕龍・論說》篇說：「彌綸群言，而研精一理。」其意為對各種說法、加以綜合、分析、評斷，進而顯豁地說出一個道理，而〈序志〉云：

　　　　同之與異，不屑古今，擘肌分理，唯務折衷。按轡文雅之場，環絡

　　　　藻繪之府，亦幾乎備矣。

劉勰強調剖析文學作品，要力求公正、周延，而不要因為它們是古人或今人之作而有所偏倚。若依此原則，而在作品上之見解與人同或異，都沒有關係，因為同不代表隨聲附和，異也不表示故意標新立異，而是它們符合客觀的事理。從上述相當知性的言論中，可以察知劉勰在文學作品的批評方法與韋沃對文學批評要著重於知性、比較與引證權威之觀點是極為接近的。

（二）實際的評價

　　劉勰《文心雕龍》對作品的實際評價中，與韋沃之分析性批評概念較相近的僅有〈辨騷〉一篇，其餘散見在各篇之作品評價，大都屬於專家概括式之印象用語。〈辨騷〉篇猶如劉勰批判性批評的示範論文，它是劉勰對「偉大」文學作品概念之具體落實，試將〈辨騷〉篇所評議的與「六觀」、「六義」及朗吉納斯之「崇高」對照如下：

朗吉納斯的「崇高」		《文心雕龍》六義	《文心雕龍》六觀	《文心雕龍》〈辨騷〉
1. 莊嚴偉大的思想（最重要）		四則義直而不回	五觀事「義」	規諷之旨
2. 強烈而激動的情感真情的流露得當		一則情深而不詭		忠「恕」之辭
3. 運用藻飾的技術	思想的藻飾	三則事信而不誕	五觀「事」義	比興之義
	語言的藻飾	六則文麗而不淫	六觀宮商	論山水則循聲而得貌，言節候則披文而見時
4. 高雅的措辭		六則文麗而不淫	二觀置辭	忠怨之辭 詭異之辭

			酌華而不墜其實 壯采煙高 金相玉式，豔溢錙毫。
5. 整體結構的堂皇卓越	×××	×××	才高者菀其鴻裁
	二則風清而不雜		「忠怨」之辭 驚才風逸
	五則體約而不蕪	一觀位體	典誥之體
		三觀通變	雅頌之博徒，詞賦之英傑
		四觀奇正	酌奇而不失其貞

由上表可見〈辨騷〉篇，不論從「六義」、「六觀」或「崇高」的角度來看都是一偉大豐富之作品，故劉勰將它置於「文之樞紐」中，是有其深遠寓意的。

第九章　文學史論之比較

前　言

　　本章第一節，討論韋沃《文學理論》第四部（文學的內部研究）第十九章〈文學史〉的概念。第二節，從劉勰《文心雕龍》〈時序〉、〈史傳〉、〈通變〉等諸篇，談劉勰文學史的觀點。第三節，從：（一）文學發生變化的因素（二）文學史觀（三）文學史中的幾個議題，包括：影響研究、文學的獨創性、文學史的分期、文學特性的發展過程等四項，分別進行比較。

第一節　韋沃《文學理論》論文學史

一、文學史不是社會史，也不是文明史

　　英詩史家華頓（T. Warton），研究古代文學的理由，是因為古代文學忠實紀錄各個時代的風貌，且具體保留最逼真與含義最豐富的世態，並且把它們真實的生命寫照傳達給後人。[1]莫利（H. Morley）認為文學是民族傳記（national biography）或英國人心智的記述。[2]史提芬（L. Stephen）認為文學是整個社會有機組織中的一個特殊器官，是社會變革的副產品。[3]考托普（W. J. Courthope）

1　René Welleck & Austin Warren, *Theory of Literature*, p.252。譯文參見韋勒克、沃倫著，劉象愚、邢培明、陳聖生、李哲明等譯，《文學理論》，頁302。
2　René Welleck & Austin Warren, *Theory of Literature*, p.252。譯文參見韋勒克、沃倫著，劉象愚、邢培明、陳聖生、李哲明等譯，《文學理論》，頁302。
3　René Welleck & Austin Warren, *Theory of Literature*, p.252。譯文參見韋勒克、沃倫著，劉象愚、邢培明、陳聖生、李哲明等譯，《文學理論》，頁302。

的英國詩歌研究，旨在強調那反映於文學上之國家組織的發展過程。[4]以上這些文學史家，都把文學看成文獻，視它為社會史，要不就是思想或國家史。另有一派之歷史家如：哥芝（E. Gosse）、艾爾頓（O. Elton）等人，雖然把文學當成藝術，但他們認為很難於為文學寫歷史。因此，他們雖然聲言要探討英國文學的動向，要予人一種評價英國文學的感覺，但他們所寫下的文章，只討論了個別作家、作品，且企圖從各個作家的影響力來銜接作家們的關係，而使其一脈相承。韋沃認為此種作法，欠缺了真正歷史進化的觀念，因為他們只不過稍按編年順序而寫下對某些作品的印象和評論而已。

　　韋沃認為文學史不是文化史，也不是批評性論文的總集。但為何沒有人大規模地探索文學藝術的進化呢？他們歸納出幾種困難：

　　（一）準備不足，方法錯誤：沒有人一致地和有系統地對藝術作品做準備性的分析工作，因此，只停留於用老式修辭學的標準來品評文學與依靠情感語言把一藝術作品對讀者的影響效果敘述一番。但這些作法，前者常為膚淺的文學技巧所限制，後者則未觸及文學作品本身。[5]

　　（二）誤以為文學史若不借助別的人文活動所歸納出的因果關係，就無法解釋文學之變化，所以文學史是不可能寫的。[6]

　　（三）缺乏文學藝術發展之整體概念：文學史之性質不能與繪畫之藝術史相提並論，因為文學作品不像繪畫能於短時間內看完，而必須經過一段時間的研讀才能了解，所以較難於看成一個連貫性的整體，但若將它與音樂形式（musical form）類比，即可看出它擁有一種模式（pattern）縱使這些模式必須經過一段時間才能掌握。此外，文學發展相當緩慢，它必須經歷很長的時間，才能由簡單的敘述文字過渡到具有高度組織之藝術作品，而且文學語言與日常生活及科學語言都運用相同的媒介，如何將它的美學結構從這些語言中分離出來，都有相當大的困難。[7]

　　（四）根本不需要有文學史：持這種觀點的理論家否認文學有歷史，例

4　René Welleck & Austin Warren, *Theory of Literature*, p.252。譯文參見韋勒克、沃倫著，劉象愚、邢培明、陳聖生、李哲明等譯，《文學理論》，頁 302。

5　René Welleck & Austin Warren, *Theory of Literature*, p.253。譯文參見韋勒克、沃倫著，劉象愚、邢培明、陳聖生、李哲明等譯，《文學理論》，頁 304。

6　René Welleck & Austin Warren, *Theory of Literature*, p.253。譯文參見韋勒克、沃倫著，劉象愚、邢培明、陳聖生、李哲明等譯，《文學理論》，頁 304。

7　René Welleck & Austin Warren, *Theory of Literature*, p.253。譯文參見韋勒克、沃倫著，劉象愚、邢培明、陳聖生、李哲明等譯，《文學理論》，頁 304～305。

如：克爾（W. P. Ker）認為文學史的對象，總是常常現存的，都是「永恒的」，因此根本不會有確當的歷史可言。[8]艾略特（T. S. Eliot）否認藝術作品會成為過去，他認為：

> 從荷馬以來的整個歐洲文學，都是同時並存著，並且構成一個同時並存的秩序。[9]

克爾與艾略特都認為「現存就是永恒」，所以根本不需要文學史。韋沃認為上述史家之觀點或困阻，並沒有道出文學史之真正性質，而是一種偏見，他們說：

> 大多數的文學史不是文明史，就是批評文章的匯集。前者不是「藝術」史，而後者則不是藝術「史」。[10]

文學史不是文明史、社會史，也不是按編年方式將作品的堆砌匯集或作家的傳記，它是文學藝術的發展史，是一部包括文學與歷史的書，我們不該混淆其與社會史或文明史之間的界線。

二、文學發生變化的原因

　　文學史既然是文學發展的過程，那麼，它就存在著發展動力的問題。文學發展的動力就是文學發展的因素，這因素究竟是什麼？前人有何看法？韋沃又有什麼論點呢？俄國形式主義提出「自動化」的觀點。俄國形式主義認為，文學發展是「自動化」的過程。他們認為當某種風格、體裁或技巧變得普遍和陳腐時，讀者就開始會渴望某些不同的東西，於是文學就會在風格、主題或技巧，出現一系列的反叛現象、一種新的準則，這種準則即是「陌生化」。[11]但韋沃質疑這種「自動化」的動力理論，疑點是文學為什麼「自動」朝「陌生化」這個方向，而不是朝另一個方向變化？文學朝某個特定方向去做改變，僅僅是文學形式的「自動」變動，就能解釋得了嗎？

　　另一種看法是「新一代人理論」，這種理論認為文學發展的動力，可以「代」的興起來說明。這一派人士認為文學之所以發展，是受一批年齡相仿

8　René Welleck & Austin Warren, *Theory of Literature*, p.254。譯文參見韋勒克、沃倫著，劉象愚、邢培明、陳聖生、李哲明等譯，《文學理論》，頁 305。

9　René Welleck & Austin Warren, *Theory of Literature*, p.254。譯文參見韋勒克、沃倫著，劉象愚、邢培明、陳聖生、李哲明等譯，《文學理論》，頁 305。

10　René Welleck & Austin Warren, *Theory of Literature*, p.253。譯文參見韋勒克、沃倫著，劉象愚、邢培明、陳聖生、李哲明等譯，《文學理論》，頁 303。

11　René Welleck & Austin Warren, *Theory of Literature*, p.266。譯文參見韋勒克、沃倫著，劉象愚、邢培明、陳聖生、李哲明等譯，《文學理論》，頁 319～320。

的青年人的影響。例如：德國的狂飆運動或浪漫主義運動都是。[12]韋沃批評這種以「代」的觀點，解釋文學發展是不恰當的，因為新的文學形式與風格的產生，不僅與新一代的出現有關，也與上一代的成熟作品之深刻影響有關，也就是說以代代交替來解釋文學的變化，是無法說明文學複雜的發展過程的，原因是：

> 文學變化是一個複雜的過程，它隨著場合的變遷而千變萬化。這種變化，部分是由內在原因，由文學既定規範的枯萎和對變化的渴望所引起。但也部分是由外在的原因，由社會的、理智的和其他的文化變化所引起的。[13]

韋沃用外在環境變化與內在文學規範的枯萎，解釋文學變化的原因，此種解釋，比新一代人理論觀點或俄國形式主義的「自動化」概念來得周延，因為它綜合了上述兩種理論內容。

三、文學史的類型

韋沃認為歷史對藝術作品的評價並非固定不變，某些藝術特質雖能經久不變，但評價作品的高低卻是動態的：

> 在歷史過程中，讀者、批評家和同時代的藝術家們對它〔藝術作品〕的看法是不斷變化的。解釋、批評和鑑賞的過程從來沒有完全中斷過，並且看來還要無限期地繼續下去，或者只要文化傳統不完全中斷，情況至少會是這樣。[14]

文學史就是敘述這個發展的過程；或就文學做一般性的綜合敘述，或就作者、文類、風格、文學批評……等文學內在結構，擇一大類或小類專門敘述：

> 文學史家的任務之一就是描述這個過程。另一項任務是按照同一的作者或類型、風格類型、語言傳統等分成或大或小的各種小組作品的發展過程，並進而探索整個文學內在結構中的作品的發展過程。[15]

---

12 René Welleck & Austin Warren, *Theory of Literature*, pp.266～267。譯文參見韋勒克、沃倫著，劉象愚、邢培明、陳聖生、李哲明等譯，《文學理論》，頁 320。

13 René Welleck & Austin Warren, *Theory of Literature*, p.267。譯文參見韋勒克、沃倫著，劉象愚、邢培明、陳聖生、李哲明等譯，《文學理論》，頁 321。

14 René Welleck & Austin Warren, *Theory of Literature*, pp.254～255。譯文參見韋勒克、沃倫著，劉象愚、邢培明、陳聖生、李哲明等譯，《文學理論》，頁 305。

15 René Welleck & Austin Warren, *Theory of Literature*, pp.254～255。譯文參見韋勒克、沃倫著，劉象愚、邢培明、陳聖生、李哲明等譯，《文學理論》，頁 305。

以下就這兩種分別論述：

（一）文學史的第一任務：描述文學演變的過程

文學史是一個包含作品、作家、文學類型與風格的完整體系，這個完整體系隨著新作品的不斷加入而不斷地調整、改變，並且不斷地增長。[16]這種文學的發展過程，韋沃譬之如生物學的魚腦變化成人腦的演變過程。[17]

但是韋沃強調生物學的演變，並不等同於文學的演變。其不同處在，文學的發展不僅是一系列的變化，而且這一系列的變化還有其目的，其過程中的每一個階段，都是最後結果的必要條件。這種朝著一種特殊目標接近的進化的過程（如人腦），使這一系列的變化不但有首有尾，而且是環環相扣地串接在一起。[18]文學史就是把握文學歷史發展每個環結的意義，說明它們不是互不關聯的堆積物，關鍵就在於文學史必須把歷史發展過程中的每一階段的價值或標準（valve or norm）聯繫起來。唯有如此，才不會忽視每一階段，在文學發展的過程中應有的價值與意義。

韋沃強調文學發展的歷史，不是毫無意義的河川流動，他們關心文學發展進程中的每一藝術作品的價值，也專注於在歷史進程中這一藝術作品與該時期的美學標準和價值尺度的關係。歷史會不斷地更新價值尺度，而單一藝術作品和一個價值尺度的相對性，就是它的個性與這個價值尺度的相互關係。[19]韋沃說：

> 這裏，我們必須承認有邏輯上的循環，歷史的過程得由價值來判斷，而價值的尺度本身卻又是從歷史中取得的。這種循環看來是不可避免的，不然的話，我們就得承認歷史是無意義變化的看法，或者不得不運用某些額外的文學標準，即用一些絕對的標準，這些標準是在文學過程之外的。[20]

---

16 René Welleck & Austin Warren, *Theory of Literature*, p.255。譯文參見韋勒克、沃倫著，劉象愚、邢培明、陳聖生、李哲明等譯，《文學理論》，頁306。

17 René Welleck & Austin Warren, *Theory of Literature*, pp.255～256。譯文參見韋勒克、沃倫著，劉象愚、邢培明、陳聖生、李哲明等譯，《文學理論》，頁306～307。

18 René Welleck & Austin Warren, *Theory of Literature*, pp.256～257。譯文參見韋勒克、沃倫著，劉象愚、邢培明、陳聖生、李哲明等譯，《文學理論》，頁307～308。

19 René Welleck & Austin Warren, *Theory of Literature*, p.257。譯文參見韋勒克、沃倫著，劉象愚、邢培明、陳聖生、李哲明等譯，《文學理論》，頁308。

20 René Welleck & Austin Warren, *Theory of Literature*, p.257。譯文參見韋勒克、沃倫著，劉象愚、邢培明、陳聖生、李哲明等譯，《文學理論》，頁308。

這就是說文學發展方式與生物進化不同，也與一個永恒、統一模式的進化觀不同。文學史只能參照不斷變化的價值系統來寫，而這些價值系統又得從歷史進程中之藝術作品本身抽取出來。

（二）文學史的第二任務：描述文學內在結構的發展

韋沃所說的文學內在結構，包括：作品、文學類型、風格、語言傳統等，正確敘述文學這些內在結構的發展歷史，都有須注意的地方：

1. 作品的淵源與影響

藝術作品最常被討論的問題，就是作品的淵源與影響，它是傳統研究文學史的重心。作品淵源與影響的研究，主要是探討作品相互影響的媒介與路徑，或是作家與作家間的引用、抄襲與模仿等現象。把握作家與作家間的關係，是編寫文學史最重要的工作，韋沃提出三點建議：

（1）說明作家或作品間的影響，一定要收集許多同時代相關作者與作品的資料，仔細地分析、比較他們的文本，才能研判作品與作品是平行關係，還是影響關係。[21]

（2）研究作品的淵源與影響時，要注意作品整體，不能只把藝術作品的某一特性孤立起來研究，否則就會把藝術作品，拆成碎片的鑲嵌工藝品。研究文學作品的淵源、影響，最好把文學作品放在文學發展系統中的適當地位來考察，並且比較兩個或更多文學作品之間的關係之討論才會有收獲。[22]

（3）要正確看待文學作品的獨創性：韋沃認為我們這個時代，往往把獨創性，誤為背離傳統，或者只是在作品題材、傳統情節與因襲的結構中打轉。事實上，文學作品的獨創性，表現在情節或題材上之價值是很低的。文藝復興時期或新古典主義時期，詩歌的翻譯與模仿，佔有很重要的地位。[23]

> 在一個特定的傳統內進行創作，並採用它的種種技巧，並不會妨礙創作作品的感性力量和藝術價值。[24]

---

21 René Welleck & Austin Warren, *Theory of Literature*, pp.257～258。譯文參見韋勒克、沃倫著，劉象愚、邢培明、陳聖生、李哲明等譯，《文學理論》，頁309。

22 René Welleck & Austin Warren, *Theory of Literature*, p.258。譯文參見韋勒克、沃倫著，劉象愚、邢培明、陳聖生、李哲明等譯，《文學理論》，頁310。

23 René Welleck & Austin Warren, *Theory of Literature*, pp.258～259。譯文參見韋勒克、沃倫著，劉象愚、邢培明、陳聖生、李哲明等譯，《文學理論》，頁310～311。

24 René Welleck & Austin Warren, *Theory of Literature*, p.259。譯文參見韋勒克、沃倫著，劉象愚、邢培明、陳聖生、李哲明等譯，《文學理論》，頁311。

沒有一個作家會因為使用、改編和修飾傳統主題和意象，而低人一等或缺乏獨創性。[25]

2. 作家作品的價值研究

韋沃認為要證明一位作家的作品價值是最不費力的：我們可以先判斷哪些作品，是這位作家最成熟的作品；然後將其另外的作品與成熟作品加以比較、分析，釐出其間的異同。但應該避免一種錯誤的傾向，那就是將作品與作家的生活經歷，糾纏在一起，因為這是屬於文學的外部研究。[26]

3. 根據作品特性，探索其向某種完美類型發展

這種研究是把作品的某些種特性分離出來，再探索這些特性的發展歷史，就像克萊門（W. Clement）研究莎士比亞的意象進化一樣。[27]這類研究如果沒有適當的參照系統，是寫不出來的。

4. 文學類型（genres）史和典型（types）史

韋沃認為類型史的研究，是文學史的研究中最有前途的領域。其困境一如所有歷史面臨的困境：為了找到參照系統（scheme of reference），我們必須研究歷史；為了研究歷史，我們又必須在心中事先假設某種參照系統。而在實踐中，韋沃認為這種邏輯的循環，是有可能克服的。例如：十四行體詩，就有一些明顯的外在分類系統——即每首詩十四行，依照一個限定的模式押韻——可為研究者提供所需的出發點。但能否確實證明不同傳統、不同時代，作品間的關聯，就得依賴研究者的眼光是否夠銳利了。

四、文學史的分期

適當地把文學分期是文學史極重要的問題。韋沃指出兩種不當的文學史分期，然後提出他們的文學史分期概念。

---

25 René Welleck & Austin Warren, *Theory of Literature*, p.259。譯文參見韋勒克、沃倫著，劉象愚、邢培明、陳聖生、李哲明等譯，《文學理論》，頁 311。

26 René Welleck & Austin Warren, *Theory of Literature*, p.259。譯文參見韋勒克、沃倫著，劉象愚、邢培明、陳聖生、李哲明等譯，《文學理論》，頁 311。

27 克萊門的《莎士比亞的意象》研究實踐了其標題表示的要研究作者意象發展與功能的諾言。他以抒情詩，甚至史詩的意象來對照，強調莎劇意象的戲劇性質：在其成熟的劇作中不是莎士比亞作為「人」在戲中思考，而是特洛伊羅斯在戲中通過腐敗的食物進行隱喻式的思考。René Welleck & Austin Warren, *Theory of Literature*, p.210; pp.259～260。譯文參見韋勒克、沃倫著，劉象愚、邢培明、陳聖生、李哲明等譯，《文學理論》，頁 246、311。

（一）按曆法分期法

這是按曆法的世紀，或以十年、年等時間單位的分期法，這樣的分期就把文學史寫成了編年史，與文學史的文學發展沒有什麼關系，但對文獻書目的匯編，有其合理性與實用的價值。

（二）按政治分期法

這是以往文學史所採用的分期法，用政治或國君的統治期為文學的分期，韋沃認為即使有一套簡明的分期法，把人類文化、政治、哲學或其它藝術加以分期，文學也不應接受這種不同目的文學系統分期法，因為文學不應該被視為人類政治、社會、甚至是理智發展的消極反映或摹本。文學分期應該按照文學標準去制定，[28]如果這樣劃分的結果，恰好與政治、社會、藝術及歷史學家的劃分一致，也是可以接受的，譬如：伊利莎白時代的文學與維多利亞時代的文學。[29]

（三）韋沃理想的文學史分期

韋沃認為文學發展史，必須以文學為出發點。文學的歷史只能參照一個不斷變化的價值系統來寫，這一個價值系統必須從歷史中之藝術作品本身歸納出來。一個時期就是一個由文學規範（norms）、標準（standards）和慣例（conventions）的體系所支配的時間橫斷面；這些規範、標準和慣例的被採用、傳播、變化、綜合以及消失，是可以探索的[30]：

> 一個特定的時期不是一個理想類型或一個抽象模式或一個種類概念的系列，而是一個時間上的剖面（section），這一剖面被一個整體的規範體系所支配，從來沒有任何一件藝術作品能夠從整體上顯現它。文學上某一個時期的歷史就在於探索從一個規範體系到另一個規範體系的變化。由於一個時期是這樣一個具有某種統一性的時間上的剖面，很明顯這種統一性只能是相對性的。這意義僅僅是指在這一個時期內某一種規範系統被顯示得最充分。如果任何一個時期

28　René Welleck & Austin Warren, *Theory of Literature*, p.264。譯文參見韋勒克、沃倫著，劉象愚、邢培明、陳聖生、李哲明等譯，《文學理論》，頁 317～318。

29　René Welleck & Austin Warren, *Theory of Literature*, p.263。譯文參見韋勒克、沃倫著，劉象愚、邢培明、陳聖生、李哲明等譯，《文學理論》，頁 316。

30　René Welleck & Austin Warren, *Theory of Literature*, pp.264～265。譯文參見韋勒克、沃倫著，劉象愚、邢培明、陳聖生、李哲明等譯，《文學理論》，頁 318。

的統一性是絕對的，那麼各個相鄰時就會像石塊一樣排在一起，沒
有發展的連續性。[31]

這段話充分說明韋沃的文學分期概念，它是以某段時間上之剖面，且以最能體
現該期作品的價值規範，作為分期的依據，但韋沃強調這種分期，僅是相對
的；雖然是相對的，但是它仍俱有規範性的價值，所以能成為文學發展的參照
概念。

第二節　劉勰《文心雕龍》論文學史

《文心雕龍·時序》篇可視為劉勰的中國文學發展史，它具體地實踐劉勰
自己的文學史理論，但因為是文學史，是其文學理論實踐的具體成品，所以闡
述文學史理論的部分不多，只能從片言隻字中拼湊劉勰的文學史觀。

劉勰沒有為文學史下過定義，《文心雕龍》與文學史有關的篇章，有〈時
序〉篇、〈通變〉篇，還有從〈明詩〉至〈書記〉等二十篇與分類文學史有關
的部分。以下就從這些篇章，條舉出與文學史有關的內容，說明劉勰的文學
史觀。

一、文學發生變化的原因

（一）外部因素

1. 總綱：時代、世情

《文心雕龍·時序》篇提到文學產生變化的原因有四處：

（1）時運交移，質文代變，古今情理，如可言乎！

時代氣運交互推移轉換，文章或以質樸為宗，或以文彩華麗為主，也隨
著時代的更迭而變化，循著這個道理，就可以談談從古到今作品的才情文理
了。[32]劉勰在這裡強調「時運」是改變文學「質」、「文」的主要因素。

（2）歌謠文理，與世推移，風動於上，而波震於下者也。

詩歌民謠的文采和情理，都是跟隨著時代的風尚而轉換、變遷的。劉勰譬
喻這種現象，就像「風」從水面上吹過，而水波就在下方的水中一圈圈地震盪開

---

31 René Welleck & Austin Warren, *Theory of Literature*, pp.265～266。譯文參見韋勒克、沃倫著，劉象愚、邢培明、陳聖生、李哲明等譯，《文學理論》，頁 319。

32 王更生，《文心雕龍讀本》（台北：文史哲出版社，1986 年），下篇，頁 289～290。

來。劉勰在這裡也強調「世」俗的風尚，才是改變「歌謠文理」的主要因素。

（3）故知文變染乎世情，興廢繫乎時序，原始以要終，雖百世可知也。

文學的改變，是受「世情」所浸染（社會情勢的影響）；而何者興何者廢，全繫於時代的更替。依此原則去追溯文學的起源或推究結果，即使上推百代的流變，也是可知的啊！[33]這段話也是強調改變文學的是「世情」、「時序」，時代、社會風尚才是主要原因。

（4）蔚映十代，辭采九變。樞中所動，環流無倦。質文沿時，崇替在選。終古雖遠，優焉如面。

文學美妙多姿的文采，映照了許多朝代，也隨著時代起了不少的變化；或質直樸實，或文彩華麗，總是循著時代的軌跡，選擇符合那時代所崇尚的。劉勰譬喻這種情形，就像居於主導地位的中樞一動，周邊事物就反覆周流如環，無有止息。因此，距離上古時代雖然遙遠，但其詩文風尚，彷彿就在眼前。這也是說時代才是決定文學改變的主因。

2. 細目

劉勰認為文學的興衰與「時代」有關聯。他用「世情」和「時序」統括文學變化的外緣原因，依劉勰所述，「世情」、「時序」包括政治教化、學術文化、君王、社會風氣等四個層面影響文學：

（1）政治教化

劉勰認為政治清明時代，文學如鏡般地反應淳樸民風，反之，文學也會如實地反映國運的衰微與政治的黑暗，所以陶唐、虞、大禹、周文王時代，政治清明，人民「心樂而聲泰」，詩歌自然洋溢著和樂舒泰之音；到了周幽王、厲王和平王之時，則出現如：〈板〉、〈蕩〉、〈黍離〉等詩，表達其哀、怒之情。

（2）君王提倡

劉勰認為漢「孝武崇儒」，不但「禮樂爭輝」，亦且「辭藻競騖」。曹魏三祖「雅愛詩章」「妙善辭賦」「下筆琳琅」，於是建安文才薈萃，堪稱極盛。此外，劉宋武帝「愛文」、「文帝彬雅」以及「孝武多才，英采雲搆」，影響所及，龍章鳳采「霞蔚而飆起」，這些都是文學因為有君王的提倡而繁榮興盛的例證。

（3）學術文化

〈時序〉論東漢文風：

---

33 王更生，《文心雕龍讀本》，頁 295。

> 然中興之後，群才稍改其轍，華實所附，斟酌經辭，蓋歷政講聚，
> 故漸靡儒風者也。

東漢受儒家經學影響，文學「漸靡儒風」，銜華配實必須「斟酌經辭」。至於東晉，受清談之風的影響，「溺乎玄風」，所以「世極迍邅，而辭意夷泰，詩必柱下之旨歸，賦乃漆園之義疏」，這都是文學受學術思想影響的證據。

（4）社會風氣

如：劉勰解釋建安文學所以「雅好慷慨」，是因為那個時代經歷長期的「亂離」，社會風氣變得「風衰俗怨」，於是發為文章則「志深而筆長」、「梗概而多氣」！

（二）內部因素

1. 對前代文學的繼承

劉勰在〈時序〉篇論及使文學產生改變的內在因素，只有兩處：一為觀屈原、宋玉之「豔說，則籠罩雅頌」；二為西漢辭人「祖述楚辭」，有「靈均餘影」。〈辨騷〉篇說屈原〈離騷〉「體憲於三代，而風雜於戰國，乃雅頌之博徒，而詞賦之英傑也」，劉勰認為〈離騷〉不但繼承了《詩經》的傳統，也受戰國縱衡詭俗的影響，所以它充滿奇辭豔說，技巧鋪張揚厲，影響了漢代的文學。〈時序〉篇說兩漢文學：「大抵所歸，祖述楚辭，靈均餘影，於是乎在」，這都證明前後文學是相互影響的。

2. 若無新變，不能代雄

劉勰看清文學有其運行的周期，必須通變才能持久不衰：

> 夫設文之體有常，變文之數無方。〔……〕文辭氣力，通變則久，此
> 無方之數也。（〈通變〉篇）

不能通變者就像繩短就汲不到水喝，腳力弱就只好中輟，無法遠行，文學的持久之道，通變是它的不二法門。

二、分體文學史

有關分體文學史這部分，在《文心雕龍》上篇從〈明詩〉至〈書記〉等二十篇，是劉勰的文學類型史。劉勰置之上篇，可見其重視之程度。《文心雕龍》論文敘筆，用極簡明的方式，闡述三十四種主要文體的發展過程。以下先將《文心雕龍》二十篇中的各體文學用表格整理如下，再以文體論首篇的〈明詩〉為例，說明劉勰的論點。

論文敘筆	篇名	體　類	數目	源於何經
文	明詩	四言、五言、三言、六言、雜言、離合、回文、聯句	八	詩
	樂府	平調、清調、瑟調、鼓吹、饒歌、挽歌	六	詩
	詮賦	賦	一	詩
	頌贊	頌、贊、風、雅、序、引、評	七	詩
	祝盟	祝邪、罵鬼、譴、呪、詰咎、祭文、哀策、詛、誓、敵、祝、盟	十二	禮
	銘箴	銘、箴	二	禮
	誄碑	誄、碑、碣	三	禮
	哀弔	哀、弔	二	禮
	雜文	對問、七發、連珠、客難、解嘲、賓戲、達旨、應問、答譏、釋誨、客傲、客問、客咨、七檄、七依、七辨、七蘇、七啟、七釋、七說、七諷、七厲、典、誥、誓、問、覽、略、篇、章、曲、操、弄、引、吟、諷、謠、詠、雜文	三十九	詩
	諧讔	諧、讔、謎語	三	詩
筆	史傳	史、尚書、春秋、傳、策、紀、書、表、志、略、錄	十一	春秋
	諸子	諸子	一	五經
	論說	論、說、議、傳、注、贊、評、敘、引	九	易
	詔策	詔、策、命、誥、誓、制、策書、制書、詔書、戒敕、戒、敕、教	十三	書
	檄移	檄、移、戒誓、令、辭、露布、文移、武移	八	春秋
	封禪	封禪	一	禮
	章表	章、表、上書、奏、議	五	書
	奏啟	奏、啟、上疏、彈事、表奏、封事六	五	書
	議對	議、對、駁議、對策、射策	五	書
	書記	書、記、表奏、奏書、牋、奏記、奏牋、譜、籍、簿、錄、方、術、占、式、律、令、法、制、符、券、契、疏、關、刺、解、牒、籤、狀、列、辭、諺	三十二	春秋

　　劉勰用「原始以表末，釋名以章義，選文以定篇，敷理以舉統」四大綱目，敘述各類文學類型的發展歷史。根據這四個綱目，他有條不紊地把每一種大類的文體名稱定義、源流始末、代表作家、作品以及寫作的語言特色，闡述得清清楚楚，分析之精密，方法多樣，用語精確，涉及層面廣博，真如章學誠所云「體大慮周」。以〈明詩〉為例：此篇敘述中國詩歌的源流，先敘詩的起源，

再述詩的流變，劉勰把「原始以表末」與「選文與定篇」合併敘述，敘中有評，評中夾敘。溯自上古以迄南朝，計述八種詩體，比較各代詩風演變的大勢，以五言詩的演變為例：

> 按召南行露，始肇半章；孺子滄浪，亦有全曲；暇豫優歌，遠見春
> 秋；邪徑童謠，近在成世：閱時取證，則五言久矣。

劉勰把五言詩的源頭，溯至《詩經・召南》的〈行露〉詩、《孟子》的〈滄浪〉之歌、春秋晉優施唱的〈暇豫〉之歌及《漢書・五行志》所載的「〈邪徑〉童謠。五言詩發展至兩漢，其作品風格及詩中所反映的生活，劉勰均有確要的評論，評語雖然不多，但頗能概括詩的特色，例如：評古詩十九首之詩風「直而不野，婉轉附物，怊悵切情，實五言之冠冕也」，並舉張衡的〈仙詩〉〈緩歌〉與之比較。言建安詩人「慷慨以任氣，磊落以使才」，其風格為「造懷指事，不求纖密之巧，驅辭逐貌，唯取昭晰之能」。至若正始的「詩雜仙心，何晏之徒，率多浮淺。唯嵇志清峻，阮旨遙深，故能標焉。」西晉的采縟力柔；東晉的溺乎玄風；宋初山水詩的儷采追新。劉勰對優秀作品的選定、各代五言詩作品之評價以及風格轉變遞嬗之分析，都證明劉勰對分體文學史有很明澈的概念。

三、文學史的分期

　　《文心雕龍》對文學史的分期有兩處：一處在〈時序〉篇，另一處則在〈通變〉篇。〈時序〉篇分為十代九變，〈通變〉篇則分六期五變。〈時序〉的十代九變，學者說法頗有歧異，不若〈通變〉篇六期五變的單純。將〈時序〉與〈通變〉篇的分期相對照，有謂六期五變，比較概括，十代九變比較細密，這只是一種含混籠統的說法而已，並沒有對其間的分歧提出合理的解釋。

　　仔細分析劉勰的分期，唯一可以確定的是，劉勰的文學分期，並不侷限於時代，所以他把夏、商、周三代合為一代，建安與正始分為兩代，可見他有照顧到文學不同階段的演變。劉勰也強調一代之內，也有很多變化，如其論西漢文學就說：「雖世漸百齡，辭人九變」，可見其對各代文學的變化，擘肌分理辨析得極為細密。

第三節　文學史論之比較

　　韋沃之文學史論包括一般文學史與他們所稱的內在結構之文學史（分類

文學史）兩個部分。在《文學理論》中，他們只從理論上闡述文學史應具有何種性質、目的、分期以及應該要著重那些內容的概念，但並沒有具體的文學史著作。相反的，劉勰《文心雕龍》的文學史論也有一般文學史與分體文學史兩部分，然劉勰對理論之闡述少，而實踐多，尤其是分體文學史的部分很豐富。

　　本節對二者之比較，除分析其文學史理論概念之同異外，也將用劉勰的文學史與韋沃之文學史論相印證，看他們是否有互補的地方。

一、文學發生變化的因素

　　一個文學規範體系的衰退到另一個規範體系的興起，也就是文學產生變化的原因。對文學變化的原因，有從俄國形式主義稱之為「自動化」（automatization）過程，也有從外在干預與社會環境壓力及「新一代人」理論的角度去解釋。韋沃既不同意俄國形式主義「自動化」的說法，因為它不足以解釋整個文學發展過程的複雜性；也不同意「新一代人」的理論，因為文學變化也受老一代作家成熟作品的影響。這兩種理論皆只片面地闡述文學變化的部分原因，並未能深中肯綮地說明文學變化的原因，於是韋沃綜合眾家說法認為：

> 文學變化是一個複雜的過程，它隨著場合（occasion to occasion）的變遷而千變萬化。這種變化，部分是由內在原因，由文學既定規範的枯萎和對變化的渴望所引起。但也部分是由外在的原因，由社會的、理智的（intellectual）和其他的文化變化所引起的。[34]

韋沃歸納文學產生變化的原因有內、外兩種因素：一部分起因於文學規範的枯萎與人心思變，這是內在因素；另一部分則是社會、文化的變動與干預等因素所造成，這是外在因素，韋沃認為文學就隨著這兩種力的交互作用而變化。

　　《文心雕龍》〈時序〉篇論的就是「時運交移」致使「質文代變」的情形，也就是說劉勰認為時代氣運是使文學產生變化的原因，他認為歌謠等文章理則，是「與世推移」的；或質或文各順時代趨勢而行，只要掌握時代情勢，孰盛孰衰就可推知了。總結來說，劉勰在〈時序〉篇談文學變化的原因就是「文變染乎世情，興廢繫乎時序」。「世情」、「時序」二詞，總括時代、社會、文化等外在環境，如其論建安文學云：

---

[34] René Welleck & Austin Warren, *Theory of Literary*, p.267。譯文參見韋勒克、沃倫著，劉象愚、邢培明、陳聖生、李哲明等譯，《文學理論》，頁 321。

觀其時文，雅好慷慨，良由世積亂離，風衰俗怨，並志深而筆長，

故梗概而多氣也。（〈時序〉篇）

又論西晉文風之綺靡，蓋肇因於：

前史以為運涉季世，人未盡才，誠哉斯談，可為歎息。（〈時序〉篇）

可見外在因素影響文學產生變化，韋沃與劉勰大體是一致的。他們都承認文學
是社會、文化的一部分，文化、社會一有變動，文學必然受影響。有什麼樣的
社會風氣、文化時尚與潮流，就會產生與它相應的文學，劉勰將之喻為「風動
於上而波震於下者也」。

韋沃認為既定規範的枯萎及渴望變化是文學變化的內在原因，任何一種
藝術形式與規範，時日一久，其「生命力」必會漸漸枯竭；「變」是唯一的出
路，這是韋沃文學變化觀的內在因素。韋沃雖不完全同意俄國形式主義「自動
化」的說法，認為它不足以解釋整個文學發展過程的複雜性，但也不得不承認
文學規範本身有日久則廢的事實，只有「變」才是不二的法門。

劉勰在〈時序〉篇論及使文學產生改變的內在因素，只有兩處：一為觀屈
原、宋玉之「豔說，則籠罩雅頌」；二為西漢辭人「祖述楚辭」，有「靈均餘影」。
所以如此，這是因為〈時序〉顧名思義，重在討論「時運」、「世情」、「時序」
等對文學的影響，也就是探討文學外部對文學的影響。所謂「外部」就是韋
沃《文學理論》所說與文學有關的傳記、心理學、社會、思想和其他的藝術等
等，它是文學的外緣部分，並不是文學本身。而且文學會產生變化，外在與內
在這兩種因素，並不一定同時發生，它們並沒有相應相生的必然性，故而分開
論述。劉勰論文學變化的內在因素在〈通變〉篇。他在〈通變〉篇末的「贊」
辭裏，以極堅定的口吻告訴創作者「變」的道理：

文律運周，日新其業。變則堪久，通則不乏。趨時必果，乘機無怯。

望今制奇，參古定法。

劉勰清楚地知道文學律則有其運轉的周期性，它日日都在更新。因應之道只
有一個就是「通變」。「變」才能持久，「通」才不致匱乏。他鼓勵創作者要果
斷、無怯地趨赴時勢、抓住時機。看準當今趨勢，出奇制勝——但也要參酌
「古」法，不可一味地標奇立異、鬥巧爭奇，這和韋沃的文學規範枯萎及人的
渴望變化，如出一轍。此外，劉勰在強調「變」之「制奇」的同時，還堅持要
「通」「古」法，也與韋沃指出「新一代人」理論必須顧及老一代作家的影響
之見解如出一轍。〈通變〉劈頭就說「變文之數無方」；而「無方」之「方」就

是「通變」，因為「文辭氣力，通變則久」。至於「通變」的方法則是：

> 通變無方，數必酌於新聲。〔……〕譬諸草木，根幹麗土而同性，臭
> 味晞陽而異品。

在「同性」的文體裏酌量加入「新聲」，就能創出嗅味不同的「異品」。劉勰的「新聲」、「制奇」有如俄國形式主義的「陌生化」，它們都是為挽救已經變得普通、陳腐、俗不可耐的文學所採取的手段。但是與俄國形式主義不同的是，俄國形式主義的「陌生化」所「陌生」的東西，是與之對立的語詞、風格、主題及其他技巧，於是文學發展的系統就是反叛式的「輪流占優勢的拉鋸式變化」，韋沃批評這種理論說：

> 這一理論還沒有弄清為什麼文學發展正好必然要走上它已經走上的
> 這一特定方向。僅僅靠「拉鋸式」系統的理論顯然不足以描述整個
> 發展過程的複雜性。[35]

也就是說韋沃批評形式主義者是知其然而不知其所以然，而且有簡化文學發展之嫌疑。劉勰與他們不同的是，他在「制奇」與酌「新聲」的「變」化外，同時還得有「參古定法」的「通」，「通」才能「防文濫」：

> 若夫鎔鑄經典之範，翔集子史之術，洞曉情變，曲昭文體，然後能
> 孚甲新意，雕畫奇辭。昭體故意新而不亂，曉變故辭奇而不黷。若
> 骨采未圓，風辭未練，而跨略舊規，馳騖新作，雖獲巧意，危敗必
> 多！豈空結奇字，紕繆而成經乎？（〈風骨〉篇）

「變」是要能「孚甲新意，雕畫奇辭」，但「新意」不能悖亂常理，「奇辭」不能輕妄濫用，這種「競今疏古」、「矯訛翻淺」的毛病，都是因為「變」得過度以致「風末氣衰」而產生的現象，「通」就是為了防止這種一味追求新奇的粗製濫造，矯正之道唯有「鎔鑄經典之範，翔集子史之術」、「還宗經誥，斯斟酌乎質文之間，而櫽括乎雅俗之際」，如此，「文辭氣力」才能「騁無窮之路，飲不竭之源」。有趣的是，不管是論外在因素影響文學變化的〈時序〉篇，還是論內在因素的〈通變〉篇，劉勰也說「質文代變」、「質文沿時，崇替在選」、「斟酌乎質文之間，而櫽括乎雅俗之際」，似乎也認為文學變化受內、外因素的影響，文學風格的改變就只是「質」與「文」間的變化而已，就像鐘擺在兩邊擺盪一樣，這似乎和俄國形式主義的說法若合符節。

---

35 René Welleck & Austin Warren, *Theory of Literary*, p.266。譯文參見韋勒克、沃倫著，
劉象愚、邢培明、陳聖生、李哲明等譯，《文學理論》，頁 319～320。

　　但是劉勰沒有韋沃批評俄國形式主義的缺點，因為他內、外因素都論到，並不如俄國形式主義只談語詞、風格、主題及其他技巧等內在因素的陌生化，即使說「質文代變」，也足以證明「質文代變」的複雜性，他在〈通變〉篇實際分析九代文風的演變說：

> 黃歌斷竹，質之至也；唐歌載蜡，則廣於黃世。虞歌卿雲，則文於
> 唐；夏歌雕牆，縟於虞代；商周篇什，麗於夏年。

從極為「質」樸到「廣於黃世」，到「文於唐」，到「縟於虞代」，到「麗於夏年」，劉勰從實際的文學史實，去證實什麼是「質文代變」。這一代代的文風變化，不是那麼單純地從「質」一變就成為「文」，它們是慢慢逐漸改變的；即使進入「文」的階段，也有「文」、「縟」、「麗」的不同演變。而後再加上其他外在等環境因素的影響：

> 則黃、唐淳而質，虞、夏質而辨，商、周麗而雅，楚、漢侈而豔，
> 魏、晉淺而綺，宋初訛而新。

從「淳而質」到「質而辨」，到「麗而雅」，到「侈而豔」，到「淺而綺」，最後是劉宋初年的「訛而新」，與前面單純一代的文風變化，到這裡合兩代而論，就顯得複雜許多。

　　綜合上論，可以確定韋沃與劉勰對文學發生變化是繫於文學內、外在因素的交互作用之論點是一致的。但在內、外在因素的偏重仍有些差異，那就是韋、沃較著重於文學內在因素，而劉勰則較關注於「世情」、「時序」等文學外在因素，此點不可不辨。

二、文學史觀

（一）文學的發展變化過程與法則

　　文學脫離不了作品，而新作品不斷地加入，去牽動整個文學體系做調整。韋沃認為解釋、批評和鑑賞文學作品的過程，在歷史從未間斷過，所以作品因各時代讀者、批評家的看法不斷地變動，而呈不斷變化的動態中。某些文學特性較為堅穩，故能常保不墜，但其結構也不是靜態而是動態的，只要傳統文化不中斷，這樣的變動就還會一直持續下去，文學史就是描述這個變動的過程。

　　韋沃強調文學史談「文學藝術的變動、發展」，他們把文學當做一種藝術，去探索它的歷史發展進化過程，但不是只注意「發生變化的事實」，因為

「變化」有時僅只是常新、一種無意義與不可理解的重新變動而已。所以用研究變化的方法而歸納出的法則就不適用，因為歷史過程與自然生物的進程並不相同。

《文心雕龍‧時序》篇總結各代的文學變化說：

> 蔚映十代，辭采九變。樞中所動，環流無倦。質文沿時，崇替在選，
> 終古雖遠，僾焉如面。

劉勰認為文學經歷了那麼多的朝代，辭采產生那麼多的變化，時代是其中的重要關鍵。它就像居中的樞紐，中樞一動，文學就環繞著它流轉不止。或質樸或華麗、或興盛或衰落，都隨時代、世情而改變，時代再遠，也都能如在面前般地看得清清楚楚。但是時代、世情不管是政治教化的薰染、君王的倡導、學術風氣的左右、社會風氣的影響或是前代文學作品的承繼，劉勰都只說這些時代因素影響了文學變化，但改變了什麼？為什麼它能導致改變？這種的改變是前述幾個因素中的一個或多個因素所促成？哪一個因素影響力較強？哪一個因素居次要地位？劉勰都沒有說明，所以「質文沿時，崇替在選」、「文變染乎世情，興廢繫乎時序」，看起來雖似劉勰歸納出的律則，其實也只是一種概略的描述而已，它並不能直接而明確地說明哪一個原因導致文學哪些部分受了改變，所以解釋的功能並不強；更談不上說哪一個原因一定會產生哪一項的文學改變這種結果，所以此法則沒有精準的預示功能，而只能說與文學的變化相關。簡單地說，「文變染乎世情，興廢繫乎時序」，只能概略地描述時代、世情對文學的影響而已，怎麼影響、一定有什麼結果，劉勰是沒有說的。

但韋沃說的，文學的「發展」不能與生物學之從生到死的進化過程相類比，因為它不是從蛋到鳥的成長進化，文學的發展是類似魚腦到人腦的進化，它是一系列有目的性的變化過程，它一定有可描述的因果規律，所以韋沃說文學史發展的每一個階段都互為基礎與目的，亦即是因也是果，而此因、此果都是那個階段的文學價值與規範或標準，此與生物基因為適應環境所產生的突變之不可預期是不同的，而文學史就是要闡明這些典範、價值、標準之間的轉折，此才是韋沃強調文學史的變化是從魚腦進化到人腦，而非從蛋到鳥的成長進化之真意。因此，韋沃論文學史的發展變化與法則比劉勰的相關論述更有因果性、精確性。

（二）文學的價值判定系統

文學史的過程得由價值判斷，而價值本身卻又是從文學史中的事實抽象

化取得，韋沃認為文學史的發展是一種進化的過程，過程中會不斷地產生至目前為止還不知道、不可預言的新價值形式，所以文學史只能參照一個不斷變化的價值系統去寫成。劉勰則不然。劉勰的價值系統是恆久不變的，這個價值系統就是原道、徵聖、宗經，他雖強調「抑引隨時，變通適會」，但卻得「徵之周孔，則文有師矣」。他以嚴正的口吻說：「論文必徵於聖，窺聖必宗於經。」[36]「經也者恆久之至道，不刊之鴻教也。」劉勰認為只要能宗經，就能情深、風清、事信、義貞、體約、文麗，[37]這六義通貫整部的《文心雕龍》，是他論文的基準。

　　劉勰的「變」是要在「通」古、「還宗經誥」的原則下去變，絕不能「競今疏古」；即使贊成意新奇巧，也要「執正以御奇」，而不能「逐奇而失正」。因為有固定的價值系統，所以劉勰看到的文學進程就不一定是進化的，甚至是退化，他批評九代詠歌是：

　　　　由質及訛，彌近彌澹，何則？競今疏古，風末氣衰也。（〈通變〉篇）

由「質」到「訛」、愈到「近」代韻味愈「澹」薄，已到「風」韻之末，「氣」勢衰微的地步了，這種說法正是文學退化的明證，與韋沃的文學進化觀完全不同。

三、文學史中的幾個議題

（一）影響研究

　　韋沃認為文學史必不可免地一定會觸及所謂的「影響」研究，文學的影響就是談作品的淵源和作品間的相互影響關係，它是傳統研究的重心，但是韋沃警告談「影響」，不能把模糊的類似或是共同的淵源，誤以為是「影響」，所以研究者必須有廣博的文學知識，廣泛蒐集眾家的看法、仔細地研究文本、分析其中平行與類似的地方，才能確切地論定作品間的影響關係。

　　劉勰在《文心雕龍‧時序》篇提到作品的影響關係頗多，例如：談到戰國文學云：

　　　　觀其豔說，則籠罩雅頌，故知暐燁之奇意，出乎縱橫之詭俗。

他認為屈原、宋玉等辭人不但受《詩經》的影響，也受縱橫家的影響。又如論述兩漢文學則歸結為：

36　上引三句俱出《文心雕龍‧徵聖》。

37　見《文心雕龍‧宗經》。

> 大抵所歸，祖述楚辭，靈均餘影，於是乎在。

也就是說兩漢的辭賦深受屈原的影響，這種說法與〈辨騷〉所云：

> 是以枚、賈追風以入麗，馬、揚沿波而得奇，其衣被詞人，非一代
> 也。

相互呼應。此外，同樣提到影響的還有《文心雕龍‧通變》：

> 暨楚之騷文，矩式周人；漢之賦頌，影寫楚世；魏之篇製，顧慕漢
> 風；晉之辭章，瞻望魏采。

劉勰在此概括式地說每一個時代的文學都受前一時代的影響，觀其用語雖然簡練，但以其在《文心雕龍》中對資料的嚴謹考究，及其豐富廣博的文學知識，與獨立判斷和公允的批評態度，不附時尚、不走極端的客觀立場，可知其論文學影響的結論，絕非向壁虛造，而是有一分證據說一分話，故其見解是與韋沃合拍的。

（二）文學的獨創性

確立每一部作品或作家在文學傳統中的確切地位，是文學史的首要任務。韋沃認為能下這種判斷的文學史家，必須完成三個準備階段才做得到：

1. 衡量與比較的階段。
2. 能顯示一個藝術家是如何利用另一個藝術家的成就。
3. 看到藝術家改造傳統的能力。

這裡的每一項都牽涉到藝術的「獨創性」，也就是說「獨創性」是衡量作家在文學史地位的重要依據。

韋沃認為「獨創性」不是對傳統的悖離，也不是單指在題材、作品架構（scaffolding，指傳統情節、因襲的結構等）的獨創。在一個特定的傳統內進行創作，並採用它的種種技巧，並不會妨礙創作品的感性力量和藝術價值，正確的翻譯、模仿、平常話、反復出現的主題和意象，在文學史都有重要的地位與獨創性，它們也都能起巨大的作用。

以此衡諸劉勰在《文心雕龍‧辨騷》篇對屈原的評斷，「典誥之體」、「規諷之旨」、「比興之義」、「忠怨之辭」，都是依循《詩經》風、雅的創作原則與要求，是在傳統內進行創作，屈原並未悖離傳統；而異乎經典之「四事」：「詭異之辭」、「譎怪之談」、「狷狹之志」、「荒淫之意」，則是屈原對傳統的改造。劉勰說他「雖取鎔經旨，亦自鑄偉辭」，所以屈原既是模仿《詩經》的「雅頌之博徒」，又衣被詞人，是「詞賦之英傑」，影響所及非僅兩漢而已。其對中國

文學所起的作用既深且遠，故而劉勰盛讚之為「驚才風逸，壯采煙高」，給予至高的評價。可見劉勰對文學「獨創性」的看法，與韋沃也是相當接近的，他們同樣都認為，能對文學史起重大作用的「獨創性」，不是對傳統的悖離，也不單是題材、作品架構的改變，那麼簡單而已。那是個龐大的工程，非等閒之輩，所能為功，故劉勰云「不有屈原，豈見離騷」。

（三）文學史的分期

今日我們習稱的文學史上各時期的名稱，如「伊麗莎白時代」、「文藝復興時期」、「浪漫主義時期」……等，並不是當時代的人稱呼的，而是後來的人所訂的，文學史的分期名稱仍十分混亂，並沒有統一的稱法。文學分期的名稱，有依曆法、政治變化、人類精神活動的某種「運動」等來稱呼，因此文學的分期是相當多元且混亂，有如一盤大雜燴。

韋沃認為文學史的分期應該完全按文學的標準來制訂。一個「文學時期」（或「文學時代」），就是一個由文學規範、標準和慣例所合成的體系，所支配的時間橫斷面，這一套體系的被採用、傳播、變化、綜合以及消失，都可以被探索。文學史家就是從歷史本身實際存在的事物中去發現、抽取這一體系，所以有它的範疇或「規範性觀念」（regulative idea）或整體的「觀念體系」（a whole system of idea），用以解釋這歷史過程。但是韋沃強調這種的時代分期，與邏輯上的「種類」不同：因為文學作品不是「種類」的實例，它是組成那個時期概念的一部分。文學史的分期就是探討從一個規範體系到另一個規範體系的變化，它必須有連續性，而且那種規範是充分地被顯示——只是相對的統一，而不是絕對的統一。

《文心雕龍》對文學史如何分期的理論沒有多做論述，但我們可以從劉勰對文學的實際分期，和韋沃的理論相比較，以驗證兩者的異同。劉勰對文學的分期，見於〈時序〉篇的十代九變與〈通變〉篇的六期五變，茲並列於下表以做比較：

〈時序〉篇		〈通變〉篇	
分　　期	特　　色	分　　期	特　　色
二帝：堯唐、舜虞	心樂而聲泰	黃帝、唐堯	淳而質
三代	風動波震	虞舜、夏	質而辨
春秋戰國	籠罩雅頌，縱橫詭俗	商、周	麗而雅
西漢	辭人九變，祖述楚辭，有靈均餘影	楚、漢	侈而豔

東漢	漸靡儒風：華實所附，斟酌經辭	魏、晉	淺而綺
建安時期	雅好慷慨，志深筆長，梗概多氣	劉宋	訛而新
曹魏	篇體輕澹	＊＊＊	＊＊＊
西晉	結藻清英，流韻綺靡	＊＊＊	＊＊＊
東晉	辭意夷泰，澹思濃采，時灑文囿	＊＊＊	＊＊＊
劉宋	龍章鳳采	＊＊＊	＊＊＊

〈時序〉篇的「十代九變」，出自篇末贊辭的「蔚映十代，辭采九變」，「十代」一詞頗令學者困惑，因為篇中論述變化的時代，就不只十代，若將相近似者歸併成一代，則眾家歸併之說不一，極為紛歧，上表所列「十代」之說只是為了比較，暫取王更生《文心雕龍讀本》的說法。筆者以為「十」、「九」只是修辭上的鑲嵌手法，鑲入的數字只是取其「多」數之意，所以無須拘泥在數目上。重要的是劉勰在這兩篇的分期，為什麼有這麼大的差異？原因只有一個，我們只須看篇名就可窺出端倪。〈時序〉篇是論述時代世情對文學的影響，分期是依文學的外緣因素——時代背景——來分；而〈通變〉篇則是論文學運轉的規律，「若無新變，則不能代雄」，所以是就內在因素——「文律」或文學規範——的改變來分。外緣的干預與壓力，影響文學朝相同的方向去改變，與文學因內在的演化，促使文學本身某部分產生變化，其步調與變化的現象並不一定一致，故而兩篇對文學的分期也就不同。

這樣的分歧正足以說明，文學史分期之不易。韋沃認為文學史之分期，不該以曆法或政治的時代來分期，除非文學發展，與政治或曆法的分期相合，如：伊麗莎白時代的文學、維多利亞時代的文學。否則，文學史之分期應該以文學的標準、規範來分期。但一段時間中，有各種不同的文學的標準、規範，當如何取捨呢？對於這一問題，韋沃認為當以該段時間中，相對上可以被充分體現之價值規範為主流，因為一般文學史之目的乃在於探索一個規範體系到另一個規範體系的變化，然韋沃也並沒有忽略同一段時期中，其它文學內在結構的價值，只不過它們應該被放在文學內在結構史中來討論。

劉勰對文學史的分期，並沒有定於一尊的僵化想法，他會就文學事實，分從各個不同的角度做觀察，角度不同分法也就各異，劉勰讓我們知道，他對文學的分期是可以依不同的標準而做不同的分期。劉勰沒有依政治的時代分期，他並不被政治朝代所拘，而是著意於文學標準、規範的實質演變。〈通變〉篇將黃唐、虞夏、商周、楚漢、魏晉合而論述；〈時序〉篇夏商周三代合為一期，

建安、正始分為兩期，宋齊合為一期，就可為證。所以劉勰的分期，就如伊麗莎白時代文學一般，其分期恰可體現該時期的文學規範。劉勰沒有為分期命名，這或許是因為改變是逐漸的，為某一時期安上名目，就會被這名目拘限住，同時也將前後與這名目有關的特質切斷，其漸進的變化就無法顯現出來。〈時序〉篇在大「同」的趨勢下，劉勰又敘述許多「小」的不同變化。因為文學史的分期就是講文學的變化，這種變化就如韋沃說的「是探討從一個規範體系到另一個規範體系的變化」，這變化是連續性的，所以劉勰必須一點一滴地用「小」變化去串接連續，最後才足夠解釋何以產生如此「大」的改變，也唯有如此，才能使那種文學規範充分地被顯示出來。劉勰在〈時序〉篇的作法，正好印證了韋沃文學史分期的理論。

（四）文學特性的發展過程

　　韋沃認為文學史也會涉及某一種文學特性從發展到成為完美類型的過程，如：文類和典式（type），也就是韋沃所說的文學史的第二項任務，它是按照同一作者、文類、風格、語言傳統等，分成或大或小的小組，以研究其發展過程。

　　研究這類的文學史家得暫時地、直覺地抓住他所注意類型的本質東西，然後研究其起源，從而證實或修正自己的假設，也就是說他得先有某些可供選擇的參照系統，而後才形成一種參照系統，視為這類型為一個「規範性」的概念，一種基本的模式、一個實在的、有效的慣例，因為它實際上已被當做模式，規範著作品的寫作。

　　在研究作者的系列作品來說，《文心雕龍》五十篇劉勰評論作家頗多，自唐、虞迄晉、宋，總計二百八十一人，以〈時序〉、〈才略〉、〈程器〉三篇所論最多。[38]雖然在這麼多作家的批評用語中，沒有證據顯現劉勰對某一作家批評是根據此作家的一系列作品，但以劉勰在《文心雕龍》中所論述的批評理論，我們可合理地推論劉勰在作家或作品的批評，一定是廣泛歸納作家一系列作品而得出的客觀評論，如此才能符合其「博而能一」、「平理如衡」的理論高度。此外，風格與文學類型的探討，已有專章論述不再贅敘。

　　由上文之比較，可知韋沃與劉勰在文學史上的論點、視野，都既宏觀且微觀，他們在文學史上的見解與切入點或有點小異，但在一般文學史或分體文學

---

38 沈謙，《文心雕龍之文學理論批評》（台北：華正出版社，1990 年），頁 239。

史的探討，都能廣闊細膩，鉤深取極，其彌綸群言，研精一理的精神，可謂是異翮同飛，中西合鳴的典範。韋沃在《文學理論》中雖然沒有著墨太多作品與作家的實際批評，而偏重於理論上的舖陳，但不可忽略其八卷本的《近代文學批評史：1750～1950》，已詳盡蓋括了英、法、德、意、西、俄、美七個國家的批評，其客觀周密的巨椽鴻筆，被譽為批評行家，當之無愧。同樣地劉勰在《文心雕龍》中以清明的頭腦；獨到的眼光；公允的判斷態度，去爬梳辨駁歷代文論，廣泛評論作家、作品，並全面鳥瞰、勾勒出各類的分體文學史，其探本溯源、剖析毫芒，圓通縝密的恢宏氣勢，若稱他為批評中的批評家也應是名至實歸。

第十章　結　論

　　本論文將劉勰《文心雕龍》與韋沃《文學理論》這中西兩部文論,有關文學性質與功用、文學存在方式,和諧音節奏格律、意象隱喻象徵神話、文學類型、文學評價及文學史等做平行的比較,得出二者看待文學的視角與論說文學的方法,有類同性的交會與相互補充處,也有異質性的鮮明分歧點。不論是交會、補充或分歧,對中、西文論之彙整、打通,都是可喜的事。因為交會、補充,印證了宋儒陸象山所言:

> 千萬世之前有聖人出焉,同此心,同此理也;東、南、西、北海有聖人出焉,同此心,同此理也。[1]

人同此心,心同此理,本不分賢愚、古今與中西,韋沃與劉勰在文學理論上之異地合響,正足以證明此理之不謬。

　　而觀點的差異與分歧,又可以拓寬吾人之眼界、豐富文論之內涵,正如西方哲學家懷德海(A. N. Whitehead,1861～1947)在《科學與現代世界》(*Science and the Modern World*)一書中所說:

> 人類需要鄰人具有足夠的相似處,以便互相理解;具有足夠的相異處,以便激起注意;具有足夠的偉大處,以便引發羨慕。[2]

將《文學理論》與《文心雕龍》深入研究後,中、西三位文論大家的文學智慧,就攤在眼前,任你細細玩索、比較,更能體會懷氏這句話的深刻意涵。

　　總結二書之相通、同中有異與分歧處,有如下數端:

---

1 錢鍾書,《管錐編》(台北:書林出版社,1990 年),第一冊,頁 49～50。原文見〔宋〕陸九淵,《象山全集》卷二十二〈雜說〉(上海:中華書局,1936 年)。
2 懷德海著、傅佩榮譯,《科學與現代世界》(台北:立緒出版社,2000 年),頁 9。

一、《文心雕龍》與《文學理論》之相通處

（一）強調文學的審美性：「甜美而有用」

《文心雕龍》論述文字須有聲韻、排偶、節奏等等文采，極講究語言文字的審美性。它有系統地闡述創作文學的理論，行文優美，本身就是寓「有用」於「甜美」之最佳實踐者。本文第二章談論到，韋沃認為「甜美」與「有用」不是兩種事物的相互組合，而是雙方交融成一體。他們宣稱文學的價值，是以作品的審美性，感染、啟迪、淨化讀者，絕不是以強制的手段或盡義務的方式去發揮它們的作用。這一點，韋沃與劉勰是一樣的。他們都強調文學作品，不論是「形式」「內容」或「文」「質」（「情」「采」），二者都是交融共存的。劉勰形容當作品呈現在讀者面前時，要：

> 視之則錦繪，聽之則絲簧，味之則甘腴，佩之則芬芳。

論者以為《文心雕龍‧總術》的這幾句話，就是中文的「甜美而有用」。因為有「視」、「聽」、「味」、「嗅」等感官「不淫」而「麗」的甜美感覺，則不詭的深情、不雜的清風、不誕的信事、不回的直義，才能深入讀者之心，去感染、啟迪、淨化讀者，擴而大之，對社會、國家發揮作用。因此，它簡直是賀拉斯「甜美而有用」的古漢語版。

（二）強調形式與內容不能二分：「文質彬彬」

韋沃的「材料─結構」說，極強調「材料─結構」的劃分是依美學標準。他們認為與美學效果有關的因素，都應歸為作品的「結構」，而與美感效果無關的則屬「材料」。因此，在分析作品的審美「結構」時，不應有「形式」與「內容」之分，而應將兩者結合為一，視之為一個整體，留意它們的審美效果。這論點正是劉勰「文附質」、「質待文」、「文質彬彬」的情采兼備說，二者可謂不謀而合。

二、《文心雕龍》與《文學理論》之同中有異處

上舉兩點，為二書立論根本相同之犖犖大者，若欲再細說二書之相同點則頗不易。總的來說，《文學理論》與《文心雕龍》在文學之本質與功用、文學存在方式、和諧音節奏格律、意象隱喻象徵神話、文學類型、文學評價及文學史等方面的觀點，無法說二者說法完全相同，也不能說二書說法完全不同；細看本文各章的比較闡述，就知二書的論點是同中有異、異中有同，茲分述如下：

（一）文學功用

《文學理論》與《文心雕龍》都肯定文學確實有功用，文學也傳達真理，但雙方因視點的不同，功用與真理的內容也就不同：

韋沃與劉勰雖肯定文學有淨化、激發個人情感與國家、社會的教育功用，也強調文學含有真理，文學家應是有責任的宣傳家。但劉勰對文學所顯示的「道」與文學是作者情志的抒發，顯然與韋沃摒除科學真理於文學真理之外，以及文學是對讀者情感的淨化觀點不同。此外，劉勰認為文學有經國緯民與名垂不朽之概念，韋沃則根本沒有論及。

（二）文學風格

《文學理論》與《文心雕龍》都承認文學作品確實存有不同的風格，而風格是由語言文字所形成的，唯風格與作者、作品的關係，二者各有偏重。

《文學理論》與《文心雕龍》論述文學風格，包括作家作品風格、文類風格與時代風格三種，意見大抵相近。論及風格的分類，也都採取正、反對照的方式，如《文學理論》的簡潔和冗長、緊湊和鬆散……，《文心雕龍》之雅與奇、奧與顯、繁與約、壯與輕……等等，只是類型的類別、數量和用詞的不同而已。其論風格應從語言文字分析入手的觀點，也頗為相近。但劉勰認為風格與作者有絕對的關連，且未對風格做出界定；韋沃則為風格學下了明確的定義，甚至認為可適用於非文學領域，也不認為風格與作者有必然的關係，二者關注的焦點顯然有別。

（三）和諧音、節奏、格律

《文學理論》與《文心雕龍》都認為聲音是文學審美的關鍵，但對音律，二書則持有不同的看法：

《文學理論》與《文心雕龍》雖立論於不同的語系，但聲音是文學藝術的必要成分、文學審美之關鍵、不能脫離意義地分析聲音，這幾方面，二者的觀點完全相同。其相異處在：劉勰強調詩文之音律「本於人聲」而非音樂，即「器寫人聲，聲非學器」；而韋沃則是部分地肯定音樂與詩之音律的關係，同時認為不諧和音（cacophony），對文學作品也能產生特殊的效果，但劉勰對不諧和音則抱持負面的看法。

（四）意象、隱喻、象徵、神話

《文學理論》與《文心雕龍》都認為直抒、比喻、象徵是文學的基本表現

手法，只是用法不同——尤其是象徵：

　　韋沃說的直接描述與間接的表達方式（如：換喻、隱喻、象徵），和劉勰的「賦」、「比」、「興」是一樣的。韋沃將「意象」視為詩歌的必要成分，不能與詩歌的其它組織分開，「隱喻」、「象徵」與「神話」都是在這個基礎上建立起來的。它們既是詩歌的表現手法，也與意義、功能緊密相關。韋沃對「意象」種類的分析與意象在文學上的應用，論述極為精詳。劉勰則不如韋沃之精密，但對「意象」在「心」與「物」間如何產生的過程，〈神思〉有精絕的描述，可謂各擅勝場。

　　韋沃之「隱喻」相當於劉勰的「比」：韋沃認為「隱喻」包含四個基本因素：（1）類比、（2）雙重視野、（3）揭示無法理解但可訴諸感官的意象、（4）泛靈觀的投射。劉勰論述的「比」，大抵與韋沃所闡述的四個基本因素吻合，但韋沃特別強調「意象」與「隱喻」、「象徵」、「神話」之間的連結關係，劉勰則未述及。

　　韋沃之「象徵」與劉勰具多義性的「隱」相通：劉勰的「隱」乃「深文隱蔚」，不必有諷刺、教化性，只強調其審美性。而劉勰所說的「興」則循〈毛傳〉說法，有諷諭、教化的作用，且不具多義性，與韋沃所論之「象徵」不同。

　　此外，韋沃與劉勰雖然都肯定神話在文學的價值，但韋沃視神話為另一種真理、是對科學的補充，而劉勰則多以荒誕不經視之。

（五）文學類型（genre）

　　《文學理論》與《文心雕龍》都認為文學類型由歷史形塑而成，然其對類型之純粹性的堅持又有不同：

　　韋沃與劉勰對文學類型是歷史的文類，看法一致。文學類型的分類必須依從「秩序原理」，劃分文類時作品的外在形式應與內在情調相合，這幾方面二書的見解也相去不遠。此外，他們對文學終極性類型性質之難於辨析，也深有同感。但韋沃認為現代的文學類型，其界域可以不用那麼鮮明，文類與文類間可以取長補短地融合、交流，分享彼此的優點；劉勰則認為文學類型應鮮明、純粹，嚴守彼此的分際，不容相互混淆。

（六）文學評價

　　《文學理論》與《文心雕龍》堅認評價作品須博學、深識、有專業的涵養，而且態度要公正：

韋沃與劉勰都主張要客觀、公正且知性地評鑑作品。韋沃認為批評家要有文學史、文學理論與批評的素養，劉勰的「博觀」、「圓照」與之意義相近。但劉勰特別強調應避免「貴古賤今」、「貴遠賤近」、「崇己抑人」、「信偽迷真」的四種流弊，韋沃則未論及。

（七）文學史

《文學理論》與《文心雕龍》一致認為文學史的首要任務是解釋文學轉變的原因，但對文學的演變，二書則有進化與退化之異：

韋沃與劉勰都認為：文學史應該解釋由一個文學時期轉變至另一個文學時期的原因：其典範或審美性有何不同？並找出文學演變的內、外因素。但韋沃認為文學是進化的，劉勰則有不同的觀點，〈時序〉篇說「由質及訛，彌近彌澹」，可見劉勰視文學有退化的可能。此外，韋沃對文學史的理論，闡述得極為詳盡，劉勰則偏重在實際文學史的批評——尤其是分體文學史的部分。

這種同中有異的現象，部分原因出在《文學理論》與《文心雕龍》的篇章分節不同，導致在議題的論述上，無法有平等的立足點。本文以今觀古，對議題的設定，以韋沃的《文學理論》為準的，自不免使劉勰多方牽就。很多時候劉勰的說法散見各章，於是東擷一句，西取一段，劉勰的觀點因此很難看得周全，也就不敢隨意比附，妄下斷言曰「同」，往往只能以「相當接近」、「相去不遠」，甚或擱置不比作結。

但是從上面幾項議題的結論看，二書所認同者，幾乎是該項文學議題的不二通則，如：文學史絕不是作者與作品的大拼盤，它必須解釋造成文學轉變的原因與因素是什麼？以及它們如何演變？又如：文學類型不可能是某時某人的獨創，它必得經由長時間的累積、演化才能成「型」，所以文學類型都是歷史的文類。韋沃與劉勰明示該項文學規律，有了他們的共識、互證，使該律則明朗了起來，顯得特別地清晰、鮮明。這種中、西方異時、異地的同響，最容易彰顯文學的「金科玉律」，在剔除二書之差異後，我們篩選出這些律則，可謂「披沙揀金」，良有收穫。

三、《文心雕龍》與《文學理論》分歧處

（一）「真理」與「道」的不同

在《文學理論》中，韋沃極力要證明文學有其獨特「本體」的原因，在於他們試圖回應其他學科的攻擊。自柏拉圖以來，文學被視為是神靈附身之

囈語，[3]這種觀念普遍存在西方的社會中，文學雖然優美，但甚難證明其客觀的真實價值，因此始終與「科學」，無法相提並論。韋沃提出一種異於布萊德雷（A. C. Bradley）「詩是為詩而詩」的答案，他們用英伽登（R. Ingarden）之理論，從文學語言的性質與審美性，論述文學本身獨特的存在方式，闡明文學有其獨特的「本體」結構，這結構中最高層次的世界、真理，與科學的真理不同。

　　韋沃的方法是先從語言學的角度，辨析文學語言與科學語言不同，而後推論出文學有其獨特的本體。就如本文第三章所述，韋沃稱文學的「本體」是由語言之聲音、意義、世界等三個層面所構成的符號結構，這結構存在主觀與客觀之間，是一種「意向性客體」。這種「意向性客體」其本質是創造、虛構、想像的，目的是為了具有審美的作用。如此，則所有文學作品中的人物、個性、事件、世界等等，都是創作者藉著語言文字所想像、虛構、創造出來的。因此，在韋沃的眼中，文學是一種讓人「信以為真」的虛構之物，不管是寫實主義或自然主義，不管文學作品裡的人物如何逼真，他們都不是真實的——不是作家的心理經驗，更不是作家的現身說法：

> 小說中的人物，不同於歷史人物或現實生活中的人物。小說人物不過是由作者描寫他的句子和讓他發表的言詞所塑造的。〔……〕小說中的時間和空間並不是現實生活中的時間和空間。即使是看起來最寫實的小說或自然主義的人生片段，也不過是根據某些藝術成規而虛構成的。[4]

由此可見，韋沃將文學的本質建立在語言的創造、虛構、想像性上。但是他們並不否定文學的這種虛構、想像的價值，反而認為它們可以補科學之不足，可稱之為另一種真理。這真理之效用，除實用性外，更重要的是要給讀者一種無目的性的審美體驗，一種高級、具嚴肅性的趣味。

　　但如本文第二章所述，《文學理論》與《文心雕龍》對文學基礎的預設有極鮮明的不同。《文心雕龍》把「文」的根基，歸源於「道」，所以「文」具有與「道」一致的真理性質。因此，劉勰亟稱「文」之偉大功用，冠冕堂皇地說它可以「經緯區宇，彌綸彝憲」，至少也可以「一朝綜文，千年凝綿」，所謂「騰

3　胡經之編，《西方文藝理論名著教程》（北京：北京大學出版社，2003 年），上卷，頁 23。

4　René Welleck & Austin Warren, *Theory of Literary*, pp.25～26。譯文參見韋勒克、沃倫著，劉象愚、邢培明、陳聖生、李哲明等譯，《文學理論》，頁 15。

聲飛實」，名垂不朽。劉勰的「文」是經天緯地的「大學問」，是廣義的「文」，不是今天所謂的「純文學」而已。

　　韋沃《文學理論》雖亦宣稱文學具有類似「真理」的價值，但是這「真理」與科學的「真理」不同，文學所表述的是另一種「真理」。韋沃並沒有像劉勰一樣地將文學溯源於「道」那般地真實、普遍與神聖，韋沃的「文學」是與科學劃清界限的，它不涵括科學真理。可是對劉勰而言，「文」與「道」（真理）是一體之兩面，其範疇周遍萬物，充塞宇宙，這是韋沃與劉勰在文學的本體論上一個根本性的歧異，而此歧異影響其對文學功用的看法。劉勰認為詩不只對個人有興、觀、群、怨的功效，對社會、國家更有教化、諷諭的作用，因為「辭之所以能鼓天下者，迺道之文也。」（《文心雕龍‧原道》）

（二）「作者」與「作品」偏重的不同

　　《文心雕龍》立論的觀點，不論在文學創作、文學功用或文學作品的評價，都是從作者創作的角度論述：以文學創作來說，劉勰論「文之樞紐」，標舉「銜華佩實」為綱領；〈宗經〉揭櫫「文能宗經」的益處，所以他期望作者為文，要把握「情深不詭」、「事信不誕」、「義直不回」的準則。此外，基於對作者的重視，劉勰不斷地強調創作時一定要以「述志為本」、「為情造文」，他批判「言與志反」、「鬻聲釣世」的文章，是「真宰弗存」，不足徵信的。所以也反對「采濫而辭詭」，因為這樣「心理愈翳」，將不足以明「理」。

　　在文學的功用上，劉勰宣稱只有「情采兼重」、「因內符外」的文學，才有感染人心的力量。在文學作品的評價上，〈知音〉雖對批評家的主觀偏見加以批評，並提出客觀鑑賞作品的六觀法，但這一切的手段，都是為了「沿波討源」地「覘文輒見其心」，顯露批評家培養博觀、圓照之目的，仍是為了要與作者相知相照地「交心」。因此，整部《文心雕龍》對作者生平、心理與個性、人格與風格、創作過程與動機等方面的重視，不言可喻，王運熙說：

> 《文心雕龍》是一部詳細研討寫作方法的書，它的宗旨是通過闡明寫作方法，端正文體，糾正當時不良文風。〈原道〉至〈辨騷〉五篇是總論，提出寫作方法的總原則和總要求。〈明詩〉至〈書記〉二十篇，是各體文章寫作指導，結合介紹各體文章的性質、歷史發展，代表作家作品，分別闡明各體文章時所應注意的規格要求和體制風格。〈神思〉至〈總術〉十九篇，是寫作方法統論，泛論寫作各體文章都應注意的寫作要求和方法，其中前面幾篇著重談論體制風格，

後面幾篇著重談用詞造句。〈時序〉至〈程器〉五篇為第四部分，是
附論，大抵不直接談寫作方法，討論了文學同時代及景色的關係，
文學批評的態度和方法等。[5]

所以《文心雕龍》被視為一部指導創作的書，它無法撇開「作者」不談。

《文心雕龍》之設篇，都和創作有關，其下篇從〈神思〉至〈定勢〉五篇，
揭示「控引情源」、「制勝文苑」的通則；〈情采〉、〈鎔裁〉兩篇，標示內容與
形式相合；〈事類〉論材料的選用；〈麗辭〉、〈比興〉、〈夸飾〉、〈指瑕〉諸篇，
分析修辭的手法；〈聲律〉論宮商之「和」、「韻」；〈練字〉、〈章句〉、〈附會〉，
論作品之結構；〈養氣〉補充〈神思〉之餘意，〈總術〉連繫「文體」與「文術」，
是二者的橋樑。[6]這些篇章之命意，都在強調創作的主體，顯然與韋沃《文學
理論》視作者的創作為外緣研究，而專以作品的研究為重心，全然不同。

論者常將藝術視為純粹的自我表現，作品是個人感情經驗之再現；韋沃認
為這說法是不恰當的。他們認為儘管文學作品和作家有關，但這絕不意味著文
學作品僅僅是作家經驗的摹本。韋沃竭力避免從作家的心理、生平等角度去研
究作品，他們認為這只是文學的起因，而不是文學作品本身。真正的文學批評
是對文學作品，尤其是針對作品的本體結構做分析研究。心理學對作家心理狀
態、創作習慣和哲學思想之研究，都應歸為文學的次分課題，屬文學的「外部
研究」，因為它們都無法解釋，由和諧音、節奏、意象、隱喻、象徵、敘述手
法等等所構成的本體存在。因此，韋沃自然不將作品風格與作家的真實經歷和
人格連繫起來去解釋作品，因為作家的思想、感情與作品中的人物思想、感情
不一定相符。

韋沃將作者從研究文學的核心中撇開，視「作品」為研究之中心，其原因
有二：一是規避實證主義者對文學的主觀性提出質疑，二是作者內心的「真摯
性」難以鑑別。賴欣陽認為，西方的文學批評，自二十世紀以來，已逐漸形成
反作者中心的趨勢。這股反作者中心的趨勢，固然有其文論及思想史的背景，
也有他們想挑戰或矯正的對象，然而也碰觸到看待文學作品及文學批評的
「客觀性」問題。[7]韋沃這種以「作品」為主的批評立場，很容易讓人誤會他

---

5 王運熙，《文心雕龍探索增補本》（上海：上海古籍出版社，2005 年），頁 25。

6 王更生，《中國古代文學理論的秘寶——《文心雕龍》》（台北：黎明出版社，1995
年），頁 178。

7 賴欣陽，《「作者」觀念之探索與建構——以《文心雕龍》為中心的研究》（台北：
學生書局，2007 年），頁 490。

們是完全排除「作者」的，實則他們對「作者」的「刻意」漠視，是因為他們堅持「客觀」，反對主觀的批評態度和方法，因為無法證明只得「闕疑」，擱置不論，強加附會、穿鑿，非研究學問應有的態度：

> 現代西方文學批評的反作者中心傾向論述從詮釋和解讀的立場出發，所以他們提出問題的角度及看待問題的方式，基本上是偏向批評層面而非立意於創作層面的。只是構論時，他們基於對文學活動的整體考量，也往往觸及創作層面，而由《文心雕龍》中的「作者」論述大部分都屬於創作層面，於考慮到作品的解讀和作者與社會的關係，所以也不惜涉筆於詮釋及批評層面。可以看得出來這兩種論述由於其立論層面的不同，所重視的主題亦各異。然而從文學活動的整體來考量、會通之後，基本上是可以相互補足，各自成全的。[8]

賴氏對《文心雕龍》以「作者」之創作為核心之詮釋、批評與西方反「作者」中心之論者以「作品」為核心再回顧「作者」之發現，認為中、西雙方可以各自成全，有互補的效用，與筆者上述《文心雕龍》重視「作者」、韋沃《文學理論》重視「作品」之結論相符，但他並未指出西方反「作者」中心論的根本原因，是因為他們要面對其它學科——尤其是實證科學者——的質疑，劉勰與韋沃在「作者」與「作品」上的偏重，可說是中西背景不同所造成的歧異。

（三）真實與虛構的不同

承上所述，《文心雕龍》以「作者」創作為論述重心，《文學理論》則以品評「作品」為重心，於是衍生出文學作品風格與作者是否關連的問題。劉勰的主張是：

> 情動而言形，理發而文見；蓋沿隱以至顯，因內而符外者也。

因此，作品自然是作者才性的自然流露，所以《文心雕龍》深入探討與作者風格有關的四大因素：「才」、「氣」、「學」、「習」，〈體性〉更具體舉出賈誼等十二個實例，證明風格與人之才、氣、習、性，有必然關係。

這觀點與韋沃大相徑庭，他們認為風格與創作者不一定相類，因為藝術品的風格，可以是工匠與技師培養出來的，語言文字與心理的關係，基本上是鬆散、含混的。韋沃認為研究作品風格，最好不要參考作家的個性，而是用結構分析的方法，從作品有系統地分析其語言結構，從作品的審美作用去解釋作品

8　賴欣陽，《「作者」觀念之探索與建構——以《文心雕龍》為中心的研究》，頁 500。

的整體意義，然後再將作品與其他作品做比較，以別出其間的同異，這才是客觀、可靠的方法，所以韋沃不把作品風格與作者聯繫在一起，與劉勰顯然有極大的不同。

（四）「偉大」的標準不同

韋沃認為文學作品須有審美的趣味，而作品的偉大與否，則須符合另一種「偉大」的標準。如本文第八章所述，韋沃之「涵蓋性」準則，與朗吉納斯之論崇高、鮑桑葵（Bosanquet）之論「困難之美」或艾略特之論作品的連貫、成熟和建立在經驗事實上的人生觀，是相通的。他們皆認為偉大之文學作品，一定要有美學的形式，能將各樣複雜材料熔鑄成一審美體，在讀者面前呈現多種價值。韋沃認為索福克里斯、但丁、米爾頓、莎士比亞、艾略特等人的某些作品，均可納入「偉大」之列。

《文心雕龍》全書並沒有「偉大」一詞，但這不表示劉勰沒有近似「偉大」的概念。在《文心雕龍·辨騷》中，劉勰推崇屈原〈離騷〉，說它「氣往轢古，辭來切今，驚采絕豔，難與並能」；〈風骨〉謂「文章之鳴鳳」「唯藻耀而高翔」，可知劉勰對作品的傑出或「偉大」是有認知概念的。

依本文第八章對〈辨騷〉的分析，〈離騷〉應是劉勰「偉大」概念的具體範本，這也見出他的「偉大」概念，與韋沃視材料之複雜與體制之宏偉為「偉大」之概念，是不相同的。劉勰與韋沃的這種文學美學精神的差異，正是中西文化美學精神差異之所在。

四、總結

《文心雕龍》與《文學理論》這兩座中、西文論的高峰，均能「彌綸群言」，研精文學之理。其所闡述的理論，既有類同性，也有異質性。就文學通論來說，劉勰與韋沃皆掌握到文學的根本原理：文學的形式與內容是不容分割的一個整體、文學是審美的、文學所藉以表達的方式不出直接的「賦」與間接的比喻、象徵，這些都具有恆久性與普遍性，都是文學的根本原理。

而其異質性，或基於民族、文化的不同，如：雙方對「偉大」文學的概念之所以不同，多因中西美學精神之差異所致。又如：對文學類型的純粹性或涇渭分明，或相互融通，乃古今時空背景已然不同所導致。至如：視文學所傳達的真理，是另一種真理，還是普世的「道」理，則與中西學術一向所側重或關注的範圍有關。當然也有個人之師心獨見處，如：劉勰視「興」為諷諭、教化

的單義象徵；韋沃認為偉大的作品須有「涵蓋性」等。

誠如黃維樑所說：要說明東海西海心理攸同，古學今學道術未裂，證明大同詩學可以成立，必須通過若干文論概念（或範疇）的比較，始能成立。[9]二書不但鉤隱抉微，申論文學之原理、規律，透過二書的比較，更顯出其對文論之貢獻。

此篇論文以今觀古，用韋沃《文學理論》所設的議題，去檢視劉勰《文心雕龍》之所論，是否仍具備當今文論之價值，正是試圖從橫向的中西、縱向的古今，將不同時代、不同國家的文論打通，以建立文學的普遍原理。經過比較的二書，更確立其在世界文論的地位，尤其是寫於西元六世紀的《文心雕龍》，證明即使在二十一世紀的今日，仍處文論之經典地位，「藝圃琳琅」，[10]乃至「文苑祕寶」之稱譽，[11]誠不虛也。

9　黃維樑，〈劉勰與錢鍾書：文學通論〉，收於《錢鍾書教授百歲紀念國際學術研討會論文集》（中壢：國立中央大學人文研究中心，2009 年），頁 15～34。

10　黃叔琳注、李詳補註、楊明照校注拾遺，《增訂文心雕龍校注》（北京：中華書局，2000 年），下冊，頁 685。

11　戚良德，《文心雕龍分類索引》，參見前言、編例、目錄。

參考文獻

一、**專書**（按出版年分，順序排列）

（一）關於《文心雕龍》的專書

1. 范文瀾，《文心雕龍注》，上海：上海開明書店，1936 年；台北：學海出版社，1991 年。

2. 黃叔琳，《文心雕龍輯注》，北京：中華書局，1957 年。

3. 黃侃，《文心雕龍札記》，北京：典文出版社，1959 年；台北：文史哲出版社，1973 年。

4. 李景濚，《文心雕龍評解》，台南：翰林出版社，1967 年。

5. 李景濚，《文心雕龍新解》，台南：翰林出版社，1968 年。

6. 張立齋，《文心雕龍註訂》，台北：國立政治大學出版委員會出版，1968 年。

7. 張嚴，《文心雕龍通識》，台北：商務印書館，1969 年。

8. 彭慶環，《文心雕龍釋義》，台北：華星出版社，1970 年。

9. 張嚴，《文心雕龍文術論詮》，台北：商務印書館，1973 年。

10. 張立齋，《文心雕龍考異》，台北：正中書局，1974 年。

11. 劉永濟，《文心雕龍校釋》，台北：華正出版社，1974 年。

12. 王叔岷，《文心雕龍綴補》，台北：藝文印書館，1975 年。

13. 藍若天，《文心雕龍樞紐論與區分論》，台北：商務印書館，1975 年。

14. 王更生，《文心雕龍研究》，台北：文史哲出版社，1969 年。

15. 王久烈、黃錦鋐等，《語譯詳註文心雕龍》，台北：弘道文化出版社，1976 年。

16. 沈謙，《文心雕龍批評論發微》，台北：聯經出版社，1977年。

17. 紀秋郎，《劉勰文學理論的比較研究》，台北：文鶴出版社，1978年。

18. 黃春貴，《文心雕龍之創作論》，台北：文史哲出版社，1978年。

19. 陸侃如、牟世金，《劉勰和文心雕龍》，上海：上海古籍出版社，1978年。

20. 王更生，《重修增訂文心雕龍研究》，台北：文史哲出版社，1979年。

21. 王更生，《文心雕龍范注駁正》，台北：華正出版社，1979年。

22. 陸侃如、牟世金，《文心雕龍譯注》，濟南：齊魯書社，1981年。

23. 王夢鷗，《古典文學的奧秘──《文心雕龍》》，台北：時報出版社，1981年。

24. 王金凌，《文心雕龍術語析論》，台北：華正出版社，1981年。

25. 楊明照，《文心雕龍校注拾遺》，上海：上海古籍出版社，1982年。

26. 李曰剛，《文心雕龍斠詮》，台北：國立編譯館中華叢書編審委員會，1982年。

27. 郭晉稀，《文心雕龍譯注十八篇》，香港：中流出版社，1982年。

28. 龔菱，《文心雕龍研究》，台北：文津出版社，1982年。

29. 牟世金，《雕龍集》，北京：中國社會科學出版社，1983年。

30. 周振甫，《文心雕龍注釋》，台北：里仁出版社，1984年。

31. 張仁青，《文心雕龍通詮》，台北：明文書局，1985年。

32. 蔣祖怡，《文心雕龍論叢》，上海：上海古籍出版社，1985年。

33. 王更生，《文心雕龍讀本》，台北：文史哲出版社，1986年。

34. 王禮卿，《文心雕龍通解》，台北：黎明出版社，1986年。

35. 陳兆秀，《文心雕龍術語探析》，台北：文史哲出版社，1986年。

36. 周振甫，《文心雕龍今譯》，北京：中華書局，1986年。

37. 涂光社，《文心十論》，瀋陽：春風文藝出版社，1986年。

38. 馮春田，《文心雕龍釋義》，濟南：山東教育出版社，1986年。

39. 方元珍，《文心雕龍與佛教關係之考辨》，台北：文史哲出版社，1987年。

40. 張少康，《文心雕龍新探》，濟南：齊魯書社，1987年。

41. 朱迎平，《文心雕龍索引》，上海：上海古籍出版社，1987年。

42. 繆俊傑，《文心雕龍美學》，北京：文化藝術出版社，1987年。

43. 華仲麐，《文心雕龍要義申說》，台北：學生書局，1988年。

44. 趙盛德，《文心雕龍美學思想論稿》，桂林：漓江出版社，1988年。

45. 陳耀南，《文心雕龍論集》，香港：現代教育研究社，1989 年。

46. 彭慶環，《文心雕龍綜合研究》，台北：正中書局，1990 年。

47. 沈謙，《文心雕龍之文學理論與批評》，台北：華正出版社，1990 年。

48. 王更生，《文心雕龍新論》，台北：文史哲出版社，1991 年。

49. 黃亦真，《文心雕龍比喻技巧研究》，台北：學海出版社，1991 年。

50. 杜黎均，《文心雕龍文學理論研究和譯釋》，台北：曉園出版社，1992 年。

51. 陳詠明，《劉勰的審美理想》，台北：文津出版社，1992 年。

52. 戶田浩曉、曹旭譯，《文心雕龍研究》，上海：上海古籍出版社，1992 年。

53. 金民那，《文心雕龍的美學》，台北：文史哲出版社，1993 年。

54. 牟世金，《雕龍後集》，濟南：山東大學出版社，1993 年。

55. 張文勛，《文心雕龍探祕》，台北：業強出版社，1994 年。

56. 詹鍈，《文心雕龍的風格學》，台北：正中書局，1994 年。

57. 張燈，《文心雕龍辨疑》，貴陽：貴州人民出版社，1995 年。

58. 王更生，《中國古代文學理論的祕寶——文心雕龍》，台北：黎明出版社，1995 年。

59. 牟世金，《文心雕龍研究》，北京：人民文學出版社，1995 年。

60. 楊明照編，《文心雕龍學綜覽》，上海：上海書店出版社，1995 年。

61. 呂武志，《魏晉文論與文心雕龍》，台北：樂學出版社，1996 年。

62. 周振甫，《文心雕龍辭典》，北京：中華書局，1996 年。

63. 陳惇、孫景堯、謝天振主編，《比較文學》，北京：高等教育出版社，1997 年。

64. 沈謙，《文心雕龍與現代修辭學》，台北：文史哲出版社，1997 年。

65. 林杉，《文心雕龍創作論疏鑒》，呼和浩特：內蒙古教育出版社，1997 年。

66. 王忠林，《文心雕龍析論》，台北：三民書局，1998 年。

67. 陳拱，《文心雕龍本義》，台北：商務印書館，1999 年。

68. 王更生，《台灣五十年《文心雕龍》論著摘要》，台北：文史哲出版社，1999 年。

69. 黃叔琳注、李詳補注、楊明照校注拾遺，《增訂文心雕龍校注》，北京：中華書局，2000 年。

70. 王更生，《歲久彌光的「龍學」家：楊明照先生在「文心雕龍學」上的貢獻》，台北：文史哲出版社，2000 年。

71. 馮春田,《文心雕龍闡釋》,濟南:齊魯書社,2000 年。

72. 黃端陽,《文心雕龍樞紐論研究》,台北:國家出版社,2000 年。

73. 張勉之、張曉丹,《雕心成文——文心雕龍淺說》,台北:萬卷樓圖書有限公司,2000 年。

74. 林杉,《文心雕龍文體論今疏》,呼和浩特:內蒙古教育出版社,2000 年。

75. 楊明照,《文心雕龍校注拾遺補正》,南京:江蘇古籍出版社,2001 年。

76. 張少康,《文心雕龍研究史》,北京:北京大學出版社,2001 年。

77. 張文勛,《文心雕龍研究史》,昆明:雲南大學出版社,2001 年。

78. 石家宜,《文心雕龍系統觀》,南京:江蘇古籍出版社,2001 年。

79. 張少康,《文心雕龍研究》,武漢:湖北教育出版社,2002 年。

80. 林杉,《文心雕龍批評論新銓》,呼和浩特:內蒙古教育出版社,2002 年。

81. 王義良,《文心雕龍文學創作論與批評論發微》,高雄:復文出版社,2002 年。

82. 王毓紅,《在《文心雕龍》與《詩學》之間》,北京:學苑出版社,2002 年。

83. 汪春弘,《文心雕龍的傳播和影響》,北京:學苑出版社,2002 年。

84. 穆克宏,《文心雕龍研究》,廈門:鷺江出版社,2002 年。

85. 方元珍,《文心雕龍作家論研究——以建安時期作家為限》,台北:文史哲出版社,2003 年。

86. 戚良德,《文論巨典》,河南:河南大學出版社,2003 年。

87. 郭鵬,《文心雕龍的文學理論和歷史淵源》,濟南:齊魯書社,2004 年。

88. 胡大雷,《文心雕龍批評學》,桂林:廣西師範大學出版社,2004 年。

89. 王運熙,《文心雕龍探索》,上海:上海古籍出版社,2005 年。

90. 王元化,《文心雕龍講疏》,桂林:廣西師範大學出版社,2005 年。

91. 汪洪章,《文心雕龍與二十世紀西方文論》,上海:復旦大學,2005 年。

92. 戚良德,《文心雕龍分類索引》,上海:上海古籍出版社,2005 年。

93. 黃霖,《文心雕龍彙評》,上海:上海古籍出版社,2005 年。

94. 黃維樑,《文心雕龍:體系與應用》,香港:文思出版社,2016 年。

95. 賴欣陽,《「作者」觀念之探索與建構——以文心雕龍為中心的研究》,台北:學生書局,2007 年。

96. 王更生,《文心雕龍管窺》,台北:文史哲出版社,2007 年。

97. 羅宗強,《讀文心雕龍手記》,北京:三聯書店,2007 年。

（二）韋勒克、沃倫專書（中譯本）

1. 韋勒克（R. Wellek）、沃倫（A. Warren）合著、王夢鷗、許國衡譯，《文學論》，台北：志文出版社，1976 年。

2. 韋勒克、沃倫合著、梁伯傑譯，《文學理論》，台北：大林出版社，1977 年；台北：水牛出版社，1991 年。

3. 雷納·韋勒克著、林驤華譯，《西方四大批評家》，上海：華東師範大學出版社，1983 年。

4. 韋勒克、沃倫合著、劉象愚、邢培明、陳聖生、李哲明等譯，《文學理論》，北京：三聯書店，1984 年；南京：江蘇教育出版社，2005 年（修訂版）。

5. 雷納·韋勒克著、楊自伍譯，《近代文學批評史：1750～1950》
   卷 1《近代文學批評史》，上海：上海譯文出版社，1987 年。
   卷 2《近代文學批評史》，上海：上海譯文出版社，1989 年。
   卷 3《近代文學批評史》，上海：上海譯文出版社，1992 年。
   卷 4《近代文學批評史》，上海：上海譯文出版社，1997 年。
   卷 5《近代文學批評史》，上海：上海譯文出版社，2002 年。
   卷 6《近代文學批評史》，上海：上海譯文出版社，2005 年。
   卷 7《近代文學批評史》，上海：上海譯文出版社，2006 年。
   卷 8《近代文學批評史》，上海：上海譯文出版社，2009 年。

6. 雷納·韋勒克著、丁泓等譯，《批評的諸種概念》，成都：四川文藝出版社，1988 年。

7. 雷納·韋勒克著、劉讓言譯，《二十世紀西方文學批評》，廣州：花城出版社，1989 年。

8. 雷納·韋勒克著、張金言譯，《批評的概念》，杭州：中國美術出版社，1999 年。

9. 支宇，《文學批評的批評：韋勒克文學理論研究》，北京：中國社會科學出版社，2004 年。

10. 胡燕春，《比較文學視域中的雷納·韋勒克》，北京：社會科學文獻出版社，2007 年。

（三）古籍

1. 〔宋〕陸九淵，《象山全集》，上海：中華書局，1936 年。

2. 〔明〕胡應麟,《詩藪》,北京:中華書局,1958 年。

3. 〔清〕陳奐,《詩毛詩傳疏》,台北:學生書局,1972 年。

4. 〔清〕姚鼐輯、王文濡評校,《古文辭類纂評註二》,台北:中華書局,1972 年。

5. 〔南朝〕蕭統編,《文選》,台北:藝文印書館,1972 年。

6. 〔清〕孫希旦撰,《禮記集解》,台北:文史哲出版社,1975 年。

7. 〔宋〕胡仔纂集,《苕溪漁隱叢話前後集》,台北:長安書局,1976 年。

8. 〔明〕屠隆撰,《由拳集》(第二冊),台北:偉文出版社,1977 年。

9. 〔唐〕劉知幾著、〔清〕浦起龍釋,《史通通釋》,上海:上海古籍出版社,1978 年。

10. 〔宋〕陸九淵,《象山先生全集》,台北:商務印書館,1979 年。

11. 〔清〕章學誠,《文史通義》,台北:華世出版社,1980 年。

12. 〔宋〕嚴羽,《滄浪詩話》,台北:金楓出版社,1986 年。

13. 〔清〕朱鶴齡輯注、韓成武校,《杜工部詩集輯注》,保定:河北大學出版社,2009 年。

(四) 其它專書

1. 陳鐘凡,《中國文學批評史》,上海:中華書局,1927 年。

2. 韋斯塔(F. W. Westaway)著、徐韋曼譯,《科學方法論》,上海:商務印書館,1935 年。

3. 羅根澤,《中國文學批評史》,上海:古典文學出版社,1957 年。

4. 郭紹虞,《中國文學批評史》,北京:中華書局,1961 年。

5. 賀拉斯(Horace)著、羅念生譯,《詩學·詩藝》,北京:人民出版社,1962 年。

6. 王靜芝,《詩經通釋》,台北:輔仁大學文學院出版,1968 年。

7. 姚一葦,《藝術的奧祕》,台北:開明出版社,1968 年。

8. 衛姆塞特(W. K. Wimsatt)、布魯克斯(C. Brooks)合撰、顏元叔譯,《西洋文學批評史》,台北:志文出版社,1972 年。

9. 劉大杰,《中國文學發達史》,台北:中華書局,1973 年。

10. 徐復觀,《中國文學論集》,台北:學生書局,1974 年。

11. 黃慶萱,《修辭學》,台北:三民書局,1975 年。

12. 黃永武,《中國詩學》,台北:巨流出版社,1976 年。

13. 黃維樑，《中國詩學縱橫論》，台北：洪範書店，1977 年。

14. C. R. Reaske 著、徐進夫譯，《英詩分析法》，台北：成文出版社，1977 年。

15. 廖蔚卿，《六朝文論》，台北：聯經出版社，1978 年。

16. 錢穆，《論語新解》（下冊），台北：三民書局，1978 年。

17. G. Hough 著、何欣譯，《文體與文體學》，台北：成文出版社，1979 年。

18. 錢鍾書，《管錐編》，台北：書林出版社，1990 年；北京：中華書局，1979 年。

19. 劉若愚著、杜國清譯，《中國文學理論》，台北：聯經出版社，1981 年。

20. 王更生等著，《中國文學的探討》，台北：中央文物供應社，1981 年。

21. 汪中選注，《詩品注》，台北：正中書局，1982 年。

22. 王潤華，《比較文學理論集》，台北：國家出版社，1983 年。

23. 張健，《中國文學批評》，台北：五南出版社，1984 年。

24. 朱光潛，《悲劇心理學：各種悲劇快感理論的批判研究》，台北：蒲公英出版社，1984 年。

25. 王夢鷗，《古典文學論探索》，台北：正中書局，1984 年。

26. 王達津，《古代文學理論研究論文集》，天津：南開大學出版社，1985 年。

27. 華諾文學編譯組，《文學理論資料匯編》（上、中、下三冊），台北：華諾文化出版社，1985 年。

28. 佛克馬（D. Fokkema）、蟻布思（E. Ibsch）著、袁鶴翔譯，《二十世紀文學理論》，香港：香港中文大學，1985 年。

29. 張漢良，《比較文學理論與實踐》，台北：三民書局，1986 年。

30. 朱光潛，《文藝心理學》，台北：揚智出版社，1986 年。

31. 伍蠡甫、胡經之主編，《西方文藝理論名著選編》，北京：北京大學出版社，1986 年。

32. 錢鍾書，《談藝錄》（補訂本），台北：書林出版社，1984 年。

33. 王潤華，《司空圖新論》，台北：東大出版社，1989 年。

34. 艾布拉姆斯（M. H. Abrams）著、朱金鵬、朱荔譯，《歐美文學術語詞典》（*A Glossary of Literary Terms*），北京：北京大學出版社，1990 年。

35. 錢鍾書，《七綴集》，台北：書林出版社，1990 年。

36. 劉介民，《比較文學方法論》，台北：時報出版社，1990 年。

37. 蔣祖怡，《王充的文學理論》，台北：萬卷樓圖書有限公司，1991 年。

38. 程祥徽，《語言風格初探》，台北：書林出版社，1991 年。

39. 空海和尚（遍照金剛）撰、王利器校注，《文鏡秘府論校注》，台北：貫雅文化事業有限公司，1991 年。

40. 理查茲（I. A. Richards）著、楊自伍譯，《文學批評原理》，天津：百花文藝出版社，1992 年。

41. 羅宗強，《玄學與魏晉士人心態》，台北：文史哲出版社，1992 年。

42. 葉嘉瑩，《王國維及其文學批評》，台北：桂冠出版社，1992 年；河北：教育出版社，1997 年。

43. 裴裴，《文學概論》，台北：復文出版社，1992 年。

44. 伊果頓（T. Eagleton）著、吳新發譯，《文學理論導讀》，台北：書林出版社，1993 年。

45. 張靜二，《文氣論詮》，台北：五南圖書公司，1994 年。

46. 徐中玉主編，《古代文學理論研究》，上海：上海古籍出版社，1995 年。

47. 黃維樑，《中國古典文論新探》，北京：北京大學出版社，1996 年。

48. 涂公遂，《文學概論》，台北：五洲出版社，1996 年。

49. 周慶華，《台灣當代文學理論研究》，台北：揚智文化出版社，1996 年。

50. 游志誠，《昭明文選學術論考》，台北：學生書局，1996 年。

51. 褚斌傑，《中國古代文體概念》，北京：北京大學出版社，1997 年。

52. 王夢鷗，《文學概論》，台北：藝文出版社，1998 年。

53. 沈祥源，《文藝音韻學》，武漢：武漢大學出版社，1998 年。

54. 黃維樑、曹順慶編，《中國比較文學學科理論的墾拓：台港學者論文選》，北京：北京大學出版社，1998 年。

55. 卡勒（J. Culler）著、李平譯，《文學理論》，牛津大學出版社，1998 年。

56. 弗萊（N. Frye）著、陳慧、袁憲軍、吳偉仁等譯，《批評的剖析》，天津：百花文藝出版社，1998 年。

57. 王一川，《文學理論》，新加坡：新加坡管理學院，1999 年。

58. 汪涌豪，《範疇論》，上海：復旦大學出版社，1999 年。

59. 艾布拉姆斯（M. H. Abrams）著、酈稚牛等譯，《鏡與燈——浪漫主義文論及批評傳統》，北京大學出版社，1999 年。

60. 王士儀，《論亞里斯多德創作學》，台北：大生出版社，2000 年。

61. 王曉路,《中西詩學對話》,成都:巴蜀書社,2000 年。

62. 懷德海（A. N. Whitehead）著、傅佩榮譯,《科學與現代世界》,台北:立緒出版社,2000 年。

63. 童慶炳、程正民主編,《文藝心理學教程》,北京:高等教育出版社,2001 年。

64. 亞里斯多德（Aristotelês）著、陳中梅譯,《詩學》,台北:商務印書館,2001 年。

65. 張雙英,《文學概論》,臺北:文史哲出版社,2002 年。

66. 賴力行,《中國古代文論史》,長沙:岳麓出版社,2002 年。

67. 馬新國主編,《西方文論史》（修訂版）,北京:高等教育出版社,2002 年。

68. 廖炳惠,《關鍵詞 200:文學與批評研究的通用辭彙編》,台北:麥田出版社,2003 年。

69. 曹順慶,《跨文化比較詩學論稿》,桂林:廣西師範大學出版社,2004 年。

70. 胡經之、王岳川、李衍柱主編,《西方文藝理論名著教程》（上、下冊）,北京:北京大學出版社,2004 年。

71. 龔鵬程編著,《文史通義導讀》,台北:佛光人文社會學院,2004 年。

72. 王之望,《文學風格論》,台北:學海出版社,2004 年。

73. 黃維樑,《期待文學強人——大陸台灣香港文學評論集》,香港:當代文藝出版社,2004 年。

74. 凌繼堯,《西方美學史》,北京:北京大學出版社,2004 年。

75. 汪洪章,《比較文學與歐美文學研究》,上海:學林出版社,2004 年。

76. 王力,《漢語詩律學》,上海:上海教育出版社,2005 年。

77. 塞爾登（R. Selden）、維德生（P. Widdowson）、布魯克（P. Brooker）合著、林志忠譯,《當代文學理論導讀》,台北:巨流出版社,2005 年。

78. 洪漢鼎,《詮釋學經典文選》（上、下冊）,台北:桂冠出版社,2005 年。

79. 張錯,《西洋文學術語手冊》,台北:書林出版社,2005 年。

80. 陳煒舜,《楚辭練要》,宜蘭:佛光人文學院,2006 年。

81. 曹順慶主編,《中外文論史》（共四卷）,成都:四川出版集團巴蜀書社,2012 年。

二、論文集

1. 黃錦鋐等，《文心雕龍研究論文集》，台北：淡江文理學院中文研究室，1970 年。

2. 鄭牷，《文心雕龍論文集》，台中：光啟出版社，1972 年。

3. 徐復觀，《中國文學論集》，台北：學生書局，1974 年。

4. 王更生編，《文心雕龍研究論文選粹》，台北：育民出版社，1980 年。

5. 徐復觀，《中國文學論集續編》，台北：學生書局，1981 年。

6. 王元化編，《日本研究文心雕龍論文集》，濟南：齊魯書社，1983 年。

7. 中國古典文學研究會編，《文心雕龍綜論》，台北：學生書局，1988 年。

8. 戶田浩曉等著、曹順慶編，《文心同雕集：慶賀楊明照教授八十壽辰》，四川：成都出版社，1990 年。

9. 中國《文心雕龍》學會編，《文心雕龍研究第一輯》，北京：北京大學出版社，1995 年。

10. 中國《文心雕龍》學會編，《文心雕龍研究第二輯》，北京：北京大學出版社，1996 年。

11. 中國《文心雕龍》學會編，《文心雕龍研究第三輯》，北京：北京大學出版社，1998 年。

12. 中國《文心雕龍》學會編，《文心雕龍研究第四輯》，北京：北京大學出版社，2000 年。

13. 國立台灣師範大學國文學系編，《文心雕龍國際學術研討會論文集》，台北：文史哲出版社，2000 年。

14. 文心雕龍國際學術研討會論文集編委員編，《文心雕龍國際學術研討會論文集》，台北：文史哲出版社，2008 年。

15. 國立中央大學人文研究中心編，《錢鍾書教授百歲紀念國際學術研討會論文集》，中壢：國立中央大學，2009 年。

三、期刊

（一）學報

1. 徐復觀，〈文心雕龍的文體論〉，《東海大學學報》，1959 年第 1 期。

2. 紀秋郎，〈文心雕龍二元性的基礎〉，《中外文學》，1978 年第 12 期。

3. 梅家玲，〈劉勰「神思論」與柯立芝「想像說」之比較與研究〉，《中外文

學》，1983 年第 1 期。

4. 鄭毓瑜，〈劉勰的原道觀〉，《中外文學》，1985 年第 3 期。

5. 黃維樑，〈精雕龍與精工甕——劉勰和「新批評家」對結構的看法〉，《中外文學》，1989 年第 7 期。

6. 吳熙貴，〈《文心雕龍》與《詩學》幾個理論問題之比較〉，《四川師範學院學報》，1990 年第 5 期。

7. 王更生，〈文心雕龍風格論新探〉，《台灣師範大學學報》，1991 年第 36 期。

8. 黃錦鋐，〈文心雕龍文學理論的思想淵源〉，《逢甲中文學報》，1991 年第 1 期。

9. 紀秋郎，〈Tongbian 通變（Tradition and Change）〉，《淡江評論》，1994 年第 3 期。

10. 黃維樑，〈Fenggu 風骨（Wind and Bone; Forceful and Affective Power in Literature）〉，《淡江評論》，1994 年第 3 期。

11. 張辰，〈劉勰《文心雕龍》與亞理斯多德《詩學》相異論〉，《內蒙古大學學報》，1998 年第 1 期。

12. 曾玉章，〈亞里斯多德與劉勰語言風格論美學思想比較〉，《信陽師範學院學報》，2003 年第 3 期。

13. 蘇慧霜，〈韋勒克、華倫《文學論》評析——談意象、象徵、隱喻、神話〉，《中臺學報》（人文社會卷），2003 年第 14 期。

14. 汪洪章，〈形式派的「陌生化」與《文心雕龍》的「隱」和「奇」〉，《外國文學研究》，2004 年第 3 期。

15. 王毓紅，〈劉勰與亞里斯多德形而上文學本原理論之比較〉，《江西社會科學》，2004 年第 4 期。

16. 劉紹瑾，〈以比較的視野看劉勰的復古文學思想〉，《江西社會科學》，2004 年第 4 期。

17. 汪洪章，〈劉勰與英加頓論文學作品的存在方式〉，《學海》，2004 年第 6 期。

18. 鄒廣勝，〈從《文心雕龍》的研究看中西文論對話〉，《湖南社會科學》，2005 年第 1 期。

19. 魏瑾，〈劉勰與亞理斯多德的功用詩學觀比較研究——《文心雕龍》與《詩學》比讀〉，《雲夢學刊》，2005 年第 4 期。

20. 殷滿堂，〈劉勰的情采說與英美新批評的文學本體論〉，《貴州社會科學》，2005 年第 4 期。

21. 曹順慶，〈文學理論的「他國化」與西方文論的中國化〉，《湘潭大學學報》，2005 年第 5 期。

22. 黃維樑，〈委心逐辭，辭溺者傷亂：從《文心雕龍·熔裁》論《離騷》的結構〉，《雲夢學刊》，2005 年第 6 期。

23. 黃維樑，〈東海西海心理攸同——試論中西文學文化的大同性〉，《中國比較文學》，2006 年第 1 期。

24. 劉業超，〈東方《文心》與西方《詩學》的跨文化比較〉，《湖南師範大學社會科學學報》，2007 年第 4 期。

25. 黃維樑，〈二十世紀文學理論：中國與西方〉，《北京大學學報》，2008 年第 3 期。

（二）雜誌

1. 施友忠著、梁一成譯，〈文心雕龍英譯本序言〉，《文壇》，1971 年第 129 期。

2. 陳慧樺，〈從中西觀點看劉勰的批評論〉，《幼獅月刊》，1974 年第 1 期。

3. 魯迅，〈詩論題記〉，《魯迅研究年刊》，1979 年（創刊號）。

4. 黃維樑，〈在劉勰的偉大傳統裏——評沈謙著〈期待批評時代的來臨〉〉，《書評書目》，1981 年第 94 期。

5. 黃維樑，〈美國的文心雕龍翻譯與研究〉，《漢學研究通訊》，1991 年第 1 期。

6. 黃維樑，〈文心雕龍與西方文學理論〉，《中國文哲研究通訊》，1992 年第 1 期。

7. 黃維樑，〈略說中西思維方式〉，《香江文壇》，2002 年第 11 期。

8. 馬煥然，〈《詩學》與《文心雕龍》文學歷史觀比較研究〉，《現代語文》，2008 年第 10 期。

（三）報紙

1. 黃維樑，〈911：美國人以詩療傷〉，台北：《聯合報》，2006 年 9 月 6 日。

四、博碩士論文

1. 李宗慬，《文心雕龍文學批評研究》，國立台灣師範大學國文研究所，碩

士論文，1964 年。

2. 劉振國，《劉勰明詩篇探究》，中國文化學院中國文學研究所，碩士論文，1969 年。

3. 吉伯斯（D. A. Gibbs），《文心雕龍的文學理論》（*Literary Theory in the Wen-hsin Tiao-lung*），美國西雅圖華盛頓大學，博士論文，1970 年。

4. 王金凌，《劉勰年譜》，輔仁大學中國文學研究所，碩士論文，1973 年。

5. 黃春貴，《文心雕龍之創作論》，國立台灣師範大學國文研究所，碩士論文，1973 年。

6. 沈謙，《文心雕龍批評論發微》，國立台灣師範大學國文研究所，碩士論文，1974 年。

7. 陳兆秀，《文心雕龍術語研究》，中國文化大學中國文學研究所，碩士論文，1976 年。

8. 韓玉彝，《文心雕龍與儒道思想的關係》，輔仁大學中國文學研究所，碩士論文，1977 年。

9. 紀秋郎，《劉勰文心雕龍的比較研究》，國立台灣大學外國文學研究所，博士論文，1978 年。

10. 沈謙，《文心雕龍之文學理論與批評》，國立台灣師範大學國文研究所，博士論文，1981 年。

11. 陳坤祥，《文心雕龍指瑕之研究》，中國文化大學中國文學研究所，碩士論文，1981 年。

12. 邵耀成（Paul Youg-shing Shao），《劉勰：理論家、批評家、修辭學家》（*Liu Hsieh As Literary Theorist, Critic, and Rhetorician*），美國史丹福大學，博士論文，1981 年。

13. 顏賢正，《文心雕龍述秦漢諸子考》，東吳大學中國文學研究所，碩士論文，1982 年。

14. 方元珍，《文心雕龍與佛教之關係》，中國文化大學中國文學研究所，碩士論文，1985 年。

15. 陳素英，《文心雕龍對後世文論之影響》，東吳大學中國文學研究所，碩士論文，1986 年。

16. 蔡宗陽，《劉勰文心雕龍與經學》，國立台灣師範大學國文研究所，碩士論文，1989 年。

17. 金民那,《文心雕龍的通變論》,國立台灣大學中國文學研究所,碩士論文,1989 年。

18. 呂立德,《文心雕龍時序篇研究》,國立高雄師範大學國文研究所,碩士論文,1990 年。

19. 李得財,《劉勰文心雕龍中之文質彬彬論》,東海大學哲學研究所,碩士論文,1991 年。

20. 徐亞萍,《文心雕龍通變觀與創作論之關係》,國立高雄師範大學國文研究所,碩士論文,1990 年。

21. 胡仲權,《文心雕龍通變觀考探》,東吳大學中國文學研究所,碩士論文,1990 年。

22. 金民那,《文學的心靈及其藝術的表現》,國立台灣師範大學國文研究所,博士論文,1992 年。

23. 鄭根亨,《文心雕龍風格探究》,東吳大學中國文學研究所,碩士論文,1992 年。

24. 高瑞惠,《文心雕龍美學》,輔仁大學中國文學研究所,碩士論文,1992 年。

25. 張秀烈,《文心雕龍「道沿聖以垂文」之研究》,國立台灣師範大學國文研究所,博士論文,1992 年。

26. 鄭根亨,《文心雕龍風格論探究》,東吳大學中國文學研究所,碩士論文,1992 年。

27. 高瑞惠,《文心雕龍美學》,輔仁大學中國文學研究所,碩士論文,1992 年。

28. 吳在玉,《劉勰的文學史觀》,輔仁大學中國文學研究所,碩士論文,1992 年。

29. 陳昭瑛,《劉勰的文類理論與儒家的整體性世界觀:一個辯護》,國立台灣大學外國文學研究所,博士論文,1993 年。

30. 朴泰德,《劉勰與鍾嶸的詩論的比較研究》,國立台灣師範大學國文研究所,博士論文,1995 年。

31. 吳玉如,《劉勰文心雕龍之審美觀》,國立台灣師範大學國文研究所,碩士論文,1996 年。

32. 魏素足,《黃侃及其文心雕龍札記之研究》,國立台灣師範大學國文研究

所，碩士論文，1996 年。

33. 李相馥，《文心雕龍修辭論研究》，中國文化大學中國文學研究所，博士論文，1996 年。

34. 溫光華，《文心雕龍黃注紀評研究》，國立台灣師範大學國文研究所，碩士論文，1998 年。

35. 劉渼，《劉勰文心雕龍文體論研究》，國立台灣師範大學國文研究所，博士論文，1998 年。

36. 胡仲權，《文心雕龍之修辭理論與實踐》，東吳大學中國文學研究所，博士論文，1998 年。

37. 黃端陽，《文心雕龍樞紐論研究》，東吳大學中國文學研究所，碩士論文，1999 年。

38. 卓國浚，《文心雕龍之建安七子論》，國立彰化師範大學國文研究所，碩士論文，1999 年。

39. 林柏宏，《文心雕龍的文學心理學》，輔仁大學中國文學研究所，碩士論文，2000 年。

40. 陳忠和，《從劉勰「六觀」論張岱小品文》，國立高雄師範大學國文研究所，碩士論文，2000 年。

41. 李瑋娟，《文心雕龍修辭理論研究》，國立中山大學中國文學研究所，碩士論文，2000 年。

42. 張裕鑫，《文心雕龍之美學範疇探微》，國立中興大學中國文學研究所，碩士論文，2000 年。

43. 李昌懋，《文心雕龍辭格美學研究》，南華大學文學研究所，碩士論文，2003 年。

44. 施筱雲，《文心雕龍辨騷研究》，玄奘大學中國語文研究所，碩士論文，2003 年。

45. 溫光華，《劉勰文心雕龍文章藝術析論》，國立高雄師範大學國文研究所，博士論文，2003 年。

46. 楊邦雄，《文心雕龍創作論之運用研究》，玄奘大學中國語文研究所，碩士論文，2003 年。

47. 黃素卿，《文心雕龍物色研究》，玄奘大學中國語文研究所，碩士論文，2004 年。

48. 蔡琳琳，《劉勰文心雕龍史傳研究》，玄奘大學中國語文研究所，碩士論文，2004 年。

49. 卓國浚，《文心雕龍文論體系新探：閱讀式架構》，國立政治大學中國文學研究所，博士論文，2005 年。

50. 方柏琪，《六朝詩歌聲律理論研究──以文心雕龍·聲律篇為討論中心》，國立台灣大學中國文學研究所，碩士論文，2006 年。

51. 陳啟仁，《文心雕龍「通變理論」之詮釋與建構》，國立台灣大學中國文學研究所，博士論文，2006 年。

52. 張美娟，《文心雕龍樞紐論詮釋──以「唯文章之用，實經典枝條」美學意涵為詮釋進路》，國立成功大學中國文學研究所，博士論文，2006 年。

53. 賴欣陽，《文心雕龍的「作者」理論》，國立中央大學中國文學研究所，博士論文，2006 年。

54. 簡良如，《文心雕龍研究──個體智術之人文圖象》，國立台灣大學中國文學研究所，博士論文，2007 年。

55. 林文琦，《文心雕龍文學評價問題之比較研究》，東吳大學英國文學研究所，碩士論文，2007 年。

56. 林明生，《文心雕龍宗經研究》，玄奘大學中國語文研究所，碩士論文，2007 年。

57. 李致蓉，《言意之辨與文心雕龍文學技巧論研究》，輔仁大學中國文學研究所，碩士論文，2007 年。

58. 蘇忠誠，《文心雕龍神思叢論》，玄奘大學中國語文研究所，碩士論文，2007 年。

59. 黃承達，《文心雕龍創作論實際批評》，國立彰化師範大學國文研究所，碩士論文，2008 年。

60. 林陽明，《文心雕龍總術研究》，國立政治大學國文教學碩士學位班，碩士論文，2008 年。

61. 林家宏，《文心雕龍文體論實際批評研究》，國立彰化師範大學國文研究所，碩士論文，2008 年。

62. 包劍銳，《黃維樑與文心雕龍之六觀說》，內蒙古師範大學研究所，碩士學位論文，2010 年。

五、外文專書（按出版年分，順序排列）

（一）韋勒克、沃倫外文專書

1. Wellek, R., *Immanual Kant in England 1793~1838*. Princeton: Princeton University Press, 1931.

2. Wellek, R., *The Rise of English Literary History*. Chapel Hill: University of North Carolina Press, 1941.

3. Wellek, R., *A History of Modern Criticism*.

   Vol. 1. *The Later Eighteenth Century*. Cambridge : Cambridge University Press, 1955.

   Vol. 2. *The Romantic Age*. Cambridge : Cambridge University Press, 1955.

   Vol. 3. *The Age of Transition*. New Haven and London: Yale University Press, 1965.

   Vol. 4. *The Later Nineteenth Century*. New Haven and London: Yale University Press, 1965.

   Vol. 5. *English Criticism*. New Haven and London: Yale University Press, 1965.

   Vol. 6. *American Criticism*. New Haven and London: Yale University Press, 1965.

   Vol. 7. *German, Russian and Eastern European Criticism*. New Haven and London: Yale University Press, 1991.

   Vol. 8. *French, Italian and Spanish Criticism*. New Haven and London: Yale University Press, 1991.

4. Wellek, R. & Warren. A., *Theory of Literature (third edition)*. New York: Harcourt, Brace & World, Inc., 1956.

5. Wellek, R., *Eassays on Czech Literature*. The Hague: Mouton Press, 1963.

6. Wellek, R., *Concepts of Criticism*. New Haven and London: Yale University Press, 1963.

7. Wellek, R., *Confrontations: Studies in the Intellectual and Literary Relations between Germany, England and the United States during the Nineteenth Century*. Princeton: Princeton University Press, 1965.

8. Wellek, R., *The Literary Theory and Aesthetics of the Prague School*. Ann

Arbor: University of Michigan Press, 1969.

9. Wellek, R., *Discriminations: Further Concepts of Criticism*. New Haven and London: Yale University Press, 1970.

10. Wellek, R., *Four Critics: Croce, Valery, Lukas, Ingardon*. Seattle: University of Washington Press, 1981.

11. Wellek, R., *The Attack on Literature and Other Essays*. Chapel Hill: The University of North Carolina Press, 1982.

（二）其它外文專書

1. Richards, I. A., *Principles of Literary Criticism*. New York: Harcourt, Brace & World,Inc., 1925.

2. Whitehead, A. N., *Science and the Modern World*. New York: The Macmillan Company, 1925.

3. E. mpson, W., *Seven Types of Ambiguity*. London: Chatto and Windus Press, 1930.

4. Brooks, C. and Warren, R., *Understanding Poetry*. New York: Holt, Rinehart and Winston Press, 1960.

5. Liu, J. Y., *Chinese Theories of Literature*. Chicago: The University of Chicago Press, 1975.

6. Ransom, J. C., *The New Criticism*. Westport: Greenwood Press, 1979.

7. Lentricchia, F., *After the New Criticism*. Chicago: University of Chicago Press, 1980.

8. Eagleton, T., *Literary Theory: An Introduction*. Minneapolis: University of Minnesota Press, 1983.

9. Shih, V. Y. C., *The Literary Mind and the Carving of Dragons*. Hong Kong: The Chinese University of Hong Kong Press, 1983.

10. Yu, P., *The Reading of Imagery in the Chinese Poetic Tradition*. Princeton, N.J: Princeton University Press, 1987.

11. Summers, D., *Longman Dictionary of Contemporary English*. Essex: Longman, 1987.

12. Selden, R., *Practising Theory and Reading Literature :an Introduction*. New York: Harvester Wheatsheaf, 1989.

13. Culler, J., *LiteraryTheory: A Very Short Introduction*. Oxford: Oxford University Press ,1997.

14. Baldick, C., *Oxford Concise Dictionary of Literary Terms*. Oxford: Oxford University Press, 2000.

15. Culler, J., *Deconstruction :Critical Concepts in Literary and Cultural Studies*. London: Routledge, 2003.

16. Selden, R., Widdowson, P. and Brooker, P., *A Reader's Guide to Contemporary Literary Theory*. Harlow: Pearson Longman , 2005.

六、網路

1. 台灣期刊論文索引（網址 http://readopac.ncl.edu.tw/nclJournal/）

2. 全國博碩士論文資訊網（網址 http://etds.ncl.edu.tw/theabs/index.jsp）

3. 國家圖書館電子資料庫（網址 http://esource.ncl.edu.tw/）

4. Ceps 中文電子期刊（網址 http://www.ceps.com.tw/ec/echome.aspx）

5. 中國期刊網（網址 http://caj.ncl.edu.tw/）